dtv

Die 16-jährige Kerry ist früh erwachsen geworden. Um nicht länger mit fünf Geschwistern und einer alkoholkranken Mutter in einer schäbigen Gemeindesiedlung in der Nähe von Newcastle leben zu müssen, will sie eine Karriere als Sportlerin machen. Aber kurz vor der Meisterschaft wird ihre hübsche 13-jährige Schwester entführt. Die Kriminalpolizei scheint bei ihren Ermittlungen nicht weiterzukommen, und so fängt Kerry auf eigene Faust an, in den Straßen der Hafenstadt nach ihrer kleinen Schwester zu suchen. Was sie entdeckt, reicht weit in die Geschichte ihrer Familie zurück ...
»›Lauf nach Hause‹ sollte Pflichtlektüre für alle Sozialpolitiker sein, weil es zeigt, was es bedeuten kann, wegen einer absurd mickerigen Fahrkostenpauschale lieber durch die Nacht zu laufen, als den öffentlichen Bus zu nehmen ...« (Ulrich Noller, ›Deutsche Welle‹)

Sheila Quigley hat eine ungewöhnliche Lebensgeschichte. Sie wurde 1948 im Norden von England geboren und wuchs in einfachen Verhältnissen auf. Mit 15 begann sie, als Analphabetin und ohne Schulabschluss, in einer Textilfabrik als Büglerin zu arbeiten. Mit 18 heiratete sie und wurde in rascher Folge Mutter von drei Töchtern und einem Sohn. Seit dreißig Jahren lebt sie in der Nähe von Newcastle. Als ein großer englischer Verlag ihr einen hohen sechsstelligen Vorschuss für dieses Buch zahlte, war sie gerade arbeitslos und lebte von der Sozialhilfe. Mittlerweile ist sie geschieden, hat acht Enkel und schreibt weiter.

Sheila Quigley

Lauf nach Hause

Thriller

Deutsch von
Monica Bachler

Deutscher Taschenbuch Verlag

Von Sheila Quigley
ist im Deutschen Taschenbuch Verlag erschienen:
Ein Mörder in unserer Stadt (24536)

Ungekürzte Ausgabe
April 2008
Deutscher Taschenbuch Verlag GmbH & Co. KG,
München
www.dtv.de

Titel der englischen Originalausgabe:
›Run For Home‹ (Century, London 2004)

Umschlagkonzept: Balk & Brumshagen
Umschlaggestaltung: Stephanie Weischer
unter Verwendung eines Fotos
von gettyimages / Michael Jungblut
Satz: Fotosatz Reinhard Amann, Aichstetten
Druck und Bindung: Druckerei C. H. Beck, Nördlingen
Gedruckt auf säurefreiem, chlorfrei gebleichtem Papier
Printed in Germany · ISBN 978-3-423-21046-1

Prolog

Jack lief um sein Leben. Er war ein großer, bulliger Mann mit freundlichem Gesicht und langen, flatternden Haaren, und seine Füße machten alles platt, worauf sie landeten. Er spürte keine Schmerzen, obwohl er wusste, dass er angeschossen war. Das Blut floss warm und glitschig an seinen Rippen herunter.

Er biss sich auf die Lippen und verzog das Gesicht. Er würde es seinen Mördern zeigen. Und wenn sie ihn schließlich einholten – denn daran zweifelte er nicht, er wusste, dass er ein toter Mann war –, dann würde er ihnen direkt ins Gesicht spucken.

Die Morgendämmerung kam herauf. Er stieß die Zweige beiseite, die nach ihm griffen, und wich den Maulwurfshügeln aus, die sich ihm in den Weg stellten. Es schien, als hätte er ein paar Meter gewonnen, aber nicht genug, um stehen bleiben und sich verstecken zu können.

Er war kein Engel gewesen, das brauchte ihm niemand zu sagen. Seine Mutter hatte ihn oft genug gewarnt. Er hatte für Kingston schon einige krumme Dinger gedreht, aber alles hatte seine Grenzen. Es gab Dinge, die zu tun er bereit war, und es gab andere, die würde er nie tun. Kaltblütig Frauen und Kinder ermorden, das war nicht sein Ding.

Er hörte, dass seine Verfolger aufholten, und streckte seine langen Beine, aber er konnte nichts mehr zusetzen. Seine Kräfte schwanden, versickerten durch das Einschussloch in seiner Seite. Er fragte sich, wo die verdammte kleine Kugel wohl steckte, und stöhnte. Das Blut sammelte sich an seinem Hosenbund, und er hatte das verrückte Bedürfnis, stehen zu bleiben und sich zu kratzen.

Was stand ihm bevor? Seine Leiche in einem flachen Grab am

Fluss und sein Kopf in Kingstons Trophäenschrank? *Denn mach dir nichts vor, Jack: Wenn Der Mann die Kopfjägerin schickt, dann kann das nur einen Grund haben.*

Als er sich geweigert hatte, den kleinen Jungen zu erschießen, war sein Schicksal besiegelt gewesen. Er hatte dem lockigen Kind in die Augen gesehen und seine Knarre weggesteckt, und das hatte genügt. Kingstons Gesichtsausdruck sagte alles. Schon in diesem Moment hatte Jack Holland gewusst, dass es nur noch eine Frage der Zeit war.

Eine Ente, die laut kreischend vor ihm aus dem Wasser aufflog, hätte ihn vor Schreck fast zum Stehen gebracht. »Verdammtes Vieh!« schrie er und musste sich an einer Brombeerranke festhalten, um nicht von der Uferböschung zu fallen. Jeder Schritt war jetzt langsamer als der vorhergehende.

Seit zehn Jahren kannte er Kingston jetzt und hatte ihn für einen Freund gehalten. Er hätte es besser wissen sollen; solche Männer hatten keine Freunde. Er hatte ja oft genug erlebt, wie er Leute umbringen ließ, die ihm widersprachen. Dass Kingston aber so besessen von einer Frau sein könnte, hätte Jack nie gedacht. Kingston hatte sich nicht damit zufrieden gegeben, den Ehemann umzulegen, er wollte auch noch das Kind töten. Er war wirklich ein Psychopath.

Wenn Jack noch die Kraft gehabt hätte, den Kopf über die Unsinnigkeit seines bevorstehenden Todes zu schütteln, dann hätte er nicht gezögert.

Er war am Ende. Jeder seiner Füße wog eine verdammte Tonne.

Er hörte, wie sie näher kamen, er konnte die Scheißkerle riechen.

Zehn Minuten, nachdem sie ihn abgesetzt hatten, war er aus Houghton-le-Spring raus gewesen. Die verfluchte, heuchlerische Bande. Gelächelt hatten sie. *Bis morgen dann,* hieß es.

Wenn er nicht noch schnell bei seiner Mutter vorbeigegangen wäre, um sich von ihr zu verabschieden und ein paar Sachen zusammenzupacken, hätte er es vielleicht geschafft. Dieser Teufel musste ihn zum Abschuss freigegeben haben, als er sie geküsst und gesagt hatte, er käme bald wieder.

Zwei Meilen – weiter war er nicht gekommen. Jämmerliche zwei Meilen hatte er geschafft. Ausgerechnet in diesem Scheiß-Fatfield würde er sterben.

Er hatte sie bemerkt, als er über den Fluss wollte. Die Ampel an der Brücke war rot gewesen, er war trotzdem weitergefahren. Aber seine Verfolger hatten auch nicht gestoppt. Die scharfe Kurve an der Kneipe in Biddick hatte er fast nur auf zwei Rädern genommen, und wenn ihm dann nicht noch diese hässliche Katze über den Weg gelaufen wäre, hätte er's vielleicht doch geschafft. Das Ausweichmanöver musste er teuer bezahlen, denn sie hatten ihn eingeholt und gerammt.

Wenn ich hier noch mal heil rauskomme …

Vergiss es, mein Junge!

Jack blieb einen Augenblick stehen. Nur um kurz Atem zu holen.

Zingg! Eine zweite Kugel fuhr in seinen Körper. Durchschlug seinen Oberschenkel und trat auf der anderen Seite in einer Fontäne von Blut wieder aus.

Jack blickte auf die Masse von Blut, Fleisch und Knochensplittern, die aus dem Loch in seiner Hose herausquoll, und sank zu Boden. Er wusste, es war vorbei. Er würde nie wieder aufstehen. *Jetzt bin ich fertig.* Er unterdrückte ein Schluchzen.

Für den Bruchteil einer Sekunde war er bewusstlos.

Als er die Augen wieder öffnete, sah er die Kopfjägerin, die auf ihn herablächelte. Ihre Finger streichelten die gezackte Klinge des langen Messers, das sie in der Hand hielt. Sogar die chinesischen Schriftzeichen auf dem Elfenbeingriff konnte Jack sehen. Auf und nieder glitten die Finger der jungen Frau. Ihr pockennarbiges Gesicht war unglaublich hässlich.

Er wusste, was sie mit dem Messer tun würde. Jeden Augenblick würde er die Klinge an seinem Hals spüren. Er holte noch einmal Atem.

Er dachte an seine Mutter in diesen letzten Sekunden. Sie

würde in Zukunft vergeblich darauf warten, dass er freitags kam und ihr Fish 'n' Chips zum Abendessen mitbrachte.

Als sich die Kopfjägerin über ihn beugte, starrte er fasziniert auf die Haarsträhnen, die sich in ihren langen silbernen Ohrringen verfangen hatten. Ihr Gesicht kam näher, und ihr Atem streichelte seine Lippen. Einen Augenblick dachte er, sie würde ihn küssen.

»Verdammte Hexe!« zischte er, und sie grinste zufrieden.

Seine einzige Genugtuung war, dass er tatsächlich genug Speichel in seinem Mund gesammelt hatte, um das zu tun, was er sich vorgenommen hatte, als sie das Messer an seinen Hals setzte.

Montag

1

Kerry rannte mit langen Beinen an der ehemaligen, inzwischen längst grasüberwachsenen Kohlengrube von Houghton vorbei. Der Regen hatte aufgehört, ihre Zeitungen hatte sie alle verteilt und in der leeren Tasche klirrten die beiden Milchflaschen, die sie geklaut hatte.

Sie erreichte die Tankstelle am oberen Ende der Steigung und rannte mit immer schnelleren Schritten die nasse Straße in Richtung Graswell hinunter. An der Ecke, beim Fish 'n' Chips-Laden, bog sie in die Seitenstraße und lief auf das letzte Haus zu. Ohne anzuhalten schnappte sie sich im selben Augenblick eine weitere volle Flasche von der Treppe des Reihenhauses, als die alte Mrs Holland die Tür aufmachte, um danach zu greifen.

»Na, so was«, sagte die Alte zu ihrer Katze. »Ich dachte, ich hätte den Milchmann gehört, Blackie!«

Sie zog den ausgebeulten grünen Morgenrock enger um ihre dürren Schultern und blinzelte die Straße hinauf, ohne etwas zu sehen. Die Katze, eine gelbe Streunerin, die sich zwei Tage nach dem Unfalltod des echten Blackie bei Mrs Holland eingeschlichen hatte, strich ihr warm um die Füße.

»Ach, Blackie, sag bloß nicht, dass ich jetzt auch noch taub werde.«

Der falsche Blackie schnurrte ein bisschen lauter. Mrs Holland scheuchte ihn wieder ins Haus, schloss die Tür und tastete sich mühsam zurück durch den Flur. An einer Stelle löste die Tapete sich ab. »Wir müssen Jack sagen, dass er sie wieder ankleben soll, Blackie. Eine neue Tapete können wir uns von dem bisschen Rente nicht leisten, das die Regierung uns gönnt. Sie ist ja auch schön genug«, sagte Mrs Holland und streichelte das schäbige Papier mit der Hand. Sie wusste nicht, dass die ehemals bunten Blumen inzwischen so deprimierend aussahen wie welkes Laub im November.

Kerry war um die Ecke des Hauses getreten und lehnte mit dem Rücken an Mrs Hollands Gartenmauer. Sie hatte schon zwei Drittel der Milch aus der Flasche getrunken. Jetzt musste sie Luft holen. Sie stemmte einen Fuß an die Wand und ließ die Flasche auf ihrem nackten Knie ruhen. Mit der anderen Hand schob sie sich den schwarzen Pferdeschwanz von den Schultern. Ihre blauen Augen spähten unter Ponyfransen hervor, die dringend gestutzt werden mussten.

Direkt vor ihr lag ein leeres Feld, und dahinter erhoben sich die Häuser des Seahills Estate. Kerry glaubte nicht, dass die Stadtplaner den Platz für etwas anderes brauchten. Nein, sie hatten den Abstand gelassen, damit die verdammte Siedlung vom Rest der Gemeinde Houghton getrennt blieb. Eine Art Quarantäne gewissermaßen.

Kerry hasste die Seahills fast genauso wie ihre flache Brust. Sie hasste die Siedlung und ihre Mutter, die nur dem Schnaps treu war und sich jede beliebige Flasche reinzog. Sie hasste ihre Geschwister – außer Robbie vielleicht, und sie hasste sämtliche anderen Arschlöcher, die in der Siedlung wohnten. Genau genommen hasste Kerry derzeit alles und jeden, mit dem sie zu tun hatte. Besonders hasste sie alle, die auch nur einen Ansatz von Brust hatten. Herrje, sogar Jason Smith hatte dickere Brüste als sie, und der war ein Junge.

Eigentlich interessierte sie sich nur für eines: den Traum, eines Tages für England zu laufen. Dann wäre sie endlich weg von den Seahills.

Von hier oben aus konnte sie Tulip Crescent sehen, wo ihre Ex-Freundin Andrea wohnte. Kerry knurrte. Sie waren so lange Freundinnen gewesen, bis Andrea beschloss, dass sie Jungs mochte. Sie und sämtliche anderen Mädchen in ihrer Klasse, wie eine Meute läufiger Hündinnen. Gott sei Dank war Kerry jetzt sechzehn und würde das ewige Wimpernflattern und geile Lippenlecken bloß noch ein paar Monate aushalten müssen.

Sie hob die Flasche an die Lippen und trank, als sie plötzlich eine Stimme hörte, die sie mehr als alle anderen hasste: »Komm, Kerry, lass uns auch mal nuckeln!«

Sie drehte den Kopf zur Straße, betrachtete die beiden Jungen und bleckte verächtlich die Zähne. »Träum weiter, Schweinefresse!« Am liebsten hätte sie den beiden die Milch in die Gesichter gespuckt.

Stevie Mastertons Gesicht färbte sich rot, so dass die silbernen Ringe in seinen Augenbrauen und seiner Nase sich prächtig abhoben. Über dem einen Auge hatte er zwei, über dem anderen nur einen Ring. Den zweiten hatte Kerry ihm rausgerissen, und Stevie wusste noch genau, wie weh das getan hatte.

Martin Raynor, dessen Gesicht wegen seiner schweren Akne immer brandrot war, grinste hämisch. Mit siebzehn war er ein Jahr älter als Kerry, aber jünger als Stevie.

Stevie schob sich näher an Kerry heran. »Hast du Probleme? Kannst du keinen Spaß mehr vertragen?«

»Verpiss dich, du Scheißkopf! Was verstehst du denn von Spaß?« Kerry trank den Rest der Milch aus und hob die leere Flasche drohend über den Kopf. Sie hatte keine Angst vor den Kerlen. Wie die meisten von diesen Typen waren sie innerlich Feiglinge. Und wenn es wirklich hart auf hart ging, konnte sie Stevie immer noch einen von seinen blöden Ringen rausreißen und wegrennen, ehe er sich davon erholte. Diese beiden Armleuchter abzuhängen war kein Problem.

Stevie trat noch einen weiteren Schritt auf sie zu, aber dann schien er sich an die Schmerzen beim letzten Mal zu erinnern und sagte bloß: »Fick dich, du dürre Ziege! Komm, Martin, dieses tittenlose Bügelbrett lohnt sich doch gar nicht!«

Kerry hob die Flasche noch höher. »Haut bloß ab, ihr Penner, eh' ich euch plattmache!«

Die beiden Jungen drehten sich um und rannten lachend davon.

Kerry schäumte. Ihre fehlenden Brüste waren einfach ein wunder Punkt. Alle Mädchen, die sie kannte, hatten schon einen Busen oder zeigten zumindest vielversprechende Ansätze.

Seufzend senkte sie den Blick. Ihre Brust war immer noch genauso flach wie heute Morgen. Aber man durfte die Hoffnung nicht aufgeben.

»Scheißtypen!« murmelte sie.

Mit einem Gesicht, das auch die Mutigsten abgeschreckt hätte, warf sie die Flasche über die Mauer, hörte befriedigt, wie sie in Mrs Hollands Garten zerbrach, und wünschte sich innig, es wäre der Schädel von diesem Stevie gewesen. Dann ging sie langsam nach Hause.

»Hoffe, ihr habt mir was übrig gelassen«, sagte der achtzehnjährige Robbie, als er gähnend in die Küche kam, und kratzte sich unter den Achseln. Man sah auf den ersten Blick, dass er Kerrys Bruder war. Die gleichen leuchtend blauen Augen, die gleichen langen Beine. Die beiden Ältesten sahen ihrer Mutter sehr ähnlich.

Die kleine Suzy kicherte. Auch sie war hochbeinig und schlank, aber damit hörte die Ähnlichkeit bereits auf. Robbie tätschelte den blonden Kopf der Siebenjährigen und griff nach der Milch. Die achtjährige, rundliche Emma, die nach allgemeiner Ansicht schon als Gefahr für die Gesellschaft zur Welt gekommen war, schob ihren roten Lockenkopf vor. Sie wollte auch getätschelt werden, während der elfjährige Darren seinem Bruder einen gefährlichen Fass-mich-bloß-nicht-an-Blick zuwarf. Darren war stämmig und fußballbesessen. Wenn Kerry davon träumte, für England zu laufen, dann war Darrens Traum, dass er einmal das Trikot der »Black Cats« tragen und für den FC Sunderland spielen könnte. Er hatte seine schwarzen Haare mit Gel angespitzt. Seine Haut war etwas dunkler als die der anderen Lumsdons.

Die dreizehnjährige Claire schwebte auf einer Wolke billigen Parfüms in die Küche, was bei Emma sofort einen Asthma-Anfall auslöste. Claires weißblondes Haar war mit zahlreichen bunten Schmetterlingsklammern geschmückt. Auch sie hatte lange Beine, aber ihr Körper zeigte schon erste Rundungen und sie bewegte sich mit dem Selbstvertrauen eines viel älteren Mädchens. Sie wusste, dass sie eine Schönheit war, und es hatte sie zutiefst befriedigt, als sie neulich auf der Straße hörte, wie zwei der übelsten Klatschmäuler der Seahills sie eine »Lolita« genannt hatten. Sie warf ihrer asthmatisch keuchenden Schwester einen gelangweilten Blick zu.

»Meine Güte, Claire«, sagte Kerry und suchte verzweifelt nach Emmas Inhaliergerät, »du stinkst ja den ganzen Raum voll!«

Claire warf ihr einen vernichtenden Blick zu. »Wenn es in diesem Scheißloch genug heißes Wasser gäbe, brauchte ich mir nicht dieses billige Zeug auf die Wäsche zu kippen, oder?«

Robbie zuckte zusammen und wandte den Blick ab. Claire riskierte ernsthaften Ärger, wenn sie Kerry weiter ständig herausforderte. Wenn Kerry nicht so viel trainieren würde, wäre sie ihrer kleinen Schwester sicher längst an die Gurgel gegangen.

Er wandte sich Claire erst dann wieder zu, als sie einen Brief auf den Tisch warf. »Die Stütze ist endlich da! Ich hoffe, heute gibt's mal was anderes als die ewigen Büchsentomaten auf trockenem Toast.«

Sie nahm sich ein Glas Milch und trank es in einem Zug leer. Dann ging sie grußlos, mit der ganzen Arroganz einer Dreizehnjährigen, die schon alles gesehen hat, hinaus.

»*Wow*«, sagte Robbie, »hab ich da einen Rock gesehen oder nicht?«

Kerry zuckte die Achseln. »Ich glaub, die blöde Pute macht den Saum jeden Tag kürzer.«

Ihre Augen hatten sich freilich keineswegs am Rock ihrer Schwester, sondern an deren Brust festgebissen, wo sie zu ihrem Ärger zwei deutlich erkennbare Wölbungen festgestellt hatte. »Verdammt.«

»Was ist?« fragte Darren, der sich gerade seine Milch holen wollte.

»Ach, nichts. Du warst nicht gemeint, Schafsnase«, sagte Kerry und gab ihm einen Klaps auf den Hinterkopf.

»Au!« Darren rieb sich den Schädel und tastete vorsichtig nach seinen spitzigen Haaren, um zu überprüfen, ob seine Frisur noch intakt war. »Was soll das?«

»Das ist für deine schreckliche Neugier, du kleine Ratte.«

Darren schnitt hinter Kerrys Rücken eine Grimasse und trank seine Milch. Als er sah, dass Emma grinste, hob er die Faust, damit sie ihn nicht bei Kerry verpetzte. Emma zog die Nase hoch und streckte ihm die Zunge raus.

Kerry warf einen raschen Blick auf die Uhr und stellte fest, dass sie wieder einmal alle spät dran waren. »Kannst du die Meute hier mal auf Trab bringen?« fragte sie Robbie. »Ich muss mich schnell umziehen. Und sieh zu, dass sich Darren den Hals wäscht. Das kleine Ferkel denkt immer, wenn er sich Gel ins Haar schmiert, merkt keiner, dass sein Gesicht dreckig ist.«

Darren wollte gerade was Passendes antworten, als er von Robbie eins hinter die Ohren kriegte. »Hey«, rief er voller Empörung. »Wofür war denn das schon wieder?« Seiner Meinung nach hatte er diesmal wirklich nichts Böses getan.

»Dreimal darfst du raten. So, und jetzt mach los!«

Maulend verzog Darren sich an die Spüle und wusch sich das Gesicht.

Fünf Minuten später kam Kerry wieder herunter. Sie trug jetzt ihre Schuluniform, die längst viel zu klein war – wenn auch nicht an den richtigen Stellen. Aber da sie nicht mehr lange zur Schule gehen würde, lohnte es nicht, eine neue zu kaufen. *Als ob ich dafür Geld hätte,* dachte sie, als sie die Treppe heruntergerannt kam.

Sie trieb Darren und ihre beiden Schwestern hinaus und knallte die Tür zu, als ob sie die ganze Straße aufwecken wollte. Ihre einzige Absicht bestand allerdings darin, die Aufmerksamkeit ihrer Mutter zu wecken.

Robbie stöhnte, als er die Tür knallen hörte. Er wusste genau, für wen das gedacht war. Kerry und seine Mutter kamen schon lange nicht mehr miteinander aus. Manchmal dachte er, dass Kerry ihre Mutter hasste, und in letzter Zeit fühlte er sich immer weniger in der Lage, sie dafür zu tadeln.

Er schloss die Augen und riss den Umschlag auf, den er immer noch in der Hand hielt. Er hielt ihn auf Armeslänge von sich entfernt und zählte bis zehn, ehe er die Augen wieder aufmachte. Aber es waren trotzdem nur die üblichen neununddreißig Pfund.

»Schade«, murmelte er, als er den Scheck auf das zerkratzte Couch-Tischchen im Wohnzimmer warf. »Diesmal hätte ich geschworen, dass du dich im Briefkasten in einen fetten Tausender verwandelst.«

Der Couchtisch war nicht das einzige verkratzte Möbel im Wohnzimmer. Alles im Haus war zerkratzt, gesprungen oder zerrissen, von den falschen Holzpaneelen neben dem dreisitzigen Sofa bis zu den schmutzigen Scheuerleisten und dem Fensterbrett, das allerdings weitgehend von einem braunen Vorhang verdeckt war. Die roten Plastikblumen in der gefleckten grünen Vase am Fenster waren ein Witz, aber als er sie hatte wegwerfen wollen, hatte Suzy sie wieder aus der Mülltonne geholt und gerettet.

Robbie schüttelte den Kopf. Er gab sich alle Mühe, die Dinge im Griff zu behalten, aber wenn sich sieben Leute ständig auf engstem Raum in die Quere kamen, gab es keine Chance, Ordnung zu halten.

Er griff nach der Fernbedienung und dachte an Suzys Gesicht, als sie ihre Füße in die viel zu engen Schuhe gequetscht hatte. Die Kleine schien schneller zu wachsen als alle anderen. *Sieht so aus, als müsste ich jemand zum Einklaufen schicken,* dachte er, *dann hat sie vielleicht heute Abend schon neue Schuhe. Am besten rote, Suzy liebt Rot. Und der Lebensmittelabteilung muss ich auch mal wieder einen Besuch abstatten. Das wird alle freuen, wenn's mal wieder was Anständiges zum*

Abendbrot gibt. Vielleicht lächelt sogar Prinzessin Claire uns mal wieder an.

Der alte Fernseher war endlich warmgelaufen. Robbie wunderte sich immer wieder, warum die Leute in diesen Talkshows ihre ganze schmutzige Wäsche ausbreiteten. Neulich hatte so ein junges Mädchen mit halb rasiertem Kopf und dem ganzen Gesicht voller Piercings dem Moderator erzählt, sie hätte nicht nur mit einem, sondern mit allen drei Brüdern geschlafen.

Heute ging es um jugendliche Gewalttäter. Ein junger Skinhead mit dem neuesten Nike-Outfit gab beiläufig zu, er hätte eine alte Frau überfallen. Robbie schüttelte angewidert den Kopf. Er hasste diese Feiglinge, die sich an Behinderten und alten Leuten vergriffen. Erst neulich hatte er sich ziemlichen Ärger eingehandelt, als er Stevie und seinen Kumpel Fartin' Martin daran gehindert hatte, die blinde Mrs Holland zu überfallen, als sie mit ihrer Rente aus dem Postamt in Newbottle kam. Er war spontan dazwischengetreten, aber als Mrs Holland, die gar nichts mitgekriegt hatte, in Sicherheit war, hatte er plötzlich nicht mehr gewusst, was er tun sollte. Er war kein Kämpfer wie Kerry. Seine Schwester hätte die beiden Scheißkerle erst mal verprügelt und dann nachgedacht, sie war schon als Kind so gewesen.

Aber Robbie hatte bloß dagestanden und zugesehen, wie die beiden jugendlichen Räuber mit wutverzerrten Gesichtern näher kamen. In letzter Sekunde war ein riesiger Schwarzer wie aus dem Nichts aufgetaucht und hatte die Lage geklärt.

Robbie lächelte. Das war ein erfreulicher Anblick gewesen. Der Mann hatte die beiden kleinen Scheißer wie ein Terrier geschüttelt, der eine Ratte im Maul hat, ihre Köpfe zusammengeschlagen und sie in den Rinnstein geworfen.

Während sie noch am Boden herumkrochen, hatte er Robbie angesehen und lächelnd gesagt: »Geh nach Hause.«

Das hatte er sich nicht zweimal sagen lassen. Stevie und Martin hatten ihn seither in Ruhe gelassen, aber er spürte, dass sie sich irgendwann rächen würden. Ihr Schweigen war schon bedrohlich genug.

»Alles schön und gut«, sagte Robbie zu dem wohlmeinenden Moderator. »Aber du kannst deine Familie auch nicht von neununddreißig Pfund in der Woche ernähren.«

»Mit wem redest du da?«

Robbie hob den Blick, als sich seine Mutter ins Wohnzimmer schleppte. »Mit dem Fernseher«, sagte er.

»Und? Hat er dir schon geantwortet?«

Er sah zu, wie sich seine Mutter eine Zigarette ansteckte und sofort zu husten anfing, als wolle sie ihre Lunge auskotzen. Den Bademantel hatte er ihr zu Weihnachten geschenkt, mit freundlicher Hilfe seiner Freunde vom Klaudienst. Damals war er noch weiß gewesen, jetzt zeigte er ein schmutziges Grau und war voller Flecken. Er liebte seine Mutter innig, aber er musste zugeben, dass Kerry recht hatte: Vanessa Lumsdon war ein versoffenes Wrack.

Er seufzte nur innerlich, aber seine Mutter spürte die Ablehnung. »Was'n los, Miesepeter?« Sie zog den Bademantel enger und sog erneut an der Zigarette. Diesmal gelang es ihr, den Husten zu unterdrücken. »Na?« knurrte sie.

Robbie wollte sie ignorieren, aber das konnte er nicht. »Was soll ich darüber reden? Du fragst immer wieder, und wir sagen's dir, Mam, aber es ändert sich nichts. Kerry und ich können uns den Mund fusselig reden, aber länger als eine Woche bleibst du ja doch nicht weg von der Flasche.«

Er sah den gekränkten Ausdruck auf ihrem Gesicht und fühlte sich mies. Er suchte nach der Fernbedienung, die in dem Haufen schmutziger Wäsche neben ihm stecken musste, und stellte den Fernseher ab. Er wusste nicht, wer ihm mehr auf den Geist ging, der scheinheilige Moderator oder seine versoffene Mutter.

Sie war wirklich ein Wrack, und wenn sie nicht aufhörte, würde sie sich bald totsaufen. Seine Mama war einmal schön gewesen, aber jetzt ...

Ach, zur Hölle, er konnte diesen Blick nicht länger ertragen. Robbie sprang auf, lief nach oben und wusch sich. Er zog ein paar halbwegs saubere Jeans an und rubbelte so lange an seinem blauen Hemd herum, bis man den Fleck auf der Vorderseite fast nicht mehr sah. Dann ging er hastig wieder nach unten. Das letzte Mal, als er seinen Scheck vom Arbeitsamt auf dem Couchtisch hatte liegen lassen, war er plötzlich verschwunden gewesen.

Aber diesmal waren sowohl der Scheck als auch seine Mutter noch da.

Vanessa blies Rauchringe. »Äh, Robbie, mein Söhnchen ...«

Robbie runzelte die Stirn. Er wusste, was jetzt kam. Es war jede Woche dasselbe. Trotzdem ließ er sie ausreden, denn er hatte wegen eben immer noch ein schlechtes Gewissen.

»Ich ... ich brauch etwas Geld. Bloß bis Freitag, wenn mein Scheck kommt. Es ist nicht mehr viel übrig, und die Kinder brauchen ...« Ihre Stimme war verlogen und süßlich. Er hasste es, wenn sie das machte. Er fand es schrecklich, dass er seine Mutter behandeln musste, als ob sie ein Kind wäre. Aber sie versuchte es immer wieder, als ob es das erste Mal wäre.

»Mama, du weißt doch, dass ich uns etwas zu essen beschaffe.« Er stellte sich neben sie und streichelte ihre Schulter. Ihre Haare fühlten sich fettig und schlaff an. Er hätte heulen können, wenn er sie so sah. Der Schnaps und die Zigaretten, die ständig zwischen ihren Fingern steckten, hatten sie fertig gemacht. Sie sah zwanzig Jahre älter aus, als sie war. Dabei konnte sie immer noch ziemlich gut aussehen, wenn sie sich ein bisschen anstrengte.

»Hör zu, Mam, ich hol dir Kippen und eine halbe Flasche von den Schmugglern. Ich glaube, Dixie ist gerade wieder zurück. Aber ...«

Vanessa hob den Kopf und fragte sich, was wohl kam. Aber sie wusste jetzt schon, es würde ihr nicht gefallen.

Robbie beschloss, dass etwas Drastisches geschehen musste, und versuchte es mit Strenge. »... wir wollen, dass du endlich was unternimmst!« Er sah ihr in die Augen und musterte die tiefschwarzen Ringe darunter. »Hast du dich mal angeschaut, in was für einem Zustand du bist, Mam? Du siehst aus wie 'ne Stadtstreicherin. Wie eine Obdachlose, die niemanden hat. Aber das stimmt doch nicht, Mam. Du hast doch uns.« In seinem verzweifelten Bemühen, sie zur Einsicht zu bringen, rannte er nach oben ins Bad und kam mit einem gesprungenen Spiegel zurück. »Hier! Schau dich doch an!«

Seine Finger zitterten, als er seine Hand unter Vanessas Kinn schob und sie zwang, ihn anzusehen. »Wenn du so weitermachst, Mam, dann stirbst du. Und was soll dann aus uns werden? Die Kleinen kommen doch sofort ins Heim. Kannst du dir vorstellen, wie es Suzy mit einem Haufen Fremden ergeht? Kannst du dir das vorstellen?« Er ballte die Faust. »Die verreckt doch! Und was ist mit Emma? Die überlebt das keine zwei Monate. Die ist schon für uns eine Plage. Was meinst du, wie wildfremde Leute mit Emma umgehen? Und Darren? Den stecken sie irgendwo in eine Schule, die meilenweit weg ist und wo er niemanden kennt! Denk mal drüber nach, Mam!«

Er hätte seine Mutter am liebsten geschüttelt, damit sie zur Vernunft kam. Aber solche Ausbrüche waren nicht seine Art, und so flüsterte er schließlich nur: »Du willst doch nicht, dass so was passiert, Mam, nicht wahr?«

»Aber, aber...« begann Vanessa zu stammeln.

»Kein aber!« Robbie schlug mit der Faust auf den Tisch und fühlte sich wie ein Schwein, als er sah, wie seine Mutter zusammenfuhr. Aber es gab kein Zurück mehr. »Schluss jetzt! Ab sofort kriegst du nichts mehr von mir. So geht es nicht weiter. Wir werden nicht zusehen, wie du dich umbringst... Wir haben genug davon, Mama!«

Mit brennendem Gesicht und Tränen in den Augen drehte Robbie sich um. Er hatte gesagt, was er wollte. Es hatte sich lange in ihm aufgestaut, aber das hatte es nicht leichter gemacht, und er fühlte sich auch nicht besser. Beinahe hätte er die

Tür zugeknallt, als er aus dem Haus ging, so wie Kerry das häufig machte, aber er war nicht so ein Kämpfer wie Kerry und hatte nicht ihr Temperament.

Lange nachdem Robbie gegangen war, starrte Vanessa immer noch in den Spiegel.

Er hat recht, dachte sie. Sie versuchte, die Falten zu glätten, die von ihren Augen bis hinunter zum Mund liefen. Ihr Gesicht war so hager geworden. Sie hatte immer hohe Backenknochen gehabt, aber jetzt standen sie richtig heraus und waren geradezu scharfkantig. Ihre Hände begannen zu zittern, und sie warf den Spiegel zu Boden. Er ging nur deshalb nicht zu Bruch, weil er auf Suzys roten Plüschaffen fiel, der seine Wohnung unter dem Fernseher hatte.

Sie biss sich auf die Lippen, aber das konnte die Tränen nicht stoppen. *Er hat recht. Verdammt, er hat recht. Schau dir das graue Haar an. Ich sehe aus wie neunundfünfzig, dabei bin ich erst neununddreißig. Wie lange hab ich diesmal gesoffen? Eine Woche? Zehn Tage?*

Das Zittern ihrer Hände verstärkte sich, und sie wusste, dass sie einen Drink brauchte.

Wo zum Teufel hab ich die letzte Flasche versteckt?

Hab ich sie ausgetrunken?

Es muss doch noch irgendwas da sein!

Ich muss sie bloß finden.

Mit zitternden Gliedern schleppte sich Vanessa nach oben und durchwühlte ihre wenigen Kleider. Sie zerrte an der Schublade ihrer Kommode und spürte nicht mal, dass sie sich einen Fingernagel abbrach. Sie riss ihre Wäsche aus den unteren Schubladen und warf sie auf den Fußboden. Auf allen vieren krabbelte sie zu ihrem rosa Schaukelstuhl in der Ecke und zerrte die Kissen herunter, sie steckte den Kopf unters Bett und stieß die abgetretenen Schuhe beiseite.

Nichts.

Sie setzte sich auf die Bettkante, beide Arme fest um den Körper geschlungen, und schaukelte vorwärts und rückwärts. Wenn sie das alles bloß loswerden könnte! Aber jedesmal, wenn sie nüchtern wurde, kehrten die alten, verhassten Erinnerungen zurück. Sie hätte sich sämtliche Haare ausreißen mögen und musste ihre Hände mit den Armen an ihrem Körper festpressen, um sich daran zu hindern. Die scharfen Fingernägel gruben sich tief in ihr Fleisch.

Keins ihrer Kinder hatte eine Ahnung davon. Sie wussten nichts von den schrecklichen Bildern, mit denen sie lebte. Die Nächte waren das Schlimmste. Das war schon immer so gewesen, auch deshalb hatte sie manchmal ein bisschen Gesellschaft gesucht: damit die Alpträume nicht überhand nahmen. Sie hatte jemanden gebraucht, an dem sie sich festhalten konnte, wenn die Flasche nicht ausreichte. So wie sie Robbie nächtelang mit ihren Armen beschützt hatte, um ihm durch die bösen Jahre zu helfen. Jetzt hatte er nachts schon lange nicht mehr geschrien, und sie hatte zuviel Angst, um ihn zu fragen, ob er noch Alpträume hatte.

Die Angst, ja, diese schreckliche Angst. Sie würde niemals aufhören zu weinen. Denn es gab nur zwei Auswege: die Flasche oder den Tod. Sie schluchzte und stopfte sich die Faust in den Mund, um nicht schreien zu müssen. Denn wenn sie anfing zu schreien, dann würde sie nicht mehr aufhören können.

Sie biss immer noch auf ihren Fingerknöcheln herum, als es zehn Minuten später ans Fenster klopfte. Sie keuchte und zog sich den Bademantel fester über die Brust. Ihr Herz raste, und die Magensäure stieg ihr in den Mund.

Jetzt würde es also passieren. Sie hatte lange genug darauf gewartet. Siebzehn Jahre. Einen kurzen Augenblick lang war sie beinahe erleichtert.

Dann wiederholte sich das Geräusch, und während sie fast widerwillig Luft holte, wurde ihr klar, dass es nur das kaputte Rollo im Bad war. Und jetzt spürte sie auch den abgebrochenen Nagel, der höllisch wehtat.

Mit einer Hand wühlte sie in den Kleidern am Boden, bis sie

eine Bluse und einen schwarzen Rock fand. *Wenn ich mir etwas anziehe, denken die Kinder vielleicht, ich gebe mir wenigstens Mühe.*

Sie ließ warmes Wasser in die Badewanne laufen, dann zögerte sie einen Moment. War heute Montag?

Ja, natürlich war Montag. Sonst hätte ja Robbie nicht seine Stütze gekriegt. Mit zusammengebissenen Zähnen senkte sie ihren müden Körper in das lauwarme Wasser. Spülte die Haare darin, wusch sich die Brüste mit einem Schwamm und versuchte so zu tun, als ob sie nicht jede einzelne Rippe fühlen konnte.

Als sie die Badewanne eine halbe Stunde später fröstelnd verließ, hatte sie Gänsehaut am ganzen Körper. »Verdammt«, sagte sie und griff in den Wäscheschrank. »Das einzige trockene Handtuch im Haus muss natürlich das von Kerry sein.«

Hat sie heut Training? Vanessa zögerte, aber irgendein Handtuch musste sie schließlich benutzen.

Sie trocknete sich ab und hängte das Handtuch über die Heizung. *Vielleicht trocknet es bis heute Abend und Kerry merkt gar nichts.*

Kerry, Kerry, Kerry. Sie ließ sich auf den Toilettensitz fallen. Jeder Gedanke an Kerry erschöpfte sie. Es schien, als hätten sie immer gestritten. Vanessa stütze den Kopf in die Hand und seufzte. Mit Kerry steckte sie wirklich in einer Sackgasse.

Das hat nichts mit der Pubertät zu tun, dachte sie. *Mit Kerry hab ich mich gestritten, seit die kleine Kuh reden konnte.*

Warum konnte ihre Tochter nicht so sein wie Robbie?

Blöde Fragen einer Alkoholikerin. Warum sollte Kerry so sein wie ihr Bruder? Sie hatten ja verschiedene Väter. Genau wie die anderen. Alle von verschiedenen Vätern.

»Was für eine verdammte Scheiße«, sagte sie zu der ehemals rosa Fußmatte. »Es ist alles so gekommen, wie es dieser verdammte Bastard gewollt hat. Erst hat er mich fertig gemacht, und jetzt geht es Robbie genauso. Dem armen Kerl verschließen sich alle Türen. Jedesmal, wenn er sich um einen Job bewirbt, kommt irgendetwas dazwischen. Nicht mal als Straßenkehrer hat ihn die Gemeinde genommen.« Sie wischte erneut die Tränen aus dem Gesicht.

Um die ersten beiden Kinder ernähren zu können, hab ich noch vier gekriegt, und wenn ich die nicht hätte, dann hätte ich dieses Scheißleben schon vor Jahren beendet. Eigentlich könnte ich es jetzt gleich tun. Eigentlich könnte ich Schluss machen. Dann wäre das Elend vorbei.

»Herrgott«, sagte sie, »wenn ich jetzt nicht aufstehe, finden mich die Kinder erfroren und nackt auf dem Klo vor. Wenn ich mich umbringe, dann irgendwo, wo mich die Kinder nicht finden. Sonst redet man in den Seahills noch jahrelang drüber.«

Sie zog sich rasch an. Dass die Bluse zerknittert war, machte jetzt auch nichts mehr aus. *Wer sieht mich schon noch an?*

Sie sammelte die schmutzige Wäsche im Wohnzimmer ein und steckte sie in die Waschmaschine. *Damit Robbie sieht, dass ich mir Mühe gebe.* Aber als sie nach dem Waschmittel griff, stellte sie fest, dass keins mehr da war. Wütend warf sie die Schachtel an die Wand, und eine kleine Wolke billiges Waschpulver senkte sich auf den Raum.

Ihr Magen verkrampfte sich. Sie brauchte unbedingt etwas zu trinken. Jeder Gedanke an Hausarbeit verflüchtigte sich. Sie schleppte sich ins Wohnzimmer, steckte ihre letzte Zigarette an, ließ sich auf die ausgeleierte Couch fallen und stellte den Fernseher an.

2

Claire versteckte sich hinter der nassen Hecke am Ende der Straße. Ihr war schwindlig vor Aufregung. Letzte Nacht hatte sie kaum einzuschlafen vermocht, während der Regen aufs Dach prasselte. Sie hatte das Gefühl, dass Kerry, die blöde Hexe, genau wusste, was los war. Es konnte ihr kaum entgangen sein, dass sich Claire die halbe Nacht herumgewälzt hatte, sie schliefen ja schließlich im selben Bett.

Ein Glück, dachte Claire, *dass die dumme Ziege schläft wie ein Klotz. Bloß beim Frühstück war's ziemlich knapp. Sie hat mich angestarrt, als hätte ich einen Pickel so groß wie ein Berg im Gesicht. Aber jetzt bin ich sie los und brauch bloß noch zu warten, bis alle weg sind, dann kann ich endgültig abhauen.*

Ihr Herz schlug im Schnellgang, als Kerry mit den drei Kleinen vorbeikam. Fast hätte sie laut gekichert. Kerry sah aus wie eine Glucke mit ihren Küken!

Jetzt musste sie noch etwas warten, um sicherzugehen, dass keiner was vergessen hatte. Claires Haut prickelte vor Aufregung, während eine Woge von Adrenalin ihren jungen Körper überschwemmte.

Die Freiheit lockte, und ihr Duft war berauschend.

Sie spürte etwas an ihrer Hand und zuckte erschrocken zusammen. Eine fette braune Spinne war gerade dabei, ihr in den Ärmel zu krabbeln. Nur mit Mühe unterdrückte sie einen Schrei. Wenn sie etwas hasste, dann waren es Spinnen. Als sie sieben war, hatte sie mal eine Spinne in ihrer Unterhose gefunden und monatelang Alpträume deswegen gehabt.

»O Gott!« Schaudernd schlenkerte sie mit der Hand, bis die Spinne herabfiel. Sie wollte gleich mit dem Fuß drauftreten, aber die Spinne hatte andere Pläne und flüchtete in die Hecke.

Mit angewidertem Gesicht spähte Claire um die Ecke, wo gerade der fette Jason Smith und sein Collie die Straße heraufkamen. Hunde fand Claire nicht weiter gefährlich, besonders die schwarzweiße Tess nicht, die immer nur darauf wartete, dass man sie streichelte. Mit ihrem Herrchen hatte Claire schon eher Probleme. Es gefiel ihr nicht, wie Jason sie ansah. Er war ein ekliger, fetter Typ. Schon als sie noch ein kleines Kind war, schienen seine Augen immer gerade auf sie gerichtet. Eine Schlange um den Hals hätte besser zu ihm gepasst als der Collie. Hoffentlich witterte der Hund nicht, wer sich da hinter der Hecke versteckte!

Claire wartete, bis die beiden vorbei waren, dann zog sie ihr kleines Handy heraus – das bisher kostbarste Geschenk, das Brad ihr gemacht hatte – und überprüfte die Uhrzeit. Immer noch fünf Minuten, bis der Bus nach Sunderland kam. Das Handy war ihr größtes Geheimnis, und sie drückte einen zärtlichen Kuss auf das Display, ehe sie es wieder einsteckte.

Sie zog ihre Puderdose heraus – ebenfalls ein Geschenk von Brad und genauso *top secret* – und sah in den Spiegel. Sie sah wirklich fast aus wie sechzehn. Aber ein bisschen Make-up konnte trotzdem nicht schaden. Mit ihrem grellroten Lippenstift malte sie sich einen Kirschmund und bedeckte ihre Wangen mit einem kaum blasseren Rouge. Zufrieden mit ihrer Erscheinung klappte sie den Spiegel zu und schlenderte in Richtung der Bushaltestelle.

Eigentlich klappte alles ganz wunderbar. Es hatte aufgehört zu regnen, Wolkenfetzen jagten über den Himmel, und ihr Fluchtplan schien zu gelingen. Selbstvergessen begann sie den neuen Song von Robbie Williams zu summen und bekam fast einen Herzanfall, als plötzlich ihr Bruder knapp vor ihr aus dem Haus trat. Wenn er sich jetzt umdrehte, war sie verloren! Und wenn sie den Bus verpasste, würde Brad den ganzen Tag sauer sein.

Aber sie hatte Glück. Robbie schien mit sich selbst beschäftigt und rannte mit schnellen Schritten die Straße hinauf Richtung Houghton. Er hatte sie nicht gesehen.

Als er schließlich am Tulip Crescent um die Ecke bog, machte Claire eine Faust, versetzte der Luft einen Kinnhaken und flüsterte *Ja! Ja! Ja!*. Dann flitzte sie über die Straße zur Bushaltestelle, warf Jasons Mutter Dolly und dem alten Mr Skillings, die ebenfalls auf den Bus warteten, ein höfliches Kleinmädchen-Lächeln zu und grüßte. Dolly Smith betrachtete sie durch ihre hässliche braune Hornbrille, wandte sich dann aber rasch wieder ihrem Gesprächspartner zu.

Es ging um die Schlägerei vor dem *Blue Lion* letzte Nacht. Mr Skillings lächelte Claire freundlich zu, ehe er darauf hinwies, dass es nicht die erste Messerstecherei in der Nähe dieses Lokals war. Jasons Mutter schnüffelte ärgerlich. Es war ihr peinlich, dass ihr Sohn in der übelsten Kneipe von Houghton arbeitete, aber das wollte sie natürlich nicht zugeben.

Claire war erleichtert, als der Bus endlich kam. Ihre Befürchtung, dass die Nachbarn sie fragen könnten, wo sie denn hinwollte, erwies sich als unbegründet. Denn als Nächstes wandte sich deren Aufmerksamkeit der letzten Drogen-Razzia am Daffodil Close zu, und dieses Thema beschäftigte sie so lange, bis der Bus zehn Minuten später in Newbottle hielt. Die dicke Dolly und ihr Begleiter stellten sich in die Schlange der Fürsorgeempfänger und Rentner im Postamt und setzten ihren Nachrichtenüberblick fort, ohne Atem zu holen.

Auf dem langen Weg nach Sunderland dachte Claire ununterbrochen an Brad. Er erfüllte alle ihre Gedanken. Sie hatte ihn vor einem Monat kennen gelernt, als sie mit Katy auf der Bowling-Bahn drüben in Washington war. Um das Geld für einen Besuch in der Bowling-Bahn aufzubringen, musste sie wochenlang sparen und für die Nachbarn einkaufen gehen, deshalb war sie ziemlich enttäuscht gewesen, als Brad sich nach einer Stunde beiläufig mit der Bemerkung verabschiedet hatte, sie könnten sich ja morgen wieder hier treffen.

»Katy«, hatte sie ihre beste Freundin verzweifelt gefragt. »Was soll ich bloß machen? Ich hab doch kein Geld!« Katy hatte bloß mit den Schultern gezuckt, denn ihre Eltern hatten zwar beide Arbeit, aber sie hatte Claire schon oft genug gesagt, wie geizig sie waren.

Aber dann war ihr der rettende Gedanke gekommen. »Wir könnten uns ja draußen hinstellen. Wir gehen ganz früh hin und stellen uns vor den Eingang. Wir sagen, es wäre zu heiß drin und wir hätten keine Lust auf Bowling.«

Claire hatte darüber nachgedacht und war zu dem Ergebnis gekommen, dass es die einzige Lösung war, wenn sie keinen Banküberfall machen wollten.

Am nächsten Abend waren sie schon ganz früh da. Sie waren

tödlich aufgeregt und taten deshalb ganz cool. Aber als sie den roten Sportwagen sahen, in dem Brad vor der Bowling-Bahn aufkreuzte, blieb ihnen die Luft weg. Sie stießen sich in die Rippen und mussten sich mächtig anstrengen, um nicht vor lauter Nervosität loszukichern, als der junge Mann auf sie zukam.

Katy war kein Dummerchen und merkte sehr schnell, dass Brad immer nur ihre Freundin anlächelte. Nachdem sie ungefähr eine Stunde lang ignoriert worden war, beschloss sie nach Hause zu fahren und weigerte sich sogar, sich zur Bushaltestelle begleiten zu lassen. Wenn Claire ganz ehrlich war, musste sie zugeben, dass sie nicht besonders nett zu ihrer Freundin gewesen war, aber sie hatte einfach nicht anders gekonnt. Wenn Brad sie angelächelt hatte, dann hatte sie von Kopf bis Fuß gebibbert, und Brad hatte eine Menge gelächelt.

Nachdem Katy gegangen war, hatte Brad mit Claire eine Spritztour in seinem Wagen gemacht. Sie waren bis zur Küste hinunter nach Roker Beach gefahren und hatten dort im Mondlicht auf den Felsen gesessen und die Flut hereinkommen sehen, ehe sie nach Houghton zurückfuhren. Es war die schönste Nacht ihres Lebens gewesen, und als er sie oben an der Straße abgesetzt und endlich geküsst hatte, wusste sie, dass sie ihn liebte und dass sich das nie mehr ändern würde.

Katy war ziemlich still gewesen am nächsten Tag in der Schule. Auch am Tag darauf war sie noch reserviert, aber dann hatte sie sich nicht länger geziert und ließ sich alles erzählen, was Claire in den Nächten erlebte.

Nur, es passierte eigentlich nie was. Alles was sie taten, war küssen, und auch das nicht so viel, wie Claire wollte. Jedesmal, wenn sie Brad sah, seine breiten Schultern, seine goldenen Locken und seine hübschen Gesichtszüge, kriegte sie weiche Knie. Es war, als hätten ihre Beine einen eigenen Willen, als bettelten sie darum, sich endlich hinlegen und öffnen zu dürfen.

Am Ende hatten Katy und sie sogar nachsitzen müssen, weil sie so viel gekichert hatten bei diesem Geständnis. Beide konnten sie den großen Tag nicht erwarten, sie hatten sich schon seit langem versprochen, einander alles genau zu erzählen, wenn es endlich passiert war.

Claire hatte das Gefühl, dass es heute vielleicht so weit sein könnte. Vielleicht nach dem Foto-Job, den er für sie arrangiert hatte. Das war nämlich der Grund, warum sie heute schwänzte; Freunde von Brad hatten sie zusammen gesehen und ihn gefragt, warum sie nicht längst als Model arbeitete. Da könnte sie doch eine Menge verdienen, so gut wie sie aussah. Als sie das gehört hatte, war sie natürlich ganz hektisch geworden und hatte nicht eher Ruhe gegeben, bis er das *Shooting* arrangiert hatte, wie er es nannte. Natürlich wäre es schön gewesen, wenn Katy gleich hätte mitmachen können, sie sah ja gar nicht schlecht aus, wenn man von der langen Nase mal absah. Aber das hatte immer noch Zeit, wenn Claire erst mal im Geschäft war. Dann würden sie eine Menge Geld machen und konnten die Seahills endlich hinter sich lassen.

Der Bus hielt an der Park Lane, und Brad wartete schon auf der anderen Seite der Straße. Ihr ganzer Körper kribbelte, als sie ihn sah. Sie stieg eilig aus und rannte über die stark befahrene Straße.

Brad lächelte dieses ganz besondere Lächeln, und Claires Herz überschlug sich. Dann verblasste sein Lächeln, als wäre am Dimmer gedreht worden.

»Was hast du denn für eine Schmiere in deinem Gesicht?« fragte er mit einer sehr wenig Brad-mäßigen Stimme.

Claire schlug die Hand vors Gesicht, und ihr eben noch so fröhliches Herz stürzte ab. So hatte er noch nie mit ihr geredet. Manchmal wirkte er geistesabwesend und manchmal hatte er sie abgewehrt, wenn sie noch mehr knutschen wollte, aber angeschnauzt hatte er sie noch nie. Was hatte sie bloß falsch gemacht?

»Ich dachte, du magst das? In den Zeitschriften steht immer, die Models müssten starkes Make-up tragen wegen der Scheinwerfer. Ich dachte, deswegen hast du mir den Puder gekauft.«

»In den Zeitschriften steht doch bloß Scheiße. Die trauen

sich nicht zu schreiben, was die Männer wirklich gut finden. Ich hab es lieber ohne Make-up.« Er gab ihr ein Papiertaschentuch. »Hier. Spuck mal drauf und wisch dir das Gesicht ab.«

Claire war rot angelaufen. Zögernd gehorchte sie.

»Schon besser«, sagte er, als sie fertig war. »Komm jetzt! Die Leute warten nicht gerne.«

Er lächelte, und ihr Gesicht reagierte. Sie war wieder glücklich. Sie hängte sich bei ihm ein. »Wo steht denn dein Wagen?«

»Der musste zur Inspektion. Aber es ist sowieso nicht weit.« Er lächelte mit seinen weißen Raubtierzähnen, und Claire, das Lämmchen, lächelte brav zurück.

Sie gingen am Museum vorbei zum Hafen hinunter. Zu den Hendon Docks waren es zehn Minuten. Es gab eine Menge Leute, die ihnen nachschauten, aber aus irgendeinem Grund schien Brad sich darüber zu ärgern. »Du hättest auch was anderes als diese verdammte Schuluniform anziehen können«, sagte er. »Sieht ja aus, als würde ich mich an Babys vergreifen.«

»Aber du hast doch gesagt, du wolltest mich unbedingt mal darin sehen!«

»Ich hab gemeint, dass du sie mitbringen sollst. Von anziehen war nicht die Rede«, knurrte er. »Schau doch bloß, wie all diese Arschlöcher uns anstarren.«

Claire zuckte wütend die Achseln. So hatte er ja noch nie mit ihr geredet. Und geflucht hatte er auch nicht. »Na und?« sagte sie und wackelte mit dem Hintern. »Lass sie doch gucken.«

»Ist das alles, was dir dazu einfällt, du dämliche Kuh? Du siehst so was von minderjährig aus in diesen blöden Klamotten! Na, egal! Wir müssen uns beeilen, diese Leute haben nicht ewig Zeit.«

»Aber hast du nicht gesagt, sie hätten ein Studio?« fragte sie und musste fast rennen, um mit ihm Schritt zu halten.

»Natürlich haben sie ein Studio, du Dummchen. Aber an so einem schönen Tag dachten sie, es wäre besser, ein paar Fotos am Hafen zu machen.«

»Klasse!« Claire schmiegte sich dichter an seine Schulter und stellte sich vor, wie sie an Bord einer schneeweißen Yacht stand. So ein Foto auf dem Cover von *Hello,* und ihre Schwester Kerry würde grün werden vor Neid.

Verfolgt von einem Schwarm Kamikaze-Möwen gelangten sie in die Randbezirke des Hafens. Brad führte Claire zu einem rostigen Fischkutter, der abseits von den anderen Schiffen am Kai lag. Die ganze Gegend wirkte ziemlich verlassen, und der Abstand zu den übrigen Booten betrug mindestens zweihundert Meter.

Claire war gespannt wie ein Flitzbogen. Wie viel sie wohl bezahlt kriegen würde? Da würde Kerry aber Augen machen, wenn sie das Geld auf den Küchentisch legte.

Sie waren jetzt beinahe am Ziel, und Claire sah zwei stämmige Männer am Kai stehen. Das Fischerboot sah aus der Nähe mehr wie ein Wrack aus. Die beiden Männer trugen Wollmützen, Jeans und dicke Navy-Jacken. Wie Fotografen sahen sie eigentlich nicht aus. Der kleinere von beiden hatte ein Seil in der Hand.

»Wo bleibt ihr denn?« fragte der Mann mit dem Strick. Claire spürte, dass Brad sie fester am Arm packte, und einen Augenblick lang war ihr ganz unbehaglich zumute.

Brad spürte, wie ihre Muskeln sich spannten, aber er wusste, wie man mit Frauen umgehen musste. Er lächelte und drückte sie zärtlich. Claires Ängste verflogen. Der Mann an ihrer Seite würde sie für immer beschützen und lieben. Das hatte er ihr versprochen.

»Los, Claire! Sei ein braves Mädchen und geh an Bord.«

Claire sah sich um. »Aber wo sind denn die Kameras? Du hast doch gesagt, sie wollten fotografieren.«

Der Mann mit dem Seil fing laut an zu lachen. »Kameras? Das ist ja großartig!«

Der Kerl gefiel Claire überhaupt nicht. Das unbehagliche Gefühl kehrte wieder zurück, als er jetzt an Bord ging und die Hand nach ihr ausstreckte.

»Komm, Schätzchen«, sagte er grinsend. »Die Kameras sind unter Deck, ehrlich.« Das letzte Wort spuckte er geradezu aus.

Aber Claire war kein Dummkopf. Sie wusste genau, wenn jemand sie anlog, und begann zurückzuweichen. Da spürte sie Brads Hand auf der Schulter. Sie erstarrte.

»Du solltest lieber tun, was der Mann sagt«, flüsterte er, und sie spürte seinen Atem an ihrem Hals. »Ich möchte nicht, dass dir etwas Böses passiert.« Damit stieß er sie vorwärts, direkt in die Arme des Mannes.

»Nein«, schrie sie. »Nein!«

Sie riss sich los. »Brad! Hilf mir!« Sie drehte sich um und wollte davonlaufen, aber sie trat unglücklich auf, verdrehte dabei ihren Knöchel und fiel auf die Kaimauer. Der Zement riss ihr die Haut ab und blutige Striemen erschienen auf ihren Knien.

Der Schmerz lähmte sie für eine Sekunde, und als sie das Blut sah, hätte sie beinahe geheult. Plötzlich wurde ihr klar, dass sie wirklich erst dreizehn war. Sie sprang schneller auf, als die Männer gedacht hatten, und machte einen tapferen Versuch, sich in die Freiheit zu retten.

Aber der andere Mann hatte aufgepasst. Er packte sie um die Hüften, hob sie hoch und warf sie auf das Deck des Kutters wie einen Sack. Zu Tode erschrocken zog sie sich an der Reling hoch. Sie keuchte, und ein trockenes, zitterndes Schluchzen stieg in ihrem Hals auf. Die drei Männer standen immer noch auf der Kaimauer. Brad streckte die Hand aus, und der größere der beiden Männer zählte Fünfzig-Pfund-Noten hinein.

»Brad!« schrie sie. »Brad! Hilf mir doch!« Aber Brad lächelte nur, als er sie ansah. Er drehte sich um und ging zurück in die Stadt.

»Neiiiiiiiiiiin!« heulte sie in panischer Angst, als die beiden Männer an Bord kamen.

Noch ehe sie wieder Luft holen konnte, wurde sie gepackt und nach unten in die Kabine gestoßen.

Und jetzt erstarrte sie endgültig. Die Schmerzen in ihrem Knöchel und die abgeschürften Knie waren plötzlich vergessen. Denn der Anblick, der sich ihr bot, war noch viel schlimmer. Mit weit aufgerissenen Augen starrte sie auf die beiden nackten, gefesselten Mädchen in der Kabine.

Und die beiden Mädchen starrten mit demselben Entsetzen zurück.

Jade sah zu, wie das neue Mädchen hereingestoßen wurde, und erkannte die Angst in den Augen der Kleinen. Sie war schon gestern an Bord des stinkenden Kutters gelockt worden.

Jade war sechzehn, eine pechschwarze Schönheit. Das Ehepaar, das sie mit drei Monaten adoptiert hatte, liebte sie innig. Sie waren unendlich stolz auf ihre schöne Tochter, die ihr ödes Leben so reich gemacht hatte. Sie solle Geduld haben und erst mal das Abitur machen, erklärten sie immer wieder, als Jade ihnen sagte, sie wolle Fotomodell werden.

Aber Jade hatte keine Geduld. Sie hatte sich dem erstbesten Mann an den Hals geworfen, der ihr versprach, ein paar Fotos machen zu lassen. Und jetzt steckte sie in diesem schrecklichen Alptraum, von dem sie nicht wusste, wie er enden würde. Nach allem, was sie von den beiden Kerlen gehört hatte, stand ihnen nichts Gutes bevor.

Von ganzem Herzen wünschte sie, dass sie auf ihre Eltern gehört hätte.

Der Mann, den Jade Laughing Man nannte, trat hinter dem neuen Mädchen in die Kajüte. Jade wusste, was jetzt kommen würde. Sie krümmte sich zusammen und zog die Knie an den Bauch.

Claire merkte gar nicht, dass der Mann hinter ihr stand, bis er sie an den Schultern packte und zu sich herumdrehte. Sie versuchte zurückzuweichen, aber das war nicht möglich. Unvermittelt holte er aus und schlug ihr mit voller Wucht ins Gesicht. Während sie noch erschrocken nach Fassung rang, riss er mit beiden Händen an ihrem Rock. Der Knopf sprang ab, der Reißverschluss platzte und das blaue Stück Stoff hing ihr um die Knöchel. Eine fleischige Hand griff nach ihrem dünnen weißen Höschen und zog es herunter.

»Genau!« lachte er und quetschte ihren Hintern mit seiner Pranke. »Eine echte Blondine.«

Claire kreischte verzweifelt, und er schlug ihr zum zweitenmal ins Gesicht. »Halt dein lautes Maul, du alberne Göre!«

Der zweite Schlag hatte eine ganz andere Wirkung als der erste. Zum ersten Mal begriff sie, in welcher Gefahr sie sich plötzlich befand.

Sie musste unbedingt weg hier.

Sie musste raus und Hilfe holen für diese Mädchen.

Als der Mann auf sie zukam, um ihr auch noch die Jacke, die Bluse und den BH wegzunehmen, stieß sie ihm von unten die Stirn unters Kinn.

Ein Schmerzensschrei bewies, dass sie ihn gut getroffen hatte, aber im nächsten Augenblick bedauerte Claire auch schon, was sie getan hatte; denn der Mann fiel in rasender Wut über sie her, stieß sie zu Boden und schlug auf sie ein. Der Angriff dauerte glücklicherweise nur Sekunden, denn im nächsten Augenblick kam der zweite Mann den Niedergang herunter und stoppte seinen Komplizen.

»Was machst du, zum Teufel? Das ist gute Ware! Die darfst du doch nicht kaputtmachen, du Spinner!«

Laughing Man presste die Lippen zusammen, hob den Strick auf und band Claire die Handgelenke zusammen. Sie trat ihm gegen das Schienbein, und plötzlich kehrte auch ihre Stimme zurück.

»Verpiss dich, du Drecksack! Lass mich los!« Ihre Fersen zappelten auf dem Boden. »Brad!« schrie sie. »Brad!«

Aber Laughing Man ließ sich nicht mehr beirren. Mit einem hämischen Grinsen packte er ihre Knöchel und band sie zusammen. »Schau dir an, wie die strampelt, die kleine Torte! Das ist ja die schlimmste von allen! Der müssen wir mal Manieren beibringen!«

»Hau ab, du hässliches Schwein!« Ihre Fersen trommelten auf den Boden. »Ich will nach Hause.«

Der Mann packte sie an den Haaren, und die bunten Schmetterlingsklammern fielen herunter. »Hör mal, Mädchen«, sagte er leise. »Ich kann dir noch ganz anders wehtun, das kannst du mir glauben. Und dabei kriegt deine hübsche weiße Haut nicht mal Kratzer!« Er zog ihren Kopf an sein Gesicht und bedeckte ihren Mund mit seinen Lippen.

Sie wehrte sich, so gut sie konnte, aber dann musste sie doch nachgeben. Als er mit ihr fertig war, stieß er sie auf die Bank zu den beiden anderen Mädchen. »So, ich hoffe, jetzt hast du begriffen! Da, wo du hinkommst, wirst du ein bisschen Nettigkeit brauchen.«

Lachend verließ er die Kajüte und stampfte die Treppe hinauf.

»Uch!« Claire spuckte, so heftig sie konnte. »Dieses eklige Schwein. Er stinkt aus dem Mund. Er hat mir die Zunge in den Hals gesteckt, dieser Scheißkerl ... uääách!« Sie schauderte. »Am liebsten würde ich kotzen!«

Die rothaarige Tracy fing an zu schluchzen. Claires Wutausbruch hatte den Lähmungszustand durchbrochen, in dem sie sich befand.

»Mama!« rief sie. »Ich will nach Hause zu meiner Mama und meinem Papa!« Sie starrte die beiden anderen Mädchen blindlings an, und die Tränen liefen ihr über das blasse Gesicht. Ihre grünen Augen waren fast farblos, wenn das Licht darauf fiel. »Sein Name ist Billy. Er hat mir gesagt, er würde eine Sängerin aus mir machen. Er sagte ...« Sie würgte ein Schluchzen herunter und war einen Augenblick still, ehe sie fortfuhr: »Er hat gesagt, ich hätte eine Stimme wie Tina Turner. Die Leute wären verrückt nach so einer Stimme.«

Claire nickte. Im Augenblick interessierte sie sich mehr für die Schmerzen in ihren Beinen, Schultern und Brüsten. Ihr linkes Knie blutete und ein rotes Rinnsal lief an ihrem Bein hinunter.

Jade warf Tracy einen prüfenden Blick zu. Seit sie letzte

Nacht in die Kajüte gepfercht worden war und Tracy dort vorgefunden hatte, hatte sie vergeblich versucht, mit dem Mädchen zu reden. Die Kleine war so geschockt gewesen, dass Jade schon dachte, sie wäre auf Dauer gestört. Aber was Tracy als nächstes sagte, führte dazu, dass Jades Nackenhaare sich aufstellten. »Ich weiß nicht, was sie mit dem anderen Mädchen gemacht haben. Ich bin doch erst vierzehn ... Meine Mama bringt mich um, wenn die Polizei mich ohne Kleider findet.«

»Welches andere Mädchen?« fragte Jade scharf.

»Was sagst du?«

»Das andere Mädchen, was war das für ein anderes Mädchen, von dem du geredet hast?«

Tracy dachte einen Augenblick nach. »Ja, die war schon da, als ich kam. Die haben sie in der Nacht an Deck geholt und vergewaltigt. Immer wieder.« Sie fing an zu heulen.

Claire hatte ihre Verletzungen untersucht und war jetzt in der Lage, dem Gespräch der beiden anderen zu folgen. »Von welchem anderen Mädchen redet ihr eigentlich? Wo ist sie denn jetzt?«

Tracy überhörte die Frage. Sie war schon wieder bei ihrer eigenen Geschichte. »Billy hat gesagt, dass er mich liebt«, sagte sie. »Er hat gesagt, wir würden reich werden, wenn ich erst mal Sängerin bin, und in der ganzen Welt herumreisen.« Sie nickte zur Bestätigung mit dem Kopf.

»Ich glaube, wir haben uns alle drei reinlegen lassen«, sagte Jade, »und jetzt stecken wir in der Scheiße.«

Claire nickte langsam, dann schlug sie mit den gefesselten Händen an die stählerne Wand. »Ich habe gesehen, wie Brad von dem einen Mann Geld gekriegt hat«, sagte sie. »Der Scheißkerl hat mich verkauft, das hat er gemacht.« Sie biss sich auf die Lippen, um nicht zu schreien.

Tracy starrte blind vor sich hin, während Jade versuchte, sie zu trösten. Nach einiger Zeit hatte Claire sich wieder beruhigt und fragte, ob Tracy denn gesehen hätte, wo das andere Mädchen hingebracht worden war.

»Weiß nicht. Rausgezerrt haben sie sie. Und sie ist nicht wieder zurückgekommen.«

Claire und Jade sahen sich an. Einen Augenblick schwiegen sie und dachten an die Geschichten von fremden Männern, vor denen man sie gewarnt hatte. Geschichten, die sie schon gehört hatten, als sie bei ihren Müttern noch auf dem Schoß saßen. Von denen sie aber nie geglaubt hätten, sie könnten ihnen auch selber passieren.

Dann stöhnte Claire mit einem Geräusch, wie es ein gefangenes Tier von sich gibt, wenn es spürt, dass sein Leben so gut wie vorbei ist.

3

Sandra Gilbride schloss die Gartentür hinter sich. »Verdammte Raser!« murmelte sie und sah vorsichtig nach rechts und links, ehe sie die Fahrbahn betrat. »Man ist ja vor seiner eigenen Tür nicht mehr sicher!«

Sandra war es egal, was die Leute von ihr dachten. Sie hatte auch den Getränkemann schon mal angeschnauzt, weil er ihrer Meinung nach zu schnell in der Siedlung herumkurvte. Seither fuhr er immer ganz vorsichtig, wenn er vor ihrer Haustür vorbeikam.

Sie war eine zierliche Brünette mit einer Vorliebe für hohe Absätze, die sie vom frühen Morgen bis abends trug, wenn sie wieder ins Bett ging. Sie war schon als Teenager hübsch gewesen, und mit neununddreißig war sie immer noch eine sehr attraktive Person.

Als sie die Straße überquerte, schlenkerte sie mit der großen Plastiktüte, die sie in der Hand hielt. Die Tüte enthielt ein Geschenk: lauter Sachen, die ihrem Sohn zu klein geworden waren. Vanessa würde sich bestimmt freuen, sie brauchte immer etwas für ihre Kinder, und Darren war zwei Jahre jünger als

Clayton. Der schlaue Clayton hatte sogar seine dunkelblaue Nike-Mütze dazu gelegt. Die brauche er ja bald nicht mehr, hatte er gesagt, er würde von seiner lieben Mama ja bestimmt eine neue kriegen zu seinem Geburtstag.

Sandra musste unwillkürlich lächeln, wenn sie daran dachte. An der neuen Mütze führte jetzt kein Weg mehr vorbei.

Obwohl sie selbst vier Jungs hatte, hatte Sandra immer eine Schwäche für Darren gehabt. Darren und die kleine Suzy. Der Rest von Vanessas Kindern war auch nicht so übel, gemessen an dem, was sonst in der Siedlung herumlief. Die unverschämte kleine Claire, die so hochnäsig war, als ob ihre Kacke nicht stinken würde, war vielleicht ein bisschen verwöhnt. Aber der würde ihre Schwester Kerry schon noch den Kopf zurechtrücken.

Auf ihre eigenen Söhne war Sandra sehr stolz.

Sandras weit herausgestreckter Busen wippte, als sie die andere Straßenseite erreichte. Ihr Ältester lernte Koch unten in London, aber jeden Abend um acht rief er an. Und die anderen durften sich auch nicht die halbe Nacht auf der Straße herumtreiben wie gewisse andere Strolche. Wer nicht pünktlich zu Hause war, konnte sich auf was gefasst machen.

Sandra hoffte innig, dass ihre Freundin heute nüchtern war. Als sie am Freitag nicht gekommen war, hatte Sandra gleich gewusst, dass sie wieder auf Sauftour sein musste. All die Jahre hatte sie zu Vanessa gehalten und immer wieder versucht, sie am Trinken zu hindern. Aber sie wusste mehr von ihrer Freundin als andere Leute. Sie wusste, dass es der Hass eines einzigen Mannes war, der ihre Freundin ins Unglück gestürzt hatte. Den Namen kannte sie nicht, aber das war auch gut so. Namen waren gefährlich. Und so sehr sie Vanessa auch liebte, die eigene Familie ging vor.

Sandras Mann war ein echter Schatz, aber als er sie gefragt hatte, warum sie sich immer noch kümmerte um Vanessa, hatte sie ihn mit einem so ätzenden Blick angesehen, dass er nie wieder gefragt hatte.

Sie war schon halb durch den Vorgarten, als sie den Krach nebenan hörte. *Oh Gott, nicht schon wieder!* Sandra blieb stehen, aber dann fiel ihr ein, dass ihr das letzte Mal fast eine Friteuse an den Kopf geflogen wäre, als sie dem Nachbarhaus zu nahe gekommen war, und sie ging hastig weiter.

Das Ehepaar, das dort wohnte, war erst vor ein paar Monaten zugezogen. Es waren Fremde, und alles, was man von ihnen wusste, war, dass sie aus Silksworth gekommen sein sollten. Und Autos kamen und gingen die ganze Nacht. Warum, wusste niemand genau, aber die Leute machten sich durchaus ihre Gedanken.

Das Interessante war: Wenn es Krach gab, wie heute, dann bezog der junge Mann Prügel und nicht etwa die Frau. Wenn man ihn auf der Straße traf, lächelte er immer ganz verlegen wegen der Veilchen um seine Augen. Aber seine Frau mit ihren gebleichten Haaren und diesem modischen Wet Look war so hochnäsig, als hätte sie ein verdammtes Vermögen geerbt oder so was.

Kopfschüttelnd stieß Sandra Vanessas Haustür auf und marschierte direkt in die Küche. Sie setzte den Wasserkessel auf und rief: »Ich bin's nur, Schätzchen! Ich mach uns 'n Kaffee!«

Der Kaffee war billig gewesen. Zwei Päckchen zum Preis von einem. Da konnte sie ihre Freundin mal einladen. Sie zog das Extra-Päckchen aus der Einkaufstasche und stellte ein Fläschchen Kondensmilch dazu, das sie ebenfalls mitgebracht hatte. Jetzt brauchte sie bloß noch Zucker. Nach einigem Suchen fand sie in einer zerknitterten Tüte einen klumpigen Rest, der für ein paar Tassen reichen würde.

Als der Kaffee fertig war, trug sie die beiden Tassen ins Wohnzimmer, obwohl sie nicht ganz sicher war, wo ihre Freundin sich aufhielt. Insgeheim fürchtete sie, dass Vanessa noch oben im Bett lag und erst mühsam geweckt werden müsste.

Aber sie saß tatsächlich im Wohnzimmer. Gott sei Dank. Und angezogen war sie auch. Das war immer ein gutes Zeichen.

Lächelnd stellte Sandra den Kaffee auf den Couchtisch. Aber

als sie Vanessa ansah, stellte sie fest, dass ihre Freundin wie gelähmt in den Fernseher starrte.

»Was'n los, Mädchen?« sagte sie. »Du siehst aus, als hättest du gerade gemerkt, dass du sechs Richtige und den verdammten Lottoschein in den Ofen getan hast.«

Vanessa gab keine Antwort, sondern starrte bloß vor sich hin.

»Komm, Schätzchen, hör auf. Du machst mich nervös.«

Es dauerte noch ein, zwei Herzschläge länger, ehe Vanessa endlich den Kopf drehte und Sandra ansah. Ihr Gesicht war so weiß wie die Milch, die ihre Tochter drei Stunden früher geklaut hatte. Sie sah aus, als wäre sie tot.

»Sechs Zehen«, murmelte sie. »Scheiße.«

»Sechs Zehen?« sagte Sandra verwirrt. »Wovon redest du, Schätzchen?« Sie drehte sich zum Fernseher um, wo die Nachrichten gerade von den Werbespots abgelöst wurden. »Wer hat sechs Zehen?«

Vanessa zeigte auf den Fernseher. Sandras Blick folgte der zitternden Hand und kehrte dann zum bleichen Gesicht ihrer Freundin zurück. Vanessa versuchte, ihre trockenen Lippen mit der Zunge zu befeuchten, und schüttelte hilflos den Kopf.

Sandra hatte ihre Freundin schon oft in einem schrecklichen Zustand gesehen, aber so schlimm war es noch nie gewesen. Sie sah aus, als müsste sie sterben.

Einen Augenblick später wurde sie ohnmächtig.

Robbie pfiff vor sich hin, als er auf dem Heimweg die Straße herunterkam. Er war höchst zufrieden. Er hatte einen erfolgreichen Vormittag hinter sich und immer noch siebzehn Pfund in der Tasche. Seine beiden großen Einkaufstüten quollen über vor Leckereien, Suzys neue Schuhe waren bestellt und bezahlt, und die große Familienbüchse mit Lachs für fünfzig Pence war ein echtes Schnäppchen gewesen. Auch wenn's nicht die beste Marke war – notfalls konnte man ein paar Spritzer Essig draufträufeln. Lachsbrote, Dosenpfirsiche und Vanillesoße zum Abendessen würden sicher auch Claire ein freundliches Lächeln entlocken.

Für Kerry hatte er neue Laufschuhe, Shorts und ein Trikot bestellt, garantiert zum halben Preis. Und wenn sie eher geliefert wurden, als das Arbeitslosengeld kam – was nicht sehr wahrscheinlich war, denn diese Dinge gab es nur in Spezialgeschäften in größeren Städten –, dann konnte er anschreiben lassen. Er hätte nie zugelassen, dass Kerry keine richtige Ausrüstung hatte, wenn sie in Durham startete. Sie würde genauso gut aussehen wie die Mädchen aus den vornehmen Schulen. Aber die würden sowieso nichts als eine Staubwolke von Kerry sehen.

Auf dem Broadway in Houghton, wo Robbie seine Geschäfte gemacht hatte, war heute Morgen viel von einer Leiche die Rede gewesen, die in Fatfield entdeckt worden war. Das heißt, eigentlich war es nur noch ein Gerippe gewesen, und das war auch nur gefunden worden, weil der Fluss nach den schweren Regenfällen der letzten Tage einen Teil der Uferböschung weggespült hatte.

Der Junge, der die Leiche entdeckt hatte, war die ganze Nacht mit seinem Hund und seiner Taschenlampe Kaninchen jagen gewesen. Aber das hatte er natürlich der Polizei nicht erzählt. Er hatte seine Beute in einer Plastiktüte versteckt, ehe er auf der Wache anrief.

So weit hatte Robbie die Geschichte ja noch ganz plausibel gefunden, aber was sein alter Schulfreund Mickey ihm dann erzählte, fand er doch etwas merkwürdig. Die Leiche hätte an beiden Füßen sechs Zehen gehabt, hatte Mickey beim Leben seiner Mutter geschworen.

Robbie bog in die Sparrow Lane ein. Er sagte Hallo zu Mr Skillings, der drei Häuser weiter wohnte und die Kinder mit Süßigkeiten versorgte, indem er sie dreimal am Tag zum Laden an der Ecke schickte, weil er irgendwas brauchte. Aber statt seiner üblichen Erwiderung »Grüß dich, mein Sohn« fragte der alte Mann diesmal: »Ist alles in Ordnung bei euch?«

Robbie war sofort auf der Hut. »Ja ...« sagte er. »Warum?«

Mr Skillings trat unbehaglich von einem Fuß auf den anderen. »Ach, es ist nur, weil ... Dr. Mountjoys Wagen stand heute Morgen vor eurem Haus. Aber vielleicht war das ja wegen dieser Verrückten bei euch nebenan.«

Aber Robbie hörte Mr Skillings letzte Worte schon gar nicht mehr. Mit pochendem Herzen lief er nach Hause.

Stevie Masterton und Martin gingen die Newbottle Street nach Houghton hinunter. Stevie hatte schon ein paar Pillen eingeworfen, und sein Gesicht war gerötet. Martin zockelte unwillig hinter ihm her. Er bereute es, dass er sich je mit Stevie eingelassen hatte.

Sie waren auf dem Weg zum *Blue Lion,* der übelsten Kneipe in Houghton. Schmutzige Scheiben, Wände, von denen die Farbe abblätterte, abgetretene Teppiche und schaler Tabakgestank – es war wirklich ein mieses Loch. Und wenn irgendwo eine Gaunerei stattfand, gab es im *Blue Lion* bestimmt einen Mitwisser. Martin verzog das Gesicht, als sie die Kaschemme erreichten. Er hatte keine Lust, da mit reinzugehen.

»Was ist denn los mit dir?« fragte Stevie.

Martin zuckte die Achseln. Er hatte zwar Angst vor Stevie, aber eigentlich hatte er vor seinem Vater noch mehr Angst. Außerdem hatte er keine Lust, dabei zuzusehen, wie sich Stevie mit Drogen zuknallte. Er schluckte jetzt jeden Tag und ritt sich immer tiefer in die Scheiße, um das Geld für seine Sucht aufzutreiben. Martin hatte keine Lust, da mit hineingezogen zu werden. Er machte einen Schritt zurück.

»Komm schon, wir machen bestimmt eine Menge Kohle, wenn wir für sie arbeiten. Sie hat uns extra rufen lassen, verstehst du?« Stevie blies seinen Brustkasten auf. »Jason hat gesagt, wir sollen Punkt halb zwölf da sein. Also los! Die wartet auf niemanden. Solche Typen wie uns frühstückt sie jeden Tag. Mach schon!«

Martin schüttelte den Kopf und bewegte sich weiter rückwärts. »Nein, ich geh da nicht rein.«

»Los, du kommst jetzt! Oder ich steck dir deine Schuhe in

den Hals, bis du kotzt!« Stevie war high und fühlte sich wie der Größte. Grinsend packte er Martin am Ärmel.

Aber Martin war besser in Form. Jetzt, wo er sich einmal entschlossen hatte, riss er sich los und lief einfach weg.

Verblüfft und wütend starrte Stevie hinter ihm her. »Wer braucht dich denn, du Arschloch?« rief er seinem Kumpan hinterher, drehte sich um und stieß die Kneipentür auf.

Mrs Archer stand hinter der Bar und beobachtete jede Bewegung des Jungen, als er den Raum zwischen ihnen durchquerte. Sie war ziemlich groß für eine Frau. Ihr langes, gefärbtes Haar war zu einem gewaltigen Dutt aufgetürmt, aus dem spitzige Nadeln hervorstachen. An ihren Fingern glänzten goldene Ringe, ihre Handgelenke waren von goldenen Armreifen umschlossen und von ihrem Hals hingen schwere goldene Ketten. Stevie starrte nachdenklich auf die Armreifen. Hatte seine Mutter, die dumme Kuh, nicht mal welche davon geklaut, als sie hier putzte? Sein Vater hatte das ausbaden müssen. Erst hatte er selber Prügel dafür bezogen, dann hatte er seine Frau zu Hause verdroschen. Es war schwer zu sagen, wer am Ende übler zugerichtet war. Und eine Putzstelle hatte sie auch nie wieder gekriegt.

Stevie blieb vor der Bar stehen. Mrs Archer musterte ihn von oben bis unten, und für einen Augenblick kam er sich wie eine Frau vor, die von den geilen Blicken eines Mannes gestrippt wird. Er schauderte und wagte ihr nicht in die Augen zu sehen, aber dann war es zum Glück auch schon wieder vorbei. *Sie braucht gar nichts zu sagen*, dachte er, *man spürt auch so, dass sie mich für den letzten Dreck hält.*

Sie machte eine Kopfbewegung, bei der ihre langen silbernen Ohrringe heftig ins Schleudern gerieten. Er sollte sich mit ihr ins Hinterzimmer begeben, hieß das.

Stevie war so zufrieden mit sich, als hätte er gerade eine geheime Prüfung bestanden. Mit stolzgeschwellter Brust trabte er hinter ihr her.

Der Raum, den sie jetzt betraten, war düster. Auf dem kahlen

Steinfußboden lag kein Teppich. Den meisten Platz nahm ein großer Schreibtisch ein, mit einem einzelnen lederbezogenen Sessel dahinter. An der linken Wand stand ein Safe, rechts hing ein stockfleckiger Spiegel, darunter stand eine verschlissene Ledercouch.

Mrs Archer setzte sich auf den Sessel, nahm einen Joint aus dem Schreibtisch und entzündete ihn. Sie behielt den Rauch lange Zeit in der Lunge, ehe sie ihn lächelnd durch die Nase wieder heraustieß.

Stevie sah ihr fasziniert zu. Die Frau war gefürchtet. Ihr Ruf war ihr von Sunderland nach Houghton gefolgt.

»Hier.« Sie lächelte erneut und hielt ihm den Joint hin, den er eilig nahm und rauchte. *Hoffentlich hört sie bald auf zu lächeln,* dachte er.

»Danke«, sagte er, gab den Joint zurück und versuchte, dabei ihre Finger nicht zu berühren.

Sie lehnte sich in ihrem Sessel zurück und musterte ihn gelangweilt. Wenn sie ihn einschüchtern wollte, war sie äußerst erfolgreich.

Schließlich machte sie doch noch den Mund auf. »Na?« sagte sie, und er fuhr erschrocken zusammen. »Wie geht's der blöden Kuh, die dich in die Welt gesetzt hat? Klaut sie immer noch?«

Stevie schluckte, sein Selbstvertrauen sank unter Null. »Sie, äh ...«

»Sie ist fetter als je zuvor, heißt es. Eine hässliche Kuh.«

Stevie hatte keinerlei Loyalitäten, am allerwenigsten im Hinblick auf seine Eltern. Aber gemessen an Mrs Archer sah seine Mutter wie eine Schönheitskönigin aus, fand er. *Herrgott, guckt diese Frau eigentlich nie in den Spiegel?* Andererseits wollte er seine künftige Chefin nicht gegen sich einnehmen, und so sagte er gar nichts, sondern lächelte feige.

»Hmmmm.« Ohne ihren Blick abzuwenden, beugte Mrs Archer sich vor, stützte die Ellbogen auf und legte ihr spitzes Kinn auf die gefalteten Hände. Stevie erstarrte.

»Okay«, sagte sie schließlich, so als sei sie wider Willen zu einem Ergebnis gekommen. Sie zog eine Schublade auf, zog eine wiederverschließbare, durchsichtige kleine Plastiktüte mit bunten Pillen heraus und warf sie auf den Schreibtisch. »Das sind Gratisproben.«

»Geil!« sagte Stevie und griff nach dem Tütchen.

Mit einer schnellen Bewegung fegte sie seine Hand weg. »Nicht für dich, du Idiot. Die gibst du den Schulkindern. Den Elf- und Zwölfjährigen, hast du verstanden?«

Stevie, der die Tabletten immer noch gierig anstarrte, nickte begeistert.

»Den Jüngeren gibst du nichts, ist das klar? Die Babys kriegen später was anderes.« Sie verstummte für eine Sekunde und lächelte in sich hinein. »Denjenigen, die sowieso schon abhängig sind, gibst du keine, verstanden? Kannst du dir das merken? Ich denke, es sollte dir nicht allzu schwer fallen, den Unterschied festzustellen, nicht wahr? Du kennst ja die Typen, die dir nicht in die Augen sehen können, wenn sie nicht high sind.«

Sie machte erneut eine Pause und ließ die Zunge über ihre Zähne gleiten. »Ich will frisches Fleisch, tüchtige kleine Schlucker. Am Freitag müssen sie wieder da sein, mit barem Geld in den schweißigen Fingern, und betteln, dass du ihnen noch mehr gibst.«

»Aber –«

»Was *aber*? Willst du mir erzählen, dass die Schulen alle in fester Hand sind?« Ihre Augen glitzerten, und das Lächeln kehrte wieder zurück. »Hör zu, du Idiot. Das ist genau das, wozu ich dich brauche. Du sollst dafür sorgen, dass sich das ändert. Diese Typen aus Newcastle treiben's schon viel zu lange mit unseren Kindern. Jetzt übernehmen wir das Geschäft.« Sie stand auf. »Hast du das begriffen, Idiot?«

Sie wartete nicht auf seine Antwort, sondern ging an ihm vorbei und öffnete die Tür. »Von jetzt an ist Smith für dich zuständig. Er wird dir sagen, was du zu tun hast.« Sie warf Stevie den Beutel zu, den er mit Mühe auffing.

»Auf die Pillen ist ein Elefant draufgestempelt. Für einen größeren Kick.« Sie schenkte ihm ein schiefes Lächeln, und diesmal zuckte er sichtbar zusammen. »Jetzt hau ab, du Idiot!«

Sein Kopf hing vor Ehrfurcht fast auf dem Boden, als er rückwärts hinausging, als wäre sie von königlichem Geblüt.

4

Detective Inspector Lorraine Hunt vom C.I.D. Houghton war blond und schöner, als die Polizei erlaubt, sagten die Leute. Aber hinter ihren täuschend sanften, veilchenblauen Augen war enorme Willenskraft verborgen. Sie führte ein strenges Kommando im Dezernat und wurde sowohl von ihren weiblichen als auch von ihren männlichen Kollegen sehr respektiert. Als verdeckte Ermittlerin war sie besonders begabt: die richtigen Kleider, ein greller Lippenstift und ein Kaugummi, und jeder hielt sie für ein dummes Blondchen, das bloß darauf aus war, sich zu amüsieren. Wenn sie genügend Schminke auflegte, konnte sie glatt als Prostituierte arbeiten; wenn sie ein elegantes Kostüm anzog, die Haare zurückkämmte und eine Hornbrille aufsetzte, war sie die perfekte Chefsekretärin – und zur Sicherheit hatte sie noch in Karate den schwarzen Gürtel.

Während sie am Schreibtisch ihr Mittagessen verspeiste – ein mageres Gurken-Tomaten-Sandwich – dachte sie abwechselnd an die in Flatfield gefundene Leiche und an ihre Ehe, die gerade den Bach runterging.

Durch ein heftiges Klopfen an der Tür wurde sie jählings aus ihren Grübeleien gerissen. Noch ehe sie den Bissen heruntergewürgt hatte, den sie gerade im Mund hatte, ging auch schon die Tür auf und Ponce Constable Carter, ein junger Mann mit roten Haaren und zahllosen Sommersprossen, stürmte in ihr Büro. »Ich glaube, Chefin, Sie sollten wissen, dass sie jetzt die ganze Umgebung abgesucht haben, aber den Kopf haben sie immer noch nicht gefunden.«

Lorraine legte ihr Sandwich beiseite und rieb sich die Stirn. »Ist ja großartig. Und das mit den sechs Zehen wissen inzwischen wohl auch alle? Man kann sich ja kaum vorstellen, dass der Junge, der ihn gefunden hat, so was für sich behält.«

»Nein, Chefin. Es war schon ... äh ...«

»Was, Carter?«

»Es war schon in den Fernsehnachrichten.«

»Verdammt nochmal!« Sie fegte mit dem Arm über den Tisch, und etliche Büroklammern segelten auf den Boden. »Und auf dem Broadway ist es wahrscheinlich heute Morgen schon Tagesthema gewesen. Heute hat's schließlich Stütze gegeben. Ist der fehlende Kopf auch erwähnt worden?«

»Nein. Zum Glück hat der Junge den oberen Teil der Leiche ja nicht gesehen.«

»Gut, sehen Sie zu, dass es auch weiterhin nicht bekannt wird. Wenn die Leute erfahren, dass hier ständig Leichen mit fehlenden Teilen auftauchen, gibt's eine Panik, auch wenn der hier schon sehr lange tot ist. Aber vielleicht hilft uns ja gerade der weiter. Zweimal sechs Zehen sieht man ja nicht jeden Tag.«

»Da haben Sie recht, Chefin.«

»Das könnte der Durchbruch bei unseren Ermittlungen werden. Über ein Baby mit sechs Zehen an jedem Fuß hat damals bestimmt die ganze Gegend geredet.« Sie dachte einen Augenblick nach. »Also fahren Sie mal nach Sunderland runter und graben Sie in den Archiven.«

»Wird gemacht, Boss.« Carter machte sich auf den Weg, und Lorraine griff wieder nach ihrem matschigen Sandwich. »Bäh«, sagte sie. »Selbst eine Kuh mit drei Mägen könnte von so was nicht leben.«

Sie warf das Sandwich zurück auf den Teller, lehnte sich auf ihrem Bürostuhl zurück und verschränkte die Hände hinter dem Kopf. *Warum tauchen die Leichen eigentlich gerade jetzt auf?* fragte sie einen braunen Fleck an der Decke, der schon seit Ewigkeiten dort war. *Da muss wohl der Regen dran schuld sein. Es gießt ja seit Wochen.*

Aber warum fehlten die Köpfe?

Frustriert setzte sich Lorraine wieder aufrecht und trommelte mit den Fingernägeln auf ihrem Schreibtisch herum.

Rache?

Ritualmorde?

Hinrichtungen?

Das Telefon unterbrach ihre Überlegungen, und sie erriet sofort, wer es war. Zum ersten Mal an diesem Tag lächelte sie. »Hallo, Mam!« sagte sie in den Hörer. »Wie war's in Kanada?«

»Bist du jetzt unter die Hellseherinnen gegangen?« sagte die Stimme am anderen Ende.

»Nö, Mam. Ich bin immer noch Detektivin. Aber ich wusste ja, wann deine Maschine hier landet.«

»Kluges Mädchen. Und der Flieger war tatsächlich pünktlich. Ist alles in Ordnung?«

»Ja«, sagte Lorraine. »Ja und nein. Ich erzähl's dir später. Obwohl ich fürchte, dass ich es heute Abend nicht schaffe. Hier ist die Hölle los.«

»Ach, das ist ja schade. Ich wollte eigentlich Steaks machen. Mit Pilzen, Tomaten, Erbsen, Pommes frites und so weiter ...«

»Das ist seelische Grausamkeit, Mam. Mir läuft ja das Wasser im Munde zusammen.«

»Tut mir leid, Schätzchen.«

»Vielleicht morgen, oder am Mittwoch.«

»Okay, ich kann's kaum erwarten. Kommt dein Ehemann auch?«

Lorraine holte tief Luft. Sie wusste genau, dass ihre Mutter Johns Namen nur deshalb »vergaß«, um sie zu provozieren.

»Das bezweifle ich. Er muss fast jeden Abend Unterricht geben.«

Seufzend legte Lorraine den Hörer zurück. John war ihr Karate-Lehrer gewesen, und als sie ihn kennen lernte, hatte bei ihr der Blitz eingeschlagen. Sie war gerade dreißig geworden und reif für die Ehe. Nur die Warnungen ihrer Mutter hatten ab und zu ein paar Zweifel in ihr geweckt. Mavis hatte gleich nach der ersten Begegnung gesagt, dass der Bursche ein Windhund sei, der sicher nichts anbrennen ließ. Wenn sie den heiraten würde, wäre das eine Katastrophe. Aber Lorraine hatte sich nicht an den Rat ihrer Mutter gehalten. John hatte Mavis übrigens fast genauso gehasst, was insofern ungewöhnlich war, als die meisten Leute ihre Mutter spontan sympathisch und nett fanden.

Mavis war ein Hippiemädchen, wie es im Buch stand. Sie war nur achtzehn Jahre älter als ihre Tochter und lief mit perlenbestickten Blumenkleidern und einer goldenen Lockenmähne herum, als hätte es die letzten dreißig Jahren gar nicht gegeben. Genau wie ihre Tochter sah sie zehn Jahre jünger aus, als sie war.

Mit einem Seufzen schob Lorraine ihre Mutter – und ihren Ehemann – in den Hintergrund ihrer Gedanken und begann die Papiere auf ihrem Tisch zu studieren.

Sie betrachtete gerade das Foto eines jungen Mädchens, das erst vor einer Stunde auf ihrem Tisch gelandet war, als es erneut klopfte. »Herein«, sagte sie und dachte, es wäre noch einmal Carter, aber diesmal grüßte sie eine tiefe Bass-Stimme.

»Hallo, Boss«, sagte Luke, als er eintrat.

Lorraine wartete, bis er sich den Stuhl an sein Lieblingsplätzchen am Fenster gestellt hatte.

Luke setzte sich, verschränkte die Arme lässig im Nacken und begann wie üblich zu kippeln. Lorraine hatte jedesmal die Zwangsvorstellung, dass er umkippen und sich den Kopf an der Heizung aufschlagen könnte. Darüber musste sie lächeln, nicht weil sie Luke nicht leiden konnte, sondern weil sie den eigenartigen Humor ihrer Mutter geerbt hatte. Luke machte den Mund auf, aber seine Vorgesetzte war schneller.

»Ein verschwundenes Mädchen in Newcastle«, sagte sie. »Tracy Scott heißt sie. Ist seit zwei Tagen verschwunden.« Sie tippte mit dem Fingernagel auf eins der Fotos. »Hübsches Mädchen, erst vierzehn.«

»Ja ...«, seufzte Luke und warf Lorraine einen traurigen

Blick zu. Sie erkannte das Seufzen und wusste, dass neuer Ärger bevorstand.

»Was ist?« fragte sie.

»Es ist schon wieder eine verschwunden.«

»Mein Gott.« In ihrem Magen begann sich ein Knoten zu bilden.

»Eine Sechzehnjährige. Wurde seit gestern nicht mehr gesehen. Jade Somerby. Weil sie schon sechzehn ist, ist sie erst vor zehn Minuten auf die Vermisstenliste gekommen.«

»Könnte da eine Verbindung bestehen?«

Luke schüttelte den Kopf. »Noch zu früh, um darüber etwas zu sagen. Wahrscheinlich nicht. Geographisch gibt es kein offensichtliches Muster.«

»Ist eins der Mädchen auf den Strich gegangen?«

»Tracy bestimmt nicht. Über diese Jade Somerby wissen wir noch nicht viel.«

»Sag mir Bescheid, sobald du etwas herausfindest.«

Luke nickte. »Was hört man von der letzten Leiche?«

Diesmal schüttelte Lorraine den Kopf. »Das ist wirklich verrückt. Der letzte hatte sechs Zehen! Zum Glück, kann man sagen, denn der arme Kerl hat schon so lange unter der Erde gelegen, dass –«

»Sechs Zehen?« Luke war so heftig nach vorn geschossen, dass Lorraine dachte, diesmal würde er wirklich umkippen. »Sechs Zehen«, sagte er noch einmal. »Und wie lange ist er schon tot?«

Verblüfft über seine Aufregung suchte Lorraine nach dem vorläufigen Bericht aus der Pathologie. »Scottie sagt, ungefähr fünfzehn Jahre. Warum? Weißt du etwas, was ich nicht weiß?«

»Jack Holland hatte sechs Zehen.«

»Und diesen Jack Holland hast du gekannt?«

»Ja«, sagte Luke. »Als ich vor zwanzig Jahren hierher zu meinen Großeltern kam, war ich nicht bloß der Neue, sondern ich war obendrein noch der neue *Schwarze*. Damals gab es noch nicht sehr viele Schwarze hier in der Gegend. Ich war fünfzehn, und ich hatte es ziemlich schwer. Jack Holland war zwar alles andere als ein Engel, aber mir hat er geholfen und vielen anderen Kindern auch. Er hat die Dinge irgendwie leichter gemacht, weißt du? Er hat uns manchmal Süßigkeiten spendiert, und mit uns Fußball gespielt. Dann ist er eines Tages verschwunden. So gegen Ende der achtziger Jahre. Wir haben alle gedacht, er wäre mit irgendeiner Frau durchgebrannt. Seine Mutter besuche ich heute noch manchmal. Bringe ihr Fish 'n' Chips oder so was. Sie ist blind wie eine Fledermaus und wird langsam senil. Sie denkt, ich wäre ihr Sohn.«

»Und dieser Jack ist seit all diesen Jahren verschwunden?« Lorraine spürte, wie ihr Puls sich beschleunigte.

»Ja«, sagte Luke mit Bestimmtheit.

»Na, dann sind wir ja vielleicht doch etwas weiter. Jetzt müssen wir bloß noch herausfinden, warum man ihm den Kopf abgehackt hat. Das weißt du wohl nicht zufällig?«

Luke lächelte. »Tut mir leid. Ich weiß nur, dass er gelegentlich von ziemlich finsteren Gestalten besucht wurde.«

»Okay. Ich glaube, du solltest dich vorrangig damit befassen. Sieh zu, was du rauskriegst. Es besteht bestimmt ein Zusammenhang mit den anderen Leichen.«

Luke nickte und grinste. »Aber das war schon ein Witz, dass die drei anderen in Superintendent Clarks Gemüsebeet aufgetaucht sind. Das Gesicht von dem alten Miesepeter hätte ich gern gesehen!«

»Ja«, sagte Lorraine und musste laut lachen. »Es hat ihn fast der Schlag getroffen. Zum Glück für ihn hat er erst ein Jahr da gewohnt. Das Haus war jahrelang unbewohnt, ehe er es gekauft hat.«

Luke stand auf und ging zur Tür. Dort drehte er sich noch einmal um. »Ist deine Mutter schon wieder zurück?«

»Oh ja!« Lorraine rollte mit den Augen.

»Grüß sie schön, wenn du sie siehst. Ich vermute, Kanada braucht jetzt ein Wiederaufbauprogramm. Na ja, sag ihr, ich bringe das Video am Samstag vorbei.«

»Was für ein Video?«

»Ach, nur solches Flower-Power-Zeug, das ich bei meiner Tante auf dem Dachboden entdeckt habe.«

»Du solltest das nicht noch unterstützen. Du ermutigst sie ja geradezu.«

»Ich? Deine Mutter ermutigen? So was würde ich niemals tun.« Er lachte, und Lorraine scheuchte ihn aus der Tür.

Sie betrachtete Tracys Foto, dann las sie sich den Bericht noch einmal durch und entdeckte etwas, das ihr zuvor entgangen war: Das Mädchen hatte seit ein paar Tagen einen neuen Freund. »Wo bist du, Tracy?« murmelte sie. »Habt ihr euch irgendwo versteckt? Oder stehst du schon auf dem Strich und schaffst für ihn an?«

Sie schüttelte sich. Es war immer die alte Geschichte. Frauen und junge Mädchen ... würden sie es denn niemals begreifen? Worin besteht die Anziehungskraft dieser Typen? *Ach, Lorraine, wenn du das wüsstest, wärst du nicht selber hereingefallen.*

Sie fegte ein paar Krümel vom Tisch und warf sie dann in den Papierkorb. Um klarer denken zu können, kaute sie auf einem Bleistift herum. Es war ihr egal, was der blöde Freud davon hielt.

»Ich bin überzeugt, diese Fälle haben alle miteinander zu tun«, murmelte sie. »Zwischen diesen Mädchen gibt es eine Verbindung. Es muss eine geben. Da ist irgendwas.«

Als es draußen langsam dunkel wurde, saß Lorraine immer noch da. Sie sah aus dem Fenster. Es hatte schon wieder zu regnen begonnen. *Verdammt noch mal, das ist ja die reinste Sintflut. Wie lange kann es denn regnen, ehe wir alle ins Meer gespült werden? Und wo ist mein Scheiß-Ehemann?*

Sie hatte gerade ihren Mantel angezogen, als das Telefon klingelte. Es war Scottie, der sie zu einer Obduktion einlud, als wäre es eine Party. Lächelnd akzeptierte sie die Einladung. Dann griff sie nach ihrem Schirm und zog die Tür hinter sich zu. Es wurde Zeit, dass sie mal einigen Leuten Dampf machte.

5

Darren musste seine beiden jüngeren Schwestern nach Hause bringen. Eine Aufgabe, die er nicht ausstehen konnte. Die kleine Suzy, die wie eine Idiotin alles anlächelte, was sich bewegte, und Emma… Darren verzog das Gesicht. *Schnief, schnief, schnief,* dauernd schniefte sie vor sich hin. Nase hochziehen und spucken. Er konnte gut ohne ihr Scheißasthma leben. Schon auf der Straße mit ihr gesehen zu werden würde sein Renommee ruinieren. Falls er überhaupt welches hatte, dachte er trübsinnig.

Kerry ging immer direkt nach der Schule zum Training, und Claire hatte irgendeine dämliche Theaterprobe und kam erst später nach Hause. Und zu allem Überfluss hatte Miss Ratchet, allgemein »die Spitzhacke« genant, ihn noch dabei erwischt, wie er seinen Kaugummi unter die Bank klebte, und ihm eine Strafarbeit von zweihundert Zeilen verpasst: *Ich soll keinen Kaugummi in die Schule mitbringen.* »Scheißweiber!«

»Wie bitte, mein Junge?« Mr Slater, der Klassenlehrer, stand hinter ihm.

»Ach, nichts, Sir… ich hab bloß gesungen.«

»Ach, ja? Also sing bitte leise, mein Junge.«

»Ja, Sir«, murmelte Darren.

Diese verdammte Hexe. *Wer muss denn heute noch eine Strafarbeit schreiben? Dieses blöde Weib ist doch hinter dem Mond. Demnächst bringt sie noch einen Rohrstock mit in die Schule und verhängt die Todesstrafe für Kaugummikauen.*

Darren kickte einen Kieselstein über den Schulhof und dachte wehmütig daran, dass er sich wieder keine Eintrittskarte für das *Stadium of Light* würde kaufen können und seinen Helden Kevin Phillips diese Woche wieder nicht sehen würde. Er war so mit seinen Kümmernissen beschäftigt, dass er Stevie erst bemerkte, als dieser schon vor ihm stand und ihm die Hand auf die Brust legte.

»He, was machst du denn?« quiekte Darren erschrocken.

»Komm mal her, Kleiner«, sagte Stevie und zog ihn in den Schatten hinter den großen Säulen des Schultors. »Magst du ein Bonbon?« Er hielt Darren eine von den Pillen unter die Nase.

Darrens Herz begann schneller zu schlagen. Er hatte von Stevie und seinem Partner gehört. Kerry und Robbie hatten ihm gesagt, was für miese Kerle das waren.

Hastig sah er sich um, aber es war niemand in der Nähe. Er wusste auch, was für Bonbons das waren. Das hatten seine Mutter und ihre Freundin Sandra ihm eingebläut. Ihm und all seinen Geschwistern. Sie waren sogar nach Sunderland mit ihnen gefahren und hatten ein Heim für drogensüchtige Kinder mit ihnen besucht. Was er da gesehen hatte, hatte ihn so abgestoßen, dass er bestimmt keine Pillen von diesem Schwein nehmen würde. Außerdem wollte er Fußballer werden. »N-nein d-danke«, sagte er leise.

»*Nein danke?* Was bist du doch für ein höfliches kleines Kerlchen! Aber jetzt will ich dir mal was sagen. Die anderen kleinen Scheißer sind schon alle weg, ich hab noch zwei Bonbons übrig, und eins davon wirst du jetzt schlucken. Ist das klar?«

Verzweifelt sah Darren sich um. Die Straße war völlig verlassen. Wo waren die Leute nur alle, wenn man sie brauchte? Der *Terminator* zum Beispiel? Oder wenigstens eine paar kräftige *Aliens*?

Er wurde abrupt in die Realität zurückgeholt, als ihn Stevie an der Schul-Krawatte packte und seinen Kopf zu sich heranzerrte. »Was ist los? Du redest wohl nicht mit jedem?« Darren sah die rotunterlaufenen Augen des Schlägers und roch seinen stinkenden Atem.

»Nein. Nein.« Darren versuchte mit aller Kraft, den Größeren wegzuschubsen, aber das nützte ihm gar nichts. Stevie lachte bloß hämisch.

Darren wusste, dass er in der Falle saß. Aber er würde sich zu nichts zwingen lassen. Jedenfalls nicht ohne zu kämpfen. Er nahm seinen ganzen Mut zusammen und trat den Schläger mit aller Kraft gegen das Schienbein. Zu seiner Überraschung jaulte der Getroffene auf und ließ ihn los.

Aber Darren zögerte einen Sekundenbruchteil zu lange. Als er sich schließlich zur Flucht wandte, packte ihn Stevie von hinten. »Jetzt hab ich dich, du kleine Mistkröte!«

Darrens Herz sackte auf ein Rekordtief. Er wusste, dass er jetzt tot war. Irgendwo hinter dem Rauschen des Blutes in seinen Ohren hörte er seinen Angreifer schreien und fluchen. Aber dann wurde es plötzlich still.

»Was ist denn hier los?«

Danke, lieber Gott! Darrens Beine waren plötzlich aus Gummi vor lauter Erleichterung. Er hätte nie gedacht, dass er einmal froh sein könnte, die Stimme von der Spitzhacke zu hören. Er würde ihr liebend gern ihre Strafarbeit schreiben, und einen Guten-Morgen-Kuss auf ihre fetten Backen konnte sie auch haben!

»Ist das vielleicht ein klassischer Fall von Schikane, Masterton?«

Stevie starrte sie unsicher an. Die Spitzhacke war eine von den Lehrerinnen, die man sein Leben lang nicht vergaß. Ein Jahr lang war sie die einzige Autorität gewesen, vor der er sich in Acht nahm, und wie es schien, erinnerte sie sich noch an ihn.

»Hast du nichts zu tun, Darren?« sagte sie.

»Ja, äh, doch«, sagte er hastig und hätte fast strammgestanden.

»Na, dann lauf, Junge!«

Darren brauchte keine weitere Einladung. Das letzte, was er hörte, als er um die Ecke rannte, waren Fetzen der Standpauke, die Stevie über sich ergehen lassen musste.

Als er zur Grundschule kam, sah er Suzy und Emma schon an der Wand lehnen.

»Wo bleibst du denn?« fragte Emma und starrte ihn – eine Hand in die Hüfte gestemmt – anklagend an, während Suzy ihn anlächelte.

»Das geht dich nichts an – jetzt bin ich ja da, oder?« Er war so erleichtert, dass er Emma auf die Schulter klopfte.

Sie schüttelte ihn wütend ab, schniefte und streckte ihm die Zunge raus, ehe sie losbrüllte. »Ich bin hungrig, und du kommst zu spät. Das sage ich Kerry, und dann kriegst du eins auf die Nuss!«

»Ja, großartig. Vergiss es bloß nicht ...« Er verzichtete darauf, sie zu knuffen, obwohl es ihn in den Fingern juckte. »Wenn du so hungrig bist, dann maul nicht rum, sondern komm endlich.«

»Meinst du, Mami geht's heute besser?« fragte Suzy, die neben ihm herging.

Darren sah zu ihr hinunter. Er hörte die Hoffnung in ihrer Stimme und wollte gern ja sagen, wollte ihr versichern, dass es ihrer Mutter nie wieder schlecht gehen würde. Er war inzwischen alt genug, um zu wissen, dass seine Mutter zu viel rauchte und trank und dass sie deshalb so alt aussah und manchmal schlecht roch. Aber er fühlte sich schuldig, weil er das dachte, und er glaubte auch nicht, dass Suzy verstehen würde, worum es ging.

Er zuckte die Achseln, fest entschlossen, seine kleine Schwester nicht mit seinen Sorgen zu belasten. »Bestimmt. Es ist schön, wenn sie nicht krank ist, nicht wahr?«

»Ja«, lächelte Suzy. »Dann ist sie echt lustig.«

Und so gingen sie nach Hause. Emma vorneweg mit ihrem üblichen finsteren Blick und dahinter Darren und Suzy, die sich an der Hand hielten.

Kerry hatte ihr Ausdauertraining beendet und kühlte sich jetzt mit ein paar langsamen Platzrunden ab. Stan Mayfield, ihr Trainer, folgte ihr mit den Augen. Die Stoppuhr hielt er noch in der Hand. Stan trainierte die *Houghton Harriers* schon seit zehn Jahren. Die Schule erlaubte ihm, die schuleigenen Sportanlagen zu benutzen. Er hatte eine gesunde Gesichtsfarbe und trug einen grauen Trainingsanzug, der ihm vor sieben Jahren noch gut gepasst hatte, aber das war vor jenem sonnigen Sonntagmorgen gewesen, an dem seine Frau einen tödlichen Herzanfall hatte. Jetzt trank er zu viel und hatte einen entsprechenden Bierbauch. Er trieb selbst kaum noch Sport, aber als Trainer war er nach wie vor klasse.

Neben ihm stand ein hochgewachsener, dunkelhaariger Mann, der einen teuren schwarzen Mantel und eine golden schimmernde Krawatte trug. Seine dezente Sonnenbräune hatte er sich bestimmt nicht im nassen englischen Frühling geholt. Seine Haltung war selbstbewusst, und man hätte ihn gutaussehend nennen können, wenn sein Gesichtsausdruck seine Arroganz nicht so deutlich gezeigt hätte. Er hatte einen grausamen Mund und durchdringende blaue Augen, die Kerry bei jedem Schritt folgten.

»Sie macht einen guten Eindruck.« Er nickte in Kerrys Richtung.

»Sie ist auch gut«, sagte Stan voller Stolz. Er trainierte Kerry jetzt seit drei Jahren und war von Anfang an sicher gewesen, dass sie das Zeug zu einer Ausnahme-Sportlerin hatte. »Ich würde sagen, sie ist die Beste, die ich seit vielen Jahren gesehen habe.«

Der Mann zog ein goldenes Zigaretten-Etui und ein dazu passendes Feuerzeug aus der Tasche und zeigte auf die anderen Mädchen. »Besser als die anderen da?« Er steckte sich eine Zigarette an und blies Stan den Rauch ins Gesicht.

»Na sicher«, sagte Stan, ehe er anfing zu husten. Als er wieder atmen konnte, sagte er: »Sie ist die Beste im ganzen Land, und das wird sie auch bald zeigen.« Er schien plötzlich ein paar Zentimeter größer zu werden. »Ich hab sie persönlich trainiert. Und in zwei Wochen, bei den Meisterschaften in Durham, werden alle von ihr reden. Kerry Lumsdon, den Namen muss man sich merken.«

»Sie sind stolz auf sie, wie es scheint.«

»Das können Sie laut sagen. Sie ist ein gutes Mädchen, wenn auch ein bisschen scharfzüngig. Wie so viele von den Kids hier braucht sie einfach bloß eine Chance.«

»Die Chance, die Sie nie gehabt haben, stimmt's, Stan?«

Stan war verblüfft. Es war kein Geheimnis, dass er ein großer Sportler hätte werden können, wenn er damals nicht das Problem mit den Amphetaminen gehabt hätte. Aber dieser Mann war ein Fremder. Oder doch nicht? Irgendwie kam er dem Trainer bekannt vor.

Der Fremde lächelte kalt, wandte sich ab und stieg in seinen Rolls-Royce mit Chauffeur.

»Wer war denn das?« fragte Kerry plötzlich von hinten.

»Mein Gott!« Stan drehte sich hastig um. »Wie kannst du mich so erschrecken? Da kann man ja einen Herzanfall kriegen.«

»Den kriegen Sie eher von dem Rettungsring um Ihren Bauch ... Also? Wer war das? Ich bin mir ziemlich sicher, dass ich ihn schon mal gesehen habe.«

»Du bist ganz schön unverschämt, junge Dame. Ich weiß nicht, wer das war, aber ich habe so ein dumpfes Gefühl, ich sollte ihn kennen. Er könnte so ein Talentsucher sein.« Stan zuckte die Achseln. »Man kann ja nie wissen.«

»Davon träumen Sie auch bloß«, sagte Kerry und blickte zu Boden.

Stan seufzte laut und übertrieben. »Was willst du hören, Mädchen? Dass du die Größte bist? Das weißt du doch. Warum hast du bloß kein Selbstvertrauen? Verdammt noch mal, du hast doch bisher jedes Rennen gewonnen!«

»Ich weiß, aber –«

»Kein Aber! Hör mal, Mädchen, ich weiß, dass bei dir zu Hause nicht alles zum Besten steht, aber es gibt eine Menge Kids, denen geht's noch viel schlechter. Das möchtest du gar nicht wissen. Deine Mutter gibt sich doch immerhin Mühe.«

»Ja, wenn sie nüchtern ist. Aber das ist nicht sehr oft, Stan.« Sie sah ihm direkt ins Gesicht, und ihm wurde wieder einmal bewusst, wie jung sie noch war und was sie alles am Hals hatte.

Er tätschelte ihr mit einer freundschaftlichen Geste den Arm. »Bis morgen. Geh dich duschen, mein Mädel, und dann nach

Hause. Vergiss nicht, du hast zumindest ein Dach über dem Kopf und was zu essen im Magen.«

»Ja.« Kerry nickte. »Bis morgen.«

Stan sah ihr lächelnd nach, als sie über den Platz ging. Ihn konnte sie mit ihrer falschen Bescheidenheit nicht täuschen. Sie wussten beide, dass sie die Beste war. Sie wollte es nur ab und zu von ihm hören.

Mit den Händen in der Tasche schlenderte er zu den Umkleidekabinen. Kerry war ein großes Talent, aber ihre Mutter war auch keine schlechte Sportlerin gewesen. Er hatte nie ganz verstanden, was da schiefgegangen war, bei Vanessa. Eben noch war sie im Kommen gewesen, ein aufsteigender Star, genauso wie er, und dann war sie plötzlich in der Versenkung verschwunden. Bei ihm waren es die Amphetamine gewesen, bei ihr wohl der Große Robbie, den sie geheiratet hatte. Bald darauf war sie schwanger gewesen und hatte den Kleinen Robbie geboren. Sie war gerade wieder zum Training zurückgekehrt, als der Große Robbie plötzlich verschwand. Neun Monate später kam Kerry, ohne dass jemand gewusst hatte, dass Vanessa zum zweiten Mal schwanger war. Seither war sie eine gebrochene Frau.

Stan schüttelte den Kopf, als er an den Hürden vorbeikam. Frauen waren so schwer zu verstehen. Eins allerdings wusste er sicher: Der Fremde, mit dem er gerade gesprochen hatte, war kein Talentsucher. Es sei denn, er hatte irgendwo ein paar erstklassige Fußballer in seinem Stall und außerdem noch Vermögen. Mit Läuferinnen wurde man nicht reich.

Trotzdem hatte er den Mann schon gesehen. Die tiefe Falte auf seiner Stirn wurde noch tiefer. Nein, es fiel ihm nicht ein. Aber das war kein Wunder. An die Leute aus der Zeit, als er Pillen geschluckt und seinen Körper kaputtgemacht hatte, konnte er sich nur noch sehr dunkel erinnern. Aber eins wusste er: Er konnte den Typen nicht leiden, dazu hatten die fünf Minuten in seiner Gesellschaft gereicht.

Kerry stand vor den Duschkabinen und wollte sich gerade

ausziehen, als sie merkte, dass sie ihr Handtuch vergessen hatte. »Scheiße!« Sie steckte die Shorts und das T-Shirt in ihre Tasche, zog ihre Schuluniform wieder an und machte sich auf den Heimweg. Als sie die Straße überquerte, sah sie den Unbekannten erneut. Er saß in einem großen Wagen und beobachtete sie, als er vorbeifuhr.

Schleimiger Kerl, dachte sie und fing an zu laufen.

Als Kerry zwanzig Minuten später nach Haus kam, war sie so hungrig, dass sie schon halluzinierte. Trotzdem spürte sie sofort, dass etwas nicht stimmte.

Der Küchentisch bog sich geradezu unter den Tellern mit leckeren Broten. Eine Büchse Pfirsiche und ein Krug mit Vanillesoße standen neben den unbenutzten, aufgestapelten Schüsseln. Wenn so viel unberührtes Essen herumstand, musste eine größere Katastrophe passiert sein. Kerry ließ ihre Tasche fallen und stürmte ins Wohnzimmer.

»Was ist los?« fragte sie, und ihr Herz schlug schneller als nach einem Drei-Meilen-Sprint, als sie die unglücklichen Gesichter ihrer drei jüngsten Geschwister vor sich sah. Emma fing sofort an zu heulen, und Suzy machte es ihr einen Augenblick später nach.

»Darren? Was zum Teufel ...?«

Er hatte noch nie so blass ausgesehen. »Es ist wegen Mama! Sie ist in Sunderland im Krankenhaus.«

Kerry ließ sich in den Sessel fallen. *Krankenhaus.* Schon das Wort löste Angst aus. Sie war seit Wochen stinksauer auf ihre Mutter, aber nach Hause zu kommen und zu hören, dass sie im Krankenhaus war ... oh, Scheiße. Erst jetzt wurde ihr klar, wie sehr sie ihre Mutter doch brauchte. All die vielen Nächte, in denen sie wach gelegen, ihre Mutter gehasst und sich eine andere gewünscht hatte ... Kerry hatte das Gefühl, von einem Hammer erschlagen zu werden, auf dem das Wort *Schuld* stand.

»Was ist denn passiert?«

Darren druckste herum. Er hatte Angst, es auszusprechen.

»Robbie hat gesagt, es wäre was mit dem Herzen«, platzte er schließlich heraus. »Er hat gesagt, wir sollten hier bleiben und uns nicht rühren.«

Kerry schüttelte den Kopf. »Aber sie ist doch viel zu jung, um was am Herzen zu haben«, sagte sie in der Hoffnung, wenn sie das sagte, müsste es wahr sein. »Robbie muss sich geirrt haben. Wo ist er überhaupt?«

»Der hat auf uns gewartet, bis wir aus der Schule gekommen sind, und dann ist er mit Tante Sandra ins Krankenhaus.«

»Was hat er denn genau gesagt?« fragte Kerry mit wachsender Panik. »Kommt sie wieder in Ordnung?« *Bitte, Darren, sag ja, Darren!* Sie starrte ihren kleinen Bruder an, als könnte sie ihn damit zwingen, die richtigen Worte zu sagen.

Aber Darren zuckte die Schulter. »Mehr weiß ich auch nicht. Ihr sagt mir ja nie was. Ihr denkt ja, ich wäre ein kleines Kind.«

Suzy hatte sich zu ihrer großen Schwester geschlichen, setzte sich auf ihren Schoß und klammerte sich an sie. Emma beobachtete sie, schniefte unglücklich und folgte dann ihrem Beispiel. »Die Mama soll kommen!« jammerte sie und kletterte auf die Sessellehne. Sie wischte sich die Nase am Ärmel ab und fragte: »Kommt die Mama bald wieder heim?«

Kerry versuchte sie zu beruhigen. »Wir wollen alle, dass sie bald wieder da ist, Emmi. Aber jetzt müssen wir erst mal sehen, was Robbie sagt, wenn er nach Haus kommt.« *Wenn er bloß schon wieder da wäre!*

Inzwischen hatte auch Darren beschlossen, dass er mit seinen elf Jahren noch nicht zu alt war, um sich von seiner Schwester trösten zu lassen, und sich auf die andere Sessellehne gesetzt.

»Kommt«, sagte sie schließlich. »Lasst uns was essen!«

Das Weißbrot war an den Rändern schon etwas trocken, aber der Lachs im Inneren war noch frisch. Trotzdem würgten sie den Leckerbissen herunter, als wäre es Pappe.

Kerry sah ihnen zu und fragte sich, wo eigentlich Claire war. *Das egoistische Luder ist wahrscheinlich mit dieser Katy irgendwo unterwegs. Der ist es sicher völlig egal, was hier los ist. Na, der werd ich Bescheid stoßen, wenn sie nach Haus kommt.*

Nach dem Essen, als sie wieder alle zusammen dichtgedrängt auf der Couch saßen, stellte Kerry den Fernseher an. Teilnahmslos hörten sie zu, als der Nachrichtensprecher erzählte, im Norden Englands sei eine Leiche entdeckt worden. Aber als sie hörte, es sei in Fatfield gewesen, fing Emma laut an zu jammern. »Das ist doch gleich hier in der Nähe«, schrie sie. »Warum ist denn da eine Leiche?« Sofort fing Suzy ebenfalls an zu weinen.

»Das ist doch nichts, weswegen man Angst haben müsste«, sagte Darren. Und Kerry fügte hinzu: »Hör auf zu schreien, Emmi. Du machst uns ja alle verrückt!«

Aber es half nichts. Emma heulte und schrie immer weiter. Schließlich nahm Kerry sie auf den Schoß und schaukelte sie hin und her, wie sie es bei ihrer Mutter gesehen hatte. Allmählich beruhigte Emma sich wieder und das Schluchzen ließ nach.

Kerry sah zum Fenster hinaus. Draußen wurde es dunkel. »Sagt mal, hat Claire irgendwas gesagt, dass sie heute später als sonst kommt?« fragte sie beiläufig.

Die beiden Mädchen schüttelten die Köpfe.

»Ich glaube, sie hat was von sieben Uhr gesagt«, murmelte Darren.

Kerry überlegte einen Moment, dann sagte sie: »Ich wünschte, Robbie käme endlich nach Hause. Diese Unsicherheit geht mir auf die Nerven. Und Claire sollte auch zu Hause sein, statt draußen rumzustolzieren.«

»Kerry, ich ...«, sagte Darren.

»Was ist denn?«

»Ach, nichts.« Darren starrte auf seine Füße.

Aber Kerry spürte, dass da noch etwas anderes war als das Problem mit ihrer Mutter. Sie wollte Darren gerade einem strengen Verhör unterziehen, als Robbie hereinkam, und dicht hinter ihm Sandra.

»Na, was ist?« fragte Kerry.

Robbie lächelte, und Kerry atmete auf. »Es geht ihr schon wieder besser«, sagte er.

»Komm, sei ein Schatz und setz Wasser auf«, sagte Sandra zu Darren und streichelte ihm über den Kopf.

Darren sprang sofort auf. Was Tante Sandra sagte, machte er immer gern.

»Also, was war eigentlich los?« fragte Kerry.

Noch ehe er antworten konnte, fing Emma erneut an zu zetern. »Die Mama soll kommen, die Mama soll kommen. Die Kerry hat dauernd geflucht.«

»Halt dein Maul, du kleine Kröte«, knurrte Kerry und warf ihrer Schwester einen hochgiftigen Blick zu.

Robbie hob die Hand, um sich Gehör zu verschaffen. »Okay, okay, könnt ihr mal still sein? Also, es war eine massive Panikattacke. Dr. Mountjoy dachte erst, dass es ein Herzanfall wäre, aber im Krankenhaus haben sie gesagt, die Symptome seien nicht so einfach zu unterscheiden. Aber bei all den Medikamenten, die sie ihr verpasst haben, als sie noch dachten, dass es ein Herzinfarkt wäre, liegt sie jetzt erst mal flach und muss ein paar Tage dableiben.«

»Wann können wir sie denn besuchen?« fragte Darren, der gerade aus der Küche zurückkam.

»Ich will auch«, sagte Suzy. Emma schnüffelte bloß, nickte aber heftig dazu.

»Morgen«, sagte Robbie.

»Mein Gott, ich hab mir solche Sorgen gemacht«, sagte Kerry.

»Das wundert mich nicht«, sagte Robbie. »Aber stell dir vor, sie will vielleicht sogar zu den Anonymen Alkoholikern gehen.«

In diesem Augenblick kam Darren mit einem Tablett voller Teetassen und den restlichen Sandwiches.

Robbie griff nach seiner Tasse und schaute sich um. »Wo ist eigentlich unsere Claire?«

Die Schatten wurden dunkler in der engen Kajüte, aber es war immer noch so hell, dass sie Tracys erstarrtes Gesicht sehen konnte. Sachte berührte sie ihre Hand. Tracy blinzelte ein-, zweimal, dann drehte sie den Kopf zu Claire hin. Ihr Lächeln war das einer Verdammten.

Claire fröstelte und suchte Blickkontakt mit dem älteren Mädchen. »Ich glaube, ich halte das nicht lange aus.« Wütend schlug sie mit den Fersen auf den Boden, und stöhnte, als ihr der Schmerz durchs Bein schoss. Der Schorf auf dem Knie war abgerissen und die Wunde hatte wieder zu bluten begonnen. »Verfluchte Scheiße!« Sie hatte es immer vulgär gefunden, dass Kerry und die anderen so viel fluchten, aber jetzt schien es die einzig mögliche Art, ihren Frust auszudrücken.

Jade nickte, als käme es jeden Tag vor, dass sie nackt auf einem Fischkutter saß und dabei zusah, wie einem anderen Mädchen das Blut übers Bein lief.

»Kriegt man hier eigentlich was zu essen?« fragte Claire.

»Ja, sie geben uns was«, nickte Jade.

»Wann denn? Ich hab einen Scheißhunger!«

Jade zuckte die Achseln. »Ich auch«, sagte Tracy.

Claire drehte sich zu ihr um. »Was glaubst du denn, was mit dem anderen Mädchen passiert ist?«

Plötzlich standen Tränen in Tracys Augen. »Sie war ja schon vor mir da. Der Mann hat geschimpft, weil ich so viel geheult hab, und da hat sie sich mit mir unterhalten. Sie hat mir von ihrem früheren Freund erzählt, wie sie zusammen Silvester gefeiert haben. Und was er im Bett mit ihr gemacht hat. Ich glaube, sie wollte bloß, dass ich nicht dauernd heule. Und dann ...«

Claire hörte aufmerksam zu, als sie plötzlich etwas auf ihrer Hand spürte. *Eine Spinne, eine Spinne!* Sie kreischte und schüttelte ihre gefesselten Arme.

Die Spinne fiel von ihrem Handrücken und klebte auf ihrem blutigen Knie fest. »Mach sie weg! Mach sie weg!« kreischte sie.

»Hör schon auf!« sagte Jade. »Es ist doch bloß abgeblätterte Farbe.«

Claire schaute nach oben. Tatsächlich hing überall abgeblätterte Ölfarbe vom Dach der Kajüte herunter. »Gott sei Dank«, sagte sie.

»Die müssen irgendwie zugehört haben«, sagte Tracy, als ob das ganze Gebrüll nicht stattgefunden hätte.

»Was?« sagte Claire.

»Die Männer müssen irgendwie zugehört haben«, sagte Tracy. »Jedenfalls wussten sie plötzlich, dass sie keine Jungfrau mehr war. Der Mann, der dich ausgezogen und gefesselt hat, der immer lacht, hat plötzlich die Tür aufgemacht und gegrinst. Er hat ihr gesagt, jetzt hätte sie keinen Wert mehr für sie. Die Kunden wollten bloß Jungfrauen. Sie würden sie über Bord werfen, aber vorher wollten sie noch bisschen Spaß mit ihr haben.«

Tracy schluchzte, und es klang wie ein Schuss in der plötzlichen Stille. »Er hat sie an Deck gezerrt. Die Tür hat er offen gelassen, damit ich zusehen konnte. Der andere hat ihr den Mund zugehalten, als der lachende Mann ihr die Beine breit gemacht hat. Ich hab die ganze Zeit gehört, wie sie gewürgt hat. Ich glaube, sie wollte kotzen ...«, sagte Tracy mit tonloser Stimme, während die Tränen ihr übers Gesicht liefen. »Dann haben sie die Plätze getauscht, und der andere hat es mit ihr gemacht.«

»Oh Gott.« Claire schauderte. Sie sah das geschundene Mädchen, stellte sich vor, wie die Kerle sie über Bord stießen, und sah ihren nackten Körper im kalten, schwarzen Wasser versinken. Sie wollte Tracy nach dem Namen des Mädchens fragen, aber in diesem Augenblick hörte sie Schritte an Deck.

Ihre Haut prickelte, und die Angst stach mit tausend Nadeln in ihre Brust, bis sie kaum noch zu atmen vermochte.

Bitte, lieber Gott, betete sie. *Bitte mach, dass sie mich nicht holen.*

6

Scottie lehnte sich an die Wand in seinem Reich aus weißen Kacheln und blitzendem Chromstahl. Abgesehen von seinen schlanken, flinken Fingern war er ein großer, schwerfälliger Mann. Er hatte mehr Haare am Körper als auf dem Kopf, selbst seine Handrücken waren behaart. Seine Glatze wurde jeden Tag größer. Er war erst dreiundvierzig, aber an manchen Tagen, so wie heute, fühlte er sich wie dreiundneunzig. Er seufzte aus tiefster Seele.

Edna, seine langjährige Assistentin, sah von ihrem Mikroskop auf. »Was ist los?«

Er zuckte die Achseln und zeigte auf den Metalltisch in der Mitte des Raumes. »Tja, was ist *nicht* los?«

Edna verzog das Gesicht und beugte sich dann wieder über das Mikroskop. Sie war schon weit über sechzig und nicht mehr so leicht zu erschüttern.

»Vielen Dank für Ihr Mitgefühl«, murmelte Scottie. Aber Edna ignorierte ihn einfach.

Er faltete die Arme über der Brust. »Verdammt, wo bleibt sie denn? Es ist ja schon Schlafenszeit.«

Edna warf ihm einen spöttischen Blick zu. »Seit wann gehen Sie denn um sechs ins Bett? Sie müssen lernen, sich zu gedulden. Lorraine ist eine vielbeschäftigte Frau.«

In diesem Augenblick ging die Tür auf, und die vielbeschäftigte Frau kam herein. Hinter ihr der ziemlich nervöse Carter.

Scottie strahlte. »Hallo, meine Hübsche!«

Edna stöhnte, und Lorraine lachte. Carter folgte ihr an den Seziertisch, als hätte er Angst, sich mehr als zehn Zentimeter von ihr zu entfernen.

Es war seine erste Obduktion. Er hatte sich geschworen, ja nicht zu kotzen oder sonst was Peinliches zu tun. Die Jungs auf der Wache hatten ihn schon genug aufgezogen.

Aber im Augenblick sah es gar nicht so schlimm aus. Die Leiche war ja kaum mehr als ein Skelett. Damit kam er schon zurecht. Und der Geruch war auch nicht so schlimm, es roch mehr nach Erde als nach fauligem Fleisch. Er merkte, dass seine Chefin ihn ansah, und lächelte tapfer. Die Antwort waren hochgezogene Brauen.

Carter sah, dass die Knochen kleine Etiketten trugen. Nur wo der Schädel hätte sein sollen, war eine Lücke.

»Na?« fragte Lorraine. »Was haben Sie für mich, Scottie?«

Scottie griff nach dem großen Notizblock, der vom Seziertisch herabhing. »Es handelt sich um das Skelett eines großen Mannes. Er war mindestens fünfzehn oder sechzehn Jahre unter der Erde. Der Boden muss feucht gewesen sein, deshalb ist vom Muskelgewebe kaum etwas übrig. Das ist alles weggefressen worden oder verfault.«

Carter spürte, wie sich sein Mageninhalt bewegte. Er hatte einen säuerlichen Geschmack im Mund.

Lorraine nickte. »Gibt es irgendwelche Spuren?«

»Na ja, der Kopf wurde mit derselben Waffe abgetrennt wie die anderen. Man sieht ganz deutlich, dass die Klinge gewellt war«, sagte Scottie. »Edna hat einen Abguss von der Stelle gemacht, wo die Wirbelsäule durchtrennt wurde, und wie ich schon früher gesagt habe: Wenn wir einen Dolch mit der entsprechenden Klinge finden, dann haben wir auch die Tatwaffe.«

Er bewegte sich zum unteren Ende des Tisches. »Aber was noch interessanter ist, sind die sechs Zehen. Das ist gar nicht so ungewöhnlich. Ich hab das schon öfter gesehen. So was passiert auch manchmal beim kleinen Finger. Glauben Sie mir, Mutter Natur macht oft ganz andere Fehler. Aber das Entscheidende ist: Wenn er im Krankenhaus geboren worden ist, dann gibt es darüber irgendwo ein Protokoll.«

»Ja, ich habe Luke schon darauf angesetzt. Er glaubt, er weiß vielleicht, wer das ist.«

»Gut. Dann kriegt der arme Kerl vielleicht noch eine richtige Beerdigung.«

»Glauben Sie, das könnte alles eine Art Ritual sein?« fragte

Lorraine. Nachdem sie jetzt schon vier kopflose Leichen in der Gerichtsmedizin hatten, konnte man Kultmorde nicht ausschließen.

Scottie dachte einen Augenblick nach. »Um ganz ehrlich zu sein: So ganz ohne Fleisch, das man untersuchen könnte, ist das schwer zu sagen. Die Toten könnten rituell verstümmelt worden sein. Schnitte, Brandwunden oder dergleichen – alles verschwunden.« Er zögerte. »Wir wissen es einfach nicht. Andererseits, das Messer, mit dem die Leiche tranchiert worden ist, hat offenbar eine ganz ungewöhnliche Klinge. Es ist möglicherweise sehr dekorativ, es könnte ziemlich alt sein und vielleicht wertvoll.« Er zuckte die Achseln, und sein ganzer massiger Körper geriet in Bewegung.

»Bis jetzt sind wir davon ausgegangen, dass die Köpfe nur deshalb entfernt worden sind, damit die Toten nicht anhand der Zähne identifiziert werden können«, sagte Lorraine. »Aber das erscheint nicht mehr ganz logisch, nachdem dieser Tote hier noch seine sechs Zehen dran hat.«

»Wenn Sie mich fragen«, warf Edna dazwischen und drehte sich auf ihrem Stuhl um: »Das ist ein Irrer gewesen. Und offensichtlich läuft er immer noch draußen rum.«

»Sind Sie sicher, dass es ein Mann war?« fragte Lorraine. »Oder könnte auch eine Frau so viel Kraft haben?«

Scottie winkte sie näher heran. »Der arme Kerl hat zwei Schüsse abgekriegt. Einen in den Oberschenkel und einen in die Brust.« Er zeigte auf die gesplitterten Knochen. »Die Kugel ist durch die erste und zweite Rippe auf der rechten Seite gegangen. Danach hatte er bestimmt ein Loch in der Lunge und vielleicht auch im Herzen, das lässt sich nicht mehr so genau sagen. Nach dem Schuss in den Schenkel ist er aber bestimmt zu Boden gegangen. Als man ihm den Kopf abgetrennt hat, war er entweder schon tot oder kurz davor. Also wäre auch eine kräftige Frau in der Lage gewesen, ihm den Kopf abzuschneiden.«

»Oh Gott.«

Lorraine, Scottie und Edna drehten sich alle gleichzeitig zu

Carter um. »Alles in Ordnung?« fragte Scottie und unterdrückte ein Lächeln.

»Ja, ja, alles in Ordnung.« Carter hustete und strich seine Uniform glatt. Die anderen drei wandten sich wieder dem Tisch zu.

»Na, vielen Dank jedenfalls für Ihre wie immer höchst erhellenden Ausführungen, Scottie.«

»Für Sie tue ich doch alles, meine Schönste. Ach, übrigens, wann fliegen wir eigentlich endlich mal in die Sonne zusammen?«

»Sie meinen diesen Traumurlaub, von dem Sie immer reden?«

»Ja, genau den.«

»Ach, träumen Sie einfach weiter!«

Sie lachten.

Lorraine und Carter gingen nach draußen zum Wagen. »Fahren Sie mich zu meiner Mutter«, bat sie.

Sie warf ihm einen Blick zu und sah, dass er immer noch ziemlich grün im Gesicht war. »Was ist los? Das war wirklich keine schlimme Autopsie, Carter, es hat kaum gestunken. Sie haben sich sehr gut gehalten.«

Carter ließ den Motor an. »Als wir gegangen sind«, sagte er, »hat der Kerl zu seiner Assistentin gesagt, er müsste schnell noch beim Metzger vorbei, um seine Spareribs abzuholen. Wie kann der Mann bloß so zynisch sein?«

Lorraine musste lachen. »Carter, seien Sie nicht so humorlos! Pathologen haben einen schrecklichen Job, das ist wahr, aber sie müssen auch leben. Scottie hat dieser Leiche im Tod wahrscheinlich mehr Respekt erwiesen, als der Mann je erlebt hat, solange er noch auf zwei Beinen herumlief.«

Als sie eine Stunde später ihren Teller wegschob, war Lorraine sehr zufrieden, dass sie doch noch bei ihrer Mutter vorbeigeschaut hatte. »Danke, Mam. Das war genau das, was ich gebraucht habe, ein schönes, saftiges Steak. Jetzt werde ich morgen ein bisschen mehr Sport machen müssen, aber das war es wert.«

Mavis strahlte über das Lob ihrer Tochter. »Nun, ich muss zugeben, mir hat es auch gut geschmeckt.«

Lorraine studierte das Gesicht ihrer Mutter. Manchmal war es, als schaute sie in einen Spiegel. Sie hatten ungefähr die gleiche Größe und hätten dieselben Kleider anziehen können, wenn Lorraine das Hippie-Outfit ihrer Mutter nicht so unmöglich gefunden hätte. Heute Abend trug sie auch wieder so ein psychedelisches grün-lila Kleid. Was bei einer anderen eine totale Katastrophe gewesen wäre, sah bei ihrer Mutter mit ihren taillenlangen Locken allerdings immer noch attraktiv oder zumindest interessant aus.

Wenn Mavis redete, flatterten ihre Hände wie Schmetterlinge in der Luft. Und die im ganzen Norden von England berühmten Töpferwaren, die sie mit diesen langen, schlanken Fingern hervorbrachte, waren kleine ästhetische Wunder.

»Wie geht's im Büro?« fragte Mavis. »Ach, ehe ich's vergesse: Sag Luke bitte schönen Dank fürs Blumengießen.« Ihr Ton veränderte sich und wurde leicht ätzend: »Was macht eigentlich dein Wie-heißt-er-doch-gleich?«

»Wenn du von meinem Ehemann redest, dann nenn ihn bitte beim Namen. Du weißt genau, dass er John heißt.«

»Ja, den meine ich.«

»Ich hatte bisher auch noch keinen anderen«, fauchte Lorraine.

»Deshalb ist er trotzdem der falsche«, murmelte Mavis.

»Können wir das Thema heute Abend mal weglassen?« sagte Lorraine. Sie hatte keine Lust, nach einem harten Arbeitstag auch noch über ihre Ehe zu streiten.

»Wie du meinst, Liebes. Also, was gibt es Neues? Haben sich die Leute in Houghton halbwegs ordentlich benommen, solange ich weg war?«

»Ganz im Gegenteil.« Lorraine legte den Kopf in die Hände und ließ die Schultern sinken. »Das Drogenproblem wird immer größer. Neuerdings schneiden sie den Leuten die Ohren ab, wenn sie bei irgendwelchen Partyspielen verlieren. Die Schwächsten werden gequält und gefoltert.«

»Was?« Mavis sah ihre Tochter ungläubig an. »Einfache Freuden wie Flaschendrehen genügen den Leuten wohl nicht mehr?«

»Die Spiele sind genauso einfach wie früher. Neu ist bloß die Brutalität. Sechs junge Leute sind letzte Woche im Krankenhaus gelandet wegen so was. Der letzte war gerade erst sechzehn. Der Himmel weiß, was sie sich demnächst noch alles einfallen lassen, wenn sie mit Drogen und Alkohol vollgepumpt sind.«

»Und keins von den Opfern hat ausgesagt, wette ich?«

Lorraine schüttelte müde den Kopf. »Nein, dazu haben sie zuviel Angst. Wir haben ein paar Häuser unter Beobachtung, um die Dealer zu fassen.« Sie seufzte. Als ob die Pillenschlucker mit ihren Designer-Drogen das Hauptproblem wären.

Mavis hatte schon den Mund geöffnet, um die nächste Frage zu stellen, als es an der Tür klingelte. Sie sah ihre Tochter an, zog ein Gesicht und sagte: »Wer zum Teufel kann das sein?«

»Es gibt eine Möglichkeit, das herauszufinden, Mam.«

»Ist es womöglich Wie-heißt er-doch-gleich?«

Wieder klingelte es. Lorraine wusste genau, dass es nicht ihr Ehemann sein würde. »Hast du die Absicht, an die Tür zu gehen, oder wollen wir weiter raten?«

»Okay, okay! Ich geh ja schon.« Mavis ging an die Tür, und Lorraine goss sich etwas Wein ein. Eine Minute später kam Mavis strahlend zurück. Direkt hinter ihr Luke.

Lorraine ahnte, dass neue Probleme bevorstanden. Sie nickte, und Luke verschwendete keine Zeit. »Tut mir leid, Boss, es sieht so aus, als wäre schon wieder ein Mädchen verschwunden.«

Lorraine spürte, wie eine kalte Hand nach ihrem Herzen griff. »Wie alt?«

»Dreizehn. Außerdem ist sie von hier. Sie wohnt in den Seahills. Wie es scheint, fehlt sie schon seit heute Morgen.«

»Name?«

»Claire Lumsdon. Die Familie fing an, sich Sorgen zu machen, als sie nach der Schule nicht nach Hause kam. Erst hieß es, sie wäre auf einer Theaterprobe, aber als der Bruder in die Schule ging, stellte sich heraus, dass es heute gar keine Probe gab. Daraufhin hat der Bruder sich Sorgen gemacht und eine Freundin des Mädchens gefragt.« Luke zog sein Notizbuch heraus. »Die Freundin heißt Katy Jacks. Es hat eine Weile gedauert, aber dann haben die Eltern von Katy herausgekriegt, dass Claire den ganzen Tag nicht in der Schule war.«

Lorraine runzelte die Stirn. »Hat diese Katy Jacks den Eindruck gemacht, dass sie noch mehr wusste?«

Luke zuckte die Achseln. »Eher nicht.«

»Das klingt gar nicht gut. Wir fahren besser gleich mal hin und reden mit der Familie.« Lorraine stand auf, um ihren Mantel zu holen.

»Willst du nicht wenigstens einen Tee trinken, Luke?« fragte Mavis.

»Nein, danke«, sagte er und lächelte sie kurz an. Dann wandte er sich wieder an seine Chefin. »Das Problem ist, dass nicht mal die Mutter zu Hause ist bei den Lumsdons. Sie hat heute Morgen eine Panikattacke gehabt und liegt in Sunderland im Krankenhaus.«

»Ach, herrje«, Mavis schüttelte traurig den Kopf. »Das ist ja wirklich ein schlechter Tag für die Armen.«

Lorraine gab ihrer Mutter ein Küsschen. »Bis bald, wir telefonieren, ja?«

Zehn Minuten später standen sie vor dem schäbigen Reihenhaus in der Sparrow Lane und starrten auf die rote Haustür der Lumsdons. Lorraine knabberte nervös an ihrer Unterlippe. Sie hasste diesen Teil ihres Berufs, denn sie wusste, wie hoch die Wahrscheinlichkeit war, dass sie schon innerhalb von 48 Stunden wieder vor dieser Tür stehen würde, um der Familie eine schreckliche Nachricht zu überbringen.

Als sie durch den kleinen Vorgarten gingen, hörten sie aus

dem Inneren des Hauses einen heftigen Streit. Lorraine klopfte, und kurz darauf öffnete ihnen ein kleiner Junge mit den schönsten schwarzen Augen, die sie je gesehen hatte.

Sie lächelte. »Ist jemand zu Hause?«

»Ja, schon. Und wer sind Sie?«

Lorraine lächelte, als sie ihm die Blechmarke zeigte. »Ich bin Detective Inspector Lorraine Hunt, und das ist Sergeant Luke Daniels.«

Mit schriller Stimme rief der Junge: »Robbie, Kerry! Die Bullen sind da.«

Einen Augenblick später erschien ein dunkelhaariger junger Mann, dem ein pummeliges, rothaariges Mädchen folgte. Die Kleine versteckte sich hinter dem Rücken des Jungen und streckte die Zunge heraus.

Wirklich reizend, dachte Lorraine, ließ sich aber nichts anmerken und lächelte Robbie freundlich an. »Guten Tag. Dürfen wir einen Augenblick reinkommen?«

Robbie trat einen Schritt zurück. »Ja, natürlich.«

Lorraine und Luke folgten ihm durch einen schmalen Korridor ins Wohnzimmer. Ein schlankes, dunkelhaariges Mädchen saß im Sessel neben dem Couchtisch. Auf ihrem Schoß saß ein weiteres Kind. Sie musterte Lorraine mit besorgten Augen und runzelte die Stirn. Es war nicht zu übersehen, dass sie eine natürliche Autorität hatte.

»Es handelt sich nur um ein paar Fragen wegen Ihrer Schwester«, sagte Lorraine.

»Setzen Sie sich doch«, sagte Robbie von hinten.

Lorraine setzte sich auf die Couch. Luke blieb hinter ihr stehen. Das Sofa war nicht besonders bequem, sie glaubte deutlich, eine Sprungfeder unter ihrem Hintern zu spüren.

»Und du bist ...?«

»Das ist Kerry«, sagte Robbie, noch ehe seine Schwester den Mund aufmachen konnte. Dann stellte er nacheinander die anderen Geschwister vor. »Diejenige, die ... fehlt, ist Claire.« Er erstickte fast an dem Satz.

Lorraine sagte leise. »Haben Sie ein neueres Foto von Claire?«

Robbie war verlegen. Der Schulfotograf hatte erst vor wenigen Wochen neue Bilder gemacht, aber die hatten sie sich nicht leisten können. Das einzige Foto, das sie von Claire hatten, war drei Jahre alt. Er ging zu einer Schublade und zog ein abgestoßenes Fotoalbum heraus. Nach einigem Blättern fand er ein Bild, das Claire im Alter von zehn Jahren zeigte.

»Hier«, sagte er und gab es Lorraine. »Da ist sie zwar erst zehn, aber sie hat sich nicht sehr verändert.«

Kerry stellte Suzy auf den Boden, stand auf und sah sich das Foto an. »Natürlich hat sie sich verändert. Hier hat sie ja noch ganz dicke Pausbacken, und die Haare sind jetzt auch vollkommen anders.«

Luke spürte die innere Spannung des Mädchens und streckte die Hand nach dem Bild aus. »Wir können es mit dem Computer bearbeiten«, sagte er. »Wenn Sie uns sagen, wie die Haare jetzt sind, kriegen wir es bestimmt ziemlich ähnlich hin.«

»Ach«, sagte Kerry und setzte sich wieder.

Lorraine lächelte. »Ganz schön schlau, was?«

Kerry zuckte die Achseln. »Wie lange werden Sie denn brauchen, um sie zu finden?« Die Polizistin schien ganz okay.

»Vielleicht will sie ja gar nicht gefunden werden«, sagte Lorraine vorsichtig.

»Wie kommen Sie darauf?« rief Kerry wütend. »Unsere Claire ist noch nie auf diese Weise verschwunden.«

»Sie hat Lügen erzählt und gesagt, sie wäre noch in der Schule, obwohl da gar nichts mehr los war.«

»Sie ist bei ihrem Freund«, sagte eine kleine Stimme.

Alle Augen richteten sich auf Emma.

»Was?« sagte Kerry.

»Ich hab sie gestern reden hören mit Katy. Sie hat gesagt, sie geht zu einem Shooting.«

»Wohin?« fragte Robbie, während Kerry die Augen fast aus dem Kopf fielen.

»Irgendwas mit Fotos.«

»Ein Shooting beim Fotografen?« fragte Lorraine.

»Genau.« Das rothaarige kleine Mädchen nickte.

»Seit wann hat sie denn einen Freund?« fragte Robbie völlig verblüfft.

»Ach, seit Jahren schon«, erklärte Emma voll Stolz, als ihr bewusst wurde, dass sie die einzige war, die etwas wusste. Sie schniefte vernehmlich, schob die Unterlippe vor und hob die Nase in die Luft.

»Wenn du hier Lügengeschichten erzählst, Emma, dann schlag ich dich windelweich und wisch den Fußboden mit dir auf«, fauchte Kerry.

»Tu ich nicht. Ich weiß sogar seinen Namen.« Emma streckte ihrer Schwester die Zunge heraus und setzte sich neben Lorraine.

»Und?« sagte Lorraine und lächelte Emma an. »Wie heißt er denn, dieser Freund?«

Emma genoss die Aufmerksamkeit und lächelte befriedigt, ehe sie sagte: »Brad. Sein Name ist Brad.«

Lorraine stellte noch einige weitere Fragen, und als sie sich überzeugt hatte, dass sie alles wusste, was die Familie ihr mitteilen konnte, und dass Robbie in der Lage war, für ein paar Tage die Verantwortung zu übernehmen, stand sie auf.

»Eine nette Familie«, sagte sie, als Luke sie gegen neun Uhr endlich nach Hause fuhr.

»Allerdings. Ich hoffe, die Mutter wird bald wieder gesund. Ein Glück, dass wenigstens dieser Robbie da ist. Aber die Älteste, diese Kerry, ist auch nicht ohne. Ein bisschen stachlig, aber sehr helle.«

»Und außerdem gibt es ja noch die Nachbarin, von der sie erzählt haben.«

Luke nickte. »Glaubst du, dass ein Zusammenhang zwischen all den verschwundenen Mädchen besteht?«

Lorraine dachte einen Augenblick nach. »Ich bin mir nicht sicher. Sag mal, könntest du vielleicht noch bei dieser Katy vorbeifahren, wenn du mich abgesetzt hast? Ich weiß, es ist spät, aber ich hoffe, die Eltern haben Verständnis.«

»Klar, Chefin!«

Als er sie allein in das dunkle Haus gehen sah, presste Luke mit einem Seufzer die Lippen zusammen. Lorraine war alles, was er gern gehabt hätte und nicht kriegen konnte. Sie war seine Chefin und obendrein noch verheiratet. Er seufzte, legte den Gang ein und ließ den Motor aufheulen.

Mrs Archer schlug die Tür hinter den beiden Barmädchen zu, legte die Riegel vor, holte sich eine halbe Flasche Scotch von der Theke und stapfte die Treppe hinauf in ihre Privatwohnung.

Was für ein scheußlicher Tag! Die Bullen waren schon wieder da gewesen, weil irgendwelche Drogensüchtigen mit Mord und Selbstmord gedroht hatten, und dann war zu allem Überfluss nach sechzehn Jahren auch noch dieser Scheißkerl wieder aufgetaucht, um sie zu quälen.

Den ganzen Abend waren Leute an die Bar gekommen und hatten darüber spekuliert, wo und in welchem Zustand die Leiche in Fatfield entdeckt worden war. Sogar der dämliche Stevie hatte seinen Senf dazugeben müssen. Die Pillen war er losgeworden, aber sie war sich nicht sicher, an wen er die Ware verteilt hatte. Er hatte ein verdächtiges Glitzern in den Augen gehabt. Bestimmt hatte er eine ganze Menge von dem Zeug selbst geschluckt. Das war gar nicht gut. Drogensüchtigen war nicht zu trauen.

Sie ging in die Küche, nahm ein Wasserglas aus dem Regal und goss es halb voll. Ihre Hand schwankte leicht, als sie es zum Mund führte und einen großen Schluck nahm. Zufrieden spürte sie, wie sich der Scotch seinen Weg durch ihren Körper brannte.

Stevie war bloß ein kleiner Fisch. Was sie wirklich geschockt hatte, war diese andere Sache. Dass dieser Jack Holland wieder aufgetaucht war. Nach all den Jahren. Zum Teufel!

Sie schlug mit der Faust auf den Tisch. *Ich muss etwas unternehmen. Ich darf mich da nicht wieder reinziehen lassen. Ich habe andere Pläne.*

In diesem Augenblick hörte sie im unteren Stockwerk etwas an die Tür krachen und zuckte zusammen. Sie ging zum Fenster und spähte vorsichtig auf die Straße hinunter.

Bloß ein paar junge Burschen, die aus Übermut an die Tür getreten hatten, weil sie noch Durst hatten. *Passt bloß auf! Wenn ich euch erwische, wird es euch leid tun!*

Sie trank ihr Glas aus und ging ins Bett. Es war kein Zufall, dass sie heute allein war. Sie musste nachdenken. Da konnte sie keinen von diesen Kerlen in ihrem Bett brauchen.

Lorraine trank ihren Kaffee aus und stellte die Tasse in die Spülmaschine. Sie hasste die enge Küche aus Chromstahl. Im Grunde hätte sie lieber ein Cottage wie ihre Mutter gehabt statt so einer modernen Wohnung.

Sie warf einen Blick auf die Uhr am Videorecorder, als sie zurück ins Wohnzimmer kam, das ganz in Blau dekoriert war: Hellblau, Mittelblau, Dunkelblau. Seine Lieblingsfarbe. Elf Uhr war es schon. »Wo zum Teufel ist er?« murmelte sie und starrte zum Fenster hinaus. Aber draußen waren bloß Nacht und Regen, wie seit Tagen.

Sie folgte mit dem Finger einem Tropfen, der draußen an der Scheibe herablief, und dachte: *Das ist jetzt die dritte Nacht in dieser Woche. Ich frage mich, was er diesmal für eine mickrige Ausrede hat. ›Tut mir leid, ich hab mich wohl verplaudert‹, oder so was? Denkt der Kerl, ich bin blöd, oder was?*

Sie ließ sich auf die Couch fallen, sprang aber gleich wieder auf. Das Telefon hatte geklingelt! »Hallo, John!« rief sie in den Hörer, noch ehe sie ihn ganz am Ohr hatte.

Einen Herzschlag lang blieb das Telefon stumm. Dann hörte sie: »Nein, ich bin es. Luke.«

»Oh, entschuldige! Ich dachte … Na, ist ja egal«, sagte sie. »Was gibt's denn?«

»Tja, ich war doch noch bei dieser Katy. Die Eltern haben ein bisschen gemault, aber dann durfte ich doch mit ihr reden.«

»Ja, und?«

»Wie es scheint, ist Claire jetzt seit einem Monat mit diesem Brad gegangen. Offenbar ist er *heiß!*«

»Heiß?«

»Also, das Mädchen meint *sexy.* Ihre Mutter ist fast ausgeflippt, als sie das gesagt hat. Aber ehe sie zu lebenslänglichem Hausarrest verdonnert wurde, habe ich noch rausgekriegt, dass dieser Brad die Vermisste tatsächlich zu einem Foto-Shooting mitnehmen wollte. Das war allerdings *ganz geheim.* Eigentlich hätte sie es nicht mal ihrer Freundin erzählen dürfen.«

Lorraine dachte nach. »Das klingt gar nicht gut. Ich glaube, wir haben ein großes Problem, Luke.«

»Ja, das denke ich auch.«

Einen Moment lang schwiegen sie beide. Dann sagte Lorraine: »Pass auf, Luke. Heute Nacht können wir nicht mehr viel tun. Vielleicht finden die Streifenpolizisten ja etwas. Sag ihnen, sie sollen mal aussteigen aus ihren Kutschen und mit den Leuten reden, die nachts unterwegs sind. Sie sollen jeden unter Druck setzen, der so aussieht, als könnte er etwas wissen. Okay? Du weißt ja, wie schnell die Spur kalt wird in solchen Fällen.« Sie zermarterte ihr Gehirn. Sollten sie Suchtrupps losschicken? Nein, das hatte keinen Sinn, das Mädchen war ja nicht auf dem Schulweg verschwunden. Es gab wirklich nichts, was sie tun konnten.

»Vielleicht haben wir auch Glück und die dumme Göre kommt von allein wieder heim. Ist alles schon vorgekommen.«

»Wir können ja darum beten.« Sein Tonfall sagte ihr, dass er frustriert war.

»Ja, manchmal bleibt wirklich nichts anderes.« Mein Gott, sie musste sich zusammenreißen! Ihr Ton wurde wieder geschäftsmäßig. »Geh nach Hause und schlaf dich aus. Morgen früh müssen wir fit sein, glaube ich.«

Sie hatte den Hörer immer noch in der Hand, als Luke längst

aufgelegt hatte, und starrte aus dem Fenster. *Wo zum Teufel bist du, John?*

Sie brütete vor sich hin, dachte abwechselnd an ihren verschwundenen Ehemann und an die verschwundenen Mädchen, ehe sie schließlich den Hörer auflegte und sich ins Bett legte.

Stunden später war sie immer noch wach und allein.

»Soll ich dir mal was sagen, Smithy?«

Jason ließ sich nicht stören, sondern leerte in aller Ruhe den Spielautomaten, den er gerade aufgemacht hatte. Was Stevie ihm zu erzählen hatte, war bestimmt nichts, was er unbedingt hören wollte.

»Morgen früh bring ich den kleinen Scheißer um«, sagte Stevie und streichelte mit der Zungenspitze den neu erworbenen Silberring in seiner Lippe. »Ich pumpe ihn so mit Smack voll, dass die kleine Ratte krepiert.« Er rieb sich das Schienbein. »Mein Bein tut so weh, das kannst du dir gar nicht vorstellen. Ich hab eine Beule, so dick wie 'ne Apfelsine.« Wieder leckte er an seinem neuen Ring. »Ich krieg schon raus, wo der Scheißer wohnt. Und diese blöde Lumsdon-Schnalle auch. Die werde ich ausräuchern. Ich weiß genau, wo die wohnt. In der Sparrow Lane.«

Jason nickte. Er würde sich mit keinem Junkie anlegen. Die ließ man am besten vor sich hin faseln. Er verschloss das Gehäuse des Spielautomaten und nahm sich den nächsten vor.

Stevie ärgerte sich, dass Jason so offensichtlich nicht interessiert war. »Was machst du da eigentlich?« Er beobachtete, wie Jason die Rückwand des einarmigen Banditen aufklappte und den Behälter mit den Tageseinnahmen herausnahm. »Donnerwetter!« sagte er grinsend. »Da ist ja 'ne Menge drin. Hätt ich dir gar nicht zugetraut, dass du dich traust, Mrs Archer ans Eingemachte zu gehen. Wie lange räumst du denn ihre Obstkisten schon aus?«

Jason schüttelte den Kopf. Das würde er dem Penner nicht sagen. »Steck mal den Kopf aus der Tür, Stevie, und schau die

Straße runter. Ich möchte nicht, dass sie uns hier sieht. Wenn sie eine ihrer Kontrollrunden macht und uns mit ihrem Geld erwischt, macht sie uns fertig. Sie hat ihre Augen überall, dieser Drachen.«

Stevie ging zur Tür und warf einen Blick die Straße hinunter. Vom *Golden Casino* aus konnte man bis zum *Blue* und zum *White Lion* hinuntersehen. Der bis Mitternacht geöffnete Spielsalon gehörte ebenso zu Mrs Archers Reich wie die beiden Kneipen.

Stevie glaubte eine Bewegung zu sehen und trat auf die Straße hinaus. Obwohl es dem Kalender nach Frühling sein sollte, fegte ein kalter Wind durch die verlassenen Straßen von Houghton. Aber zumindest regnete es nicht mehr. Stevie zog ein Feuerzeug aus der Tasche, steckte sich eine billige Zigarette an und sog den Rauch tief in die Lungen. Plötzlich berührte ihn etwas am Bein, direkt an dem blauen Fleck. »Au!« Er zuckte zusammen, aber es war nur Jasons Hund. »Verpiss dich, du Töle!« Er trat das Tier in die Flanke.

Eine Sekunde später stand Jason neben ihm auf der Straße. »Lass meinen Hund in Ruhe, du Wichser, sonst brech ich dir das Genick!«

»Ach ja?« lachte Stevie. »Du und wer noch?«

»Arschloch«, sagte Jason. »Du solltest doch aufpassen, ob jemand kommt.«

»So spät ist doch eh' keiner mehr auf der Straße«, sagte Stevie. »Bist du bald fertig? Und vergiss nicht, mir meinen Anteil zu geben. Ich brauch ein bisschen Geld morgen Abend.« Er lachte. »Du lässt deinen Hund doch nicht etwa kämpfen? Sonst borg ich mir nämlich tausend Pfund und setze sie auf den Gegner.«

»Meine Tess braucht nicht zu kämpfen, du Arschloch.«

Stevie lachte. »Das ist auch besser so. Und jetzt mach endlich. Man friert sich ja die Eier ab in der Kälte.« Er blies Jason den Rauch ins Gesicht.

Jason wedelte den Rauch mit der Hand weg und ging zurück in den Spielsalon. Es war ein Fehler gewesen, diesen Junkie für sich Schmiere stehen zu lassen. Der würde ihn sofort verpfeifen, wenn etwas für ihn dabei heraussprang.

Er schloss den letzten Spielautomaten ab, füllte sich mit der Hälfte der Münzen die Taschen und ließ den Rest in einen Leinensack prasseln, den er in Mrs Archers Safe deponierte.

»Du kannst reinkommen, Arschloch«, sagte er und zählte Stevie zwanzig Pfundstücke in einen schmutzigen Aschenbecher, der am Boden festgeschraubt war.

»Was?« knurrte Stevie. »Zwanzig Pfund? Ist das alles? Du erwartest, dass ich mein Leben riskiere für zwanzig beschissene Pfund?«

Jetzt hatte Jason endgültig genug. Er packte Stevie am Hals und stieß ihn an die Wand.

»Okay, okay«, sagte Stevie. »Besser als gar nichts.« Aber in diesem Augenblick wurde Jason Nummer drei auf seiner schwarzen Liste. *Er würde sie alle umlegen!*

Dass Nummer eins und zwei kaum dreihundert Meter entfernt von ihnen die Straßen absuchten, ahnte er freilich nicht.

Dreimal hatten Kerry und Robbie das Stadtzentrum von Houghton jetzt schon durchkämmt. Darren und Sandras Sohn Clayton hatten die Seitenstraßen bis nach Burnside hinauf übernommen. Es war schon nach Mitternacht.

Kerry setzte sich auf eine Bank gegenüber der Kirche und wartete darauf, dass Darren und Clay zurückkamen, während Robbie ein weiteres Mal die Gegend hinter dem Kriegerdenkmal durchsuchte. In einiger Entfernung hörte man die Lastwagen auf der A 690 vorbeirauschen, die auf dem Weg nach Sunderland waren.

Zweimal waren sie von Polizisten in Streifenwagen angehalten und befragt worden, was sie da machten. Jedesmal hatten ihnen die Beamten versichert, sie gäben sich alle Mühe und würden ihre kleine Schwester schon finden.

Kerry wischte sich die Tränen aus den Augen. Sie fürchtete sich vor dem Morgen. Wenn Claire bis zehn nicht zurückkam, würden sie es ihrer Mam sagen müssen. Sie konnten es ja nicht für immer vor ihr geheim halten.

Und was ist, wenn sie nie mehr nach Haus kommt? Dieser düstere Gedanke ließ ihren ganzen Körper von den Zehen bis zu den Schultern erschauern. *Wieso hat sie diesen blöden Freund bloß nie erwähnt? Aber unsere kleine Claire hat ja nie was erzählt, dieses Miststück.*

Vor ein, zwei Jahren waren sie noch ziemlich gute Freundinnen gewesen, aber das schien jetzt sehr lange her.

Bitte komm heim, Claire! Dann sind wir auch wieder Freundinnen! Nur bitte, bitte komm heim! Ein leises Schluchzen entwich in die Nacht, als Kerry daran dachte, wie schön es wäre, wenn Claire schon zu Hause wäre, wenn sie zurückkamen. Sie dürfte auch so patzig sein, wie sie wollte – ein paar Tage lang jedenfalls.

Robbie hatte seinen Rundgang beendet und kam zu Kerry herüber, die zusah, wie der Frost auf dem Gras wuchs.

»Hallo, Schwesterchen! Alles in Ordnung?«

Sie sah zu ihm hoch. »Was ist, wenn wir sie nie wiedersehen, Robbie? Hast du daran schon mal gedacht? Was ist, wenn sie nie mehr nach Haus kommt?«

»Sie wird wiederkommen.« Robbie blieb eisern, und nichts konnte ihn davon abbringen. Seine Schwester kam wieder nach Hause. »Die Bullen haben doch gesagt, dass sie meistens schon am nächsten Tag wieder da sind, nicht wahr?«

»Aber Robbie! Mach dir doch nichts vor! Manche kommen *nicht* wieder.« Sie klammerte sich an seine Jacke. »Ich wette, dass es Hunderte gibt, die nicht wiederkommen.« Ihre Stimme wurde immer lauter. »Hast du an die schon gedacht, Robbie? Hast du an die gedacht, die nicht nach Hause kommen können, weil sie ... weil sie ...« Kerry vermochte nicht weiterzureden.

Robbie fuhr sich mit der Zunge über die aufgesprungenen Lippen. »Sie kommt wieder nach Hause, Kerry, okay? Ich weiß, sie kommt wieder. Und sag bitte nicht solche Sachen, wenn Darren und Clay jetzt gleich wieder hier sind, okay?«

Kerry starrte wieder ins Gras und sah, dass der Frost jetzt viel dicker war als zuvor. Sie dachte daran, dass Claire heute morgen fast nichts angehabt hatte, als sie aus dem Haus ging.

Einen Augenblick später ertönte ein Pfiff, und Robbie seufzte erleichtert. »Das sind wahrscheinlich Darren und Clayton.«

Einen Augenblick später kamen die beiden Jungen auch schon um die Ecke. Clayton schüttelte den Kopf, und es war deutlich zu sehen, dass Darren geweint hatte.

»Wir haben überall gesucht«, sagte Clayton. »Aber es waren kaum Leute auf der Straße, die wir hätten fragen können, ob sie etwas wissen.«

Darren fröstelte, und Robbie sagte: »Okay, dann gehen wir jetzt nach Hause. Wir können morgen weitermachen.«

Die Jungen sahen ihn ungläubig an, und er hob die Hände. »Was sollen wir sonst machen?«

Kerry wollte schon widersprechen, aber als sie Darrens unglückliches Gesicht sah, hielt sie den Mund.

Niedergeschlagen machten sie sich auf den Heimweg: vier durchgefrorene Kinder, die sich dem gänzlich Unbekannten ausgesetzt sahen.

Dienstag

7

Kerry wurde davon geweckt, dass Emma und Darren sich stritten. Sie brauchte einen Augenblick, um zu begreifen, warum sie nicht in ihrem Bett war. Offenbar war sie im Sessel eingeschlafen, während sie darauf wartete, dass Claire zurückkam.

»Scheiße.«

Sie konnte nur ein paar Stunden geschlafen haben und fühlte sich grässlich. Robbie hatte stundenlang im Schlaf gestöhnt und geschrien. Er hatte schon immer unter schrecklichen Alpträumen gelitten, in denen irgendwelche Männer ihm Pistolen an den Kopf hielten und dergleichen. Kerry hatte nie begriffen, warum die anderen Kinder nicht davon aufwachten. In der letzten Zeit hatte sie Robbie nachts kaum noch schreien hören, aber es war wohl nicht weiter erstaunlich, dass Claires Verschwinden die schrecklichen Träume zurückgebracht hatte.

Sie stand auf und ging zum Badezimmer, wo Darren und Emma sich darüber stritten, wer als nächster reindurfte.

Kerry ignorierte sie und wummerte an die Tür. »Nun mach schon, Suzy!«

Die Kette wurde gezogen, und man hörte die Spülung rauschen. Dann öffnete Suzy die Tür. Ihr Lächeln war weniger fröhlich als sonst.

Kerry schob Darren und Emma beiseite und machte die Badezimmertür hinter sich zu. »Das ist gemein!« kreischte Emma, während Darren sich resigniert an die Wand lehnte.

Robbie war in der Küche und machte Toast.

Als erste kam Suzy herunter, dann Kerry, dann Emma, die

Darren das Gesicht zerkratzt hatte, um nicht als letzte ins Badezimmer zu kommen.

Es war das stillste Frühstück, das je stattgefunden hatte. Alle kauten stumm ihren Toast und gingen dann einer nach dem anderen wieder nach oben, um sich anzuziehen. Robbie saß vor dem dunklen Fernseher, den er nicht anzuschalten wagte, weil er fürchtete, dass Claire in den Nachrichten sein könnte, als Vermisste – oder als Tote.

Kerry trieb die anderen aus der Tür, kam dann aber noch einmal ins Wohnzimmer. »Ich bring die Kleinen in die Schule, aber ich geh heute nicht. Okay? Nicht solange Claire vermisst wird und Mutter im Krankenhaus ist.«

Robbie nickte. Kerry machte sowieso, was sie wollte. Er hatte es schon seit langem aufgegeben, sie zu irgendwas zwingen zu wollen.

»Den Rest des Weges kann ich aber allein gehen«, sagte Darren, nachdem sie Emma und Suzy abgesetzt hatten. »Sonst denken die Leute, dass ich ein Kindermädchen brauche.« Kerry nickte, aber statt sich auf den Weg zu machen, blieb Darren stehen.

»Was ist?« fragte sie.

Darren schüttelte den Kopf. »Nichts«, sagte er, drehte sich um und trabte den Hügel hinauf.

Irritiert ging Kerry in einigem Abstand hinter ihm her. Irgendetwas schien ihren kleinen Bruder zu quälen.

Sie hatten die Schule schon fast erreicht, als Darren plötzlich stehen blieb. Kerry folgte seinem Blick und sah Stevie und Martin, die neben dem Tor an der Wand lehnten. *Warten die etwa auf Darren?* dachte sie.

Martin sah aus, als wäre ihm gar nicht wohl in seiner Haut. Seine Akne war schlimmer denn je. Er hatte keine Lust, kleine Jungs zu verprügeln und in Stevies Drogengeschäfte verwickelt zu werden. Das Einzige, was ihn aufrecht hielt, war sein Geheimnis: Er würde noch heute Abend aus Houghton weggehen.

Er würde zu seinem Vater nach Newcastle ziehen. Dann konnte ihm Stevie mit seinen ewigen Hänseleien den Buckel runterrutschen. Dann war er ihn endlich los.

»Ich glaub's nicht!« sagte Kerry laut.

Darren zuckte zusammen. Als er sah, dass es seine Schwester war, atmete er auf. Jetzt stand er den beiden Schlägern nicht mehr allein gegenüber.

Stevie richtete sich auf. Aus dem Mundwinkel sagte er: »Was hat die blöde Schnalle denn mit dem kleinen Bimbo?«

Martin wusste, dass Kerry und Darren verwandt waren. »Das ist seine Schwester.«

»Ach, schau mal an! Ihre Mutter hat einen Nigger gefickt.«

»Geh' in die Schule, Darren.« Kerry gab ihrem Bruder einen Schubs. Nichts wäre ihm lieber gewesen, als durch das Schultor zu flüchten – aber Kerry mit den beiden allein lassen? Das kam nicht in Betracht.

»Nein«, sagte er und stellte sich breitbeinig hin. »Was ist, wenn sie dir nachkommen?«

»Die?« lachte Kerry. »Als ob die mich einholen könnten!« Sie musterte die beiden Halbstarken mit einem verächtlichen Blick. »Haben sie dich belästigt?«

Darren starrte angestrengt auf den Boden. »Nein, nein.«

»Wirklich nicht?«

Darren schüttelte den Kopf.

Kerry beschloss, die Sache bis heute Abend auf sich beruhen zu lassen. »Okay, dann geh jetzt.«

»Aber –«

»Mach mich nicht wütend!«

»Okay.« Widerwillig verschwand Darren.

Kerry sah ihm nach, bis die Tür sich hinter ihm schloss. Dann wandte sie sich den beiden Schlägern zu, hob die Faust und rief: »Lasst bloß meinen Bruder in Ruhe, sonst geht es euch dreckig, ihr Wichser.«

»Was willst du schon machen, du Grashüpfer?« schrie Stevie zurück. »Eins ist jedenfalls sicher: Immer kannst du uns nicht wegrennen.« Er kicherte so schrill, dass ihn Martin irritiert ansah.

Kerry zeigte ihnen den Stinkefinger und ging provozierend langsam die Straße hinunter nach Hause.

»Und was machen wir jetzt?« fragte Martin.

»Mach dir deswegen keine Gedanken. Wenn du vor der hochnäsigen Torte Angst hast, ich nicht. Und ihren Micky-Maus-Bruder mache ich süchtig, und wenn's das Letzte ist, was ich tue. Ich mach sie alle fertig, ganz egal, wie viele es sind.«

»Und was ist mit Mrs Archer? Du hast doch gesagt –«

»Die soll mich am Arsch lecken!«

Martin wurde blass. Stevie war dabei, die Kontrolle zu verlieren, und wenn Martin nicht aufpasste, steckte er bald genauso tief in der Tinte. Er war froh, dass heute Abend alles vorbei war.

Lorraine zog sich hastig an und zerriss dabei ihre Strumpfhose. Sie fluchte und besah ihre Fingernägel. *Verdammt, Mädchen, der ist nicht abgebrochen, den musst du wohl abgekaut haben.*

Mit zusammengepressten Lippen musterte sie das Bett, dessen andere Seite immer noch genauso unbenutzt war wie gestern Abend. Es war fast vier Uhr morgens gewesen, als sie schließlich doch eingenickt war, und als sie um acht wieder aufgewacht war, wusste sie sofort, dass sie allein geschlafen hatte.

Es war nicht das erste Mal in ihrer zweijährigen Ehe, dass ihr Ehemann nachts nicht nach Hause gekommen war – und die Entschuldigungen, o je! Die schönste hatte etwas mit einem sterbenden Onkel zu tun, den es gar nicht gab. Auch die in der letzten Woche war richtig großartig: Seine Mutter hätte ihn angerufen, weil sie Alpträume hatte. Und da musste das Muttersöhnchen gleich zu ihr hin, um sie zu trösten. Mein Gott!

»Diesmal werde ich persönlich für seine Alpträume sorgen«, sagte sie, hängte ihren schwarzen Rock zurück in den Schrank und holte stattdessen ihren braunen Hosenanzug und eine weiße Bluse heraus. Dann suchte sie fünf Minuten vergeblich in ihrer Wäschekommode nach dem neuen weißen BH, den sie erst kürzlich gekauft hatte.

Wo ist das blöde Ding? Ewig der Ärger mit der verdammten Anzieherei! Warum konnten sie nicht einen normalen Sockenfresser haben wie andere Leute, warum verschwand bei ihr dauernd die Unterwäsche?

Schließlich nahm sie einen alten, der etwas drückte, bürstete ihre Haare, bis sie glänzten, und steckte sie hoch. *Heute Abend muss ich unbedingt waschen.*

Sie überprüfte den Anrufbeantworter. Keine Nachrichten. Was war das bloß für ein scheiß Anrufbeantworter, wenn nie jemand anrief? Seufzend ging sie in die Küche und machte sich einen Kaffee.

Als sie um neun ins Büro kam, standen die Leute schon Schlange, um mit ihr zu reden.

Luke war der erste, und seine Nachrichten waren nicht gut.

»Es ist also keins der Mädchen wieder aufgetaucht«, sagte sie, als er mit seinem Bericht fertig war. »Gibt es irgendwelche Hinweise darauf, dass sie von zu Hause ausgerissen sein könnten?«

»Nein. Sie passen nicht in das übliche Muster.«

»Ist die Frau im Krankenhaus schon informiert worden?«

Luke lehnte sich an die Heizung mit dem Rücken zum Fenster. »Der älteste Sohn wollte hingehen.«

»Ich beneide ihn nicht. Danach sollten wir mal einen Uniformierten hinschicken. Vielleicht weiß die Mutter ja etwas.« Lorraine seufzte und warf den Bleistift, auf dem sie herumgekaut hatte, zurück auf den Schreibtisch. Wenn sie bloß eine Zigarette gehabt hätte. »Und dann fangt an, die Pädophilen vorzuladen. Macht sie fertig, lasst sie ordentlich schwitzen.«

»Das gibt Beschwerden«, sagte Luke.

»Das ist mir egal. Diese Gutmenschen, die uns ständig an die Rechte der Kinderschänder erinnern, sollten mal unseren Job machen. Nur für einen einzigen Tag!« Luke grinste, und Lorraine sagte: »Was ist mit dieser anderen Geschichte?«

»Das kann dir Carter erzählen. Ich schick ihn rein.«

Luke war noch nicht ganz draußen, als Carter schon durch die Tür kam. »Okay, was haben Sie, Carter?«

Carter war sehr zufrieden mit sich. »Scottie hat angerufen. Er ist sich jetzt ziemlich sicher, dass es sich bei dem Toten um Jack Holland handelt.«

Lorraine seufzte. »Ist das alles? Über die anderen wissen wir immer noch nichts?« Sie wusste, dass Scottie bis in die Nacht arbeitete und morgens früh aufstand.

Carter schüttelte den Kopf. »Tut mir leid, Chef. Er sagt nur, dass das Messer die entscheidende Spur ist. *Findet das Messer,* sagt er, *dann habt ihr den Täter.*«

Lorraine starrte ihre Bleistifte an, als ob die plötzlich strammstehen und von allein Berichte schreiben könnten. Dann sagte sie seufzend: »Schick Luke noch mal rein.«

»Okay, Chef.« Fest entschlossen, einen guten Eindruck zu hinterlassen, machte Carter kehrt.

Während sie auf Luke wartete, fragte sich Lorraine erneut, wo ihr Ehemann sein könnte. Sollte sie ihn als vermisst melden? Nein, das ging nicht, das ganze Revier würde über sie lachen. Sie zerbrach einen Bleistiftstummel und warf ihn an die Wand. »Wo bist du, du Mistkerl?«

»Ist was, Boss?« Sie schrak zusammen. Sie hatte Luke nicht hereinkommen hören. »Alles in Ordnung?«

»Ja, natürlich«, sagte sie wütend. »Was soll denn sein? Und wie oft hab ich dir schon gesagt, du sollst mich im Büro nicht beim Vornamen nennen?« Sie warf ihm einen wütenden Blick zu.

Luke wollte protestieren, machte den Mund aber gleich wieder zu. Seine Chefin blieb normalerweise immer ganz ruhig und schnauzte eigentlich nie jemand an.

Auch diesmal hatte sie sich gleich wieder unter Kontrolle. »Entschuldige«, sagte sie. »Ist nicht deine Schuld. Etwas Privates.« Sie zuckte die Achseln und lächelte. »Ehe du mit den Pädophilen anfängst ... Könntest du bitte bei Mrs Holland vorbeigehen? Ich weiß, dass sie schon ziemlich senil ist und ihren

Sohn nicht vermisst, aber sie muss doch offiziell informiert werden, dass er nach sechzehnjähriger Abwesenheit wieder aufgetaucht ist.«

»Ja, kein Problem. Auch wenn sie es wahrscheinlich gleich wieder vergisst, wenn ich weg bin.«

Lorraine überlegte kurz. »Aber haben diese alten Leute nicht oft ein sehr gutes Langzeit-Gedächtnis?«

»Ja, ich weiß. Sie redet gelegentlich über die Vergangenheit.«

»Gut. Lass sie reden. Vielleicht taucht ja was Brauchbares auf.«

Luke machte sich auf den Weg, und Lorraine starrte das Telefon an. Nach zwei Minuten hielt sie es nicht mehr aus, nahm den Hörer ab und wählte.

»Hallo, bist du das, Harry?«

»Klar, wer denn sonst, meine Schöne? Wie geht's?«

Trotz ihrer Sorgen musste Lorraine lächeln. Hatte er sie wirklich gleich an der Stimme erkannt? »Mir geht's gut. Ich wollte nur fragen ... Sag mal, wann hast du John das letzte Mal gesehen?«

Harry seufzte. »Schon seit letzter Woche nicht mehr, Schätzchen. Fast hätte ich gesagt: Gott sei Dank! Soviel ich weiß, musste Peter gestern Abend schon wieder den Unterricht für ihn übernehmen. Was ist denn los? Ist er krank, oder was?«

Als Lorraine nicht gleich antwortete, sprang Harry ein: »Sag bloß, du weißt nicht, wo er ist?«

»Letzte Nacht ist er nicht nach Hause gekommen, Harry. Und ich weiß nicht, was ich tun soll.« Harry war ihr *sensei* – ihr Lehrer – und außerdem ein Cousin ihrer Mutter. Lange Zeit war er eine Art Ersatzvater für Lorraine gewesen, und sie vertraute ihm genauso wie Mavis. Ihm zuliebe hatte sie mit Karate angefangen.

»Ich hab dir doch gesagt, du sollst diese Ratte nicht heiraten!« knurrte Harry. »Aber du warst ja über beide Ohren verliebt. Es ist bestimmt nicht das erste Mal, dass er nicht nach Haus kommt, hab ich recht?«

»Nein.« Sie zögerte eine Sekunde und beschloss dann, ihm alles zu sagen. »Vor ein paar Monaten hat er gesagt, ein Onkel von ihm sei gestorben. Wir hatten hier sehr viel zu tun, deshalb konnte ich ihn zur Beerdigung nicht begleiten. Drei Tage lang ist er weggeblieben.«

»Drei Tage! Wo war denn diese Beerdigung? In Hongkong?«

»In Irland.«

»So, so. Dafür braucht man aber keine drei Tage, das ist doch gleich übers Wasser. Und soviel ich weiß, hatte diese Ratte gar keinen Onkel.«

Lorraine schüttelte den Kopf, dann wurde ihr bewusst, dass Harry sie gar nicht sehen konnte. »Nein, Harry, ich kann mich an keinen Onkel erinnern.«

»Hör zu, mein Schatz, sieh zu, dass du die Ratte findest! Und dann gib ihm ein paar in die Fresse. Denn wenn ich ihn zuerst finde, bring ich ihn um, das verspreche ich dir.«

Nachdem sie sich verabschiedet hatten, starrte Lorraine das Telefon noch einen Augenblick an. Dann warf sie einen Blick auf die Uhr. Zeit für die Lagebesprechung, aber danach musste sie unbedingt raus aus dem Büro und den Kopf freikriegen.

8

Robbie und Kerry standen vor der Tür des Krankensaals. Ihr Bruder sah viel älter aus als gestern, fand Kerry. Er hatte wirklich eine Menge am Hals. Dabei hatte sie ihm die Geschichte mit Darren noch gar nicht erzählt. *Mein Gott,* dachte sie und stieß die Tür auf, *ist das die Lumsdon-Terror-Woche?*

Ihre Mutter lag am anderen Ende des Vier-Bett-Zimmers, aber sie sahen gleich von der Tür aus, dass es ihr besser ging. Allerdings schien sie sich große Sorgen zu machen. *Herrje, dabei weiß sie noch gar nicht, was wirklich passiert ist.*

»Hallo, Mam«, sagte Kerry.

Vanessa blickte auf und brachte ein schwaches Lächeln zustande. »Heute Nachmittag wollen sie mich rauslassen. Könnt ihr Trevor fragen, ob er mich abholt? Er nimmt vielleicht nur drei Pfund, ein Taxi können wir uns nicht leisten.«

Kerry fand, es klang, als wollte ihre Mutter gar nicht nach Hause.

Sie gab ihrem Bruder einen Schubs. Es wurde höchste Zeit, dass sie endlich aufhörten mit dem Gerede und sagten, was los war.

In diesem Augenblick griff Robbie nach der Hand seiner Mutter. »Mam, ich muss dir etwas sagen.« Er unterbrach sich und holte tief Luft. »Ich weiß auch nicht, wie ich dir's beibringen soll, aber unsere kleine Claire ist verschwunden.«

Es entstand eine Pause, dann sagte Vanessa: »Verschwunden?« Ihre Stimme war kaum zu hören.

»Sie ist letzte Nacht nicht nach Hause gekommen«, sagte Robbie ebenso leise. »Und gestern war sie auch nicht in der Schule.«

Kerry sah, wie ihre Mutter blass wurde. Sie war so weiß im Gesicht wie die Krankenhausbettwäsche. Robbie nahm sie in den Arm und wiegte sie hin und her. Aber die Tränen, die auf Vanessas Hände fielen, waren nicht ihre eigenen. Die Augen ihrer Mutter waren vollkommen trocken. Robbie war es, der heulte.

Dann fing Vanessa laut an zu schreien. Es war ein schrilles Kreischen, das Kerry durch Mark und Bein ging. Sie hatte noch nie so etwas gehört. Sie hielt sich die Ohren zu, aber das dämpfte den Pegel nur wenig. Ihre Mutter schrie, als litte sie Höllenqualen. Dazwischen hörte Kerry immer wieder dieselben sechs Worte: »Jetzt hat er sie sich geholt! Jetzt hat er sie sich geholt!«

Erschrocken schob sie ihren Bruder beiseite, packte ihre Mutter und schüttelte sie. »Hör auf, Mam! Hör bitte auf! Wovon redest du denn? Wer hat sie geholt? Was meinst du?«

Zitternd verstummte Vanessa für einen Moment und starrte ihrer Tochter mit flackerndem Blick ins Gesicht. *»Der Mann«*, sagte sie mit weit geöffneten Augen. *»Der Mann!«* Und dann begann sie wieder wie eine Irre zu schreien.

Endlich kam eine Krankenschwester. Sie zog einen rosa Vorhang rund um das Bett und scheuchte die beiden Geschwister hinaus.

Kerry und Robbie starrten einander an. Selbst durch die geschlossene Tür des Wartezimmers konnten sie die Schreie ihrer Mutter noch hören.

»Wovon redet sie bloß?« sagte Kerry. »Was zum –«

»Keine Ahnung«, sagte Robbie und setzte sich auf einen der mit rotem Plastik bezogenen Stühle.

»Glaubst du, sie weiß was? Glaubst du, sie weiß, wo Claire sein könnte?« Kerry schüttelte verwirrt den Kopf.

Eine Minute später kam ein dicker kleiner Arzt mit riesigen Brillengläsern herein. »Was zum Teufel habt ihr gemacht?« fragte er wütend. »Sie war doch schon wieder völlig in Ordnung. Ich hoffe, ihr habt einen guten Grund für euer Benehmen!«

Robbie wurde aschfahl. »Es tut mir leid, Herr Doktor. Ich dachte, die Bullen ... Ich meine, die Polizei hätte es Ihnen gesagt.«

»Was hätte mir die Polizei sagen sollen?«

»Dass unsere Schwester verschwunden ist.« Robbie erklärte umständlich die ganze Geschichte, und als er fertig war, legte ihm der Arzt die Hand auf die Schulter. »Tut mir leid, mein Junge, uns hat niemand etwas gesagt. Aber ihr hättet wirklich erst mit mir oder den Krankenschwestern reden sollen, ehe ihr mit so was hier reinplatzt.«

Robbie nickte. Der Arzt hatte recht. Er hatte echt Mist gebaut.

»Die Polizei kommt dann sicher irgendwann noch vorbei?« fragte der Arzt, und seine Brille rutschte ihm hoch auf die Stirn.

»Ich glaube schon«, sagte Kerry. Unter normalen Umständen

hätte sie sich totgelacht über diesen putzigen Doktor. Aber jetzt war gar nichts mehr komisch.

»Na, ich hoffe, sie sind nicht enttäuscht«, sagte der Arzt. »Ich hab sie erst mal sediert. Vor morgen ist sie bestimmt nicht vernehmungsfähig.«

»Es tut mir so leid«, sagte Robbie.

Der Arzt nickte freundlich. »Es war nicht deine Schuld, mein Junge. Die Polizei hätte uns informieren müssen ... Geht jetzt nach Hause. Eure Schwester taucht bestimmt wieder auf. Dann könnt ihr eurer Mutter morgen was Gutes erzählen.« Die Brille fiel auf die Nasenspitze herunter.

Als sie die Haltestelle erreichten, war der Bus gerade weg. »Na, toll«, sagte Kerry, nachdem sie den Fahrplan studiert hatte. »Der nächste kommt in einer halben Stunde.« Sie warf einen Blick auf den trüben Himmel. »Ich wette, es fängt gleich wieder an zu schiffen.«

Robbie zählte die Münzen in seiner Tasche. »Wenn wir zur nächsten Haltestelle laufen, können wir uns eine Tüte Fritten kaufen. Hast du Hunger?«

»Hunger? Ich glaub, du machst Witze!« Plötzlich kam ihre ganze Wut über die Verhältnisse heraus. »Ich hab den ganzen Tag noch nichts gegessen. Und Milch hatte ich auch keine, weil ich keine Zeitungen austragen konnte. Eine Scheibe trockenen Toast hab ich heute gefressen, mehr nicht! Und jetzt bietest du mir eine Scheiß-Tüte Fritten an, die wir auch noch zu zweit essen müssen?«

Auf dem Weg zu seinem Auto kam ein Ehepaar mittleren Alters aus dem Krankenhaus und warf der schreienden Kerry einen missbilligenden Blick zu. »Was glotzt ihr so blöde?« schrie Kerry. »Verpisst euch, ihr alten Kacker!«

Dann ging sie wieder auf ihren Bruder los. »Warum laufen wir nicht gleich den ganzen Weg? Dann können wir uns vielleicht zwei Tüten kaufen!«

Robbie hob abwehrend die Hände. »Ich kann doch nichts dafür, Kerry.«

Er sah so verletzt und unglücklich aus, dass es ihr gleich wieder leid tat. Sie fasste ihn am Arm. »Entschuldige, Robbie. Ich weiß, dass du dein Bestes tust. Du musst dich dauernd mit allem herumschlagen, und ich denke immer nur an meine Scheiß-Wettkämpfe ... Aber was sollen wir jetzt machen? So geht es nicht weiter. Soweit ich mich zurückerinnern kann, war jeder neue Tag schlimmer als der zuvor. Und jetzt ist Mam im Krankenhaus, und Claire ist irgendwo da draußen ...« Sie schwenkte die Hand in der Luft. »Sie könnte praktisch überall sein! Weißt du das? Überall! Was sollen wir bloß tun?« Die Tränen, die sie lange zurückgehalten hatte, spritzten heiß und schnell heraus. Robbie versuchte, ihr den Arm um die Schulter zu legen, aber sie stieß ihn weg.

»Die Scheiß-Bullen tun überhaupt nichts für uns, ist dir das klar? Der Arzt hatte recht, es war nicht deine Schuld, was heute passiert ist. Die Polizei hätte längst da gewesen sein müssen, und wenn wir eine feine Adresse hätten, wären sie gleich drei Mann hoch bei Mama gewesen. Aber weil wir da draußen in dieser Scheiß-Siedlung wohnen, kümmert sich kein Schwanz darum, was aus uns wird. Überall stehen wir ganz unten auf der Liste. Wenn's nach denen geht, könn' wir verrecken, dann haben sie wieder ein paar Arbeitslose weniger in der Statistik. Aber nicht mit mir! Diesmal läuft's anders! Ich werde unsere Claire finden, und wenn's das Letzte ist, was ich tue!« Sie warf Robbie einen Blick zu, und er sah die eiserne Entschlossenheit in ihren Augen.

»Ich werde sie finden!« wiederholte sie. »Und ich werde auch rauskriegen, was Mama gemeint hat, als sie geschrien hat, *Der Mann* hätte sie. Ich sage dir, da steckt was dahinter. Ich hab sie noch nie so in Panik gesehen. Ich finde den Scheißkerl, das kannst du mir glauben. Ganz egal, wer das ist.«

Robbie schob die Hände in seinen Anorak und zuckte die Achseln. Er kannte seine Schwester. Sie würde tun, was sie für richtig hielt, ganz egal, was er sagte.

Lorraine schlüpfte durch die Hintertür ins Haus ihrer Mutter. Vielleicht konnte die sich an den Fall Holland erinnern. Houghton war eine kleine Stadt, und das Verschwinden des jungen Mannes vor fünfzehn Jahren hatte sicher einiges Aufsehen erregt.

Laute Musik erfüllte die Küche, Mavis stand an der Spüle, und während sie mit dem Geschirr klirrte, sang sie vergnügt vor sich hin. Sie hörte Lorraine erst im letzten Moment und fuhr erschrocken herum. Ihre Haare waren zu Zöpfen geflochten. Sie trug schwarze Leggings und ein kurzes Top, das mindestens zehn Zentimeter von ihrem gebräunten Bauch freiließ.

Lorraine musste zweimal hingucken, aber es gab keinen Zweifel: Ihre Mutter hatte ein silbernes Ringlein im Nabel! *Oh mein Gott! Doch nicht meine Mutter!* Mavis grinste, schob ihren Bauch vor und ließ den Ring in einem schmalen Sonnenstrahl funkeln, der sich durch die Regenwolken gezwängt hatte. »Gefällt's dir? Hab ich in Kanada machen lassen.«

Lorraine starrte sie kopfschüttelnd an. »Du verblüffst mich immer wieder, das muss ich dir lassen!«

»Na, macht nichts!« sagte Mavis. »Willst du was zu essen?«

»Eine Tasse Kaffee wäre nicht schlecht, aber dann muss ich zurück ins Büro. Ich kann ja nicht dauernd in der Gegend herumfahren.«

»Die Sache macht dir zu schaffen, nicht wahr? Ich hab dir gleich gesagt, das ist ein Job, bei dem man tut, was man kann. Aber man kann nicht jeden Fall lösen, und es hat keinen Sinn, sich deswegen in die Hosen zu machen. Setz dich hin, und ich mach dir ein schönes Sandwich, du musst doch was essen.«

Lorraine wusste, dass es keinen Sinn hatte zu protestieren. Mavis würde ihr bis zum Revier hinterherlaufen, um dafür zu sorgen, dass sie ihr Schinkenbrot aß.

»Okay«, sagte Mavis, als sie ihrer Tochter ein paar Minuten später den Teller hinstellte. »Was hast du für ein Problem?«

»Hast du je von einem Jack Holland gehört, Mam?«

»Ja, der Sohn von der alten Mrs Holland. Ein Schlingel, aber nicht ohne Charme. Hat nie jemandem ernsthaft was Böses getan, soviel ich weiß.« Plötzlich weiteten sich ihre Augen. »He, warte mal! Ist das vielleicht der Tote mit den sechs Zehen, von dem sie im Radio erzählt haben?«

Lorraine nickte. »Ja. Luke hat ihn offenbar auch gekannt.«

»Ja, das kann sein. Über die sechs Zehen wurde damals schon viel geredet. Netter Junge, dieser Luke, übrigens.«

Lorraine überhörte den zarten Hinweis. »Wir haben bloß keine Ahnung, warum er umgebracht worden ist, dieser Jack Holland. Es gibt keinerlei Hinweis auf ein Motiv. Genauso wenig wie bei den anderen Leichen.«

»Was für andere Leichen?« sagte Mavis. »Ich wusste ja gar nicht, dass es noch mehr Leichen gibt. Kein Wunder, dass du so blass bist.«

»Na ja. Sie sind alle schon jahrelang tot, also keine Panik. Wir haben der Öffentlichkeit noch nichts darüber gesagt, und du darfst auch niemandem etwas erzählen. Aber vielleicht erinnerst du dich an irgendwelche anderen Fälle, in denen junge Männer, die du gekannt hast, plötzlich verschwunden sind. Fällt dir da etwas ein?«

Mavis dachte einen Augenblick angestrengt nach. »Ehrlich gesagt, nein. Und von diesem Jack Holland hieß es immer, er wäre mit irgendeiner Frau durchgebrannt. Ich kann's noch gar nicht glauben, dass er jetzt plötzlich tot ist.«

»Na ja, war ja nur ein Versuch. Wir tappen wirklich völlig im Dunkeln.«

»Wahrscheinlich waren sie alle in irgendwas Böses verwickelt.«

Lorraine schüttelte den Kopf. »Wir dürfen nicht voreilig sein. Wir wissen ja nicht einmal, wer die anderen drei überhaupt sind.«

»Nun mach mal halblang. Ist doch logisch. Wie es aussieht, wurden sie alle ermordet. Und ich hab dir doch schon gesagt, dass Jack Holland kein Engel gewesen ist. Was ist denn mit dem Internet? Daraus erfährt man doch angeblich alles?«

»Also, ganz unter uns: Eine absolute Wunderwaffe ist das Internet auch nicht. Man erfährt eine Menge, das stimmt schon, aber wer diese Leichen sind, sagt es uns auch nicht.«

»Und was ist mit den verschwundenen Mädchen?«

Lorraine seufzte. »Da gibt's auch nicht viel Neues.« Sie nahm einen Schluck Kaffee. »Alles, was wir wissen, ist, dass sie sich alle drei im letzten Monat verliebt haben. Oder jedenfalls hatten sie einen neuen Freund. Aber das ist ja nichts Ungewöhnliches bei Schulmädchen. Ich denke, wenn wir die Sittenstrolche verhört haben, wissen wir mehr.«

»Was haben denn diese Freunde der Mädchen gesagt?«

»Ich weiß nicht. Wir haben noch keinen von ihnen gesprochen. Irgendwie scheint es, als wären sie auch abgetaucht.«

»Ist das nicht bisschen merkwürdig? Ich meine, dass sie alle drei weg sind? Haben die was miteinander zu tun?«

Lorraine zuckte die Achseln. »Heutzutage ist alles möglich. Da kann man nicht so einfach sagen, was merkwürdig ist und was nicht.«

»Wie heißen sie denn?«

»Claire Lums -«

»Nein«, unterbrach Mavis. »Ich meine die Jungs. Vielleicht kenn ich sie ja.«

»Oh ... Warte mal, bisher haben wir bloß Aussagen von ein paar Freundinnen und Geschwistern. Und die kannten auch bloß die Vornamen.« Sie runzelte die Stirn. »Ich glaube, es waren ein Brad, ein Brent und ein Billy.« Lorraine wurde nachdenklich. »Ja, Brad, Brent und Billy.« Dann sprang sie plötzlich auf, klatschte in die Hände und gab ihrer Mutter einen Kuss auf die Stirn. »Du bist ein Genie, Mam!«

»Was hab ich denn gesagt?« fragte Mavis verwirrt.

»Die meisten Leute, die unter falschem Namen auftreten, benutzen Namen, die denselben Anfangsbuchstaben haben. Das kann man sich leichter merken.«

»Ja, und?«

»Ich wette, dass unser Brad, Brent und Billy ein und dieselbe Person sind!«

Geistesabwesend griff Lorraine nach der Schublade, in der die Zigaretten versteckt waren, aber ihre Mutter war schneller. »Hier«, sagte sie und reichte ihr einen Bleistift, auf dem Lorraine gehorsam herumzukauen begann. Sie setzte sich wieder.

Brad, Brent und Billy. Nehmen wir einmal an, sie sind tatsächlich ein und derselbe. Ein gutaussehender junger Mann, der jungen Mädchen auflauert. Was will er von ihnen? War das womöglich – ihr Herz setzte eine Sekunde lang aus – war das ein Serienmörder? Nein, das war nicht wahrscheinlich. Warum hätte er seinen Namen ändern sollen, wenn er die Mädchen umbrachte? Die Zeuginnen wären ja tot. Ein Zuhälter? Dann müssten ihre Kontaktpersonen im Rotlichtmilieu etwas wissen. Wenn neue Mädchen auftauchten, wurden sie immer ganz schnell verpfiffen. Und vom Straßenstrich hatten die Streifenbeamten auch nichts Neues berichtet. Aber dem konnte man ja noch einmal nachgehen. Lorraine schüttelte den Kopf. »Ich hoffe bloß, wir haben keinen Sklavenhändlerring in der Gegend«, murmelte sie.

Mavis warf ihr einen spöttischen Blick zu. »Jetzt gehst du ein bisschen zu weit, Schätzchen … Wir sind hier in Houghton-le-Spring und nicht in irgendeinem Dritte-Welt-Land ohne Menschenrechte. Hier gibt's so was nicht.«

»Da irrst du dich, Mam. So was gibt's überall.«

»Ach, Gott, die armen Mädchen …« Mavis stand auf, sah an sich herunter, schob ihren Zeigefinger durch den Ring in ihrem Nabel und riss ihn heraus.

»Mama! Was machst du?« Lorraine sprang auf, um ihrer blutenden Mutter zu helfen.

Aber Mavis blutete gar nicht. Grinsend warf sie den Silberring auf den Tisch. »Das war nur ein Spaß. Ich wollte dich bisschen aufheitern.«

Jetzt sah auch Lorraine, dass der vermeintliche Ring bloß ein offener Clip war. »Du hast einen eigenartigen Sinn für Humor.«

»Ach, es war schon recht komisch. Du hättest dein Gesicht sehen sollen, als du zur Tür hereinkamst.«

»Mama, was du da gerade gemacht hast, war überhaupt nicht komisch. Es war schrecklich. Aber wahrscheinlich werd ich dir trotzdem vergeben. Wie immer.«

»Sehr großzügig.« Mavis setzte sich wieder. »So, und jetzt raus mit der Sprache! Was beschäftigt dich wirklich?«

»Was meinst du? Was soll da noch sein?«

»Lorry, jetzt schwindle doch nicht. Ich bin deine Mutter, und ich weiß, dass dich etwas beunruhigt, also spuck's aus!« Mavis legte den Kopf schräg und zeigte mit einem rotlackierten Fingernagel auf ihre Tochter. »Ich könnte wetten, es hat mit diesem Wie-heißt-er-doch-gleich-wieder zu tun.«

Lorraine seufzte. »Du hast recht, Mam. Er ist letzte Nacht nicht nach Hause gekommen. Ich weiß nicht, wo er ist, und ich weiß nicht, wo ich nach ihm suchen soll.«

»Wie wär's mit dem Grund des Flusses?«

»Mama!«

»Ich weiß nicht, warum du dir das alles gefallen lässt. So wie du aussiehst und mit der Position, die du hast, du könntest doch jeden Mann haben. Ich bin sicher, dass Luke -«

»Mutter!« Lorraine warf ihr einen warnenden Blick zu.

»Okay, okay, okay! Aber du musst zugeben, dass Luke verdammt gut aussieht.«

Lorraine schüttelte den Kopf und legte ihn dann in die Hände. Schließlich sagte sie: »Was soll ich bloß machen? Wenn ich ihn als vermisst melde, mache ich mich doch zum Gespött der Kollegen. Kannst du dir vorstellen, was die für Witze im Dezernat machen?«

Mavis stand auf. In der plötzlichen Stille kratzten die Stuhlbeine hässlich über die Fliesen. Sie nahm Lorraine in die Arme und drückte ihren Kopf an die Brust. »Da kann man nicht viel machen, mein Schatz, er ist ein erwachsener Mann.«

»Und wenn er irgendwo verletzt im Wald liegt und Hilfe braucht?«

»In welchem Wald? Komm, vergiss es! Der Typ kann sehr gut für sich selbst sorgen. Hör mal, der Gedanke wird dir nicht gefallen, aber könnte es sein, dass er bei einer anderen Frau ist?«

Lorraine schüttelte den Kopf. »Ich weiß nicht. Manchmal ist er so kalt. Als wäre ich gar nicht da, oder als gehörte ich nicht zu seinem Leben. Das kommt und geht, ohne dass ich sagen könnte, warum. Aber wenn er in diesem Zustand ist, habe ich das Gefühl, er wäre auf einem anderen Planeten.«

Mavis zog die Nase hoch. »Also, wenn du ihn nicht einfach abknallen willst ...«

Lorraine lachte. »Das geht schon deshalb nicht, weil ich gar nicht weiß, wo er ist.«

»Na schön. Dann geh nach Hause, und wenn der Typ wieder antanzt, dann sag ihm, er soll sich schleichen.«

»Ach, Mam, bei dir klingt das immer so einfach!«

»Aber das ist es doch auch! Es war nie so einfach wie heute! Frauen brauchen sich so was nicht mehr gefallen zu lassen. Du weißt doch, wie solche Konflikte heute verlaufen. Das kommt doch jeden Tag bei euch vor.«

»Ja, ich weiß, aber wenn es einem selbst passiert, ist es anders.«

»Also, Harry sagt ... oh!« Erschrocken schlug sich Mavis die Hand vor den Mund.

Lorraine sprang auf. »Harry? Du hast das alles schon vorher gewusst! Dieses Plappermaul, dieses elende! Versuch ja nicht, es abzustreiten.«

»Ja, ich geb's zu. Harry hat angerufen. Er macht sich halt Sorgen um dich.«

»Ach, ich kann's mir richtig vorstellen! Kaum hatte ich aufgelegt, da hat er schon deine Nummer gewählt. Oh, Männer!« Mit geballten Fäusten ging Lorraine auf ihre Mutter los und nahm sie in die Arme.

Claire schwitzte; die Bullaugen waren fest zugeschraubt, und es war heiß in der engen Kabine. Die Stricke waren durch billige Handschellen ersetzt worden, dafür waren die Füße jetzt frei, und sie konnten den wackeligen Blecheimer benutzen, den ihnen die Männer als Toilette in die Kajüte gestellt hatten.

Jade kämmte Claire mit den Fingern die Haare, das war irgendwie tröstlich. Claire gähnte, den Tag hatten sie mehr oder weniger verdämmert, der Mangel an Bewegungsfreiheit machte sie müde. Außerdem hatte sie in der Nacht nicht geschlafen. Dazu hatte sie zuviel Angst vor irgendwelchem Ungeziefer, das auf ihrem nackten Körper herumkrabbeln könnte. Ganz zu schweigen von den zweibeinigen Ungeheuern, die über sie herfallen konnten.

Das einzige Geräusch war weit entfernter Verkehrslärm und in unmittelbarer Nähe die Wellen, die gegen das Boot schlugen. Claire wollte gerade wegdriften, als Tracy sich plötzlich hochstemmte, auf die Beine kam und sich schreiend gegen die Tür warf. Durch ihre plötzliche Bewegung war die Bank umgekippt, so dass die schlafende Jade auf dem Fußboden landete.

»Herrgott, Tracy!« schrie Claire. »Was soll denn der Quatsch?«

»Bring sie zur Ruhe, sonst kommt der Kerl rein und prügelt sie tot!« schrie Jade.

Aber Tracy warf sich hemmungslos an die Tür und schrie immer weiter. Claire legte Tracy die Hand auf die Schulter und wollte sie zurück auf die Bank ziehen, aber in diesem Augenblick ging die Tür auf, und Laughing Man kam herein.

»Na, Mädchen, jetzt gebt aber Ruhe!« knurrte er grinsend und drängte sie zurück, ohne sie auch nur berühren zu müssen.

»NEIN, nein, nein!« wimmerte Tracy, dann hob sie die gefesselten Hände und stürzte sich plötzlich auf ihn.

Einen Moment lang war er verblüfft, dann packte er sie am Arm und schleuderte sie an die Wand. Claire versuchte ihn noch zurückzuhalten, aber dann traf sie ein für Tracy bestimmter

Faustschlag am Ohr, und sie fiel auf den Boden. Ehe sie ohnmächtig wurde, sah sie Jades zappelnde Fußsohlen direkt vor ihrer Nase.

Ein paar Stunden später kam Brad mit einem hübschen dunkelhaarigen Mädchen in den *Blue Lion* geschlendert. Er zwinkerte Mrs Archer zu, die mürrisch zurücknickte. Dienstags war nie viel los, weil es im *White Lion* Karaoke gab, deshalb stand Mrs Archer dienstags immer selbst hinter der Theke, zusammen mit Jason Smith.

Jason schenkte einem der Stammgäste gerade ein Bitter ein und beobachtete Brads Ankunft missmutig. Er hasste diesen eitlen Fatzke und seine willigen Bräute. Wo nahm er die geilen Weiber bloß immer her? Jason schüttelte den Kopf und stellte dem Gast sein Bier hin.

»Gib mir'n Helles, Jas!«

Jason presste die Lippen zusammen. Er hasste es, wenn ihn der Typ »Jas« nannte.

Brad wandte sich dem Mädchen zu. »Na, was trinkst du, meine Hübsche?«

»Ach, einen Orangensaft, bitte«, sagte sie lächelnd und klimperte mit den Wimpern.

Die war noch nie in einer Kneipe, dachte Jason, *dafür ist sie viel zu jung*. Er stellte die Drinks auf die Theke. Er dachte ja gar nicht daran, diesem Gigolo die Getränke am Tisch zu servieren.

»Tu Wodka rein«, flüsterte ihm Mrs Archer ins Ohr.

Er griff nach dem Wodka und füllte den Orangensaft damit auf. Ein *Screwdriver.* Das Raffinierte war, dass man den Wodka nicht schmeckte. Damit konnte man jede Büchse aufkriegen.

Jason wusste, was los war. Ein Mädchen fehlte noch für die Lieferung, und Brad machte Druck. Mit der Schwarzhaarigen sollte es schnell gehen. Jason wünschte, er hätte die Nerven für eine kleine Erpressung. Dann wären er und seine Mutter fein raus. Sie könnten sich ein schönes Leben machen. Allerdings würde es wohl leider recht kurz sein. Nein, lieber nichts riskieren.

Eine Stunde und vier Gläser »Orangensaft« später war das Mädchen so weit. Mrs Archer schloss hinter dem letzten Stammgast die Tür zu und kam zu Brad an den Tisch.

»Komm, ich geb dir noch einen frischen Drink, mein Schatz«, sagte sie.

»Danke«, sagte das Mädchen und ihr Kopf sank an Brads Schulter.

Mrs Archer nahm das halbvolle Glas mit und füllte hinter der Theke ein frisches. Dann nahm sie ein Fläschchen aus ihrer Tasche und ließ ein paar Tropfen in den Orangensaft fallen. »Hier sind deine Vitamine«, sagte sie grinsend. »Trink schön aus! Das ist gut für dich.«

Das Mädchen nahm gehorsam das Glas und trank mit zitternden Händen. Sie wunderte sich noch, warum die nette Wirtin und Brad sie so erwartungsvoll anstarrten, dann wurde sie ohnmächtig.

»Na also, das wär's! Jetzt schaff sie endlich hier raus!« knurrte Mrs Archer. »Ich hab dir schon mehrfach gesagt, du sollst keine Mädchen hierher bringen. Bist du zu blöd, oder was?«

»Irgendwo musste ich ja mit ihr hingehen. Schließlich wird sie dringend gebraucht. Es sind vier bestellt worden, und Sie wissen ja selbst, wie die Kunden sind.«

»Na schön, aber sieh zu, dass es nicht wieder vorkommt.« Die Wirtin ging zur Hintertür. »Und jetzt raus mit euch. Ally wartet schon auf euch. Und seht zu, dass ihr nicht von der Polizei gestoppt werdet!«

Brad legte sich den Arm des Mädchens über die Schulter und schleifte sie mühsam hinaus. Mrs Archer schloss die Tür hinter ihm ab.

»Scheißkerl«, murmelte sie, während sie die Treppe hinaufging. »Als ob die Sache nicht schon gefährlich genug wäre, muss er sie auch noch zu mir bringen.«

Die Wände schienen sich um sie zu schließen, als sie in die Küche ging und den Teekessel aufsetzte. Während sie darauf wartete, dass das Wasser kochte, setzte sie sich ans Fenster und starrte auf die dunkle, verlassene Straße hinaus.

Mittwoch

9

Claire blinzelte. Es war wieder Tag. Aber noch früh am Morgen, so schien es. Als sie das leise Schnarchen der beiden anderen Mädchen hörte, dachte sie für einen Augenblick, sie wäre wieder zu Hause und es wäre alles in Ordnung. Aber dann wurde ihr rasch bewusst, wo sie war.

Sie drehte sich auf die andere Seite. Die Handschellen schnitten ihr in die Haut, und sie hatte Schmerzen an Stellen ihres Körpers, von denen sie nicht einmal gewusst hatte, dass es sie gab. Der Schlag, den sie gestern Abend abgekriegt hatte, war nur noch ein dumpfes Pochen hinter dem linken Ohr, aber es genügte, um sie benommen zu machen. Außerdem fühlte sie sich ganz schwach und hatte schrecklichen Hunger.

Sie blinzelte erneut. Diesmal vor Überraschung. Ein neues Mädchen saß in der Ecke. Sie hielt den Kopf gesenkt und hatte die Arme fest um die Knie geschlungen, die langen schwarzen Haare fielen ihr übers Gesicht.

Claire musste wohl ein Geräusch gemacht haben, denn plötzlich hob das Mädchen den Kopf und fing an zu weinen. »Wo …?«

Claire schüttelte vorsichtig den schmerzenden Kopf. »Au!« sagte sie und presste die Hände an ihre Schläfe.

»Wenn ihr zwei keine Ruhe gebt, kommt Laughing Man«, flüsterte Jade, die inzwischen ebenfalls wach war. »Alles okay?« fragte sie die Neue, die ungefähr vierzehn sein mochte.

Aber das Mädchen war völlig verstört. Ohne jede Vorwarnung begann sie zu kreischen. Ihre Schreie kamen aus der tiefsten Tiefe ihrer verängstigten Seele.

»Pssst!« zischten Jade und Claire gleichzeitig, während Tracy bloß stumm vor sich hin starrte.

Und dann fing das Mädchen an, sich zu erbrechen. Sie würgte eine gelbe, stinkende Flüssigkeit aus sich heraus. Der Geruch war entsetzlich, und Claire wusste, dass es Alkohol sein musste. Prompt fing Jade ebenfalls an zu würgen, und dann flog die Tür auf, und der Mann lachte. Er hatte einen Eimer mit kaltem Wasser dabei, das er dem neuen Mädchen über den Kopf schüttete. »Halt's Maul, du blöde Torte, sonst mach ich dich kalt.«

Er schlug die Tür wieder zu, und die Neue rang heftig nach Luft. Erst jetzt merkte sie, dass sie nackt war. »Was ist los?« schrie sie, während das Wasser an ihr herabtropfte und über den Fußboden schwappte. »Wer seid ihr?«

»Wir wissen selbst kaum etwas«, sagte Claire leise. Sie wollte nicht auch noch einen Eimer Wasser abkriegen.

Jade warf Claire einen warnenden Blick zu. »Wie heißt du?« fragte sie.

»Donna«, sagte das neue Mädchen sehr leise. Zu ihrer Überraschung sah Claire, dass die Neue noch keine Handschellen trug. Sie war wohl bewusstlos gewesen, als sie gebracht wurde.

Jade nickte und erzählte ihr, was sie wussten.

»Und was ist mit der los?« fragte Donna und zeigte auf Tracy.

Jade zuckte die Achseln. »Ich glaube, sie verliert den Verstand.«

»Sie ist an einem schöneren Ort«, sagte Claire.

»Schönerer Ort?« sagte Donna höhnisch. »Von wegen, *ich* gehe an einen schöneren Ort.« Sie sprang auf, riss die Tür auf und rannte die Treppe hoch.

Claire warf Jade einen Blick zu. Ihr Herz raste. Sie hatte schreckliche Angst, sich zu bewegen, gefangen zu werden und Laughing Man wütend zu machen, aber vielleicht war das jetzt ihre einzige Chance. Es wäre dumm gewesen, sie zu verpassen.

Sie sprang ungeschickt auf die Füße und folgte dem anderen Mädchen.

»Komm zurück!« wisperte Jade verzweifelt. »Bitte, Claire, tu's nicht. Er wird dich umbringen!«

10

Lorraine hatte ihre Probleme tief im Inneren verschlossen, als sie sich auf den Weg zum Verhörzimmer machte. Sie hatten schon den gestrigen Nachmittag damit verbracht, die wenigen gerichtsbekannten Kinderschänder ihres Bezirks zu verhören, aber wenn es um unter Sechzehnjährige ging, war es Routine, jeden einzelnen vorzuladen.

Monroe war ein besonders abscheulicher Fall. Er hatte jede seiner vier Töchter missbraucht, zum Teil noch ehe sie drei Jahre alt waren und mit Wissen der Mutter. Er saß mit dem Rücken zur Tür, als Lorraine den Verhörraum betrat. Sie hatte seine Akte noch einmal gelesen und wusste, dass er nur deshalb gefasst worden war, weil er sich am Ende auch an die Töchter von Freunden herangemacht hatte.

Sie warf einen Blick auf den schmutzigen Kragen des Mannes und verzog das Gesicht, als sie sich auf ihren Platz setzte. Luke stand am Fenster und starrte hinaus.

»Nun?« sagte sie. Monroe schwitzte. Kleine Tröpfchen standen auf seiner geröteten Stirn und liefen in dunklen Bächen durch die Fleischfalten um seine Augen.

»Er sagt immer nur, dass er nichts weiß, Chefin«, erklärte Luke. »Er sagt, er wäre jetzt brav.«

»Ach, wirklich? Das Schwein soll sich lieber was anderes einfallen lassen!« Sie lächelte Monroe an und trat ihm dann mit voller Kraft gegen das Schienbein.

Der Getroffene schrie und umklammerte sein Bein. »Das könn' Sie nich' machen!«

»Ich hab's gerade getan. Du bist hier in meinem Revier, ist das klar?«

Monroe begann zu zittern. Er zog die Schultern hoch und presste die Hände zusammen. »Deshalb kann man Sie trotzdem für so was drankriegen«, murmelte er. »Ich hab auch meine Rechte.«

Lorraine wandte sich an Luke. »Sagen Sie, Detective, hab ich mich verhört oder hat das Schwein mir gerade gedroht?«

»Ich weiß nicht, Chefin, man könnte es wohl so auslegen.« Luke starrte immer noch aus dem Fenster.

Lorraine erhob sich halb aus dem Sessel, bis ihr Gesicht nur noch wenige Zentimeter von ihrem Opfer entfernt war. »Jetzt will ich dir mal was sagen, du Schwein.« Sie gab ihm einen Stoß vor die Brust. »Für mich und meine Freunde da draußen bist du bloß ein Stück Scheiße, und ein Stück Scheiße hat keine Rechte. Die hast du selbst schon vor Jahren aufgegeben, als du deine Kinder missbraucht hast.« Sie gab ihm einen weiteren Stoß, und er zuckte zusammen. »Wo waren denn deren Rechte?«

»Ich ... Ich ...«, stammelte Monroe.

»Hab ich gesagt, du kannst dein dreckiges Maul aufmachen, du Mistkerl?«

Monroe wusste, dass er keine Chance hatte. Es war nicht das erste Mal, dass Lorraine ihn verhörte. Er ließ den Kopf hängen und starrte zu Boden.

»Na, siehst du, es geht ja. Wir wissen alle, dass du dir noch andere Kinder holen wolltest, um deine schmutzigen Spiele mit ihnen zu treiben. Also? Was hast du vor? Willst du jedes Mädchen in Houghton kaputtmachen?«

Sie knallte die Akte auf den Tisch, und Monroe zuckte zusammen. Er hatte zu weinen begonnen.

»Geben Sie ihm ein Taschentuch, Detective!« sagte Lorraine und sah dann ungerührt zu, wie der Mann seine Augen abtupfte. Dann fragte sie mit kalter, bedrohlicher Stimme: »Was sagt man denn so auf der Straße?«

Monroe schüttelte den Kopf ohne aufzusehen und murmelte etwas.

»Sprich lauter!«

Monroe räusperte sich nervös. »Ich weiß nichts. Ich hab nichts mit solchen Leuten zu tun.«

Lorraine rollte die Augen. »Sag bloß noch, du wärst jetzt bekehrt!«

Monroe begann heftig zu nicken. »Ja, ja«, stammelte er, als ob sein Leben davon abhinge. »Ich bin jetzt in der Kirche.«

Lorraine schnaubte verächtlich, aber Monroe war nicht mehr zu bremsen. »Vor fünf Jahren schon bin ich konvertiert, als ich noch im Knast war. Aber ihr holt mich jedesmal, wenn irgendwas los ist, und macht mich fertig. Das ist nicht fair.«

»Nicht fair!« brüllte Lorraine. »Was soll denn das heißen, *nicht fair?* Hab ich das richtig gehört, Detective? Hat er *nicht fair* gesagt?«

»Ich nehme an, Sie haben dasselbe wie ich gehört, Chefin.«

Lorraine spürte, wie ihr die Galle hochstieg. Diesmal bohrte sie dem Mann ihre Finger hart in den Schädel. »Bildest du dir ein, weil du jetzt in die Kirche rennst, wärst du heilig? Meinst du, deshalb wärst du jetzt nicht mehr pervers?« Lorraine wollte ausspucken. »Diese ganzen verdammten Gutmenschen!«

Mit verzerrtem Gesicht wandte sie sich an Luke. »Schmeiß den Kerl raus, ehe ich ihn vollkotze.«

Nachdem sich die Tür geschlossen hatte, stellte Lorraine sich ans Fenster und sah hinunter. Es war erst zehn Uhr morgens, aber sie hätte am liebsten schon wieder geduscht. Sie hasste es, sich mit diesen Kerlen auseinandersetzen zu müssen, die das Vertrauen von Kindern missbraucht hatten. Und die Heulerei danach war das Allerschlimmste.

Lorraine verschränkte die Hände im Nacken und stellte sich auf die Zehenspitzen, um sich zu entspannen. Von hier oben hatte sie einen guten Blick auf den Eingang zum Magistrate Court, wo über alle möglichen kleineren Vergehen Gericht gehalten wurde wie seit Jahrhunderten. Dutzende von Verkehrssündern, Ruhestörern und Raufbolden, oft in Begleitung der Polizisten, die sie angezeigt hatten, standen vor der Tür des Gerichts, rauchten, redeten oder lasen die Zeitung.

Ein Taxi kam vorgefahren, und ein gutaussehender blonder junger Mann stieg aus. Cal Black! Das war wirklich ein ganz Schlimmer. Wider Willen musste sie lächeln. Der Bursche hatte bestimmt schon Hunderte von Stunden mit gerichtlich verfügter gemeinnütziger Arbeit verbracht. Aber es endete jedesmal damit, dass ihn alle verehrten und am liebsten den Boden geküsst hätten, den seine Füße berührt hatten.

Lorraine konnte sich das gut vorstellen. Sie war seine Babysitterin gewesen, als sie fünfzehn war. Er war schon damals ein kleiner Charmeur, und das beste war, dass er sich seines Charmes meistens gar nicht bewusst war. Sein Problem war, dass er eine fatale Schwäche für Sportwagen hatte.

Lorraine sah zu, wie er grinsend an zwei Politessen vorbeiging, denen prompt nichts anderes einfiel, als zurückzulächeln. Sie schüttelte den Kopf. Was für ein Jammer! Mit einer so unwiderstehlichen Persönlichkeit hätte der Junge ein Star werden und sich wahrscheinlich alle Sportwagen der Welt leisten können, statt sie zu stehlen.

Wenn er nicht bald erwachsen wird, kriegt er noch echte Probleme. Die Richter können ihm nicht ewig gemeinnützige Arbeit aufbrummen. Irgendwann wandert er in den Knast, und dann wehe ihm, so wie der aussieht. Nur gut, dass er die Autos immer wieder zurückbringt und meistens ganz unbeschädigt.

Luke kam zurück. Er grinste. »Na, dem hast du ja ordentlich Angst eingejagt.«

»Das war meine Absicht. Ich glaube allerdings nicht, dass er irgendwas weiß.«

»Stimmt. Ich glaube, keiner von den bekannten Pädos hat etwas mit der Sache zu tun.«

»Du hast recht. Da steckt was Größeres dahinter. Jemand, den wir nicht kennen.«

Luke nickte.

»Okay, schick den Nächsten rein. Und lass Carter dabeisitzen. Der junge Mann kann dabei noch was lernen. Ach, übrigens: Habt ihr noch mehr Leichen gefunden?«

»Nein, jedenfalls nicht in Superintendent Clarks Kürbisbeet. Der arme Superintendent wird allerdings bei der diesjährigen Gartenschau keinen Preis mehr gewinnen. Seine Gemüsebeete sehen wie eine Kiesgrube aus.«

Lorraine lächelte, und Luke hätte sich nichts mehr gewünscht, als sie in die Arme zu nehmen. Aber in den letzten drei Jahren hatte er gelernt, seine Gefühle für sich zu behalten.

Dreimal war Stevie jetzt schon um das leere Haus am Tulip Crescent herumgegangen. Die Fenster waren seit Wochen mit Brettern vernagelt, aber er wusste, dass es irgendwo einen Zugang gab, es war ein bekannter Treff.

Da waren bestimmt irgendwelche Kids drin, mit Wodka oder Pillen oder sonst irgendwas. Im Grunde war ihm alles recht. Die Wirkung der Pillen, die er geschluckt hatte, ließ nach, und er brauchte dringend was Neues.

Wütend trat er gegen die Hintertür, als er aus dem Inneren ein Geräusch hörte. »Wo geht's denn hier rein?« brüllte er.

Nichts.

Er schlug mit der Faust an die Tür. »He, aufmachen! Ich bin es, Stevie!«

Wieder hörte er jemanden hinter der Tür. »Psssssst! Sonst hört dich noch jemand!« zischte eine kindliche Stimme. »Komm rein, und sei leise!« Eine Klappe im unteren Teil der Tür wurde aufgestoßen, und Stevie schlüpfte hinein. »Ich wusste schon, dass es hier reinging«, behauptete er. »Ich hatte es bloß vergessen. Was habt ihr?«

»Guten Stoff«, sagte ein Zwölfjähriger in Schuluniform und saugte mit gesenktem Kopf an einer billigen Wasserpfeife.

»Her damit«, sagte Stevie und riss ihm den Schlauch aus der Hand.

»He, ich bin dran!« kreischte ein bleiches Gothic-Mädchen mit schwarz umrahmten Kajal-Augen.

»Halt's Maul!« sagte Stevie und knallte ihr eine. Das Mädchen fiel rücklings auf die Matratze, und auf ihrem schwarz bemalten Mund blühte ein Blutströpfchen.

»He, benimm dich, du Schwein!« sagte eine andere Vierzehnjährige in ähnlicher Gothic-Aufmachung und tupfte ihrer Freundin den Mund ab.

Stevie kümmerte sich gar nicht darum. Gierig sog er den Rauch aus der Flasche. Der Hit kam sofort. Das Zeug war echt gut. Stevie ließ sich zurücksinken.

»Du arbeitest jetzt für die Archer?« fragte der Zwölfjährige.

»Hmm.«

»Vor ein paar Tagen hab ich sie an der Schule getroffen. Andrea Cole hat auch mal für sie gearbeitet. Aber die ist jetzt weg. Es heißt, Archer hätte sie umbringen lassen, aber ich glaube, sie ist einfach nach London gegangen. Was meinst du?«

Stevie zuckte die Achseln. Das interessierte ihn alles nicht, und Andrea Cole war ein richtiges Miststück gewesen. *Und wenn sie nicht in London ist?* Andrea hatte H geraucht, und alle hatten gewusst, dass sie das Zeug bei Mrs Archer abzweigte. *Genau wie ich meine Pillen*, sagte die kleine Stimme in seinem Kopf.

»Verpiss dich!« sagte Stevie und nahm noch einen Zug aus der Pfeife. Er fühlte sich schon viel besser.

»Was?« sagte der Junge.

»Ach, egal.« Stevie beobachtete wütend die beiden Mädchen, die sich in der Ecke im Arm hielten und darauf warteten, dass er wieder ging.

Er nahm noch einen Zug aus der Pfeife. »Ich geh jetzt«, sagte er. »Muss arbeiten.« Leicht schwankend stand er auf, lief zur Tür und kroch durch die Klappe. In seiner Eile verfing er sich an einem Nagel und riss sich ein großes Stück Haut aus der Handfläche. Aber er spürte es gar nicht und merkte auch nicht, dass er eine dünne Blutspur hinter sich ließ, als er nach Houghton hinaufrannte.

Lorraine und Luke gingen ins *Beehive* und bestellten sich heiße Beef Sandwiches, aber Lorraine hatte kaum Hunger. Nach wenigen Minuten schob sie ihren Teller weg.

»Ich kann jetzt nicht essen. Ich muss dauernd an die Mädchen denken. Mit jeder Minute wird es unwahrscheinlicher, dass wir sie noch lebend finden.«

Luke nickte und trank einen Schluck Saft. »Was sollen wir machen? Die Spur ist kalt. Wir haben die Nutten gefragt und die Zuhälter, wir haben die Pädos verhört und in der Drogenszene sondiert. Nichts. Kein Ergebnis. Keiner weiß was. Wir stehen vor einer Mauer.«

Lorraine sah ihn nachdenklich an. »Stimmt. Eigentlich merkwürdig. Normalerweise reden die Leute viel mehr. Man könnte fast meinen, es gäbe jemand, vor dem sie Angst haben. Erinnerst du dich noch an Colin Stone?«

»Vom Hörensagen. Persönlich hab ich ihn nicht gekannt.« Der legendäre Colin Stone, das große Vorbild der Kripo Houghton. Luke verzichtete darauf, Lorraine zu sagen, dass man sie in letzter Zeit häufig mit ihm verglich.

»Irgendwann Mitte der neunziger Jahre, als ich noch ganz neu beim C.I.D. war, hat er uns mal einen Vortrag über das organisierte Verbrechen gehalten.« Sie fuhr mit der Spitze ihres Zeigefingers über den Tisch. »Soweit ich mich erinnere, war er hinter einem Unterweltboss her, der praktisch ganz Sunderland beherrschte und hier in Houghton-le-Spring wohnte.«

»Stone ist nicht mehr am Leben, nicht wahr?«

»Manche sagen, er sei eines natürlichen Todes gestorben, andere dachten was anderes. Der Gangsterboss wurde nie gefasst, und es gibt auch kaum Informationen über ihn in den Akten. Selbst der geschwätzigste Junkie wird plötzlich ganz maulfaul, wenn man ihn danach fragt.«

»Es könnte also praktisch jeder sein.«

»Ja, und er könnte immer noch da sein. Etwas Gegenteiliges wissen wir jedenfalls nicht.« Wer so viel Macht hatte, konnte ohne weiteres eine solche Verschwörung des Schweigens herbeiführen. Vielleicht lohnte es sich ja tatsächlich, diese Spur zu verfolgen, auch wenn es ziemlich sinnlos schien, nach jemandem zu suchen, dessen Existenz man nur deshalb für denkbar hielt, weil niemand zuzugeben bereit war, dass es ihn gab.

Als er nach seinem Glas griff, berührte Luke versehentlich Lorraines Hand, und es war, als erhielte sie einen elektrischen Schlag. Sie warf ihm einen Blick zu und sah dann rasch wieder weg. *Er hat wirklich wunderbare Augen. Herrje, jetzt fang ich schon an wie meine Mutter!*

Sie zog den Reißverschluss ihrer Tasche zu und stand auf. »Auf geht's! Zurück an die Arbeit. Womöglich sitzen die armen Mädchen irgendwo und beten darum, dass wir kommen.«

Als Claire das Deck erreichte, hatte Laughing Man Donna bereits einen Arm um die Kehle gelegt und sie mit dem anderen um die Taille gepackt. Er starrte Claire überrascht an, als sie mit ihren gefesselten Händen aus dem Niedergang kam, das Deck überquerte und über die Gangway an Land stolperte.

Das Sonnenlicht blendete Claire. Es sah alles so schrecklich normal aus. Aber die Männer hatten den Liegeplatz ihres schwimmenden Kerkers geschickt ausgewählt. In der näheren Umgebung war niemand zu sehen, den sie zu Hilfe hätte rufen können. Der Teil des Hafens, wo der rostige Kutter vertäut war, schien völlig verlassen.

Das Adrenalin schlug ihr bis zum Hals, als sie losrannte. Allein schon die frische Luft war ein Segen. Sie sah Donna gegen Laughing Man kämpfen, aber sie würde sich da nicht einmischen. Sie lief nach Hause. Nach Hause zu ihrer Mam und den anderen. Wenn sie da war, würde sie die Polizei zu den anderen schicken, aber alles, was sie jetzt vor sich sah, war die Sparrow Lane und ihr liebes Zuhause.

Sie war erst zwanzig Schritte gerannt, als jemand ihre Hüften packte und sie auf die Kaimauer warf wie beim Rugby. Sie schlug hart auf den Boden mit ihren gefesselten Händen und kriegte sekundenlang keine Luft mehr. Trotzdem schaffte sie es, sich umzudrehen.

Der Angreifer war der andere Mann. Er musste wohl gerade vom Einkaufen aus der Stadt gekommen sein und hatte auf einen Blick gesehen, was los war. Sie trat und schlug nach ihm, und einen Moment lang dachte sie auch, sie könnte sich noch einmal losreißen. Aber die Handschellen behinderten sie, und im nächsten Augenblick zog der Mann ein Messer aus der Tasche und klappte es auf. Als sie den kalten Stahl an ihrer Kehle spürte, hörte sie auf, sich zu wehren.

»Halt ja die Schnauze, du kleine Hexe«, sagte er und drückte ihr die Klinge brutal an den Hals. »Und jetzt vorwärts, sonst schneid ich dir den Kopf ab.« Er packte sie an den Haaren und schob sie zurück auf die Gangway.

Als sie wieder an Bord waren, zog er ein breites Klebeband aus der Tasche, schnitt ein Stück davon ab und klebte es Claire auf den Mund. Es hatte einen ekelhaften Geschmack. Ihr aufgeschürftes Knie hatte wieder zu bluten begonnen.

Laughing Man ließ sich das Klebeband geben und fesselte Donnas Hände damit hinter dem Rücken. Dann klebte er ihr noch den Mund zu. Erst versuchte sie, ihn zu beißen, aber er schlug ihr zweimal ins Gesicht, und da hielt sie still.

»Blöde Weiber«, sagte er. »Komm, wir nehmen sie uns richtig vor und dann schmeißen wir sie ins Wasser. Was sollen wir uns mit den Gören abgeben?«

Claire spürte, dass sie zu zittern begann. Sie wollte nicht sterben! Sie lernte doch das Leben gerade erst kennen. *Bitte, lieber Gott, bitte!*

Zum Glück war der andere Mann weniger impulsiv. »Nein«, sagte er. »Wir haben schon zu viele verloren. Zum Glück sind die Schäden bisher nur äußerlich. Ein paar blaue Flecken und Kratzer. Das heilt, und wir werden unseren Preis kriegen. Sperr sie alle beide wieder in die Kajüte. Zum Glück brauchen wir sie ja nicht mehr lange aufzubewahren.«

Er packte die beiden Mädchen an den Haaren und stieß sie

die Treppe hinunter. Mit einem Tritt beförderte er sie in die Kajüte und verriegelte die Tür hinter ihnen.

Voller Entsetzen starrte Donna die beiden anderen an, während Claire hilflos zusah, wie ihr das Blut übers Bein lief.

11

Robbie räumte den Tisch ab. Bohnen auf Toast waren nicht gerade Kerrys Lieblingsessen, und das hatte sie ihn spüren lassen. Er stellte gerade die Teller in die Spüle, als die Haustür aufging und Mickey hereinkam.

»Hallo, Leute.« Er begrüßte sie mit seinem üblichen zögernden Lächeln, das mit einem Augenzwinkern einherging. »Bin ja froh, dass ihr da seid. Ich hab wieder mal meinen Schlüssel verloren.«

Mickey hatte in Wirklichkeit gar keinen Schlüssel, aber Vanessa drohte ihm ständig damit, sie würde ihm bald einen geben. Seit seine Mutter vor acht Jahren wieder geheiratet hatte, gehörte er zu den täglichen Gästen im Haushalt der Lumsdons.

»Du hast uns gerade noch gefehlt«, sagte Kerry, stand auf und holte sich ein Glas Wasser. »Eine Nacht voller Alpträume, ein Vormittag voller Sorgen, und jetzt auch noch Mickey.«

»He, begrüßt man so seine Freunde?«

»Hallo, Mickey«, sagte Robbie.

»Ich hab gehört, bei euch läuft's nicht so gut?«

»Da hast du richtig gehört«, sagte Kerry und starrte in den Garten hinaus.

»Claire ist immer noch nicht wieder da«, sagte Robbie.

»Wenn ich geahnt hätte, dass es so schlimm ist, wär ich schon gestern gekommen«, sagte Mickey. »Aber ich musste dableiben wegen ihm und seinem blöden Geburtstag. Bis vor einer Stunde haben mich diese ganzen doofen Onkels und Tanten belabert.«

Auch ohne dass er es ihnen ausdrücklich sagte, wussten Robbie und Kerry, dass Mickey mit *ihm* seinen Stiefvater meinte.

»Du hättest auch nicht viel tun können«, sagte Robbie.

Mickey nickte und überlegte verzweifelt, wie er sich nützlich machen könnte. »Claire war ja schon immer ein bisschen hochnäsig«, sagte er schließlich.

»Was soll das heißen?« fragte Kerry und drehte sich abrupt um. »Willst du unsere Schwester jetzt auch noch schlecht machen?«

»Nein, nein«, sagte Mickey hastig. Er fand Claire ziemlich sexy, aber das hätte er sich nicht einmal selbst eingestanden, geschweige denn ihrer Schwester. »Ich dachte nur ... Hat eigentlich einer von euch diesen Brad mal gesehen? Ich meine, Claire wäre doch nicht mit irgendwem weg.«

Kerry schnaubte durch die Nase. »Wir wussten überhaupt nichts von ihm, bis Emma plötzlich gesagt hat, dass Claire einen Freund hätte. Unsere kleine Claire ist ein raffiniertes Luder, und wenn ich sie erwische, werd ich sie windelweich prügeln!«

Mickey hütete sich, auf die Widersprüche in Kerrys Verhältnis zu ihrer jüngeren Schwester hinzuweisen. Das schien ihm angesichts der gespannten Lage nicht ratsam.

»Wie geht's denn eurer Mutter?« fragte er, um das Thema zu wechseln.

Aber Kerry war noch nicht fertig mit ihrer Schwester. Mickey hatte sie auf eine Idee gebracht. »Sobald die Schule aus ist«, sagte sie und ballte die Fäuste, »geh ich rüber zu Katy Jacks und nehm sie richtig in die Mangel. Das kleine Miststück weiß bestimmt mehr, als sie bisher gesagt hat. Unsere Claire würde sicher nicht einfach so abhauen.«

»Soll ich vielleicht einen Tee machen?« fragte Robbie. »Ich glaube, wenn ich ein bisschen suche, find ich noch ein paar Krümel.«

»Danke, nicht für mich«, sagte Mickey. »Mir ist schon ganz schlecht vor lauter Teetrinken.« Auch Kerry schüttelte den Kopf und starrte wieder zum Fenster hinaus.

»Habt ihr genügend Knete?«

»Ja«, sagte Robbie. »Bis morgen kommen wir durch, und dann hol ich das Geld von der Fürsorge.«

»Na, gut. Weil, wenn ihr knapp gewesen wärt, hätte ich jemand gewusst, der euer Heft kauft. Ihr braucht bloß zu den Bullen zu gehen und zu sagen, ihr hättet es verloren, dann stellt euch das Sozialamt ein neues Heft aus und ihr könnt weiter kassieren. Todsichere Sache!«

»Nee! Das machen wir nicht«, sagte Kerry heftig und drehte sich um. Mickey erschrak. »Das haben Sandra und Mam letztes Jahr zu Weihnachten ausprobiert. Das ist total schiefgegangen. Erst haben sie das ganze Geld ausgegeben, dann sind sie mit einer Sperre belegt worden. Und das Betrugsdezernat hat sie auch vorgeladen. Sie haben so viel lügen müssen, sagt Mam, dass sie es jetzt nicht mal melden würde, wenn sie ihr Versicherungsheft tatsächlich verliert.«

»Na schön. Seid ihr sicher, dass ihr bis morgen klarkommt?« Plötzlich zog Mickey eine Zehn-Pfund-Note aus der Tasche. »Denn falls ihr pleite wärt, könnte ich euch was leihen. Hat mir Tante Brenda geschenkt.«

Robbie wollte gerade nein sagen, als Kerry sich das Geld aus Mickeys Hand schnappte. »Danke, Mickey. Du bist ein echter Freund.«

Mickey strahlte. »Na, dann will ich mal gehen. Ich sollte Cal schon vor Stunden beim Gericht abholen.«

»Hat er schon wieder was ausgefressen?« fragte Kerry mit hochgezogenen Brauen.

»Tja, das Übliche. Und ich will euch mal was sagen: Dem Richter gehört bestimmt ein Anteil am Altersheim, denn da schickt er Cal immer hin. Zwangsarbeiter sind billig, versteht ihr?«

Robbie lachte. »Cal ist bestimmt ein guter Altenpfleger.« Er brachte Mickey zur Tür, und als er zurückkam, sah er, dass sich Kerry die Schuhe anzog.

»Wo willst du denn hin?«

»Nur über die Straße zu Sandra. Ich hab sie gerade nach Haus kommen sehen. Sie kennt Mam ja schon lange, und ich will sie mal fragen, ob sie etwas von diesem Mann weiß, über den Mam sich so aufgeregt hat.«

Sie hatte die Türklinke schon in der Hand, als sie sich noch einmal umdrehte. »Die Alpträume, die du früher immer hattest ... Sie haben wieder angefangen, nicht wahr? Ich habe dich letzte Nacht schreien hören, und die Nacht davor auch.«

Robbie schüttelte den Kopf. »Nein«, sagte er. »Ich hatte schon ewig keine Alpträume mehr.« Er hasste es, daran erinnert zu werden, denn in der Dunkelheit der Nacht, wenn alle anderen schliefen, wirkten seine Träume nur allzu real.

»Mach mir nichts vor, Robbie. Du bist noch nie ein guter Lügner gewesen.« Ihre Stimme wurde plötzlich ganz sanft. »Ich glaube, das muss eine meiner ersten Erinnerungen überhaupt sein: Ich lag im Bett, und du hast geschrien wie wahnsinnig.«

Robbie sah sie unsicher an, dann starrte er in den elektrischen Kamin, dann zum Fenster hinaus. Schließlich kehrte sein Blick zu Kerry zurück, die ihn immer noch unverwandt ansah.

Er musste schlucken, ehe er leise sagte: »Es wird immer schlimmer. Jede Nacht wache ich auf und bin schweißgebadet. Ich glaube, ich halte es nicht mehr lange aus, wenn das so weitergeht.«

»Mein Gott, Robbie, warum hast du denn nichts gesagt?« Sie konnte es gar nicht glauben. »Wenn das hier alles vorbei ist, müssen wir wirklich mal was für dich tun.« Sie nahm ihren Bruder kurz in den Arm. »So, jetzt werde ich Sandra ausquetschen, und ich komme nicht eher zurück, bis ich alles weiß.«

Die Tür knallte zu. Robbie stellte sich ans Fenster und sah ihr zu, wie sie die Straße überquerte. Kerry der Gladiator. Er wünschte sich dringend, die Natur hätte ihm auch so ein Kämpferherz mitgegeben.

Kerry stieß Sandras Tür auf und ging ohne Zögern hinein. Das Haus wirkte hell und luftig und unglaublich sauber. Sandras Ehemann Tom war Lastwagenfahrer und sagte immer liebevoll, das Haus sei Sandras »grüne Hölle«, weil nicht nur die Teppiche, Tapeten und Vorhänge grün waren, sondern auch zahllose Farne, Palmen und Zimmerlinden herumstanden. Tom war allerdings selten zu Hause.

»Hallo, ich bin's!« rief Kerry, als sie durch den Flur ging. Das Wohnzimmer war leer. Kerry sah stirnrunzelnd die Treppe hinauf, aber in diesem Augenblick kam Sandra auch schon aus der Küche, ein grünkariertes Geschirrtuch in Händen.

»Hi, Kerry«, sagte sie lächelnd. »Ist alles in Ordnung?«

»Nein, es ist überhaupt nichts in Ordnung! Außerdem hätte ich ein paar Fragen. Ich glaube, du weißt etwas, was ich wissen muss.«

Sandra wurde rot im Gesicht. »Was soll das heißen?«

Kerry versuchte sich zu beherrschen. Es war keine gute Idee, wenn man so mit der Tür ins Haus fiel und wilde Behauptungen in die Welt setzte. Aber sie war einfach zu frustriert, um diplomatisch zu sein.

»Du weißt was ... da bin ich ganz sicher. Als wir im Krankenhaus waren, hat Mam plötzlich etwas von einem Mann geschrien, der Claire entführt hätte, und ... und du kennst Mam doch schon so lange. Du bist ihre beste Freundin, und ich weiß nicht, wen ich sonst fragen soll. Ich will wissen, wer dieser Mann sein könnte.«

»Das ist doch Quatsch, Kerry.« Sandra fühlte sich ganz offensichtlich nicht wohl in ihrer Haut. »Das ist doch so lange her. Das kann doch gar nichts mit Claire zu tun haben ...« Zu spät merkte Sandra, dass sie bereits zu viel gesagt hatte.

Kerry war jetzt ganz ruhig. Sie setzte sich in einen Sessel und wärmte sich ausführlich die Hände am falschen Kaminfeuer. »Ich gehe hier nicht weg, ehe ich nicht weiß, was passiert ist, Tante Sandra. *Was ist so lange her*?«

Sandra erschrak. Sie spürte eine Entschlossenheit, die sich

nicht mit Lügen oder Ausreden würde abwimmeln lassen. Kerry war plötzlich erwachsen geworden.

»Ich kann dir nichts sagen. Das geht einfach nicht. Warum fragst du deine Mutter nicht selbst?«

»Mit der kann man nicht reden. Die ist völlig durchgedreht und hat jede Menge Beruhigungsspritzen gekriegt ...« Kerrys Stimme brach, aber sie unterdrückte ihr Schluchzen. »Sie hat fürchterlich geschrien wie eine Verrückte. Etwas über einen Mann. Weißt du, was sie für einen Mann gemeint haben könnte?«

Sandra setzte sich. Das Geschirrtuch hielt sie immer noch in den Händen. Sie vermochte dem Mädchen, das ihr gegenübersaß, nicht in die Augen zu sehen. »Es tut mir leid, Kerry, aber diese Geschichte ist mehr wert als mein Leben.« Sie schüttelte den Kopf. »Ich kann dir nichts sagen.«

Kerry sah sie kalt an. »Wenn du es mir nicht sagst, gehe ich zu den Bullen und sag ihnen, dass du Informationen zurückhältst. Meine Schwester ist verschwunden, Sandra. Sie ist erst dreizehn, verdammt nochmal. Sie hat noch nie woanders als zu Hause geschlafen. Du bist immer wie eine zweite Mutter zu uns gewesen, du musst mir sagen, was du weißt, Sandra.«

Sandra seufzte. Ihre Freundin Vanessa war früher genauso gewesen wie jetzt ihre Tochter: feurig und unerbittlich wie Stahl. Heute war sie eine gebrochene Frau, und schuld daran war nur dieser Mann.

»Okay«, sagte sie. »Ich erzähle dir, was ich weiß, auch wenn es nicht allzu viel ist.«

»Für den Anfang wird es genügen.«

Sandra überlegte einen Moment, dann begann sie zu sprechen. »Deine Mutter war dir früher sehr ähnlich, Kerry. Ein schönes, stolzes Mädchen. Ich hab sie schon gekannt, als sie noch nicht hier wohnte, vor dem Tod ihrer Eltern. Oft hab ich sie nicht besucht, denn deine Großeltern waren sehr feine Leute. Dieser Autounfall, bei dem sie ums Leben gekommen sind, war wirklich –«

»Ich weiß alles über meine Großeltern«, schnappte Kerry.

»Okay. Darf ich die Geschichte jetzt so erzählen, wie ich es für richtig halte?« sagte Sandra.

Kerry biss sich auf die Lippen und nickte.

»So wie deine Mutter aussah, hätte sie jeden Mann haben können. Aber sie wollte Robbie. Und die beiden waren auch sehr glücklich zusammen. Sie waren wie füreinander gemacht. Dann wurde Robbie arbeitslos – es war nicht sein Fehler. Die Firma hat pleite gemacht.« Sandra schwieg für eine Sekunde, um sich zu erinnern. Erst eine ungeduldige Bewegung ihrer Zuhörerin rief sie in die Gegenwart zurück. »Er machte Schulden. Das passiert jedem mal, denke ich. Aber Robbie geriet an ein paar ganz üble Kredithaie.«

»Ich verstehe nicht. Wer ist dieser Robbie?« unterbrach Kerry.

Sandra starrte sie einen Augenblick verblüfft an, ehe ihr klar wurde, dass Kerry viel weniger über die Vergangenheit ihrer Mutter wusste, als sie geahnt hatte. »Robbie war der Vater deines Bruders. Dein Bruder heißt Robbie, weil sein Vater so hieß. Er war mit deiner Mutter verheiratet. Früher hatte sie das Hochzeitsfoto immer auf dem Kaminsims. Aber dann hat sie eines Tages beschlossen, es wegzutun, damit sich der Rest von euch nicht benachteiligt fühlt.«

»Aber ich dachte immer, dass Robbie und ich –«

»Ja, das kann durchaus sein. Aber das weiß nur deine Mutter genau.«

Kerry schwieg für einen Moment. »Sie spricht niemals über unsere Väter. Auch von diesem Robbie war nie die Rede. Wenn man sie danach fragt, zuckt sie bloß mit den Achseln und fängt an, von etwas anderem zu reden.«

Sandra nickte und lächelte. »Ja, Kerry, sie hat mir von deinen endlosen Fragen erzählt. Na ja, ich bin damals bei deiner Mutter gewesen, als die Kredithaie ihre Schläger geschickt haben. Mein Mann war auf Tour, ich hatte die Kinder ins Bett gebracht und wollte mit deiner Mam eine Zigarette rauchen, als die Scheißkerle auftauchten.

Es war schrecklich, das kannst du mir glauben. Ich konnte überhaupt nichts machen. Sie haben alle drei aus dem Haus gezerrt – Vanessa, Robbie und das Baby. Einer von ihnen, ein großer, brutaler Typ, hatte deinen Bruder unter dem Arm wie ein Bündel. Der kleine Robbie hat geschrien wie am Spieß und um sich getreten, aber der Kerl hat ihn einfach hinten ins Auto geworfen. Der zweite Mann war ein Glatzkopf, der hat noch gesagt, er sollte ein bisschen vorsichtig sein mit dem Kind, dann sind sie weggefahren und haben alle drei mitgenommen. Einer war noch da, der hat mir ein blaues Auge geschlagen, ehe er wegfuhr. Er hat gesagt, ich sollte ja nicht schreien und niemand was sagen, sonst würde es mir dreckig gehen.«

»Hat denn niemand etwas gehört?«

»Na ja, ein paar Vorhänge haben gezuckt. Aber es war eine stockdunkle Nacht, und außerdem hat es geregnet. Von den Laternen in unserer Straße haben drei nicht gebrannt, die Glühbirnen waren kaputt. Gleich am nächsten Tag sind die Leute von der Gemeinde gekommen und haben die Lampen ersetzt, aber da waren deine Mutter und der kleine Robbie schon wieder da. Bloß der Große Robbie kam nicht wieder.«

»Oh, mein Gott.« Kerry schüttelte ungläubig den Kopf. Wie konnte so etwas Schreckliches ihrer eigenen Familie passiert sein? »Und wer ist nun dieser *Mann*?«

»Genau weiß ich das auch nicht. Ein Verehrer deiner Mutter, so scheint es. Er hatte sie schon monatelang bedrängt, er wollte, dass sie regelmäßig mit ihm schläft. Wenn sie das tun würde, sagte er, würde er alle Schulden bezahlen.«

Einen Augenblick saß Kerry mit offenem Mund da. Dann sagte sie: »Das gibt's doch gar nicht. Zu so was kann man doch niemand zwingen. Ganz egal, was für ein Typ das ist.«

Sandra schüttelte traurig den Kopf. »Kerry, du benimmst dich oft so erwachsen, dass ich ganz vergesse, wie jung du noch bist. Es gibt eine Menge besessener Menschen da draußen, und manche von ihnen sind auch sehr mächtig. Dieser Mann jedenfalls war von Vanessa besessen. Er schickte ihr ständig Blumen,

Schokolade, teures Parfüm und so weiter. Es muss ziemlich schrecklich für deine Mutter gewesen sein. Wenn sie morgens aufwachte, wusste sie nie, was als Nächstes passieren würde. Trotzdem hat sie alle Geschenke zurückgeschickt.«

»Aber warum ist sie nicht einfach zur Polizei gegangen?«

»Was sollte sie denen denn sagen? Dass ihr ein Mann Geschenke schickte? Dass er mit ihr schlafen wollte? Kerry, weißt du nicht, dass Sex die Welt regiert?«

»Aber doch nicht so! Das ist doch pervers.«

»Ich weiß.«

»Und das alles ist passiert, ehe ich auf der Welt war?«

»Ja.«

»Und auch schon, solange Robbies Vater noch da war?«

»Ja, da fing es an. Und nachdem er einmal arbeitslos war, kriegte der arme Robbie kein Bein mehr auf die Erde. Wenn er sich irgendwo beworben hat, ging in letzter Minute immer irgendwas schief. Kein Wunder, dass er schließlich Schulden bei diesen Gaunern gehabt hat.«

»Warum sind sie denn nicht einfach weggezogen? Ich wäre einfach weggegangen, irgendwohin wo der Kerl mich nicht findet.«

»Glaub mir, Schatz, dieser Mann hätte deine Mutter überall aufgespürt. Du weißt doch: Wer zahlt, schafft an, Kindchen. *Der Mann* findet überall willige Hände, sogar bei der Post. Manchmal ist zum Beispiel der Scheck von der Sozialfürsorge nicht gekommen, und wenn sich Robbie beschwert hat, haben sie ihn einen Lügner genannt und ihm gesagt, er soll sich verziehen.«

»Und was ist aus ihm geworden?«

Sandra seufzte. Dieses Mädchen würde keine Ruhe geben. »Das weiß ich nicht. Ich weiß nur, dass sie ihn in dieser Nacht abgeholt haben. Als sie wegfuhren, waren sie noch zu dritt, aber nur Vanessa und das Baby sind wiedergekommen. Deine Mutter hat ihn als vermisst gemeldet, und das war's dann. Nur, dass für sie danach alles schiefging. Sie hat nur noch Probleme gehabt. In ganz Houghton hat ihr niemand Arbeit gegeben. Und wenn sie doch mal einen Job hatte, wurde sie nach ein paar Tagen wieder entlassen.« Sandra begann das Geschirrtuch zu einem kleinen, sauberen Quadrat zu falten. »Deine Mutter hat schreckliche Angst. Seit Jahren schon, und das wird sich nie ändern. Und ich habe auch Angst, dabei bin ich dem Kerl nie begegnet.«

»Aber du hast doch gesagt, du wärst dabei gewesen in dieser Nacht.«

»Der hat doch nur seine Schläger geschickt, Kerry. Der lässt andere die Drecksarbeit machen. Das machen diese Schweine doch immer, wenn sie die Leute einschüchtern wollen.« Sie seufzte. »Das ist alles, was ich weiß, Schatz. Ich hab dir sowieso schon zuviel erzählt. Aber Vanny scheint irgendwas über diese Leiche zu wissen, die sie neulich entdeckt haben. Den Kerl mit den sechs Zehen. Als sie den Bericht im Fernsehen gesehen hat, hat sie sich so aufgeregt, dass sie ins Krankenhaus musste.«

»Aber dieser Verehrer? Wo wohnt er? Wie heißt er?«

»Hast du denn nicht zugehört? Ich hab dir doch gesagt, dass ich ihn nicht kenne. Ich weiß nicht, wo er wohnt, ich weiß seinen Namen nicht, und ich will's auch nicht wissen. Und du auch nicht.«

»Oh doch«, sagte Kerry. »Ich will alles wissen.«

»Kind, bitte! Rühr nicht daran! Das ist irgendein hohes Tier. An den Kerl kommt keiner ran. Ich weiß noch, vor ein paar Jahren war mal der C.I.D. hinter ihm her. So ein netter Detektiv. Colin Stone hieß er. Der ist jetzt tot. Die Polizei konnte nicht mal ihre eigenen Leute beschützen.«

Kerry starrte lange in das falsche Kaminfeuer, dessen elektrische Flammen gelb und rot züngelten. Ihr schmales Gesicht war weiß und ihre blauen Augen waren voll Trauer, als sie den Blick hob und Sandra ansah. »Wie kann ein Mensch einen anderen nur so ruinieren? Das ist doch nicht recht. Das darf doch nicht vorkommen, oder?«

Sandra betrachtete ihr Geschirrtuch, als lägen die Kronjuwelen darauf. Sie fragte sich, ob sie nicht zu viel gesagt hatte. »Was wirst du jetzt machen?« fragte sie schließlich.

Die Traurigkeit in Kerrys Augen verschwand. »Ich sag dir, was ich tun werde. Ich werde unsere Claire finden, und dann schnapp ich mir diesen Bastard. Es ist mir ganz egal, wie mächtig er ist. Aber als erstes geh ich jetzt zur Schule und schüttle Katy Jacks durch, bis sie sich bequemt, mir alles zu sagen, was sie über das Verschwinden von Claire weiß. Es könnte sein, dass Claires Leben von der dummen Kuh abhängt.«

»Kerry!« sagte Sandra. »Du hast mir doch versprochen, dass du vorsichtig bist.«

»Ja, natürlich.« Kerry stand auf.

»Kerry, bitte versprich mir, dass du vorsichtig bist.«

Die einzige Antwort, die Sandra erhielt, war das Klicken der Haustür.

Darren hatte Miss Ratchet seine Strafarbeit abgegeben. Sechs ordentlich geschriebene Seiten, und zu seiner Verblüffung hatte sie jede einzelne Zeile gelesen. Und dann hatte sie auch noch eine Ex über den Ottomotor schreiben lassen. Als ob sich noch jemand für diese überholte Technologie interessierte! Raketentriebwerke, das wäre was anderes gewesen!

Das hatte er seinem Banknachbarn auch gesagt, und natürlich hatte sie es gehört. Diese Frau hörte ja alles, selbst den leisesten Furz!

Und deshalb stand er jetzt neben ihrem Schreibtisch, statt beim Mittagessen zu sitzen wie alle anderen.

»Darren«, sagte sie mit dieser lauten Donnerstimme, bei der man sich immer so klein fühlte, als ob man ihr nur bis zum Knie reichte. »Am Montag ... dieser junge Mann, Darren. Hat er dir Drogen verkaufen wollen?«

Darren hatte plötzlich das Gefühl, dass er steuerlos durchs All segelte, weil ihm jemand den Antrieb abgestellt hatte. Und jetzt stieß sie ihm auch noch in die Rippen!

»Äh, welchen jungen Mann meinen Sie?«

»Das weißt du sehr genau, mein Junge. Der mit den silbernen Ringen im Gesicht. Meistens hat er noch einen Spießgesellen dabei, der aussieht wie eine picklige Pizza.«

Eine picklige Pizza! Darren erstickte beinahe an seinem Kichern.

»Na? Und?« fragte Miss Ratchet.

»Nein, Miss.« War die Frau denn bekloppt? Wusste sie nicht, was ihm blühte, wenn er einen Dealer verpfiff?

»Ich glaube aber, dass er genau das versucht hat, Darren.«

»Nein, Miss«, leugnete Darren erneut. Er musste sich wirklich mächtig beherrschen. Sein Magen knurrte zum Gotterbarmen. Wenn Miss Ratchet ihr Verhör nicht bald beendete, würde er vor ihren Augen verhungern.

Trotzdem musste er noch eine zehnminütige Predigt über sich ergehen lassen, so als hätte ihm seine Mutter nicht schon alles über Drogen gesagt. Als er schließlich zum Essen gehen durfte, stellte er zu seiner Erleichterung fest, dass Milly, die Aufseherin im Speisesaal, die ebenfalls in der Sparrow Lane wohnte, ihm einen Teller warm gestellt hatte. Er hatte den Kartoffelbrei, das Hacksteak und die Karotten in Rekordzeit heruntergewürgt, um endlich auf den Schulhof zum Fußballspielen zu können.

Jetzt, nach dem Spiel, bei dem er sogar noch den Hattrick geschafft hatte, weil er sich vorgestellt hatte, der Ball sei Stevies Kopf, meldete sich sein Magen schon wieder. Es war aber weniger das allzu reichliche Mahl, das wieder hochzukommen drohte, sondern vor allem die Sorge, wer am Schultor auf ihn warten könnte.

Während die Uhr langsam vorrückte, behielt er seine Lehrerin scharf im Auge. Er durfte ja nicht auffallen, denn wenn er sich eine weitere Predigt anhören musste und Stevie später allein auf der Straße begegnete, ging es ihm schlecht.

Schließlich klingelte es. Nichts wie weg! Er flitzte an den anderen Kindern vorbei zu den Schließfächern und ließ in der Eile sogar den Schlüssel fallen. Mit zitternden Händen suchte er zwischen den Füßen der anderen auf dem Boden herum. Zweimal wäre ihm fast jemand auf die Finger getreten.

»Alles in Ordnung?« fragte sein Banknachbar Ken.

»Ja, ja.« Er riss das Schließfach auf und hängte sich seine Tasche über die Schulter. »Ich muss schnell nach Hause, wegen meiner Mutter, okay? Bis morgen früh.« Dann rannte er los.

Er war nicht der erste. Katy Jacks war noch schneller gewesen. Aber es hatte ihr nichts genutzt. Sie stand mit dem Rücken zur Wand und hatte Kerrys harte Fäuste am Hals. Sie war schon knallrot im Gesicht.

»He, Kerry! Willst du sie umbringen?«

»Das werde ich tun, wenn sie mir nicht alles haarklein erzählt!«

»Äh, ich glaube nicht, dass sie überhaupt sprechen kann, wenn du sie so würgst.«

Kerry dachte einen Augenblick nach, dann lockerte sie ihren Griff. Katy hustete und rieb sich den Hals.

»So, du blöde Kuh, jetzt sag mir, wie der Scheißkerl heißt und wo er herkommt.«

»Er ist blond und groß«, krächzte Katy. »Sieht sehr gut aus.« Ihre Stimme versagte. »Brad heißt er. Mehr ... weiß ich auch nicht ...«

Kerry starrte sie wütend an. Damit konnte sie nicht viel anfangen.

Plötzlich mischte Darren sich ein. »Sie kann prima zeichnen«, sagte er und zeigte auf Katy.

»Was hat das damit zu tun?« fauchte Kerry.

»Katy hat jede Menge Bilder gemalt. Ein paar davon hängen bei Claire an der Wand, erinnerst du dich? Sie kann doch ein Bild von dem Kerl zeichnen.«

Kerry warf ihrem Bruder einen anerkennenden Blick zu und nickte. »Worauf wartest du?« sagte sie zu Katy. »Hol deinen Block raus und mach eine Zeichnung.«

Katy gehorchte sofort. Sie zog einen Zeichenblock und einen

weichen Bleistift aus ihrer Schultasche, setzte sich auf den Boden und lehnte sich an die Wand. Sie überlegte eine Sekunde, dann bedeckte sie das oberste Blatt mit raschen, entschiedenen Strichen. Das Porträt eines lächelnden, gutaussehenden jungen Mannes entstand. Sie schrieb sogar seinen Namen und das Datum darunter.

»Das ist er«, sagte sie und gab Kerry die Zeichnung. »Ist ziemlich ähnlich geworden.«

Kerry riss ihr das Bild aus der Hand. Nach einer Sekunde verzog sie das Gesicht und bleckte wütend die Zähne. »Willst du mich verarschen? Das ist doch dieser Typ aus *Titanic.*«

»Ich weiß, er ist das perfekte Double. Was glaubt ihr, warum Claire so scharf auf ihn war? Aber ganz im Ernst, er sieht wirklich so aus.«

Kerry faltete die Zeichnung zusammen und steckte sie ein. »Wenn du mich verarschen willst ...« Sie ließ die Drohung in der Luft hängen, aber Katy hatte begriffen.

»Ehrlich«, sagte sie und bekreuzigte sich. »Das ist er. Alle waren neidisch, die uns mit ihm gesehen haben. Er ist einfach süß.«

Kerry hob die Brauen, als wären gutaussehende Jungen unter ihrer Würde. »Und was weißt du sonst noch?«

Katy zuckte die Achseln. »Eigentlich gar nichts. Er kommt aus South Shields, hat er einmal gesagt. Ob er da jetzt noch wohnt, weiß ich nicht. Seine Großmutter hat er ein paarmal erwähnt, aber nach dem ersten Abend hat er ja nicht mehr viel mit mir geredet.«

»Hat unsere Claire irgendwann mal gesagt, dass sie mit ihm durchbrennen wollte?«

»Nein. Davon war nie die Rede. Bloß ...«

»Bloß ... was?« Kerry sah aus, als wollte sie Katy gleich wieder würgen.

»Bloß davon, dass er sie zum Fotomodell machen wollte. Da war sie ganz scharf drauf. Aber vom Weglaufen war nie die Rede, das kann ich beschwören.«

»Okay. Dann zeichne jetzt noch ein Bild.« Sie wandte sich an Darren. »Und du gehst und holst Emmy und Suzy. Die beiden wundern sich bestimmt schon, wo wir bleiben.«

Darren hatte überhaupt keine Lust, wegzugehen und auf den Schutz zu verzichten, den seine Schwester ihm bot. Unsicher sah er sich um und scharrte nervös mit den Füßen. Aber es blieb ihm nichts anderes übrig. »Geh schon!« knurrte Kerry.

Darren verschwand um die Ecke, aber nach wenigen Minuten kam er schon wieder zurück und zog seine Schwestern hinter sich her. Katy hatte inzwischen das zweite Bild fertig. Kerry holte das erste wieder heraus und hielt die beiden Skizzen nebeneinander. Sie konnte kaum einen Unterschied feststellen.

»Gut«, sagte sie schließlich. »Bist du sicher, dass er das ist und nicht dieser Filmstar?«

Katy nickte. »Genau so sieht er aus.«

»Hast du der Polizei auch eins gemalt?«

»Nein, die haben keins verlangt.«

»Typisch.«

»Ich hab dir doch gesagt, dass sie gut ist«, sagte Darren und spähte seiner Schwester über die Schulter. »Was wirst du jetzt machen?«

»Ich gehe in den Copy-Shop, und du bringst die Mädchen nach Hause.«

»Ach«, sagte Darren und sah sich um, »kannst du uns nicht begleiten?«

Noch ehe Kerry antworten konnte, schniefte Emma, wischte sich am Ärmel den Rotz ab und sagte: »Ich sterbe vor Hunger.«

»Schon gut, Emma«, sagte Kerry. »Robbie ist zu Haus und macht Tattie Pot.«

»Au fein!« sagte Suzy. Tattie Pot, ein Gemisch aus Corned beef, Kartoffeln und Zwiebeln, war ein Lieblingsessen von ihr. »Komm, Darren!« Sie fasste ihn an der Hand und zog ihn die Straße hinunter.

Als die drei Kleinen weg waren, wandte sich Kerry wieder an Katy und tat etwas, was sehr ungewöhnlich bei ihr war. Sie entschuldigte sich. »Es tut mir leid, wenn ich dir wehgetan habe, Katy, aber als du gesagt hast, du wüsstest nichts, hab ich rot gesehen … Ich mach mir solche Sorgen um Claire.«

»Ich mir doch auch, Kerry. Aber sie ist nun mal meine beste Freundin, und ich wollte sie nicht verpetzen.«

Kerry nickte. »Das ist okay. Ich werde der Polizei eine von deinen Zeichnungen geben. Wenn sie dich fragen: Du hast nur eine gemacht, ist das klar?«

»Sicher, Kerry.« Katy war so froh, nicht mehr auf Kerrys schwarzer Liste zu stehen, dass sie sich zu allem bereit erklärt hätte.

Carter steckte den Kopf durch die Tür, als Lorraine und Luke gerade Essenspause machten. Seine Chefin hatte gerade ihren doppelten Cheeseburger mit Fritten verputzt, während Luke die Überreste seiner zwei Big Macs in den Mülleimer warf.

»Tut mir leid, Boss, aber die Schwester von dem vermissten Mädchen aus den Seahills will Sie unbedingt sprechen. Sie weigert sich, wieder zu gehen.«

Lorraine wischte sich den Mund ab. »In Ordnung. Wir sind gerade fertig. Sie soll ruhig reinkommen.«

Ein paar Sekunden später stürmte Kerry ins Zimmer. Lorraine lächelte freundlich, und Luke stand auf, um ihr seinen Platz anzubieten.

Aber Kerry dachte gar nicht daran, sich zu setzen. »Ich wollte mal sehen, was Sie eigentlich tun, um meine Schwester zu finden«, sagte sie

»Immer gleich zur Sache, was? Gefällt mir. Aber im Augenblick kann ich bloß sagen, wir tun unser Bestes.«

»Das heißt also, gar nichts«, fasste Kerry zusammen.

Lorraine holte tief Luft, besann sich aber gerade noch rechtzeitig, was das junge Ding durchmachte. »Heute Abend um sechs setzen wir unsere Ermittlungen in der Nachbarschaft fort. Wir gehen systematisch von Haus zu Haus und fragen alle Leute, ob sie deine Schwester gesehen haben. Wir nehmen es sehr ernst, wenn junge Mädchen verschwinden. Ich verspreche dir, wir werden nicht aufhören, bis wir sie gefunden haben.«

»Und wann wird das sein?« fragte Kerry mit schriller Stimme. »Wenn sie tot ist? Wenn ihr endlich eine Leiche für eure Ermittlungen habt?« Die letzten Worte wurden bereits geschrien. Luke sah, wie Kerrys Fäuste zitterten. Er legte ihr die Hände auf die Schultern und drückte sie auf den Stuhl. »Komm, sei so lieb, Kerry, und setz dich!«

Kerry setzte sich mit einem zischenden Seufzer. Aller Kampfgeist schien sie plötzlich verlassen zu haben. Sie starrte Lorraine hoffnungslos an.

»Hier«, sagte sie, zog die Zeichnung von Brad aus der Tasche und warf sie über den Schreibtisch. »Das ist das Schwein. Das sollten Sie sich mal ansehen! Die hätten Sie längst haben müssen, wenn Sie wirklich gute Bullen wären!«

Lorraine faltete das Blatt auseinander und runzelte die Stirn, als sie das hübsche Jungensgesicht sah. Eine Sekunde lang war sie wütend. Wo hatte das Mädchen das Bild des Jungen her, den sie so dringend suchten? Wie hatte sie sich das beschafft?

Aber dann trat der Ärger zurück, und eine Welle der Hoffnung überflutete sie. Wenn er das wirklich war, dann hatten sie vielleicht noch eine Chance, die Mädchen zu finden. »Wer ist das?« fragte sie. Wenn das Mädchen den Namen wusste, dann waren sie vielleicht schon am Ziel.

»Das ist Brad. Der sogenannte Freund von unserer Claire. Katy Jacks hat das gezeichnet. Sie schwört, dass er so aussieht. Sie hätte euch auch eins gemalt, wenn ihr danach gefragt hättet.«

Weder Luke noch Lorraine entging der Vorwurf in Kerrys Stimme. Wie lange würde sich Lorraine diesen Ton noch gefallen lassen, fragte sich Luke, ehe sie ausflippte? Er griff nach dem Bild und pfiff durch die Zähne. »Das ist ja phantastisch! Wir sollten das Mädchen hier einstellen. So gute Bilder bringen unsere Spezialisten überhaupt nie zustande.«

Lorraine nickte. »Die Fahndung soll sofort rausgehen. Sieh

zu, dass es an alle Stationen gefaxt wird, ein besseres Bild kriegen wir nicht mehr.«

Als Luke den Raum verlassen hatte, betrachtete Lorraine ihr Gegenüber mit neuem Respekt. Aber Kerry traute ihr nicht, sondern schwieg trotzig.

Nach einer Minute wurde es der Kriminalbeamtin zuviel. »Hör mal, Kerry, es hat keinen Sinn, dass wir uns hier anstarren. Scheiße noch mal, komm endlich runter von deinem hohen Ross, wir haben unsere Zeit nicht gestohlen!«

Einen Augenblick war Kerry verblüfft. Diese blöde blonde Ziege! Was bildete sie sich eigentlich ein? Gehörte sich das vielleicht, so zu fluchen? Und noch dazu bei einer Beamtin?

»So können Sie nicht mit mir reden!«

Lorraine beugte sich vor. »Du enttäuschst mich, wirklich, Kerry. Du kannst dir gar nicht vorstellen, wie viele Leute schon auf diesem Stuhl gesessen und genau das gesagt haben: *So können Sie nicht mit mir reden.* Ich hätte gedacht, jemand mit deinen geistigen Fähigkeiten würde sich etwas Besseres einfallen lassen.«

»Ach ja?« Kerry verzog das Gesicht zu einer höhnischen Grimasse. »Wie wär's denn damit: Der verdammte Wichser stammt aus South Shields, aber so was herauszufinden seid ihr ja nicht in der Lage.« Kerry verschränkte die Arme vor der nicht vorhandenen Brust und sah Lorraine herausfordernd an.

Jetzt war die Verblüffung ganz auf der Seite Lorraines. »South Shields«, sagte sie nach ein, zwei Sekunden. »Das ist ja ziemlich weit weg. Wie es scheint, warst du sehr fleißig. Na schön.« Sie breitete ihre Arme aus. »Fangen wir nochmal ganz von vorn an. Wie wär's, wenn du mir einfach alles erzählst, was du weißt? Woher weißt du zum Beispiel, dass er aus South Shields stammt?«

Kerry überlegte einen Augenblick. Sollte sie der arroganten Kripo-Tussi wirklich alles erzählen? Die Geschichte mit dem Mann, der hinter ihrer Mutter her war? Dass ihre Mutter was über die Leiche wusste mit den sechs Zehen? Nein, das musste sie alles erst einmal selbst überprüfen, ehe die Bullen ihre Nase da reinsteckten. Eigentlich war diese Lorraine ganz okay. Nicht so eine pedantische, neugierige Schnüfflerin wie die meisten anderen Bullen. Ein bisschen was konnte man ihr schon erzählen.

»Katy Jacks hat das gesagt, dass er aus South Shields kommt. Die, die die Zeichnung gemacht hat.«

»Ach, schon wieder diese Katy?« Lorraine beschloss, dass sie dem Mädchen schleunigst selber einen Besuch abstatten musste. Wieso war sie eigentlich nicht schon früher darauf gekommen?

Sie lächelte und stand auf. »Tja, ich glaube, das wär's dann, Kerry.« Sie streckte die Hand aus. »Du hast uns sehr geholfen. Wenn wir Glück haben, finden wir diesen Brad jetzt vielleicht ein bisschen früher, als wir gedacht haben.«

Kerry wusste, dass man sie wegschickte, und das gefiel ihr kein bisschen. Aber sie hatte ja zunächst mal erreicht, was sie wollte, und diesen lahmen Säcken Dampf gemacht. Das musste fürs erste genügen.

Sie ergriff die ausgestreckte Hand der Beamtin und musste zugeben, dass ihr der feste Händedruck und Lorraines warmes Lächeln gefielen.

Kerry versuchte, ihrerseits freundlich zu lächeln, und dabei wurde ihr klar, dass sie seit Tagen keinen guten Augenblick mehr gehabt hatte. Zwei Tage war ihre kleine Schwester jetzt schon verschwunden. Ein dreizehnjähriges Mädchen, das immer zu Hause gewesen war. Plötzlich spürte Kerry, dass sie weiche Knie kriegte. Sie sank zurück auf den Stuhl.

Lorraines Herz krampfte sich zusammen, als sie daran dachte, was dieses junge Mädchen an Sorgen mit sich herumschleppte. Im Nu war sie auf der anderen Seite des Schreibtischs und legte ihr den Arm um die Schultern. Die Familie zusammenhalten, ihre jüngeren Geschwister beschützen, die Sorge um die Mutter und die schreckliche Angst, dass ihre kleine Schwester ermordet worden sein könnte – das konnte nur ein Mädchen von ungewöhnlicher Stärke aushalten. *Lieber Gott, hoffentlich ist sie stark genug für das, was ihr vielleicht noch bevorsteht.*

»Ich verspreche dir, wir werden tun, was wir können, um Claire zu finden«, sagte sie leise.

Kerry wischte sich mit der Faust eine Träne aus dem Gesicht. »Warum schickt ihr die Polizisten dann erst wieder um sechs los?«

»Weil die Leute dann von der Arbeit nach Hause kommen.«

»Arbeit? In den Seahills? Sie machen wohl Witze!«

»Kerry, du weißt genau, dass es auch bei euch in der Siedlung noch Leute mit Jobs gibt. Und auch die anderen sind tagsüber oft unterwegs, beim Einkaufen und so. Außerdem besuchen wir nicht nur die Seahills, sondern jeden Haushalt in Houghton. Warum gehst du nicht einfach nach Hause? Dein Bruder braucht bestimmt Hilfe mit deinen Geschwistern. Ich verspreche dir, dass ich dich auf dem laufenden halte.«

Kerry nickte, obwohl sie keineswegs die Absicht hatte, brav zu Hause zu sitzen. Sie stand auf, und im selben Augenblick wurde die Tür aufgestoßen.

Ein junger Polizist mit tausend Sommersprossen stürmte herein und hätte sie fast umgerannt. »Oh, oh«, stammelte er und hielt sie am Arm fest. »Tut mir sehr leid.«

Er wartete, bis die Besucherin draußen war, dann wandte er sich an seine Chefin. »Hören Sie –« sagte er.

»Das ist ein kluges Mädchen«, erklärte Lorraine. »Sie hat uns ein Bild von diesem Brad mitgebracht.«

»Ja, genau, deswegen bin ich ja da! Stellen Sie sich vor, wir haben schon erste Ergebnisse!« Carter strahlte übers ganze Gesicht.

»Schön«, sagte Lorraine und unterdrückte ein Lächeln. Carter war so eifrig, dass er bestimmt mit dem Schwanz gewedelt hätte, wenn er gekonnt hätte. »Was haben Sie für mich, Carter?«

»Wie es scheint, ist das älteste der verschwundenen Mädchen eine Freundin der Tochter eines Kollegen in Newcastle. Sie war zufällig gerade in seinem Büro, als das Fax ankam. Sie schwört Stein und Bein, das wäre genau der Typ, den ihre Freundin Jade vor drei Wochen kennen gelernt hat.«

Lorraine strahlte jetzt fast genauso wie Carter. »Ich wusste es! Die drei Typen sind ein und derselbe Bursche, das garantiere ich Ihnen. Wenn wir den finden, dann finden wir auch die Mädchen!«

Carter freute sich, dass er es gewesen war, der die erste gute Nachricht in diesem Fall brachte. Aber im nächsten Augenblick verschwand sein Lächeln. »Was meinen Sie denn, was dahintersteckt, Chefin?«

»Genau das ist die Frage. Prostitution? Will er sie weiterverkaufen? Welches Schwein hat die Mädchen jetzt? Denn eins sage ich Ihnen: Dieser Brad oder Billy oder Was-immer ist nicht allein. Da steckt mehr dahinter, da wette ich mit Ihnen. Dieser Brad ist nur ein kleines Rädchen. Da steht jemand ganz anderes dahinter. Und das ist der Kerl, den ich haben will. Ich frage mich ...«

Sie trat ans Fenster und starrte hinaus. Sie sah, wie Kerry die Straße überquerte und zur Newbottle Street ging. Eine Sekunde später rollte ein großer schwarzer Wagen mit Chauffeur vorbei. Es gab keinerlei Grund, ihn mit den Mädchen in Verbindung zu bringen.

12

Der *Queen's Head* in South Shields war gesteckt voll mit den Teilnehmern des Karaoke-Wettwerbs, und Debbie musste sich ihren Weg auf die andere Seite des Raums fast mit Gewalt bahnen. Ihr Ziel war die hintere Ecke, wo die Stammgäste saßen, die praktisch Tag und Nacht im *Queen's Head* waren. Maggie, eine zierliche Blonde mit geschorenen Haaren, sah sie kommen und winkte.

»Wieso winkst du dieser rothaarigen Schlampe?« fragte Lucy, die neben ihr saß und eigentlich nichts und niemanden mochte, am allerwenigsten ihre eigenen roten Haare. Beide Frauen waren Ende zwanzig und trugen knappe schwarze Kleider und schweres Make-up.

»Debbie ist doch nicht rothaarig, du blindes Huhn.« Maggie zog an einer Strähne von Lucys üppigem Haar. »*Das* ist rothaarig. Debbies Haarfarbe ist *kaschmir*. Eine herrliche Farbe. Und sie ist auch viel netter als du.«

»Hör mal, es ist mir egal, was für scheiß hochgestochene Namen die Leute erfinden, für mich ist das immer noch rot. Und wie sie wieder aufgetakelt ist! Möchte mal wissen, wo die arbeitet, bei dem teuren Zeug, was sie trägt. Jeden Abend ein neues Fähnchen.«

Debbie winkte ihnen zu und boxte sich zur Theke durch. Sie trug ein knappes rotes Top mit zwei aufgestickten silbernen Drachen und einen noch knapperen Rock. Zwischen den beiden Kleidungsstücken klaffte eine Lücke, die mindestens zehn Zentimeter weiße Haut frei ließ.

Die Frauen hinter der Bar kannten Debbie und wussten, dass sie gute Trinkgelder gab, deshalb wurde sie schnell bedient. Sie vermied einen Streit mit einem fetten Skinhead, der vor ihr dran gewesen wäre, indem sie ihn lässig anlächelte, und trug ihr Glas mit ausgestrecktem Arm vor sich her, falls sie etwas verschütten sollte. Debbie war Biertrinkerin.

»Ich glaub's ja nicht!« stöhnte Lucy, als Debbie näher herankam.

»Was?« fragte Maggie.

»Sie hat sich piercen lassen! Ein Ring im Nabel! Denkt sie vielleicht, sie wäre ein Teenager?«

Maggie zuckte die Achseln. »Wenn du neidisch bist, kannst du dich ja auch piercen lassen. Mit einem hübschen Ring am Bauch – wer weiß, wen du alles ins Bett kriegst!«

»Kommt nicht in Frage. Ich lass mir doch keine Löcher in meinen Bauch machen. Das ist doch krank!«

Maggie lachte ein üppiges, kehliges Lachen, das etliche Leute dazu brachte, sich umzudrehen und ihr zuzulächeln. »Und was ist mit den Freiern, die du jede Nacht ranlässt? Die stoßen dir doch seit Jahren Löcher in deinen Bauch, dumme Kuh, oder nicht?«

Lucy schüttelte den Kopf. »Das ist für den Lebensunterhalt. Aber Nadeln in seinen Körper stecken zu lassen, ist krank.«

»Jetzt hör schon auf zu maulen, bloß weil du heute noch keinen Stich hattest ...«

»Hallo, Mädchen«, sagte Debbie und stellte ihr Bier auf den Tisch. Ihre leuchtend grünen Augen strahlten.

Maggie schob Lucy mit dem Hintern beiseite, um Platz für Debbie zu machen. Lucy warf ihr einen bösen Blick zu und sagte: »Hallo, Debbie, lange nicht gesehen.«

Debbie kicherte zufrieden. »In den letzten Monaten hatte ich einen Freund«, sagte sie. »Klasse Wohnung oben in High Barnes in Sunderland. Echt schick.«

»Und dann?« fragte Lucy sarkastisch.

Debbie machte ein deprimiertes Gesicht, und Maggie stieß Lucy mit dem Arm in die Rippen, während Debbie von ihrem Bier trank. »Seine Frau hat's gemerkt.«

»Das ist ja bitter!« sagte Lucy und grinste. »Hat sie dich vermöbelt?«

»Nö, der feige Hund hat sich einfach verdrückt, und ich saß da mit der rückständigen Miete. Zwei Monate.«

Lucy fand das wahnsinnig komisch. Sie lachte unbändig und sagte: »Bist wohl gekommen, um bisschen was abzuverdienen?«

»Kümmere dich einfach nicht drum, Debbie, sie ist heute übelster Laune«, sagte Maggie.

Aber Lucy war jetzt in Fahrt und hatte keine Lust, mit ihren Sticheleien aufzuhören. »Du hast dir den Nabel piercen lassen, hab ich gesehen. Tut das nicht schrecklich weh?«

»Am Anfang schon«, sagte Debbie. »Wie der Teufel. Aber

jetzt ist es okay.« Sie nahm einen großen Schluck aus dem Bierglas, schmatzte zufrieden und fragte: »Wie geht's euch denn so, Mädels?«

»Wie immer«, erwiderte Maggie. »Mein Alter nimmt mir immer noch alles Geld ab. Nur ab und zu kann ich mal was für mich abzweigen.« Sie zuckte die Achseln. »Und die Kinder wollen auch dauernd was. Herrje, gestern hat mir unser David eine Szene gemacht, weil ich ihm nicht das Geld für einen Nasenring geben wollte. Dabei ist der Junge erst neun!«

»Wart's nur ab«, sagte Lucy. »Das wird noch besser.«

»Eben. Ich frage mich, was die kleine Ratte erst in einem Jahr von mir will. Wenn ich nicht ein bisschen anschaffen gehen würde, müssten wir sicher verhungern. Von der Stütze kannst du ein Haus voller Kinder und einen Zwei-Zentner-Mann nicht ernähren.«

»Ja.« Lucy grinste. »Wenn's nach dem Gesamtgewicht der Familie ginge, wärt ihr ein Vermögen wert, Maggie.«

Debbie schüttelte den Kopf. »Ich versteh sowieso nicht, wieso du den fetten Wichser noch durchfütterst, Maggie.«

»Was soll ich sagen? Er ist sehr nett mit den Kindern. Wenn er nicht wäre, könnte ich wahrscheinlich gar nicht arbeiten.«

»Aber genau betrachtet sind es doch seine Bälger. Er sollte sich mal von seinem fetten Arsch erheben und für euren Unterhalt sorgen!«

»Das sage ich ihm schon seit Jahren. Aber das ist, als ob man einen Ochsen ins Horn petzt.«

Lucy trank ihr Glas aus und stand auf. »Soll ich jemand was mitbringen?«

»Hier«, sagte Debbie und zog einen Fünfer aus ihrer Handtasche. »Lass mich auch was beisteuern.«

»Aber gern, Debbie.« Mit geübtem Griff schnappte sich Lucy den Schein.

Debbie sah zu, wie sich Lucy zur Theke durchkämpfte. »Der Kneipe hier könnten sie auch mal ein neues Outfit verpassen«, sagte sie. »Gipswände und schwarze Balken sind eigentlich schon seit den Achtzigern aus der Mode gekommen. Der Schuppen ist irgendwie trostlos.«

»Da hast du recht. Aber die besseren Kneipen lassen ja unsereins gar nicht rein, oder?«

»Wahrscheinlich nicht.«

Sie unterhielten sich noch eine ganze Stunde lang, und Lucy trabte noch zwei weitere Male mit Debbies Geld an die Bar. Es war ungefähr halb zehn, als Maggie plötzlich leise sagte: »He, Debbie, ich glaube, du hast einen Kunden.«

Tatsächlich stand ein großer, dunkelhäutiger Mann an der Bar und starrte Debbie unverwandt an. Als er die Blicke der drei Frauen bemerkte, zwinkerte er.

»Mein Gott«, sagte Lucy. »Der Kerl ist so schwarz, dass ich ihn in der Dunkelheit beinahe gar nicht gesehen hätte.«

Alle drei kicherten, und der Mann machte eine Kopfbewegung in Richtung Tür.

»So, Schätzchen, jetzt heißt es, die Miete verdienen«, sagte Maggie lächelnd zu Debbie.

Debbie zwinkerte den beiden anderen zu. »Bis später. Ich muss wohl ein bisschen arbeiten.«

»Viel Spaß«, sagte Maggie. »Und denk dran: Immer schön in Kontakt bleiben!«

»Genau!« sagte Lucy.

Sie sahen zu, wie Debbie sich bei dem schwarzen Mann einhängte und mit ihm hinausging.

»Warum bist du eigentlich immer so gemein zu ihr?« fragte Maggie.

»Wer, ich?«

»Nein, ich meine das fette Weib neben dir.«

Lucy schaffte es tatsächlich, ein bisschen verlegen auszusehen, aber nicht lange. »Na ja«, knurrte sie. »Wenn sie nicht da gewesen wäre, hätte ich den Kerl vielleicht abschleppen können. Ich muss auch meine Miete bezahlen.«

Maggie seufzte und tätschelte Lucys Arm. »Mach dir nichts draus, Schätzchen. Die Nacht ist noch jung. Es wird schon einer kommen. Aber hässlich ist diese Debbie nicht. Daneben siehst du ziemlich blass aus.«

»Von wegen«, sagte Lucy und schüttelte ihre üppigen Locken »Meine Farbe ist wenigstens echt.«

Auf dem Parkplatz vor der Tür des Lokals gingen Debbie und der Mann, bei dem sie sich eingehängt hatte, zu einem dunkelblauen Cavalier. Er hielt ihr die Tür zum Beifahrersitz auf und sah zu, wie sie einstieg. Seine Zähne blitzten im Licht einer Straßenlaterne.

Als sie sich beide angeschnallt hatten, drehte er sich zu ihr um und sah zu, wie sie die leuchtend grünen Haftschalen herausnahm, die ihre veilchenblauen Augen verdeckt hatten.

»Gott sei Dank«, sagte Lorraine, während sie die Kontaktlinsen einpackte und in ihre Handtasche steckte. »Die verdammten Dinger sind wirklich die Hölle.« Sie nahm die Perücke ab – die Farbe hieß wirklich Kaschmir-Rot – und schüttelte ihr blondes Haar aus.

Auch Luke konnte jetzt die enge Wollmütze absetzen, unter der er seine Locken versteckt hatte. »Noch fünf Minuten, und ich wäre geplatzt«, sagte er, »die Dinger sind einfach zu warm.« Er kratzte sich den Schädel. »Und? Hast du was rausgekriegt?«

»Ja, einiges.« Lorraine war sehr zufrieden mit sich. »Ich hab ihr die übliche Story erzählt. Von diesem süßen jungen Mann, den ich ein, zwei Mal gesehen habe und auf den ich so scharf bin. Als ich gesagt habe, sein Name wäre Brad oder Brent, wusste Maggie gleich, wen ich meine. Er wäre oft in Sunderland, meinte sie. Ein ziemlich übler Typ. So einer, der seiner Großmutter die Augäpfel stiehlt.«

Luke nickte. Solche Jüngelchen kannten sie zur Genüge. »Na schön, aber wo in Sunderland treibt er sich herum?«

»Er scheint ganz gern zum Windhundrennen zu gehen. Maggie sagt, er hätte jedesmal ein anderes Mädchen dabei. Meistens Blondinen.« Sie verzog das Gesicht. »Maggie glaubt, dass er Brad heißt. Das scheint sein Lieblingsname zu sein. Wie er sein Geld verdient, wusste sie nicht, aber er scheint eine ganze Menge zu haben. Einer von Maggies Stammkunden nimmt sie gelegentlich mit zu den Hunden – er denkt wohl, sie bringt ihm Glück. Und dieser Kunde kennt Brad.«

»Na, prima. Und wie heißt er, der Kunde? Der könnte uns ja viel Zeit sparen.«

»Da liegt das Problem. Maggie war ums Verrecken nicht bereit, seinen Namen zu nennen. Und ich möchte das Debbie-Cover nicht für eine Information riskieren, die am Ende womöglich doch falsch ist.«

Luke verzog das Gesicht. »Das kann ich verstehen. Aber du weißt ja: Wenn Mädchen in dieser Altersgruppe vermisst werden, muss man sie schnell finden. Nach der zweiten Nacht ist es meistens zu spät. Und wir sind jetzt schon in der dritten.«

Lorraine seufzte. Sie wusste, dass Luke recht hatte. Sie mussten etwas unternehmen. Sie zog eine schwarze Jacke über das rote Top. »Los«, sagte sie, »jetzt fahren wir zu den Hunden ins Regal Sunderland Stadium.«

Zur gleichen Zeit stieg Kerry in South Shields aus dem Bus. Sie überquerte die Straße und überlegte, was sie jetzt tun sollte. An einer Straßenecke sah sie drei junge Mädchen und sprach sie an.

»Kennt ihr vielleicht diesen Jungen?« fragte sie und zeigte ihnen die Zeichnung, die Katy gemacht hatte.

Die Mädchen sahen sich das Bild an und schüttelten die Köpfe. Hastig zog Kerry das alte Foto von Claire heraus. »Oder habt ihr dieses Mädchen gesehen?« Wieder schüttelten die Mädchen die Köpfe, und als sie weitergingen, glaubte Kerry ein Kichern zu hören.

Ein Stück weiter die Straße hinauf war ein Spielsalon. Vielleicht sollte sie es dort probieren? *Ich kann doch nicht alle Leute auf der Straße anhalten, die denken ja, ich bin verrückt ...*

Sie stieß auf zwei weitere junge Mädchen, die sie ebenfalls ansprach. *Scheiß drauf! Lass sie denken, was sie wollen! Ist mir doch egal. Was kann ich denn anderes machen?*

Die beiden Mädchen erkannten ebenfalls weder Claire noch Brad, aber ihre Reaktion war irgendwie netter, und das ermutigte Kerry genug, um weiterzumachen. Sie betrat die Spielhalle und fand dort eine Gruppe von fünf Jungen, die vor einem Videospiel standen.

»Entschuldigung«, sagte sie. Aber die Jungen hörten sie gar nicht.

»Entschuldigung«, wiederholte sie, diesmal allerdings wesentlich lauter.

Einer der Jungen drehte sich zu ihr um und runzelte die Stirn. Er hatte ein spitzes Gesicht mit geröteten Schweinsäuglein. »Verpiss dich!« sagte er und wandte sich wieder dem Videospiel zu.

»Verpiss dich selber, Rattengesicht.«

Daraufhin brachen die anderen vier in heulendes Gelächter aus. Schließlich löste sich der Größte der fünf, ein gutaussehender Bursche mit dunklen Haaren und einer teuren Jacke, von den anderen und musterte Kerry von oben bis unten. Er schien höchst amüsiert, als er merkte, dass sie ihn ebenfalls prüfend ansah.

»Na, Schnucki, was willst du?«

»Erstens: Ich bin nicht dein Schnucki«, sagte sie. »Ist das klar? Ich bin niemandes Schnucki.«

Der Junge nickte. Er hatte tatsächlich begriffen.

»Zweitens möchte ich, dass ihr euch diese Bilder anschaut und mir sagt, ob ihr jemanden davon kennt.«

»Was bist du? Eine Zwergpolizistin?« fragte das Rattengesicht.

Kerry würdigte ihn keiner Antwort. Stattdessen konzentrierte sie sich auf den dunkelhaarigen Jungen. »Das Mädchen ist meine Schwester. Sie wird seit Montag vermisst. Als sie zum letzten Mal gesehen wurde« – sie zeigte auf die Zeichnung –, »war sie mit diesem Jungen hier unterwegs.«

Der dunkelhaarige junge Mann verzog das Gesicht. »Zeig mal her.« Er streckte die Hand aus. Dann wandte er sich an Rattengesicht: »Du solltest nicht so daherreden. Du hast drei Schwestern zu Hause. Denk mal dran, wie du dir ins Hemd machen würdest, wenn sie vermisst würden.«

Kerry hoffte, dass diese Schwestern hübscher als das Rattengesicht waren. Die Jungen studierten die Bilder sorgfältig. Einen Augenblick lang hoffte Kerry schon, sie hätte Glück, aber dann schüttelten sie einer nach dem anderen den Kopf. Schließlich gab der Anführer ihr die beiden Bilder zurück. »Tut mir leid, vielleicht solltest du es mal in den Kneipen versuchen.«

»Unsere Claire geht nicht in Kneipen. Sie ist doch erst dreizehn.«

»Ja«, sagte der Junge. »Aber der Typ hier ist älter.«

Kerry fegte ihren Pferdeschwanz über die Schulter und sah sich das Bild noch mal an. Der Junge hatte recht. Brad war mindestens zwanzig. *Der muss doch pervers sein,* dachte sie. *Ein normaler Zwanzigjähriger gibt sich doch nicht mit einer Dreizehnjährigen ab.* Plötzlich wurde ihr bewusst, auf was sie sich da eingelassen hatte. Sie lehnte sich an einen Spielautomaten.

»Alles in Ordnung?« fragte der Dunkelhaarige. Seine Kumpane hatten sich wieder ihrem Videospiel zugewandt. Kerry strich sich mit der Hand übers Gesicht und nickte unglücklich. »Ja.«

»Hier, willst du dich vielleicht einen Augenblick hinsetzen?« Der Junge zeigte auf die Bar im hinteren Teil des Raumes. Kerry raffte sich auf, ging nach hinten und setzte sich auf eine der mit rotem Plastik bespannten Bänke. Nach einem kurzen Achselzucken in Richtung seiner Kumpane folgte ihr der Dunkelhaarige.

»Magst du einen Kaffee?« fragte er.

Kerry warf ihm einen Blick zu, als ob sie ihn zum ersten Mal sähe. Bei der Erwähnung von Kaffee wurde ihr plötzlich klar, wie hungrig und durstig sie war. Ihre Hand fuhr in die Tasche, um das Geld zu zählen, das sie dabeihatte. Aber sie wusste auch so, dass es mit Mühe und Not für die Rückfahrt mit dem Bus reichen würde. *Na ja,* dachte sie. *Wenn er für den Kaffee bezahlt.*

»Ja, bitte. Danke.«

»Okay.« Der junge Mann ging zur Theke.

Kerry sah sich um. Erst jetzt wurden ihr die zuckenden, grellen Lichter und das unablässige Getöse der Videospiele bewusst. Sie spürte Kopfschmerzen aufsteigen und massierte sich die Schläfen. *Wo bist du, Claire?*

Plötzlich fühlte sie sich entsetzlich allein. Sie hätte auf Robbie warten sollen, aber nein, sie hatte ja wie ein Racheengel aus der Polizeistation wegrennen und allein nach South Shields fahren müssen. Was hatte sie denn erwartet? Dass ihr Brad und Claire in dieser großen Stadt einfach über den Weg laufen würden?

Eine Minute später kam der junge Mann zurück und brachte nicht nur zwei Tassen Kaffee, sondern auch zwei Doughnuts mit Marmelade mit. Er stellte das Tablett auf den Tisch, setzte sich und lächelte. »Wie heißt du eigentlich?« fragte er.

»Kerry«, sagte sie, den Mund voll Marmelade.

»Ich heiße Mark.«

»Aha. Ach, übrigens vielen Dank, Mark.« Kerry hatte ihren Doughnut aufgegessen, wischte sich die Finger ab, und als ihr Mark seinen eigenen, noch gänzlich unberührten Pfannkuchen hinschob, griff sie sofort danach. Er verschwand genauso schnell wie sein Vorgänger.

Mark betrachtete den leeren Teller. »Sieht so aus, als hättest du Hunger gehabt.«

»Ja, ich war so in Eile, dass ich gar nicht zum Abendessen gekommen bin.« Kerry trank einen Schluck Kaffee. »Hör mal, es tut mir leid, dass ich deine Freunde vorhin so angeschnauzt habe. Ich mach mir bloß so schreckliche Sorgen. Unsere Claire hat so was noch nie gemacht und ... und wenn ich sie erwische, werd ich ihr den Arsch versohlen, dass ihr Hören und Sehen vergeht!«

»Kann ich verstehen. Und mein Freund hat tatsächlich den

Spitznamen Wiesel, du warst also ziemlich nah dran.« Mark lachte. »Was hast du jetzt vor?«

Kerry schüttelte den Kopf. »Ich weiß nicht. Ich hatte diese Vorstellung, sie würde mir hier einfach so über den Weg laufen und ich könnte sie mit nach Hause nehmen. Ziemlich blöd, was?«

»Woher kommst du denn?«

»Aus Houghton-le-Spring.«

»Und wieso suchst du dann hier?«

»Es hieß, dieser Brad sei aus South Shields.«

Mark zuckte die Achseln. »Wenn ich eine Schwester hätte, wär's mir wahrscheinlich genauso gegangen. Aber ich habe ja keine Geschwister.«

»Ach.« Kerry hatte sich oft gefragt, ob es Einzelkinder nicht besser hatten, und Gott dafür beschimpft, dass er sie mitten in diese große Familie gesetzt hatte. Aber jetzt, wo ein Mitglied dieser Familie vermisst wurde ... Das änderte irgendwie alles.

Sie warf einen Blick auf die Uhr und war überrascht, wie spät es schon war. Beinahe elf, und der letzte Bus ging um Viertel vor zwölf.

Sie stand auf. »Vielen Dank nochmal. Aber ich muss jetzt gehen.«

»Willst du jetzt durch die Kneipen ziehen?« fragte Mark und stand ebenfalls auf. »Also, das würde ich mir überlegen. Das wird manchmal ganz schön haarig hier, mit den ganzen besoffenen Typen.«

»Mit denen werd ich schon fertig.«

»Glaub ich dir sofort.«

»Was soll denn das heißen?« schnappte Kerry. Sie fand, sie war jetzt schon lange genug höflich gewesen. Sie hatte sich ja sogar zweimal entschuldigt.

Mark hielt die Hände hoch wie ein Soldat, der sich von feindlichen Kräften umstellt sieht. »War doch nicht böse gemeint. Aber ich kenn mich halt aus hier, und du offenbar nicht. Das ist alles.«

Kerry errötete. Es war ihr peinlich, dass sie so überreagiert hatte. »Na schön. Aber wenn du mir wirklich helfen willst, müssen wir jetzt gehen. Ich hab nicht mehr viel Zeit.«

Mark grinste, und jetzt erinnerte er Kerry plötzlich an Robbie, von dem sie immer gedacht hatte, er wäre ganz einzigartig. »Ich sag nur den Jungs schnell Bescheid, dann können wir losziehen. Wir gehen einfach von einer Kneipe zur nächsten.«

»Ja, wie auch immer.«

Ein paar Minuten später waren sie auf der Straße. Mark hielt jeden an, den er sah, und Kerry zählte mindestens zwanzig Leute, die den Kopf schüttelten. Dann, als sie gerade in die erste Kneipe gehen wollten, begegnete ihnen ein Mädchen, das Mark gut zu kennen schien. Sie hatte ihr langes blondes Haar zu hundert dünnen Zöpfen geflochten, lächelte ihn an und sagte die magischen Worte: »Ja, das ist Brad.«

Kerry wollte sie gern genauer befragen, aber noch ehe sie auf sie zugehen konnte, flog die Tür der Kneipe auf und mehrere Männer, die in eine heftige Prügelei verwickelt waren, stolperten auf die Straße. Kerry musste ausweichen, und weil immer mehr Beteiligte und Unbeteiligte aus der Kneipe herausquollen, wurde Kerry rasch völlig von Mark und dem Mädchen getrennt. Als die Menge immer größer wurde, geriet sie einen Augenblick in Panik. Nicht wegen der Schlägerei. So etwas hatte sie schon öfter gesehen. Aber plötzlich befürchtete sie, Mark könnte ihr für immer verloren gehen. Manchmal ließen sich solche Massenschlägereien gar nicht mehr eindämmen. Fasziniert sah sie zu, wie ein fetter Skinhead mit Hakenkreuz-Tätowierungen zu der Erkenntnis gelangte, dass ein schmaler blonder Junge mit Pferdeschwanz alles andere als ein leichtes Opfer war. Polizeisirenen ertönten und kamen rasch näher. Die Meute zerstreute sich eilig, und als die Straße fast leer war, sah sie Mark wieder. Er lehnte lässig am Fensterrahmen der Kneipe. Das Mädchen war nicht mehr da.

»Verdammt«, sagte Kerry. »Wo ist sie hin?«

»Die ist weg. Aber sie hat gesagt, dieser Brad hätte ein paar

Jahre bei ihr in der Straße gewohnt. Sie glaubt, er wohnt jetzt irgendwo in Sunderland.«

Kerry war enttäuscht. Obwohl sie keinerlei festen Plan gehabt hatte, was sie mit Brad anstellen sollte, hatte sie doch irgendwie gehofft, die Sache schnell zu Ende bringen zu können. In seine Wohnung stürmen, sich den Kerl schnappen und verlangen, dass er auf der Stelle ihre Schwester herausrückte – so ungefähr hatte sie es sich vorgestellt. Sie wollte nach Hause fahren und Claire mitnehmen.

Mark erkannte die Enttäuschung in ihrem Gesicht. »Hör mal«, sagte er. »Dein Bus kommt jede Minute. Warum fährst du nicht erst mal nach Hause? Lass mir eine Kopie von dem Bild da, und ich frage noch ein paar Leute in der Pizzeria. Und morgen treffen wir uns hier wieder. Vielleicht um« – er zuckte die Achseln – »wann immer du magst.«

Was er sagte, war natürlich vernünftig, aber es bedeutete auch, dass Claire eine weitere Nacht nicht zu Hause sein würde. Kerry wusste nicht, ob sie das aushalten konnte.

Ihr lauter Seufzer klang so verloren und einsam, dass Mark gar nicht anders konnte, als ihr die Hand auf die Schulter zu legen. »Ich versuche mein Bestes«, sagte er, »ehrlich. Ich weiß, es klingt blöd, aber versuch mal, dir nicht zu viel Sorgen zu machen. Sie taucht bestimmt wieder auf. Vielleicht ist sie ja wegen irgendwas wütend gewesen und einfach weggelaufen. So was kommt vor.« Er unterbrach sich und blickte die Straße hinunter. »Auf jeden Fall kommt da hinten dein Bus. Geh besser rüber zur Haltestelle, der letzte Bus wartet nicht.«

Kerry sah ihm in die braunen Augen. Er erinnerte sie wirklich an Robbie, und ihr Instinkt sagte: *Du kannst ihm vertrauen.* Und ganz unabhängig davon spürte sie noch so ein leichtes Kitzeln in der Magengrube, das ihr vollkommen neu war. Und sie hörte sich sagen: »Okay. Wir treffen uns morgen Vormittag um elf. Hier an der Bushaltestelle, wenn dir das recht ist.«

Mark nickte. »Elf Uhr ist cool. Wenn wir Glück haben, kann ich dir dann schon etwas mehr sagen.«

»Also dann.« Ehe sie die Straße überquerte, drehte sie sich noch einmal um. »Tschüs!« rief sie.

Mark lächelte und hob die Hand. »Ja, tschüs«, sagte er.

Kerry rannte kurz vor dem Bus über die Fahrbahn und sprang gerade noch durch die Tür, ehe sie zuging. »Na, das war ja knapp«, sagte der Fahrer, als sie ihm das Geld gab.

»Ja, genau«, murmelte Kerry und setzte sich ganz nach hinten. Sie hatte die Hand halb erhoben, als sie durchs Rückfenster sah, aber Mark war schon nicht mehr zu sehen.

»Wo zum Teufel bist du gewesen?« fragte Robbie, als Kerry die Tür öffnete.

»Bitte, Robbie, lass mich erst mal die Jacke ausziehen.«

»Das ist überhaupt nicht komisch, Kerry. Ich hab mir wahnsinnig Sorgen gemacht! Denkst du, es reicht nicht, dass Mama im Krankenhaus ist und Claire vermisst wird? Musst du auch noch verschwinden, ohne dass jemand weiß, wo du bist?«

Kerry hielt die Hand hoch. »Reg dich ab, Robbie, ja? Es tut mir leid. Aber ich wusste nicht, dass ich einen Urlaubsschein brauche, wenn ich nach meiner Schwester suche.«

»Wo hast du denn nach ihr gesucht?«

»In South Shields.«

»In diesem Dreckloch? In South Shields?« Robbies Stimme wurde lauter und schriller. »In South Shields!«

Kerry zog die Schuhe aus. Das letzte, was sie jetzt brauchte, war ein Verhör. »Seit wann bist du ein Papagei, Robbie?«

»Kerry!« In seiner Stimme schwang ein warnender Unterton, den sie noch nie gehört hatte.

Sie hob den Blick und sah die Sorgen und die dunklen Ringe unter seinen Augen, die vor einer Woche noch nicht da gewesen waren. Sie sah den bitteren Zug um seinen Mund und hätte ihn dafür erwürgen können. Sie wollte jetzt kein schlechtes Gewissen haben müssen.

»Tut mir leid«, sagte sie mürrisch. »Meine Kristallkugel hat leider versagt, ja? Ich hätte dran denken müssen, dass du dir

Sorgen machst, aber ich habe diese Spur gefunden und bin ihr nachgegangen, okay?«

»So geht das nicht, Kerry. Und was meinst du mit Spur? Machst du jetzt ein Detektivbüro auf?«

In ihrem tiefsten Innersten wusste Kerry, dass sie es falsch gemacht hatte. Aber jetzt ging Robbie ihr schwer auf die Nerven, und deshalb sagte sie wütend: »Was hast *du* denn getan, seit diese Scheiße im Gang ist? Auf dem Arsch gesessen, mehr nicht!«

Sie bereute die Worte sofort, aber es war schon zu spät. Robbie schien in sich zusammenzusinken und musste sich hinsetzen. »Irgendjemand muss sich um die Kinder kümmern«, sagte er leise.

Sie hörte Tränen in seiner Stimme, sie hörte sein Herz brechen. Es war wirklich nicht fair. Robbie war ein guter Junge. *Er ist auch erst achtzehn*, dachte sie. *Andere in seinem Alter ziehen draußen mit ihren Kumpels rum und kümmern sich einen Scheißdreck um die Familie*. Und jetzt hatte sie es noch schlimmer gemacht. Achtung, Leute! Großmaul Kerry schlägt wieder zu!

»Oh Gott!« Sie legte ihm ihren Arm um die Schultern. »Es tut mir so leid, Robbie, ehrlich. Ich hätte erst nach Hause kommen sollen und dir Bescheid sagen. Dann hätten wir zusammen fahren können, und Tante Sandra hätte sich um die Kinder gekümmert. Da hab ich wieder mal Scheiße gebaut!«

Er streichelte ihre Hand, aber daraufhin fühlte sie sich noch mieser. Sie hatte all diese schrecklichen Dinge gesagt, und er hatte ihr schon vergeben. *Ich muss das größte Arschloch der Welt sein.* Eine heiße Träne fiel auf die Finger, die ihre Hand streichelten.

»Wein doch nicht, Kerry. Ich hab mir bloß solche Sorgen gemacht, das ist alles.«

»Du hast ja recht. Ich hab Scheiße gebaut.« Sie stand auf und ging in die Küche, um sich mit kaltem Wasser das Gesicht zu waschen. Das Handtuch musste sie dreimal umdrehen, um eine trockene Stelle zu finden. Als sie ins Wohnzimmer zurückkam, lächelte Robbie und fragte: »Was haben Sie denn herausgefunden, Miss Marple?«

Sie boxte ihm auf den Arm. »Von wegen *Miss Marple!* So tuttelig bin ich noch nicht!« Dann erzählte sie ihm, was sie aus Katie herausgequetscht hatte, und alles Übrige.

»*Wow!*« sagte er, als sie fertig war. »Du bist ja besser als die Bullen!«

Sie freute sich über das Lob und lächelte. »Ich glaube, diese Kommissarin ist ganz in Ordnung. Nicht so wie die anderen Bullen. Kommst du jetzt morgen mit oder nicht?«

»Versuch mal, mich daran zu hindern!«

»Gut. Und jetzt sag mir, wer heute hier war.«

Robbie lachte. »Jetzt entwickelst du dich wirklich zur Detektivin. Woher weißt du denn, dass überhaupt jemand da war?«

»Das war nicht so schwer. Ich hab die Tüten vom Fish 'n' Chips-Shop im Abfall gesehen.«

Robbie grinste. »Nicht schlecht. Mickey und Cal waren da. Sie haben für uns alle Fish 'n' Chips mitgebracht, aber deine hat am Ende Mickey gegessen.«

»Kann ich verstehen. Wie ist es denn mit Cal ausgegangen? Muss er wieder Sozialarbeit machen?«

»Ja, aber diesmal sieht's besser aus. Der Richter hat gesagt, er würde ihm helfen, dass er den Führerschein machen kann, wenn er seine hundert Stunden im Altersheim hinter sich hat.«

Kerry gähnte und wollte schon nach oben gehen, als man aus dem Nachbarhaus einen lauten Knall hörte.

Sie sahen sich verblüfft an, und im nächsten Augenblick schlug auch schon jemand schreiend mit der Faust an die Tür.

»Was zum ...?« Robbie sprang auf. Kerry folgte in einigem Abstand.

Vor der Tür stand die fette blonde Nachbarin. Sie nahm so viel Raum ein, dass man die Laterne vor dem Haus nicht mehr sah.

»Bitte«, rief sie, noch ehe die Tür richtig offen war. »Ihr

müsst sofort anrufen! Wir brauchen einen Krankenwagen! Rick ist durch die Decke gebrochen. Ich glaube, diesmal ist er wirklich ganz schwer verletzt. Es ist überall Blut! Ich weiß gar nicht, was ich tun soll!«

Während Robbie der Frau erklärte, dass sie kein Telefon hätten, dass er aber gern zu Trevor laufen würde, um von dort aus zu telefonieren, dachte Kerry: *Diesmal? Wie oft hat er sich denn schon verletzt?*

»Gut«, sagte das Weibsstück und rannte ohne Dankeschön wieder zurück. Ihre weißen Schenkel wackelten unter dem kurzen Rock. Kerry zog sich ihre Schuhe wieder an und folgte der Frau.

Das erste, was ihr im Nachbarhaus aufstieß, war der Gestank. Sie verzog das Gesicht und bahnte sich einen Weg durch die leeren Pappkartons mit Essensresten, die offenbar schon wochenlang auf dem Boden herumlagen. »Mein Gott!« murmelte sie. Das Haus war ein einziger Müllplatz. Kerry schüttelte sich voller Abscheu. *Wir haben keinen Pfennig, und wir sind sieben. Es gibt schon mal Unordnung, aber so siehst's bei uns nicht aus! Hier würde sich ja ein Schwein ekeln!*

»Hier!« rief die Frau aus der Küche. Kerry bewegte sich vorsichtig weiter. Wer weiß, was sie da noch erwartete.

Die Frau kniete am Boden. Rick, der auf einem großen Müllhaufen lag, sah ziemlich tot aus. Kerry betrachtete das klaffende Loch in der Decke. Da oben musste das Schlafzimmer sein. Dann wandte sie sich wieder der reglosen Gestalt des Mannes zu. Krankenschwester würde sie nie werden, soviel war sicher. Beim Anblick des Blutes musste sie würgen.

Irgendwelcher Aktivitäten wurde sie dadurch enthoben, dass Robbie hereinstürzte und sie zur Seite schob. Robbie und Mickey hatten im vergangenen Jahr einen Erste-Hilfe-Kurs mitgemacht, weil es ohnehin nichts anderes zu tun gab. Robbie hatte sehr gut abgeschnitten, während man Mickey gesagt hatte, er solle sich lieber nicht gar so eifrig auf die künstliche Beatmung der weiblichen Kursteilnehmer stürzen.

Bei der Erinnerung an diese Geschichte musste Kerry laut lachen und schlug sich rasch die Hand vor den Mund. Du meine Güte, wenn sie so weitermachte, würden die Leute sie für verrückt halten und die Männer in Weiß rufen. Sie gewann ihre Selbstbeherrschung zurück und sah zu, wie Robbie mit einer Kompresse die Blutung stillte.

»Der Krankenwagen kommt bestimmt gleich. Ich denke, er ist nur ohnmächtig. Es ist eine tiefe Wunde. Sie muss wahrscheinlich mit ein paar Stichen genäht werden, aber das wird schon wieder.«

Die Nachbarin stand so rasch auf, dass sie fast gehüpft wäre. »Was soll das heißen?« sagte sie voller Empörung. »Der Kerl ist eigentlich völlig in Ordnung, und ich hab mich ganz umsonst aufgeregt? Ich glaub's ja nicht, ein paar Stiche!« Während Robbie und Kerry wie erstarrt zusahen, hob sie den Fuß und verpasste ihrem Mann einen Tritt. »So ein unnützes Arschloch! Ich hab ihm gesagt, er soll nicht auf den Scheiß-Dachboden steigen. Jetzt seht euch das Loch in der Decke an! Die Leute vom Sozialamt werden einen Höllenstunk machen. Und wer übernimmt die Lieferung heute Nacht? Dieser Scheißtyp!« Sie hob den Fuß, um ihn gleich noch einmal zu treten.

»He, lassen Sie das!« sagte Robbie. »Was sind Sie denn für ein Mensch?« Er war ehrlich schockiert. »Ich bin doch kein Arzt! Womöglich sind all seine Knochen gebrochen.«

Die junge Frau wich zurück. »Bildet euch bloß nicht ein, dass ich stundenlang im Krankenhaus an seinem Bett sitze! So 'ne Scheiße kommt mir nicht in die Tüte! Das könnt ihr vergessen!«

Kerry starrte sie ungläubig an. »Meinst du das im Ernst, du fette Proll-Keule? So was hab ich ja im Leben noch nicht gehört!«

Robbie stöhnte. Von jetzt an konnte man für gar nichts mehr garantieren.

»Was geht dich denn das an, du hässliche Heuschrecke?«

»Was mich das angeht? Wer war denn die heulende Schlampe, die eben vor unserer Tür stand?«

Robbie sprang auf, aber es war schon zu spät. Kerry bohrte der jungen Frau ihren Zeigefinger tief in die fleischige Brust. Es war ihr völlig gleich, dass die andere gut fünfzig Pfund schwerer und zehn Zentimeter größer war als sie selbst. Wenn sie in Rage war, konnte sie niemand stoppen.

Sie wollte sich die Dicke gerade noch einmal vornehmen, aber diesmal war Robbie schneller und hielt ihr Handgelenk fest. »Lass, Kerry, die lohnt doch den Ärger nicht.« Von draußen hörte man die Sirenen.

»Genau«, sagte die Riesin. »Verschwindet! Ich brauch eure Hilfe nicht mehr. Tut mir leid, dass ich euch überhaupt gefragt habe.«

»Mir tut nur der arme Kerl da leid«, sagte Robbie, packte seine wütende Schwester um die Taille und trug sie in Richtung Tür.

»Ach, ja?« rief die Blonde. »Fickt euch doch selber!«

Das reichte. Kerry gab ihrem Bruder einen Tritt ans Schienbein, und als er sie losließ, stürzte sie sich auf die Blonde. Die ganze Wut und Frustration der letzten Tage entlud sich, als sie der Frau ins Gesicht schlug. Der war ein blaues Auge sicher! Als die Frau zu Boden ging, packte Kerry sie an den Haaren und wollte ihr gerade das Knie unters Kinn stoßen, als sie Robbie erneut packte und von ihrem wimmernden Opfer wegzog. »Hör auf, Kerry!«

»Sie ist genau wie all diese Typen«, fauchte Kerry. »Ein beschissener Feigling!«

Sie gingen zur Tür, und in diesem Augenblick hielt der Krankenwagen am Bordstein. »Da drin!« rief Robbie dem Fahrer zu und führte die immer noch schäumende Kerry am Ellenbogen nach Hause.

»Was ist denn los?« fragte ein schläfriger Darren, der gerade die Treppe herunterkam, als Robbie die Türe zuschlug.

»Ach, nichts«, sagte Robbie. »Es war bloß die Nachbarin. Machst du uns einen Tee?«

Sie setzten sich in die Küche.

»Warum hast du mich gestoppt?« fragte Kerry. »Ich hätte sie umbringen können.«

»Genau«, sagte Robbie. »Und das hat uns gerade noch gefehlt, dass du jetzt in den Knast kommst.« Er fuhr sich mit der Hand über die schwarzen Haare. »Kannst du nicht einmal cool bleiben?«

Kerry grinste. »Ich wette, die hat morgen ein mordsblaues Auge.«

Robbie rieb sich sein Schienbein. »Und ich hab eine Beule am Schienbein! Du hast einen Tritt wie ein Pferd, Kerry. Ich werde ein halbes Jahr humpeln.«

Kerry lachte. »Das wird dir eine Lehre sein.«

Darren war froh, als er das Lachen hörte. Es schien, als wäre alles wieder normal. Er brachte seinen Geschwistern den Tee.

»Wisst ihr, was sie neulich von mir verlangt hat?« fragte er.

»Wer?« fragte Kerry.

»Na, unsere Nachbarin«, sagte Darren. »Sie hat an die Tür geklopft, mit einer Tasse in der Hand, und ...«

»Sag bloß nicht, sie wollte sich Milch leihen!« rief Kerry.

»Nein, nein, keine Milch«, sagte Darren. »Sie sagte: *Wenn du da reinpinkelst, geb ich dir einen Fünfer!*«

»Was?« Kerry fing an zu lachen, und die anderen stimmten mit ein. »Ich hab ja schon gehört, dass jemand Zucker borgt, aber Pisse? Das ist ja das letzte.«

»Aber warum hat sie das verlangt?« fragte Darren.

»Sie ist wahrscheinlich auf Methadon. Die Ärzte verlangen eine Urinprobe, und wenn sie irgendwelche Medikamente oder Drogen drin finden, dann geben sie dir kein Methadon.«

»Dann hat sie also mein Pipi gewollt, weil es sauber ist?«

»Ja, so ungefähr.«

Darren schüttelte verwirrt den Kopf und ging ganz freiwillig ins Bett. Kerry und Robbie folgten ihm bald.

Luke zuckte heftig zusammen, als Lorraine die Wagentür zuschlug. Er mochte sein Auto.

»So eine Zeitverschwendung! *Nein, nie gesehen. Kenn ich nicht. Nie gesehen*«, sagte Lorraine. »Als ob sie alle dasselbe Stück proben würden. Am liebsten hätte ich dem Stadionansager das Mikrofon aus der Hand gerissen und der Meute gesagt, dass drei kleine Mädchen vermisst werden.« Sie sackte in sich zusammen. »Bitte fahr mich nach Hause. Ich bin todmüde, und mein Gehirn bewegt sich im Kreis.«

»Und Geld hast du auch noch verloren.«

»Erinnere mich bloß nicht daran.« Sie warf ihm einen Blick zu und sah dann rasch wieder weg. Ihre Mutter hatte recht. Er sah wirklich gut aus. *Herrje, das fehlte jetzt gerade noch, dass meine Hormone durchdrehen, wo mein verdammter Ehemann weg ist. Ich hoffe, der Arsch ist zuhause, wenn ich jetzt komme, damit ich ihn endlich rausschmeißen kann.*

Bis zum Penshaw Monument, einem Schmucktempel mit griechischen Säulen zwei Meilen vor Houghton, sagte sie gar nichts mehr.

»Wir müssen noch mal an einem anderen Abend da hingehen«, sagte sie. »Ich bin mir ganz sicher, dass er irgendwann auftaucht. Außerdem sahen einige von den Typen so aus, als wüssten sie ganz genau, wen wir meinen. Die müssen wir uns noch mal vornehmen.«

»Ja, das Gefühl hatte ich auch.«

Als sie vor Lorraines Wohnung ankamen, überlegte sie eine Sekunde, ob sie Luke noch auf einen Kaffee hereinbitten sollte. *Nur auf einen Kaffee? Ja, natürlich. Was sonst? Aber wenn John jetzt inzwischen gekommen ist? Was dann? Das ist doch ganz unwahrscheinlich. Und wenn Luke gar nicht will? Was ist, wenn er wegrennt vor Schreck? Das wäre ganz schön peinlich. Wir müssen schließlich weiter zusammen arbeiten. Ach, Scheiße! Ich brauch keinen Mann. Ich doch nicht!*

»Tschüs, Luke!« Sie stieg aus und knallte die Tür zu.

Luke zuckte wieder zusammen. Mit einem Seufzer sah er ihr nach, als sie ins Haus ging.

Das Telefon klingelte im selben Augenblick, als Jason Smith den Schlüssel umdrehen und nach Hause gehen wollte. Einen Augenblick lang überlegte er, ob er einfach so tun sollte, als hätte er's nicht gehört, aber wenn es die Chefin gehört hatte und wusste, dass er noch im Lokal war, dann gab es Ärger.

Er durchquerte den dunklen Raum und nahm den Hörer ab. Eine oder zwei Minuten lang sagte er gar nichts. Dann nickte er. »Gut. Ich werd' es ihr sagen.«

Er legte den Hörer auf und ging zur Treppe. Er wollte gerade nach oben rufen, als ihn etwas an der Schulter berührte. Erschrocken fuhr er herum.

»Wer war das?« fragte Mrs Archer.

»Mein Gott, haben Sie mich erschreckt«, sagte er. »Da kann man ja einen Herzinfarkt kriegen.«

Es war ihr herzlich egal, ob er einen Herzinfarkt kriegte. So fett wie der Kerl war, war das sowieso nur eine Frage der Zeit.

»Wer war das?« wiederholte sie noch einmal mit drohender Stimme.

»Ich fürchte, Sie werden das nicht gern hören. Irgend so ein Mädchen hat sich ein Bild von Brad beschafft und zeigt es überall rum und stellt dumme Fragen.«

»Was?«

Jason nickte nur, denn er wagte nicht zu wiederholen, was er gesagt hatte.

»Was ist das für eine Göre?«

»Keine Ahnung. Sie war in einem Spielsalon in South Shields.«

»Verdammte Scheiße! Ruf den Spielsalon an. Die sollen dafür sorgen, dass sie mit der Schnüffelei aufhört. Es wird ja wohl möglich sein, ihr das ... abzugewöhnen. Ich hab schon genug Ärger mit diesem Stevie. Der klaut meine Pillen und schluckt sie selbst, statt sie zu verkaufen. Also mach schon. Ruf sie an.«

»Ja, äh ...«

»Was denn noch?«

»Die Bullen haben auch so ein Bild.«

»Oh, verdammt!«

Jason rief den Kontaktmann in South Shields zurück und teilte ihm mit, was Mrs Archer gesagt hatte. Als er den Hörer auflegte, stand sie schon an der Tür. Er machte den Mund auf, aber sie schnitt ihm das Wort ab. »Ist gut. Du kannst gehen. Und sei morgen früh pünktlich. Ich muss ein paar Dinge regeln.«

»Jawohl. Ich bin pünktlich.« Er griff nach der Leine seines Hundes und ging hinaus.

Mrs Archer schlug die Tür hinter ihm zu und verriegelte sie. »Der verdammte Bastard«, murmelte sie, während sie ins obere Stockwerk hinaufging. »Das geht noch schief, wenn die alle so unvorsichtig sind. Und gestern Abend hat dieser blonde Depp das Mädchen auch noch hier in die Kneipe gebracht. Wenn ich ihn sehe, reiß ich ihm den Arsch auf.«

Lorraine ging die Treppe hinauf, schloss die Wohnungstür auf und lauschte. Nichts. Kein Schnarchen, kein Atmen, kein Rascheln. Sie knipste das Licht an und ging in die Küche. Es war alles noch wie heute Morgen.

Müde zog sie sich aus, ging ins Bad und putzte sich die Zähne. Als sie wieder ins Schlafzimmer kam, fiel ihr auf, dass der Kleiderschrank ihres Mannes nicht ganz geschlossen war. Neugierig geworden, zog sie die Tür auf.

Der Schrank war vollkommen leer. Kein Hemd, keine Hose, kein Anzug. Sogar die Bügel waren verschwunden.

Donnerstag

13

Nach einer weiteren schlaflosen Nacht war Lorraine erst gegen vier Uhr morgens in einen unruhigen Schlummer gesunken und von wirren Träumen heimgesucht worden. Als sie endlich aufstand, war es schon neun.

Noch im Nachthemd schlurfte sie in die Küche und machte sich lustlos ihr Frühstück, obwohl sie keinerlei Appetit hatte. Zum Kaffee nahm sie Sahne und zwei Stücke Zucker, anders brachte sie ihn nicht herunter. Sie schüttete sich Cornflakes in eine Schüssel, goss Milch darauf, nahm zwei Löffel davon und verzog das Gesicht.

»Mistkerl!« sagte sie zu den labbrigen Cornflakes. Und als das Radio plötzlich den *Jailhouse Rock* spielte, schob sie die Schüssel ganz weg. John war ein großer Elvis-Fan. Er hatte eine ganze Sammlung von Schallplatten, Kassetten, Videos und auf Stereo getrimmten CDs, die häufig gespielt wurden. Das heißt, wenn sie recht darüber nachdachte, nicht nur *häufig*, sondern *ununterbrochen*. Sie stellte das Radio ab und ging hastig zurück ins Schlafzimmer.

Um sich etwas Halt zu geben, zog sie ein elegantes blaues Kostüm und eine frische weiße Bluse an, steckte das Haar hoch und legte ihre Perlenohrringe an. Dann fiel ihr ein, dass die Ohrringe von ihrem Mann stammten. Sie ersetzte sie durch ein paar goldene. Während des Anziehens vermied sie jeden Blick auf den leeren Kleiderschrank.

Sie verstaute die Schlüssel in ihrer Handtasche und knallte die Tür zu. Sie musste dringend die Schlösser auswechseln! *Wenn dieses Arschloch denkt, er kann hier jederzeit wieder reinschneien, dann hat er sich geschnitten!*

Als sie zu ihrem Wagen ging, nahm ihre Depression zu. Die halbe Woche war vorbei, und sie hatten immer noch keine Ahnung, wo die vermissten Mädchen sein könnten. Ganz zu schweigen von den Leichen mit den fehlenden Köpfen. *Mein Gott, Clark dreht bestimmt bald durch. Der macht uns zu Hackfleisch und lässt sich Hosenträger aus meinem Gedärm machen.*

Sie hoffte inständig, dass es im Dezernat irgendwelche guten Nachrichten gab, aber als sie zum Präsidium kam, erlebte sie einen weiteren Schock.

»Mein Gott«, murmelte sie, als sie die Reporter und Kamerateams vor dem Haupteingang sah. »Was ist denn jetzt los?«

Sie legte den Rückwärtsgang ein und fuhr zur Hinterseite des Gebäudes. Aber das nützte ihr wenig. Die wachsamen Vertreter der vierten Gewalt lagen hier ebenfalls schon auf der Lauer. »Verdammte Schnüffler«, murmelte sie. Sie wusste, dass ihr keine Wahl blieb. Jetzt musste sie Spießruten laufen.

Wer weiß, dachte sie, als sie ihre Tasche vom Rücksitz nahm. *Wenn ich Glück habe, halten sie mich vielleicht für eine Sekretärin.*

Aber sie hatte kein Glück. Sie war noch weit vom Eingang entfernt, als die Reporter sie schon eingekreist hatten wie ein Schwarm hungriger Krähen.

»Detective Inspector Hunt!« Eine Stimme hob sich von allen anderen ab. Lorraine erkannte sie und musterte den Besitzer mit kalten Blicken. Der Journalist erwiderte den Blick mit einem spöttischen Grinsen.

Ausgerechnet der schon wieder! Die meisten Reporter machten bloß ihre Arbeit, aber der war wirklich schlimm. Den Eltern von ermordeten Kindern schwatzte er Fotos ab, und Vergewaltigungsopfer verfolgte er bis zum Arzt. Er lächelte hämisch und sagte: »Ist es eigentlich wahr, Hunt, dass die Leiche in Fatfield keinen Kopf mehr gehabt hat?«

Verdammt, wie hat er das rausgekriegt?

»Für Sie immer noch *Detective Inspector* Hunt.« Ihre Stimme war kalt, aber innerlich brodelte sie.

Der Reporter legte ihr begütigend die Hand auf den Arm. Lorraine betrachtete seine Finger, als wäre er aussätzig, dann bohrte sie einen eisigen Blick in seine schmutzigbraunen Augen.

Sofort ließ er seine Hand fallen und murmelte eine Entschuldigung. Lorraine ignorierte ihn und sagte so verächtlich wie möglich: »Kein Kommentar.«

Ein Chor von Protesten erhob sich. Lorraine ging die Treppe hinauf, und als sie den Eingang erreicht hatte, drehte sie sich noch einmal um. »Sobald wir etwas Konkretes haben, werden Sie es erfahren. Bis dahin wäre ich Ihnen dankbar, wenn Sie sich nicht allzu weit in das Reich der Fiktion stürzen würden.«

Die Türen öffneten sich, und als sie sich umdrehte, sah sie zu ihrer Erleichterung Luke und Carter, die ihren Rückzug deckten.

»Gut gemacht, Boss«, sagte Luke, als sie das Gebäude betrat. »Übrigens gibt es was Neues: Zwei Nachbarn haben die kleine Claire Lumsdon am Montagmorgen im Bus nach Sunderland gesehen.«

»Sunderland? Ach du Scheiße. Die Stadt hat über 300.000 Einwohner und dazu einen Hafen. Die Mädchen können längst an Bord eines Schiffes auf hoher See sein.«

»Ja«, sagte Luke. »Oder im Hinterzimmer eines Sexklubs ganz in der Nähe. Kinderschänder gibt es auch in der Provinz. Da ganz besonders.«

Lorraine nickte trocken, blieb aber deutlich auf Abstand, bis sie die Einsatzzentrale erreicht hatten. Luke zuckte die Achseln. Was war jetzt schon wieder los?

Lorraine knallte ihre Handtasche auf den Tisch und brüllte: »Also, Kollegen, wo ist die undichte Stelle?« Sie sah sich im Raum um. Abgesehen von Luke, Carter und ihr selbst waren noch zehn weitere Beamte anwesend. Alle unterbrachen ihre

Tätigkeiten abrupt und hoben die Köpfe. Sie wussten, wenn Lorraine brüllte, dann kriegte irgendjemand fürchterlich Ärger.

Sara Jacobs, eine zierliche Brünette, hob die Hand und sagte mit piepsiger Stimme: »Die warten schon seit sieben Uhr heute Morgen. Ich musste mich richtig durchkämpfen, als ich hereinwollte.«

Lorraine biss die Zähne zusammen und zwang sich zu einem dünnen Lächeln. »Ich will nicht wissen, wie lange die Burschen schon da sind. Ich will wissen, woher die ihre Informationen gekriegt haben. Wer hat denen gesagt, dass die Leiche in Fatfield keinen Kopf mehr gehabt hat? Oder ist diese Frage für einen Saal voller Kriminalbeamter zu schwer?«

Niemand rührte sich. Alle schauten angestrengt auf ihre Fingernägel, Zehenspitzen und Handrücken.

Lorraine seufzte, was ihnen die Sache noch peinlicher machte. Einer von ihnen hatte die schlimmste Sünde begangen. Entweder versehentlich oder mit Absicht. Jemand hatte geplappert. Jemand hatte seiner Frau, dem Ehemann, einem Freund oder einer Freundin etwas erzählt. Das war bisher noch nie passiert. Oder jedenfalls nicht entdeckt worden. Das schlimmste, eigentlich undenkbare Szenario wäre gewesen, dass einer die Hand aufgehalten und Informationen verkauft hatte. Lorraine hoffte inständig, dass das nicht der Fall war. Wenn sie einen ihrer Leute bei so was erwischte, würde sie ihn fertig machen. Nicht mal der Werkschutz einer Gummibärchenfabrik würde ihn dann noch haben wollen.

»Schön«, sagte sie. »Travis, May und Jacobs« – sie zeigte auf zwei der Männer und Sara. »Ihr kümmert euch noch mal um die Leichen. Irgendwas fehlt bei dieser Geschichte, und ich möchte, dass ihr es findet.«

Sie hörte ein unterdrücktes Kichern und richtete ihre Augen auf Dinwall. In jeder Gruppe gab's einen Witzbold, und beim C.I.D. Houghton war das James Dinwall. Sie starrte ihn wütend an und sagte dann trocken: »Ich meine, *außer* den Köpfen.«

Ein leises, erleichtertes Lachen erfüllte den Raum, und die Spannung verringerte sich. »Bisher«, sagte Lorraine, »kennen wir nur den Namen der Leiche in Fatfield. Das reicht nicht. Ihr müsst so lange weitersuchen, bis ihr konkrete Anhaltspunkte über die Identität der Opfer, das Motiv oder sonst irgendwas habt. Dann könnt ihr euch wieder melden. Alle anderen« – Lorraine trat an die Wandtafel, auf der die Fotos der verschwundenen Mädchen angebracht waren –, »alle anderen kümmern sich um die Mädchen.« Sie tippte mit dem Zeigestock auf die Fotos. »Ich möchte, dass ihr sie findet. Bisher sind wir von der Theorie ausgegangen, dass ein einzelner Casanova dahintersteckt. Inzwischen glaube ich, dass der Mann nicht allein arbeitet. Die Mädchen sind nicht weggelaufen, sondern entführt worden. Es ist eine ganze Organisation. So etwas Ähnliches wie damals die Sache in Belgien. Die Mädchen sind in höchster Gefahr, und ihr dürft nicht dieselben Fehler machen wie die belgische Polizei. Jeden Stein müsst ihr umdrehen!«

Sie machte eine Pause und ließ die schreckliche Erinnerung einsinken. »Gut«, sagte sie schließlich. »Geht mit dem Bild von diesem Brad raus auf die Straßen! Und zwar in Sunderland. Redet mit den Leuten. Ihr habt alle eure eigenen Kontakte. Also benutzt sie auch! Er muss doch Feinde haben, die bereit sind, ihn zu verpfeifen. Notfalls müsst ihr ein paar Pfund springen lassen. Wir brauchen Ergebnisse.« Sie zuckte die Achseln. »Er scheint manchmal zum Windhundrennen zu gehen. Wer weiß, wenn er gerade viel Geld verdient hat, vielleicht gibt er damit an. Das machen die meisten Spieler. Da gibt es immer Leute, die neidisch sind und euch einen Gratis-Tipp geben.«

Laute Seufzer und Stöhnen ertönten als Echo auf diese Ansprache. »Genau«, sagte Dinwall. »Schweine haben Flügel, und wir kriegen Tipps.«

»Bitte keine Ausreden«, sagte Lorraine. »Ich möchte, dass ihr euch anstrengt. Ich brauche Ergebnisse, und zwar sofort.«

Ihr Blick richtete sich auf einen älteren, drahtigen Mann mit einem Gesicht wie ein Fuchs. »Sanderson, Sie sind verantwortlich für die Gruppe. Außerdem kommen heute noch Leute aus Newcastle. Ich möchte, dass Sie mit ihnen reden.«

Sanderson, der schon lange beim C.I.D. war, sah aus, als wolle er salutieren. Stattdessen grinste er. »Wird gemacht, Boss.«

»Außerdem«, sagte Lorraine und machte eine eindringliche Pause, »möchte ich, dass ihr noch einmal gründlich darüber nachdenkt, woher das Leck kommt!«

Sie legte den Zeigestock beiseite und ging zur Tür. Mit der Hand auf der Klinke drehte sie sich noch einmal um. »Es ist euch doch klar, was für eine Scheiße das ist? Wegen so einem dummen Plappermaul haben wir jetzt die Meute da draußen am Hals, und ihr könnt sicher sein, heute Abend steht alles haarklein in der Zeitung. Bloß gut, das sie noch nicht wissen, dass wir mehr als eine Leiche entdeckt haben.«

Es war totenstill in der Einsatzzentrale, als sie die Tür schloss und auf den Gang trat. Sie ging zu ihrem Büro und setzte sich hinter den Schreibtisch. Kaum eine Minute später öffnete sich die Tür und Luke kam herein. Er trug eine Kaffeetasse in jeder Hand.

»Denen hast du's aber gegeben«, sagte er, als er den Kaffee abstellte. Er schloss die Tür, lächelte und setzte sich ihr gegenüber.

Lorraine erwiderte sein Lächeln nicht. Sie seufzte. »Was soll ich bloß tun, Luke? Wenn die Presse erfährt, dass wir ihnen eine ganze Serie von geköpften Leichen verschweigen, dann dreht Clark doch endgültig durch.«

»Ja, vielleicht. Aber schließlich war es seine Idee, die Sache zu verschweigen, nicht deine. Wir haben beide gesagt, dass es besser wäre, die Öffentlichkeit zu informieren. Schließlich geht es ja nicht um eine aktuelle Mordserie. Auch die jüngste Leiche ist schon seit sieben Jahren unter der Erde. Der Mörder ist wahrscheinlich längst weg oder selbst schon gestorben. Es geht ja nicht um einen Serienkiller, der morgen schon wieder zuschlagen könnte.«

Lorraine lehnte sich in ihrem Sessel zurück und sah zur Zimmerdecke hinauf. Unwillkürlich bewunderte Luke den sanften Schwung ihres Halses. »Ich weiß gar nicht, warum du dich aufregst. Du hast doch schon öfter die Suppe auslöffeln müssen, die der Superintendent dir eingebrockt hat«, sagte er.

Lorraine riss ihre Augen von der Decke los und sah Luke direkt an. »Stimmt, da hast du allerdings recht.«

Sie war äußerlich ruhig, aber ihre Gedanken waren eindeutig auf Abwegen. *Was für ein schöner Mann,* dachte sie. Herrje, wo kam das plötzlich her?

Sachte, Mädchen, so was ist gefährlich. Es ist ja nicht so, dass du seit Ewigkeiten keinen Mann mehr gehabt hättest.

Wahrscheinlich war ihre Mutter dran schuld. Sie hatte ihr wohl zu viel von Luke vorgeschwärmt. Andererseits hatte sie recht. Ach, warum nur war John nicht ein bisschen wie Luke?

Andererseits hat er bestimmt auch seine Macken. Haben sie doch alle, die Schweine. Wenn's drauf ankommt, suchen sie sich ein anderes Paar Titten. Muttersöhnchen, verdammte.

Luke wurde es langsam unbehaglich, wie seine Chefin ihn anstarrte. »Was denkst du, Lorraine?«

»Wie bitte?«

»Du wirkst so geistesabwesend.«

Lorraine spürte, wie sie rot wurde. Das kam nicht oft vor. Sie stand auf und sah zum Fenster hinaus. Wenn sie ihm den Rücken zukehrte, hatte sie die Dinge besser unter Kontrolle. Sie zuckte die Achseln und sagte: »Nichts weiter.«

Luke trank seinen Kaffee aus und stand auf. »Okay«, sagte er, »ich geh dann mal. Heute nehm ich mir die Eltern von Jade nochmal vor, und morgen früh fahr ich ins Krankenhaus zu Mrs Lumsdon. Hoffentlich ist sie dann endlich vernehmungsfähig. Wer weiß, vielleicht kann sie uns ja weiterhelfen.« An der Tür drehte er sich noch einmal um. »Bis später dann.«

»Gut. Schön, dass du dich so um die Lumsdons kümmerst.«

»Sie tun mir leid. Ich glaube, das sind anständige Leute, die einfach viel Pech gehabt haben.«

Er wollte gerade hinausgehen, als Travis erschien. »Schlechte Nachrichten, Boss.«

»Was gibt's?« fragte Lorraine.

»Es wurde eine Leiche gefunden.«

Lorraine stockte der Atem.

»Ein junges Mädchen. Zwischen dreizehn und sechzehn.«

Lorraine fühlte sich, als hätte sie jemand in den Magen geschlagen. Die erste war also tot. Und die anderen?

Noch ehe sie irgendwelche Fragen stellen konnte, klingelte das Telefon. Sie wusste, dass es der Superintendent sein würde.

Während sich Lorraine mit ihrem aufgebrachten Chef herumstritt, stiegen Kerry und Robbie aus dem Bus in South Shields. Mark wartete schon auf sie. Seine Gestalt kam Kerry eigenartig vertraut vor, als sie ihn auf der Straße stehen sah, und das Kribbeln in ihrer Magengrube kehrte zurück.

Er lächelte, als sie auf ihn zutraten.

»Na, hast du etwas herausgefunden?« fragte Kerry, ehe sie sich auf ihre Manieren besann. »Das ist Robbie, mein Bruder.«

Die beiden jungen Männer nickten sich zu.

»Tja«, sagte Mark. »Eigentlich nicht. Er scheint seit einer oder zwei Wochen nicht mehr in South Shields gewesen zu sein. Jedenfalls hat ihn keiner gesehen.« Als er Kerrys Enttäuschung sah, sprach er rasch weiter: »Aber ich weiß jetzt, wo seine Großmutter wohnt. Vielleicht weiß sie ja, wo er jetzt ist. Jedenfalls ist es ein Anfang, nicht wahr?«

»Gut«, sagte Robbie. »Wollen wir gleich hingehen?«

»Klar«, sagte Mark. »Ist gar nicht weit.«

»Wenn wir da hinkommen«, schrie Kerry, während mit lautem Donnern ein mit Walzblech beladener Laster vom Hafen heraufkam, »dann überlasst mir das Reden. Okay, Jungs?«

»Kein Problem«, sagte Mark, und Robbie nickte. Er war es gewöhnt, seiner Schwester die Initiative zu überlassen.

Mark führte sie zu einer Nebenstraße, die bessere Zeiten gesehen hatte. Das kleine Reihenhaus stammte aus dem 19. Jahrhundert, die Ziegel waren rußgeschwärzt. Irgendjemand hatte allerdings einen Versuch gemacht, es freundlicher erscheinen zu lassen. In einem Blumentopf hinter dem niedrigen Fenster standen drei Hyazinthen, die erste Spuren von Rosa und Blau zeigten.

Leichter Nieselregen setzte ein, als Robbie die Hand hob und an die Tür klopfte. Kerry schlug den Kragen ihrer schwarzen Lederjacke hoch – ein Weihnachtsgeschenk von Robbie, das er von einem Pakistani auf dem Flohmarkt gekauft hatte.

»Hoffentlich ist sie zu Hause«, sagte Kerry. Aber da hörten sie auch schon ein Geräusch aus dem Inneren. Es schien eine Ewigkeit zu dauern, bis die betreffende Person an die Tür kam, aber schließlich hörten sie eine dünne, krächzende Stimme: »Wer ist da?«

Kerry beugte sich hinunter zum Briefkastenschlitz, hob die Klappe und sagte: »Entschuldigen Sie, haben Sie einen Enkel, der Brad heißt?«

Die Tür wurde widerwillig geöffnet. Eine zierliche Frau, die offensichtlich zum Club der alten Damen mit den blauen Haaren gehörte, stand vor ihnen. »Und wer bist du?«

Kerry trat etwas zurück, die Alte stank nach Tabak und Fusel. »Guten Tag«, sagte sie höflich. »Mein Name ist Kerry Lumsdon. Vor ein paar Wochen hat Ihr Enkel mir ein bisschen Geld für ein Taxi geliehen, weil ich den Bus verpasst hatte. Könnten Sie mir vielleicht sagen, wo ich ihn finde? Er –«

Die Alte schnitt ihr mit einem heiseren Lachen das Wort ab. »Ich bezweifle, dass du unseren Brad meinst, mein Kindchen. Der, den ich kenne, würde niemandem auch nur einen Penny geben. Glaub mir, ich muss es wissen.«

»Doch, doch, er ist es bestimmt«, sagte Kerry ernsthaft. »Wenn Sie mir nur sagen, wo er wohnt, dann kann ich ihm das Geld zurückgeben ...«

Die Alte schüttelte den Kopf, und ihre dünnen Lippen spannten sich. »Nein«, sagte sie, »das klingt nicht ganz echt. Das letzte Mal, als hier ein Mädchen stand und nach Brad fragte, war die dumme kleine Kuh schon vier Monate schwanger.« Sie musterte Kerry von oben bis unten. »Schätzchen, um die Wahrheit zu sagen: Du bist überhaupt nicht sein Typ. Also sag schon! Was willst du wirklich?«

Kerry zog die Jacke über ihrem flachen Busen zusammen. *Alte Hexe,* dachte sie. Dann kam sie zu dem Ergebnis, dass ihr nichts anderes übrig blieb, als die Wahrheit zu sagen. Und wenn die blauhaarige alte Vettel dann immer noch nicht redete, mussten sie eben zur Polizei gehen.

»Bitte, ich muss ihn wirklich finden. Es geht um meine Schwester. Sie ist seit drei Tagen verschwunden, und Brad war der letzte, mit dem sie gesehen worden ist. Verdammt noch mal, sie ist doch erst dreizehn! Sie müssen uns einfach helfen!«

»Ich muss überhaupt nichts!« sagte die Alte und schlug die Tür zu.

»Du alte Hexe!« schrie Kerry und hämmerte mit der Faust an die Tür. »Komm wieder raus, du hässliche Kuh!« Sie bückte sich und schrie durch den Briefschlitz. »Du weißt genau, wo er ist. Ich will meine Schwester zurück. Ich weiß, dass sie bei deinem scheiß Enkel ist, du stinkende Ratte.« Sie heulte beinahe vor Wut und trommelte erneut an die Tür. »Hast du gehört! Und dein Schätzchen bin ich schon gar nicht!«

Inzwischen trat sie mit den Schuhen gegen die geschlossene Tür, und Robbie legte ihr die Hand auf den Arm. »Komm, Kerry, es hat keinen Zweck. Sie kommt nicht noch einmal heraus. Und wenn du noch weiter rumtobst, ruft sie die Bullen.«

»Alte Kuh«, fauchte Kerry, trat aber nur noch einmal zu und folgte Robbie und Mark dann die Straße hinunter.

»Was machen wir jetzt?« fragte Robbie.

»Wir können ja die Spielsalons nochmal abklappern«, sagte Mark.

»Ja, okay«, sagte Kerry und marschierte mit energischen Schritten in Richtung Hafen.

Sie betraten den ersten Spielsalon, aber es war niemand drin, der aussah wie Brad. Mark redete mit ein paar Leuten, aber niemand hatte den Gesuchten gesehen. Dann beschlossen sie, sich zu trennen, um schneller vorwärts zu kommen. Kerry zeigte verschiedenen Leuten die Zeichnung, aber die Reaktionen waren enttäuschend. Nichts als gelangweilte Ablehnung oder dümmliche Anmache. Frustriert blieb sie stehen und sah einem schmuddeligen alten Mann zu, der ein Pfund nach dem anderen in einen Automaten steckte, ohne je zu gewinnen. Sie wollte gerade weitergehen, als sie jemand am Arm packte und hinter eine Trennwand aus Gips zerrte.

Eine derbe Hand packte ihr Kinn und hob ihren Kopf hoch, so dass sie gezwungen war, ihrem Angreifer in die kalten, stahlgrauen Augen zu sehen. Die Augen waren merkwürdig nackt, ganz ohne Brauen und Wimpern, und aus dieser Nähe war die Wirkung erschreckend. Kerry hob den Blick und stellte fest, dass der Schädel des Mannes ebenfalls völlig kahl war. Plötzlich wurde ihr klar, dass sie in echter Gefahr war und dass sie sich nicht würde herausreden können. Dieser Mann war ein anderes Kaliber als Jason Smith oder Stevie.

»Wie heißt du, Mädchen?« fragte der Mann.

»Kerry Lumsdon«, sagte sie ohne zu zögern, wenn auch etwas mühsam. Ihre Augen zuckten verzweifelt nach rechts und links. Wenn doch nur Mark oder Robbie auftauchen würden.

»Tja, Kerry Lumsdon, ich höre, du hast dich nach einem von meinen Freunden erkundigt.«

Sie wollte es schon beinahe abstreiten, als er ihr die flache Hand aufs Gesicht legte und sie im Genick packte. »Versuch gar nicht erst, mich zu belügen, du dumme Göre. Ich sag dir nur eins: Hau lieber ab, solange du kannst, sonst muss ich dir leider die Nase abschneiden.«

Er gab ihr einen Stoß, sah zu, wie ihr Kopf an die Wand flog, grunzte zufrieden und ging weg, ohne sich weiter um sie zu kümmern. Kerry sah seinen Glatzkopf zwischen den Spielautomaten verschwinden und ging in die Knie. Sie fühlte sich elend. Und ihre Sorge um Claire war größer denn je. Was waren das bloß für Leute? Sie stand auf, starrte die Tür an, durch die der Mann verschwunden war, und betastete ihren Kopf.

Die arme Claire. Was soll ich bloß machen? Zur Polizei gehen? Das wäre zu dämlich, da kann ich mich gleich in den Sarg legen.

Soll ich es Robbie erzählen? Sie entschied sich dagegen. Wenn Robbie erfuhr, dass sie bedroht worden war, würde er die Suche sofort beenden, und Claire war womöglich für immer verloren. Nein, sie würde nichts sagen. Sie würde einfach vorsichtiger sein müssen. Sie zog ihre Jacke zu und fühlte sich gleich wieder besser. Was bildete dieser Glatzkopf sich ein? Dass er zur Cosa nostra gehörte?

Trotzdem war ihr gar nicht wohl, als sie nach Robbie und Mark suchte. *Und wenn es tatsächlich die Mafia war? Oder noch schlimmere Leute? Mit wem hast du da bloß zu tun, Claire? Was für Leuten bist du in die Hände gefallen?*

»Ach, da bist du ja«, sagte Robbie, als er sie entdeckte.

Mark lächelte sie an, aber sie war zu verwirrt, um es zu bemerken.

Robbie spürte, dass etwas nicht stimmte. Er zog die Stirn kraus und fragte: »Alles in Ordnung?«

Die Versuchung war groß, den beiden zu sagen, was ihr gerade passiert war, aber Kerry biss eisern die Zähne zusammen. Sie mussten Claire finden, das war alles, was zählte.

»Ja, alles okay«, sagte sie. »Ich habe nur überlegt, was wir tun sollen.«

»Ich glaube, es bleibt euch nur noch die Polizei«, sagte Mark. »Die werden die Alte schon zum Reden bringen.«

»Das bezweifle ich«, sagte Kerry und sah ihn unsicher an. Alles der Polizei zu überlassen, erschien ihr wie eine Kapitulation. Das kam nicht in Frage. Andererseits schien es sinnlos, weiter in South Shields herumzuhängen.

»Ich glaube, wir müssen nach Hause«, sagte sie, »wegen

meiner Geschwister. Aber vielen Dank jedenfalls für deine Hilfe.«

»Schon gut«, sagte Mark und betrachtete angestrengt seine Fußspitzen. »Ich bring euch noch zur Bushaltestelle … Ist das okay?«

Kerry zuckte die Achseln. »Ja, klar. Kein Problem«, sagte sie.

Robbie ging drei Schritte vor ihnen und grinste in sich hinein. Er hatte längst kapiert, was da lief, auch wenn seine dumme Schwester nichts merkte. Und er mochte Mark, obwohl er ihn gerade erst kennen gelernt hatte. Als sie zur Bushaltestelle kamen, stellte Robbie sich hinter das Wartehäuschen und sah auf die Nordsee hinaus.

Mark stellte sich ganz dicht neben Kerry. »Sag mal«, flüsterte er und setzte das Lächeln auf, das er am Morgen zu Hause vor dem Spiegel geübt hatte, »sehen wir uns noch mal wieder?«

Kerrys Herz überschlug sich. Sie beschloss, ganz gelassen zu bleiben. »Ich weiß nicht … Ich denke schon. Wenn du wirklich willst. Das Problem ist nur, du wohnst ganz schön weit weg, und ich hab nicht immer das Geld für den Bus, weißt du? Außerdem muss ich für die Bezirksmeisterschaften am Samstag in einer Woche trainieren, obwohl das wahrscheinlich auch den Bach runtergeht, wenn unsere Claire dann immer noch weg ist.«

»Was trainierst du denn?«

»Laufen. Ich bin Läuferin.«

»Cool. Hör mal, das mit dem Geld für den Bus ist kein Problem«, sagte Mark. »Ich kauf mir eine Dauerkarte. Dann kann ich dich jederzeit besuchen, wenn du magst. Mein Vater hat auch ein paar Autos.«

»Ein *paar* Autos! Kannst du denn fahren?«

»Den Führerschein hab ich noch nicht, aber fahren kann ich. Mein Vater lässt mich immer bei uns im Park üben.«

Kerry warf ihm einen misstrauischen Blick zu. Seine Klamotten waren hochmodisch, das stimmte. Und sein Akzent war auch nicht gewöhnlich. Sein Vater musste einen Mordsjob haben. »Was soll das heißen? Du fährst im Park rum? Wo die Leute spazierengehen?«

Mark stutzte einen Augenblick, dann lächelte er. »Nein, kein öffentlicher Park. Da dürfte ich doch nicht rumfahren. Nein, ich meine, da wo wir wohnen.«

Jetzt war es an Kerry, verblüfft zu sein. »Wo ihr wohnt? Was soll das heißen?«

Mark wurde rot. »Na ja, wir haben ein Haus mit einem ziemlich großen Grundstück, verstehst du? Man könnte es auch einen Park nennen.«

»Ach, du Scheiße! In echt?«

Mark musste lachen. »Ja, ehrlich.«

Kerry war völlig fertig. Sie mochte Mark, aber sie hatte nicht damit gerechnet, dass er reich sein könnte und in einem Haus in einem Park wohnte.

Wer sagt denn, dass es nur ein *Haus ist? Vielleicht sind es ja zwei oder drei? Und Mädchen! Es muss doch Dutzende von gutaussehenden Mädchen da geben. Mädchen mit Busen.* Sie sah auf ihre Lederjacke herunter, die immer noch in ziemlich gutem Zustand, aber doch nur aus zweiter Hand war und vorher jemand anderem gehört hatte. Vielleicht so einem Mädchen, das genauso reich wie Mark war... *Nein, es wird nie funktionieren.*

Eine Klammer legte sich um ihr Herz, während sie seine teure Jacke ansah.

Wo bleibt bloß der Bus? Kerry reckte den Kopf, um die Straße hinunterzusehen. *Das hat doch keinen Sinn. Momentan hab ich so viel am Hals, da brauche ich nicht auch noch Jungensgeschichten. Die meisten Kerle sind doch sowieso Arschlöcher. Da brauch ich bloß an meine Mutter zu denken.*

Nein, es hatte keinen Sinn. Sie wollte ihm gerade mitteilen, er könne sich jetzt verziehen, da berührte er sie am Arm.

»Willst du mich denn nicht wiedersehen, Kerry?« fragte er.

Noch ehe sie das knappe »Nein« herausbringen konnte,

das ihr auf der Zunge lag, trat Robbie plötzlich von hinten heran.

»Natürlich will sie«, sagte er. »Hier ist unsere Adresse, okay?« Er drückte Mark ein Zettelchen in die Hand.

In diesem Augenblick kam der Bus. Kerry sprang auf, stürmte ohne sich umzusehen die Treppe hinauf und setzte sich auf einen Fensterplatz ganz nach hinten.

»Was fällt dir eigentlich ein?« fragte sie wütend, als Robbie neben ihr Platz nahm.

»Ich weiß gar nicht, was du hast. Ich dachte, du magst ihn. Und er ist jedenfalls ziemlich scharf auf dich, das weiß ich sicher.«

»Der Kerl ist reich, du Idiot!«

»Ach was. Bloß weil sein Vater ein paar Autos hat, müssen sie noch nicht reich sein. Wer weiß, was das für alte Karren sind.«

»Und dass er ein Riesenhaus hat, hast du wohl vergessen? Da wohnen sicher Dutzende von hübschen Mädchen.«

»Nicht in allen großen Häusern wohnen auch viele Leute, du Dummchen.«

Sie sah ihn misstrauisch an. »Du meinst, er wohnt da allein?«

»Na ja, mit seiner Familie und vielleicht ein paar Dienstboten.«

Kerry überlegte einen Moment. »Das macht es doch nur noch schlimmer. Er spielt in einer ganz anderen Liga. Mit einem Mädchen aus den Seahills kann der doch nichts anfangen.«

»Mach dich doch nicht so schlecht, Kerry. Das zieht dich bloß runter.«

Kerry seufzte aus tiefstem Herzen. »Ich fühle mich aber sehr schlecht. Ich bin so mies drauf, dass ich denke, ich komm nie wieder hoch.« Sie sah zum Fenster hinaus und blinzelte eine Träne weg, um nicht zu heulen.

»Ach, Kerry.« Ihr Bruder fasste sie an der Schulter und drückte. »Sieh mal! Unsere Mutter kommt bestimmt bald nach Hause. Wenn wir den Bullen erzählen, was wir jetzt wissen, finden sie unsere Claire ganz bestimmt. Und am Samstag in einer

Woche gewinnst du das Rennen. Dann bist du wieder ganz oben!«

Ganz oben, dachte sie. *Von wegen.* Die Träne in ihrem Auge löste sich auf. »Soll ich dir mal was sagen?«

Ihr Ton war so aggressiv, dass Robbie lieber gar nichts gehört hätte, aber er wusste, es würde ihm nicht erspart bleiben. »Eigentlich nicht«, sagte er, »aber ich glaube, das wird dich nicht hindern.«

»Allerdings. Leute wie du gehen mir echt auf die Nerven, weißt du das? Wir stecken bis zum Hals in der Scheiße, und dir fällt nichts Besseres ein, als *das Positive* zu sehen. Also, ich sag's dir jetzt ein für allemal: *Für Leute wie dich und mich gibt es nichts Positives!* Geht das vielleicht endlich in deinen Schädel?«

Aber Robbie ließ sich nicht einschüchtern. »Natürlich gibt's das.«

»Nein, Bruderherz. Tut mir leid, dich enttäuschen zu müssen. Wo Mark herkommt, nennen sie unsereins *sozial Schwache* oder gleich *Prolls.* Und was sie meinen, ist: *Scheiße.*«

»Das liegt nur daran, dass sie uns nicht kennen. Sie hören von ein paar Säufern und Schlägern und denken, wir wären alle gleich. Aber ich bin sicher, sie denken nicht alle so. Bei denen gibt's auch Unterschiede. Genau wie bei uns.«

»Quatsch.« Kerry stieß ihm ärgerlich in die Rippen. »Du gehst mir echt auf die Titten. Warum wirst du nicht Priester? Nein, Bruderherz, begreif's endlich: Es gibt keinen Ausweg!«

»Tut mir leid, Schwester. Priester kann ich nicht werden. Wir sind nicht katholisch.«

»Na, dann eben Pfarrer. Fick dich! Du könntest bestimmt auch noch Mönch werden!«

Sie drehte ihm den Rücken zu und starrte zum Fenster hinaus. Den Rest des Weges dachte sie an den Glatzkopf im Spielsalon, der sie gewürgt hatte. Claire war offensichtlich in eine ganz miese Sache geraten. Viel schlimmer, als sie gedacht hatten.

Kerry biss sich auf die Lippen. Sie hatte normalerweise keine Angst auf der Straße. Sie wusste, dass sie sich durchschlagen konnte, aber diese Welt hier war anders. Das war die Welt der Erwachsenen, und sie machte ihr Angst.

Darren war heilfroh, als er seine beiden Schwestern zur Schule gebracht hatte. *Wenn Emma noch ein einziges Mal geschnieft hätte – ich weiß nicht, was ich mit ihr gemacht hätte.*

Er kickte eine leere Bierbüchse über die Straße, lief hinterher und sprang drauf. Das Geräusch, mit dem sie unter seinen Füßen zerplatzte, war sehr befriedigend.

»Hi, Daz.«

Darren ließ sich nicht stören. Er wusste genau, wem die Stimme gehörte. Seinem ehemaligen Freund Kenny Jones. Sie hatten sich gestern böse gestritten.

Darren gab der Büchse einen weiteren Tritt und folgte ihr langsam, während sie über die Straße schepperte und auf die Schule zurollte. Kenny trabte hinter ihm her. Er war ziemlich klein, und der Blazer der Schuluniform hing ihm fast bis in die Kniekehlen. »Hast du diese Typen noch mal gesehen, Daz?« fragte er eifrig.

»Was für Typen?« fragte Darren, obwohl er genau wusste, wen Kenny meinte.

»Den mit den Pickeln und diesen anderen. Stevie oder so ähnlich.«

»Wieso fragst du mich das? Du hast doch allen Leuten gesagt, du wärst nicht mehr mein Freund ...«

»Das hab ich doch nicht so gemeint. Ich wusste ja nicht, was mit dir los war, als du mich einen Idioten genannt hast. Woher sollte ich wissen, dass deine Schwester verschwunden ist und deine Mutter im Krankenhaus liegt? Du hast mir ja nichts gesagt, oder? Ich finde, Freunde müssen sich alles erzählen.«

Darren zuckte die Achseln. Es stimmte, er hatte Kenny wirklich nichts von seiner Mutter und seiner Schwester erzählt. Er hatte auch gar keine Gelegenheit dazu gehabt. Aber jetzt ging es darum, ihre Freundschaft wieder herzustellen. Da durfte man nicht kleinlich sein. Und außerdem hatte Kenny seine erste Frage noch nicht beantwortet. »Was willst du denn von den beiden Arschlöchern?« fragte er deshalb.

»Eigentlich nichts weiter«, sagte Kenny. Er kickte den Ball, den er unter dem Arm gehabt hatte, hoch in die Luft, stoppte ihn mit dem Knie und kickte ihn dann wieder hoch. »Na, was meinst du, wie oft ich das kann?«

»Nicht so oft wie ich«, sagte Darren, machte aber keinerlei Anstalten, das zu beweisen. Zum ersten Mal in seinem Leben interessierte er sich nicht für Fußball.

Kenny fing den Ball und klemmte ihn sich unter den Arm. »Alles in Ordnung, Daz?«

»Klar! Wieso nicht? Abgesehen davon, dass meine Schwester vermisst wird, meine Mutter im Krankenhaus ist und mir niemand sagt, was eigentlich los ist ... Klar, alles in Ordnung!«

»Es tut mir echt leid, Daz.«

Darren blieb stehen und seufzte. »Ist schon gut, Kenny, du kannst ja nichts dafür.« Er musterte seinen Freund etwas genauer. »Sag mal, diese beiden Typen – haben die dir was gegeben? Irgendwelche Pillen vielleicht?«

Kenny starrte plötzlich auf seine Turnschuhe, als hätte er gerade gemerkt, dass sie eigentlich jemand anderem gehörten.

»Sag schon!« drängte Darren.

»Na schön«, sagte Kenny. Ihm war klar, dass Darren keine Ruhe geben würde, ehe er wusste, was los war. »Stevie hat mir so Pillen gegeben. Aber meine Schwester hat sie gefunden und ins Klo geschmissen. Dann hat sie mir eine geknallt. Aber meiner Mutter hat sie zum Glück nichts gesagt. Die hätte mich glatt erwürgt.«

»Was hättest du denn mit dem Zeug gemacht, wenn's deine Schwester nicht beschlagnahmt hätte?« fragte Darren.

»Ich wollte es halt mal probieren. Bloß um zu sehen, weshalb darum so ein Theater gemacht wird, verstehst du? Ich wollte wissen, wie das ist, wenn man auf einem Trip ist. Mehr nicht.«

Darren schüttelte den Kopf. »*Mehr nicht?* So ein Trip kann dich umbringen. Erinnerst du dich nicht an den Vortrag, den die Leute von der Drogenberatung neulich in der Schule gehalten haben? Manchmal genügt eine einzige Pille.« Er hielt den Zeigefinger der rechten Hand hoch. »Außerdem verschenken die das Zeug nur am Anfang. Wenn sie dich süchtig gemacht haben, musst du dafür zahlen. Deshalb sehen die Drogensüchtigen alle so müde und grau aus. Und deshalb klauen sie alles, was sich zu Geld machen lässt. Um ihre Sucht zu bezahlen. Du kannst froh sein, dass dich deine Schwester rechtzeitig erwischt hat.«

Kenny trottete kleinlaut neben ihm her. »Ich hab doch nur damit rumgemacht. Vielleicht hätte ich sie ja gar nicht genommen.«

Sie hörten die Klingel und begannen zu rennen. »Los, Kenny. Wenn wir nicht pünktlich wie Zinnsoldaten im Hof stehen, macht uns die Spitzhacke zur Schnecke.«

In der großen Pause suchte Darren wieder nach Kenny – und der war auch nicht schwer zu finden. Wenn er nicht im Hof mit dem Ball herumkickte, wusste Darren schon, wo er sich aufhalten würde. Er ging in die Raucherecke, und richtig, da stand der kleine Kenny bei den Älteren und paffte wie eine Dampflok.

Darren winkte und Kenny gab seine Zigarette an einen anderen weiter, der so gierig danach griff, dass sie ihm fast aus der Hand fiel.

»Ich dachte, du willst Fußballer werden«, sagte Darren.

»Das weißt du doch.«

»Und warum rauchst du dann? Das schadet doch deiner Lunge.«

»Ja, Mama ... Wolltest du noch etwas anderes?«

»Ich dachte, wir wären wieder Freunde?«

»Ja, bloß die anderen Jungs sagen immer ...«

»Was sagen die?«

Kenny warf einen Blick auf Darrens dunkles Gesicht, zuckte die Achseln und sagte: »Ach, nichts. Komm, lass uns ein bisschen kicken.«

»Nee, keine Lust«, sagte Darren und schob die Hände in die Taschen. Kenny fühlte sich schuldig.

»Weißt du, es tut mir echt leid mit deiner Mutter und deiner Schwester«, sagte er. »Ich kann meine Schwester nicht ausstehen, aber wenn sie plötzlich weg wäre ... Sag's ja keinem weiter, aber wahrscheinlich würde ich sogar heulen.«

Darren nickte. »Das Schlimmste ist, dass sie einem nichts sagen. Sie behandeln mich, als wär ich ein kleines Kind. Es ist wirklich nicht fair. Schließlich ist es auch meine Schwester, aber die beiden –«

»Welche beiden?«

»Robbie und Kerry. Gestern abend hab ich sie belauscht. Die wollten heute nach South Shields – *in geheimer Mission.* Und mir erzählen sie gar nichts.«

»Verstehe.«

»Und die Spitzhacke gibt überhaupt keine Ruhe. Ständig fragt sie nach Stevie Shite.«

»Wieso? Was will sie von dem?« Kenny schlug einen Ball zurück, der auf ihn zukam, und ausnahmsweise hatte er mal Glück: Der Ball flog nur Zentimeter hinter dem Kopf von Miss Ratchet vorbei.

»Da hast du aber Schwein gehabt«, sagte Darren, nachdem sie den Flug des Balls mit angehaltenem Atem verfolgt hatten.

Schließlich fiel Kenny aber doch wieder ein, was er gefragt hatte. »Was will sie denn von diesem Stevie Shite?« fragte er noch einmal.

»Ach, wegen Drogen. Sie hat ihn neulich nach der Schule dabei erwischt, dass er mir welche andrehen wollte, und seitdem geht sie mir damit auf die Nerven. Als ob ich so blöd wäre, ihr was zu sagen. Ich bin doch nicht lebensmüde! Außerdem weiß ich sowieso nicht, wo er das Zeug herkriegt.«

»Die braucht mal ein richtiges Chill-out, die alte Hexe«,

sagte Kenny und nickte bedeutsam. »He«, sagte er plötzlich. »Warum kommst du nicht heute Abend zu mir? Wir können uns ein Video reinziehen, und vielleicht erlaubt Mam sogar, dass du bei uns übernachtest.«

»Klasse«, sagte Darren. »Ich wollte schon lange das *Phantom Menace* mal wieder sehen. Hoffentlich kommen Robbie und Kerry rechtzeitig nach Hause. Sonst muss ich auf meine Schwestern aufpassen.«

»Du meinst, aus South Shields?«

»Ja. Sie spielen doch Batman und Robin!«

»Haben sie denn auch das passende Kostüm?«

Kenny grinste, und Darren lachte. Kerry mit Fledermausflügeln! Das wär's!

Aber als er in seine Klasse zurückkehrte, dachte Darren schon wieder an seine andere Schwester. *Ach, Claire! Wo bist du bloß, Claire?*

14

Claire hatte furchtbare Angst. Ihr Herz schlug wie rasend. Eine Stunde zuvor war Laughing Man in die Kabine gekommen und hatte das neue Mädchen geholt. Sie hatte keinen Widerstand geleistet, und nach einiger Zeit war er wiedergekommen, um Jade abzuholen. Die hatte sich aus Leibeskräften gewehrt, aber es hatte ihr auch nichts genutzt. Sie hatte geschrien und getreten, aber mit den gefesselten Händen hatte sie keine Chance. Er hatte sie geschlagen und an den Haaren hinausgezerrt. Aber sie war nur einen Augenblick betäubt gewesen. Als sie oben war, hörten Tracy und Claire ihre Beine auf den Boden trommeln, als sie übers Deck geschleift wurde. Dann war es plötzlich ganz still geworden. Die beiden Mädchen hatten sich stumm angesehen. Sie hatten viel zuviel Angst, um zu reden.

In den letzten drei Tagen hatten die Männer ihnen regelmäßig zu essen gegeben – aber immer bloß Cornflakes und Wasser. Morgens, mittags und abends. Sie wäre froh, wenn sie im ganzen Leben nie wieder Cornflakes sehen müsse, hatte Jade gesagt. Und Claire hatte gedacht: *Wie lang wird dieses ganze Leben wohl sein?* Aber sie hatte lieber nichts gesagt, um die anderen nicht noch mehr runterzuziehen. Der Eimer, den sie als Toilette benutzen mussten, wurde regelmäßig geleert. Laughing Man kam sogar immer gleich, nachdem sie fertig waren, und Jade hatte geschworen, dass der Dreckskerl sie wahrscheinlich durchs Schlüsselloch beobachtete, wenn sie sich hinhockten. Gestern Abend hatte sie ihn ein perverses Schwein genannt, und er hatte sie auf den Hintern geschlagen. Danach waren sie in der Dunkelheit mit verklebten Mündern an Deck geführt und mit kaltem Wasser abgespritzt worden.

Und jetzt war Claire endgültig allein. Tracy war stumm und mit gesenktem Kopf hinausgeführt worden, während die Tränen ihr übers Gesicht liefen, und keins der Mädchen war wiedergekommen.

Plötzlich hörte sie Schritte an Deck. Jetzt würde er sie abholen. Sie schluchzte und flüsterte mit kleiner, ängstlicher Stimme: »Lieber Gott, bitte … er soll mir nicht wehtun … bitte, helft mir doch, bitte.«

Aber da war niemand, der ihr hätte helfen können. Auch den anderen hatte niemand geholfen. Claire war allein, und Laughing Man kam, um sie zu holen.

Die Tür öffnete sich. Sein Gesicht war im Schatten. Es hätte jeder Beliebige sein können. Aber dann lachte er. Sie verlor die Kontrolle und machte sich nass.

»Komm her!« sagte er.

Claire schüttelte den Kopf.

Wieder lachte er. Drei Schritte, und er hatte sie gepackt. Er zog sie hoch und sagte ihr ins Gesicht: »Wenn du noch ein bisschen leben willst, Mädchen, musst du noch einiges lernen. Und das schnell! Da, wo du hingehst, kannst du auf der Stelle kaltgemacht werden, wenn du nicht gehorchst und brav das tust, was man dir sagt.« Er lachte. »Manchmal bringen sie aber auch welche um, weil sie Lust dazu haben. Da, wo die wohnen, können sie tun, was sie wollen, mit Mädchen wie euch.«

Sie wusste nicht, woher sie die Kraft nahm, aber in diesem Augenblick spuckte sie ihm ins Gesicht. Sie zuckte zusammen, weil sie dachte, er würde sie schlagen. Aber Laughing Man lachte. »Na ja«, sagte er, »manche mögen es auch, wenn ein Mädchen sich wehrt. Das gibt der Sache mehr Reiz.« Er packte sie an den Haaren und zerrte sie rücksichtslos hinter sich her.

Soweit sie sehen konnte, war das Deck leer. Claire zitterte vor Kälte und Angst. Was war mit den anderen geschehen? Sie ahnte, dass ihr das gleiche Schicksal bevorstand.

Dann sah sie, was auf sie wartete.

Laughing Man ließ sie los, ihre Knie wurden weich und sie fiel auf den Boden, die schreckgeweiteten Augen fest auf den schwarzen Leichenwagen gerichtet, der auf dem Kai stand.

Sie krümmte sich zusammen und versteckte ihr Gesicht in den Händen. Laughing Man zog sie wieder hoch, und jetzt sah sie den Sarg, der an Deck stand.

Sie stieß einen Schrei aus, aber das nützte ihr gar nichts. Es klang nur wie das Schreien der Möwen, die über ihr kreisten. Laughing Man hielt ihr den Mund zu, während sich seine andere Hand in ihre Brust krallte. Und dann sah sie den zweiten Mann, der auf sie zukam.

»Noch so eine, die sich wehrt, was?« Er griff nach ihrem Arm und hob die Spritze, die er in der anderen Hand hielt. »Jetzt halt mal schön still, Mädchen, es tut gar nicht weh. Und wenn du schön brav bist, lebst du ein bisschen länger.«

Er suchte nach der weichen Haut in ihrer Armbeuge, und während er den Inhalt der Spritze langsam in ihre Vene hineindrückte, lächelte er mit schiefem Mund. Sie hörte noch, wie er sagte: »Echt schade um die Kleine«, dann versank alles in grauem Nebel.

15

Lorraine hatte jetzt schon eine Stunde im Fitness-Center mit Hanteln trainiert und sich auf dem Laufband gequält, aber sie konnte das Bild des Mädchens, das sie aus dem Meer gefischt hatten, einfach nicht abschütteln. Die Tote war immer noch nicht identifiziert – es konnte das Lumsdon-Mädel sein oder auch eins von den anderen. *Und jeden Tag werden es mehr,* dachte Lorraine. Kurz nach der Morgenkonferenz war bekannt geworden, dass ein weiteres Mädchen vermisst wurde. Donna hieß sie, und auch sie war zuletzt mit einem jungen Burschen gesehen worden, dessen Beschreibung mit der von diesem Brad übereinstimmte.

Auf jeden Fall hatte das ertrunkene Mädchen vor ihrem Tod schrecklich gelitten. Sogar Scottie war schockiert gewesen, als er angerufen hatte.

Lorraine fletschte wütend die Zähne, als sie daran dachte, in welchem Zustand die Leiche gewesen war. *Und morgen noch die Autopsie.* Lorraine versuchte den Gedanken abzuschütteln, aber das half nichts. Es führte nur dazu, dass sie an ihren Ehemann dachte, der sich verdrückt hatte.

Schließlich gab sie es auf und wollte gerade zu den Duschen gehen, als plötzlich Harry hinter einer Kraftmaschine hervortrat.

»He«, sagte sie irritiert, »willst du mich zu Tode erschrecken? Wie lange bist du denn schon hier?«

»Lange genug, um zu wissen, dass du deine sämtlichen Gegner bei den Karate-Meisterschaften umbringen wirst, wenn du dann immer noch so wütend wie jetzt bist.«

Lorraine wollte ihm nichts von dem Mädchen erzählen, deshalb gab sie ihrem Mann die Schuld für ihre Wut. »Wenn ich nur wüsste, wo der Scheißkerl ist«, sagte sie und schlug mit der Faust gegen einen Sandsack, der von der Decke herabhing.

Harry legte ihr den Arm um die Schulter. »Es ist doch nicht

deine Schuld, Schätzchen. Mit dem Kerl stimmt was nicht. Ich habe immer schon gedacht, dass er ein bisschen merkwürdig ist ... also, eigentlich bin ich gar nicht so überrascht.«

Lorraine sah ihm scharf in die Augen. »Du weißt etwas, was ich nicht weiß. Was ist es?«

Harry wich ihrem Blick aus. »Es ist nur ...« Er seufzte. »Hör mal, Mädchen, wahrscheinlich irre ich mich sowieso.«

Lorraine verlor die Geduld. »Verdammt nochmal, Harry. Du musst mir helfen. Die Ungewissheit macht mich verrückt. Er hat seinen Kleiderschrank komplett ausgeräumt. Er ist spurlos verschwunden, der Mistkerl. Als ob die letzten beiden Jahre nicht existiert hätten, verdammt. Also, wenn du irgendwas weißt, dann sag es mir bitte!«

Harry konnte ihr immer noch nicht ins Gesicht sehen. Sie war wie eine Tochter für ihn. Ihr zu sagen, was er wusste, brachte er einfach nicht über sich. Er schüttelte den Kopf.

»Sag's mir, Harry«, bettelte sie. »Es ist mir ganz egal, wer sie ist. Aber ich muss es wissen. Da draußen werden ein halbes Dutzend Kinder vermisst, und ich kann mich nicht auf meine Arbeit konzentrieren. Das geht nicht. Du musst mir sagen, was los ist.«

Harry spielte mit den Autoschlüsseln in seiner Hand. Dann schien er plötzlich zu einem Entschluss gekommen zu sein. Er räusperte sich und sagte: »Ich glaube nicht, dass es eine andere *Frau* ist, Lorraine.«

Es dauerte einen Augenblick, bis sie begriff. »Was?« sagte sie, packte die Aufschläge seines Jacketts und starrte ihm in die Augen. »Willst du damit sagen, dass es ein Mann ist? Ein *Mann?* Nein, Harry, du musst dich irren. Das hätte ich gemerkt.«

Harry wurde rot. »Ich fürchte, es ist so, Lorraine.«

»So, so, du fürchtest! Verdammte Scheiße, weißt du eigentlich, was du da sagst, Harry?«

Harry nickte. Er sah so unglücklich aus, dass es ihr fast schon wieder leid tat. »Entschuldige«, sagte sie. »Ich wollte dich nicht anschreien. Hör mal, ich geh mich jetzt erst mal umziehen.«

»Okay«, sagte Harry. »Ich warte in der Kantine auf dich.«

»Gut. Bestell mir schon mal einen starken schwarzen Kaffee.«

Mit müden Schritten schleppte Lorraine sich zum Umziehen. *Ein Mann!* John war mit einem Mann durchgebrannt. Wieso hatte sie nichts gemerkt? Sie wusste, dass Harry so etwas nie behaupten würde, wenn er sich nicht ganz sicher war, aber diesmal *musste* er sich einfach irren!

Eine Viertelstunde später erschien Lorraine frisch geduscht in der Kantine. Ihre Haare waren noch nicht ganz trocken, und Harry fühlte sich an jenen Frühsommertag vor vielen Jahren erinnert, als Lorraine bei einem Picknick in den Fluss gesprungen war, um ihren Terrier vor dem Ertrinken zu retten. Ja, sie war immer schon tapfer gewesen.

»So, Harry«, Lorraine setzte sich und zog ihren Stuhl ganz dicht an den Tisch. »Jetzt mal raus mit der Sprache!«

Harry verzog das Gesicht. »Na schön. Ich kenne John ja schon ein paar Jahre länger als du. Und irgendwie kam er mir von Anfang an etwas merkwürdig vor. Besonders sein Interesse an den Jungs in seiner Gruppe fand ich irgendwie übertrieben.«

Lorraine schlug mit der flachen Hand auf den Tisch. »Jetzt sag bloß nicht, er wäre ein Päderast.«

»Nein, nein«, sagte Harry, »das nicht. Es schien mir nur auffällig, dass er sich für die Mädchen viel weniger interessierte.«

»Und was beweist das deiner Meinung nach?« Lorraine wurde wütend, und Harry fuhr hastig fort.

»Das war nur das erste, was mir auffiel. Dann, nach eurer Hochzeit, hab ich ihn eines Tages mit einem Mann zusammen gesehen.« Er hörte, wie Lorraine mit den Zähnen knirschte, und ergänzte verlegen: »Sie sind in Sunderland in diese Schwulenkneipe gegangen. *Lotus Lips* oder wie das heißt.«

»Ich kenne das Lokal.« Lorraines Stimme war kalt.

»Lorraine, bitte.« Er legte ihr begütigend die Hand auf den Arm. »Ich bin keiner von deinen Verdächtigen.«

»Entschuldige, Harry. Es ist nur ...«

»Ich weiß, mein Kind. Es ist sicher sehr schlimm für dich. Jedenfalls, einen Monat später hab ich sie wieder gesehen, als ich mit den Hunden am Penshaw Monument war. Den anderen Mann hab ich zuerst erkannt, und dann hab ich gesehen, dass John auch dabei war. Sie haben Händchen gehalten und sich wie ein Liebespaar benommen. Lorraine, es tut mir so leid ...«

»Herrgott nochmal«, zischte sie. »Warum hast du mir nichts gesagt?«

»Wie sollte ich? Du schienst doch sehr glücklich zu sein. Ich hab mir eingeredet, dass ich mich geirrt hätte. Oder dass es nur einmal war. Aber mit der Zeit gab es leider immer mehr Anzeichen. Und dann hat mir einer der Jungs erzählt –«

»Einer der Jungs?«

»Na, einer hier aus dem Kurs hat gesagt, John hätte ihm erzählt, dass er gern Frauenkleider anzieht.« Vor lauter Verlegenheit war Harrys Stimme ganz leise geworden, und jetzt brach er ganz ab.

»So, so«, sagte Lorraine mit einem hohlen Lachen. »Das erklärt jedenfalls, warum dauernd meine Unterwäsche verschwindet.« Sie holte Luft und sagte dann aus tiefstem Herzen: »Harry, ich weiß einfach nicht, wie ich damit umgehen soll. Du musst mir helfen. Es macht mir Angst.«

Harry konnte sich nicht erinnern, sie je so verzweifelt gesehen zu haben. Er hatte sie immer wie eine Tochter geliebt, und er hätte sie gern vor den Realitäten beschützt, aber der Schaden war nun einmal geschehen. »Hör mal, Mädchen, du musst dir vor allem klar machen, dass nichts von alldem deine Schuld ist. Die Schuld liegt ausschließlich bei diesem egoistischen Scheißkerl. Wenn er von seinen Neigungen wusste, hätte er sich nie mit einer Frau einlassen dürfen. Ich weiß zwar, dass man nichts für eine solche Veranlagung kann, aber er hätte sich an seinesgleichen halten sollen und dich nicht zur Tarnung missbrauchen dürfen. Stell dir nur mal vor, du wärst schwanger geworden!«

Er machte eine Pause und fügte hinzu: »Bestimmt hat ihm seine Mutter das eingeredet, dass er heiraten soll. Dieser Frau traue ich alles zu.«

Lorraine starrte hilflos auf das Karomuster der gelben Tischdecke. Sie fühlte sich schrecklich gedemütigt. »Weiß Mama Bescheid?« fragte sie schließlich. »Hast du's ihr gesagt?«

»Glaubst du, der Kerl würde noch auf zwei Beinen herumlaufen, wenn ich das getan hätte?«

»Was soll ich bloß machen, Harry? Ich weiß ja, dass es sehr verschiedene Menschen gibt, auch bisexuelle. Das gehört zu meinem Beruf, da trifft man alle möglichen Leute. Aber normalerweise denkt man doch nicht, dass man so etwas zu Haus hat...«

Harry nickte und ergriff ihre Hand. »Als erstes würde ich mal einen Test machen lassen... eine Blutuntersuchung. Ich könnte Jenny im Krankenhaus anrufen, damit sie dich heute abend noch drannimmt.«

Lorraine wurde blass, und er fügte hastig hinzu: »Also nur zur Beruhigung, meine ich.«

»Einen Test! Meinst du wirklich? Ich soll mich auf Aids testen lassen? Verdammt.« Sie riss ihre Hand zurück und fing an zu heulen. »Dieser Mistkerl.« Sie schlug mit beiden Fäusten auf den Tisch, und die Kaffeetassen tanzten.

»Weißt du, Schätzchen, du solltest heute bei deiner Mutter übernachten. Ich glaube, es ist nicht gut, wenn du in diesem Zustand allein bist.«

Lorraine nickte. Sie zog ein Taschentuch heraus und betupfte sich damit die Augen. Plötzlich kam sie sich vor, als ob sie hundert Jahre alt wäre. »Wahrscheinlich hast du recht«, sagte sie, sammelte ihre Sportsachen ein und stand auf. Harry folgte ihr zur Tür und brachte sie bis zum Auto.

Von wilden Vorstellungen und Ängsten gequält, stieg Lorraine in den Wagen. Sie winkte und lächelte schwach, als sie losfuhr. Sie musste einfach hoffen, dass John nicht leichtsinnig mit seiner Gesundheit gewesen war.

Mir fehlt nichts. Das ist nur eine Vorsichtsmaßnahme. Mir fehlt nichts, das ist nur eine Vorsichtsmaßnahme.

Auf dem ganzen Weg zur Klinik sagte sie sich diesen Satz vor – wie ein Mantra.

Freitag

16

Jason polierte die Theke erneut, obwohl er fest überzeugt war, dass sie in ihrer ganzen dreißigjährigen Existenz wahrscheinlich noch nie so blank gewesen war wie heute. Es war die reine Nervosität. Mrs Archer war auf dem Kriegspfad, und wenn sie den Skalp, den sie haben wollte, nicht kriegte, würde sie ihm den Kopf abreißen.

Er hörte sie wütend im Hinterzimmer herumpoltern und vor sich hin schimpfen. »Dieser Scheiß-Stevie«, murmelte er. »Ich hoffe, ihm fällt der Schwanz ab.«

»Wie meinst du das?« fragte eine Stimme dicht hinter ihm.

Jason zuckte zusammen. Die Stimme gehörte Stevie.

»Hör auf, dich so anzuschleichen«, schrie Jason, »sonst tret ich dir in den Arsch.« Er hob die Faust, aber Stevie wich ihm geschickt aus. »Schließ die Türen auf, du Penner«, sagte Jason. »Wir hätten längst aufmachen sollen, und die Chefin hat eine Saulaune.«

»Was hat sie denn? Auf wen ist sie denn sauer?«

»Auf dich, du Arsch! Sie weiß, dass du den Scheiß selber geschluckt hast, statt ihn zu verkaufen.«

Stevie dachte volle zwei Sekunden darüber nach, dann zuckte er die Achseln, legte sich eine Linie Kokain auf die Theke und zog sie sich durch eine saubere Fünf-Pfund-Note in die Nase.

»Was soll der Scheiß?« fauchte Jason. »Die hab ich gerade erst geputzt!«

Stevie schüttelte den Kopf und schnüffelte. »Stimmt, ich kann die Politur riechen.«

»Ein Wunder, dass du überhaupt was riechen kannst, mit dem Scheißzeug in der Nase. Wart's nur ab, die fällt dir bald ab, wenn du dir das Hirn weiter so vollscheißt.« Er schob Stevie in Richtung Tür. »So, und jetzt mach endlich auf!«

»Jawoll! Zu Befehl!«

Stevie löste die Riegel und wollte gerade zurücktreten, als die Tür aufflog und ihn im Gesicht traf. Lily, die Tages-Bardame, fegte herein.

»He«, brüllte Stevie, »pass doch auf!«

»Ach, du meine Güte, das tut mir aber leid.« Lily grinste. Sie war fünfundvierzig, eine falsche Blondine mit sanften braunen Augen und einem gewaltigen Busen, den sie immer noch gern ausstellte.

»Das glaub ich dir glatt, du fette Kuh«, sagte Stevie und rieb sich die Stirn. Dort würde sich bis zum Abend eine kräftige Beule entwickeln.

Lily war fast schon an der Theke, drehte sich jetzt aber noch einmal auf ihren hohen Absätzen um und stelzte auf Stevie zu. »Jetzt hör mal zu, Junkie. Ich hab deine fette, diebische Mutter nicht leiden können, und du bist noch schlimmer! Also bleib ja auf Abstand, *capito*?«

»Ja, ja«, sagte Stevie und machte einen Schritt rückwärts. »Reg dich nicht auf, kein Problem, ja?«

Jason lachte, und Stevie fletschte die Zähne.

»Gut, dass wir uns verstehen.« Lily ging zur Theke, wo mittlerweile einer der Stammgäste saß, der unbemerkt durch die Tür geschlurft war. »Na, Arthur, was darf's denn sein?«

»Dem hast du's aber gegeben, Mädchen! Gut so, lass dir nichts gefallen. Gib mir ein Bitter, und für dich auch eins.« Arthur tippte sich an die karierte Mütze, die noch von seinem Vater stammte. Arthur senior hatte keine einzige Schicht in der Kohlengrube versäumt, sein Sohn allerdings hatte nie eine feste Arbeit gehabt. Dabei war er schon fünfzig.

Unbemerkt von allen Beteiligten hatte Mrs Archer die Szene aus dem Schatten am anderen Ende der Theke beobachtet.

»Smith & Co herkommen!« rief sie mit schneidender Stimme. Jason und Stevie gehorchten ohne zu zögern.

Sobald sie mit den beiden Burschen im Hinterzimmer war, schlug Mrs Archer die Tür zu. »Sei ja nie wieder frech zu Lily!« sagte sie und bohrte Stevie den Zeigefinger in den Bauch. »Sie ist das beste Barmädchen hier in der Gegend und zehnmal so viel wert wie du, ist das klar?«

Stevie nickte gehorsam.

»Gut. Dann sieh zu, dass du mit dem Koksen aufhörst! Dein Gesicht sieht ja aus wie 'ne Stachelbeertorte, und leisten kannst du's dir auch nicht. Wenn du für mich arbeiten willst, musst du klar sein. Heute nachmittag um drei stehst du vor der Schule mit deinen Zauberpillen, und wehe dir, wenn du nichts verkaufst!« Sie packte ihn am Ohr und verdrehte es schmerzhaft. »Von jetzt an tust du genau, was ich dir sage, sonst landest du am Ende im Fluss. Du wärst nicht der erste. Der Wear ist tief und behält seine Leichen für Jahre.«

Stevie krümmte sich. Sein Ohr war zur Größe einer Tomate geschwollen.

»Wenn er von der Schule zurückkommt«, sagte Mrs Archer zu Jason, »sperrst du ihn hier ein. Wir müssen eine kleine Entziehungskur mit ihm machen. Bitte stör mich nicht eher, als bis er aus dem stinkenden Maul schäumt!« Sie schlug Stevie mit der Faust ins Gesicht und ließ ihn dann los.

Stevie stieß einen Schrei aus. Der Gedanke an Entzug traf ihn härter als der Faustschlag von Mrs Archer. Er wusste, was das hieß: plötzlich keine Drogen mehr zu bekommen. Er hatte es schon mal versucht und war immer schon nach ein paar Stunden gescheitert. Was sollte er jetzt bloß machen?

Mrs Archer lächelte zufrieden, als sie sah, wie er sich das Gesicht hielt. *Das können Sie mir nicht antun,* wollte er sagen. Aber noch ehe er den Mut dazu fand, ging die Tür auf und Mrs Archers Lächeln verblasste.

Ein magerer, schwarzgekleideter Mann mit einem Ziegenbärtchen betrat den Raum. Stevie sah fasziniert zu, wie Mrs Archers Gesicht erstarrte und weiß wurde. Es herrschte völlige Stille.

Auch der Mann sagte nichts. Er winkte bloß mit dem Finger, drehte sich um und ging wieder hinaus. Das schien zu genügen.

Mrs Archer starrte ihm einen Augenblick nach, dann schien sie sich wieder gefangen zu haben. Sie griff nach ihrem roten Mantel und ihrer Handtasche und folgte dem schwarzgekleideten Mann. In der Tür drehte sie sich noch einmal um: »Wehe, ihr vergesst auch nur ein Wort von dem, was ich gesagt habe.« Damit war sie verschwunden.

»Wer zum Teufel war das?« fragte Stevie.

»Das«, sagte Jason, »war der Laufbursche. Wenn Mrs Archer uns etwas sagt, müssen wir springen. Wenn *Der Mann* seinen Laufburschen schickt, dann muss *sie* springen.«

Stevie kicherte. »Soll ich dir etwas sagen? Ich denke gar nicht dran, auf Turkey zu gehen. Ich hab das schon mal probiert, das ist voll Scheiße. Die alte Hexe kann mich mal!«

»Wirst du ihr das selbst sagen?«

Stevie bleckte die Zähne. »Nee.«

»Das hab ich mir gedacht. So, und jetzt hör mal zu: Diese Frau kennt Leute, die sind schlimmer als die schlimmsten Ungeheuer aus deinen Alpträumen. Also nimm dich in Acht!«

Stevie zuckte die Achseln. »Wenn sie so schrecklich ist, warum klaust du ihr dann das Geld aus den Spielautomaten?«

Jason bewegte sich wie eine Kobra. Er packte Stevie am Hals und drückte seinen Kopf an die Wand. »Wenn du noch ein einziges Mal davon redest, bist du ein toter Mann! Du hast deinen Teil abgekriegt, also sei vorsichtig. Wenn ich im Fluss lande, bist du der Nächste. Ist das klar?«

»Schon gut. Reg dich ab! Immer schön *cool* bleiben«, sagte Stevie und hob seine Hände.

»Von wegen *cool*«, sagte Jason. »Die machen dich kalt, du Wichser, kapierst du das nicht?« Er ließ los, und Stevie sank in die Knie.

Nachdem sie ihre jüngeren Geschwister zur Schule gebracht hatten, fuhren Kerry und Robbie nach Sunderland ins Krankenhaus. »Meinst du, Mam geht es heute besser?« fragte Kerry im Bus.

»Ich denke schon.«

»Das wäre gut; ich will ihr ein paar Fragen nach diesem Mann stellen.«

Robbie schüttelte den Kopf. »Kannst du sie nicht in Ruhe lassen? Das hilft uns doch nicht weiter.«

»Da bin ich ganz anderer Ansicht. Ich will endlich die ganze Wahrheit wissen, nicht bloß die gekürzte, jugendfreie Fassung, die mir Sandra erzählt hat.«

Eine Viertelstunde später betraten sie die Krankenstation und liefen dem großen schwarzen Detektiv von der Mordkommission Houghton direkt in die Arme, der gerade aus dem Zimmer ihrer Mutter zu kommen schien.

»Hallo«, sagte er und zwinkerte ihnen zu. »Alles in Ordnung?«

»Nein«, sagte Kerry und ging schnurstracks an ihm vorbei.

Luke warf ihr einen erstaunten Blick nach, und Robbie blieb stehen. »Bitte entschuldigen Sie«, sagte er. »Ich glaube, sie meint es nicht so.«

»Kein Problem«, sagte Luke. »Ich denke, es ist alles nicht einfach für euch.«

»Ja, wir stehen ganz schön unter Druck. Sagen Sie, haben Sie einen Augenblick Zeit? Ich möchte Ihnen gern was erzählen.«

»Ja, klar.« Sie setzten sich in das Wartezimmer und Robbie erzählte dem Kriminalbeamten von ihrem missglückten Besuch in South Shields.

»Was? Ihr wisst, wo die Großmutter von diesem Kerl wohnt?« sagte Luke.

»Ja«, sagte Robbie. »Aber sie wollte nichts sagen.«

»Das werden wir ändern«, sagte Luke und sein Gesicht spannte sich. »Vielen Dank. Ich fahre jetzt zur Station, und dann gehen wir der Sache nach.«

Als Robbie schließlich in das Krankenzimmer seiner Mutter trat, war Kerry schon seit über zehn Minuten bei ihr. *Hoffentlich setzt sie nicht wieder den dritten Grad ein,* dachte er. Aber seine stillen Gebete wurden nicht erhört.

»Mutter«, sagte Kerry gerade. »Ich will jetzt wissen, wer dieser Mann ist, und zwar sofort.«

Vanessa sah ihre Tochter erschöpft an. »Wirklich, Liebling, ich kann's dir nicht sagen. Es nützt doch nichts, wenn man in der Vergangenheit rumwühlt.«

»Mam!« sagte Kerry. »Du musst –«

»Nicht«, sagte Robbie und legte seiner Schwester die Hand auf die Schulter. »Lass deine Mutter in Ruhe.«

Der Blick, mit dem ihn Kerry bedachte, war wie ein Sandstrahlgebläse. Dann wandte sie sich ihrer Mutter zu. Der schien es tatsächlich viel besser zu gehen. Ihre Augen waren klar, und ihr Haar schien frisch gewaschen zu sein.

Auch Robbie war das nicht entgangen. »Du siehst verdammt gut aus, Mam«, sagte er.

Vanessa ergriff seine Hand. »Ich fühl mich viel besser. Morgen kann ich nach Hause, und das Krankenhaus hat mich auch schon bei den Anonymen Alkoholikern angemeldet. Wenn nur unsere Claire schon wieder zu Haus wäre!« Sie unterdrückte ein Schluchzen, und Robbie drückte ihr sanft die Hand.

Aber zur Überraschung von Mutter und Sohn war es Kerry, die plötzlich in Tränen ausbrach. »Es tut mir leid, Mam.«

»Es tut dir leid?« fragte Vanessa verblüfft und fast etwas misstrauisch. »Was soll dir denn leid tun?«

»Ach, ich vermisse sie so.«

Vanessa spürte eine Woge der Erleichterung in sich aufsteigen. Bei dieser Kerry wusste man nie, wo man dran war. »Schon gut, Kind«, sagte sie und griff nach der Hand ihrer Tochter. »Die Polizei ist ganz zuversichtlich, dass sie Claire und die anderen Mädchen bald findet.«

»Ach ja? Vielleicht genauso wie die Leiche mit den sechs Zehen und ohne Kopf? Sie können ja nicht mal den finden!«

»Kerry –« sagte Vanessa mit schriller Stimme.

Kerry unterbrach sich sofort, aber zu ihrer Verblüffung schien ihre Mutter sehr daran interessiert, was sie über die Leiche von Jack Holland wusste. »Was soll das heißen, *kein Kopf*?«

»Wir haben Mickey an der Bushaltestelle getroffen. Der hat's auf dem Broadway gehört.«

»Na, dann wird es wohl stimmen.« Vanessas Kopf sank zurück in die Kissen. Sie sah plötzlich erschöpft aus.

Kerry streichelte ihrer Mutter die Wange, und diese einfache Geste gab ihr wieder Kraft. Vanessa lächelte müde. »Unsere Claire kommt wieder nach Hause, Kinder. Ich verspreche es euch. Ich spüre es ganz tief drinnen.« Sie berührte die Gegend, wo sie ihr Herz vermutete, obwohl sie in Wirklichkeit voller Angst war. Was sie ihren Kindern bisher nicht über ihr Leben gesagt hatte, würde sie auch weiter für sich behalten, dazu war sie fest entschlossen.

Seufzend breitete sie die Arme aus und drückte ihre beiden Ältesten an ihre Brust. Sie durften es niemals erfahren.

17

Mrs Archer musste anderthalb Stunden warten, ehe *Der Mann* sie schließlich hereinkommen ließ. Seit Jake, sein Chauffeur und Leibwächter, sie im Vorzimmer abgesetzt hatte, hatte sich niemand um sie gekümmert. Niemand hatte ihr auch nur eine Tasse von diesem scheußlichen Tee angeboten, den *Der Mann* seinen Besuchern meist vorsetzte. Man hatte sie schmoren lassen.

Sie gehörte nicht wirklich zum inneren Kreis, deshalb war sie erst zwei oder drei Mal hier gewesen. Aber die schweren Möbel, die roten Samtvorhänge und die dunklen Eichenpaneele hatten sich in all den Jahren nicht verändert. Auch die sinnlichen Ölgemälde mit nackten Männern und Frauen, die irgendwelche antiken Götter darstellten, waren noch da.

Als sie schließlich vor ihm stand, umklammerte Mrs Archer ihre Tasche mit beiden Händen und starrte konzentriert auf den Teppich, nicht ohne zuvor einen unauffälligen Blick auf sein Gesicht geworfen zu haben. Nicht die Spur eines Lächelns unter dem albernen Schnurrbart, den er neuerdings trug. *Irgendwer sollte ihm sagen, dass seine arrogante Visage nicht dazu passt.*

Sie würde das allerdings nicht sein. So blöd war sie nicht. Schon gar nicht, wenn man sie hatte warten lassen, um sie weich zu kriegen. In früheren Jahren wäre sie mit mehr Respekt behandelt worden, auch das Arschloch da hinter dem Schreibtisch hätte sich gehütet, sie zu verärgern. Aber seit dieser Scheißbulle sich damals in ihre Angelegenheiten gemischt hatte, musste sie vorsichtig sein. Seither war sie fast schon eine Art Frührentnerin, und heute spürte sie ihre fünfundvierzig Jahre mehr denn je. Das arrogante Arschloch da hinter dem Schreibtisch war natürlich nie verdächtigt worden. Der blöde Bulle hatte sich wahrscheinlich nicht vorstellen können, dass die schlimmsten Gauner keineswegs aus den Slums kamen.

Sie seufzte und versuchte es dann ihrerseits mit einem Lächeln. Es wurde nicht erwidert.

Aber immerhin nickte er in Richtung des Stuhls vor dem Schreibtisch. Mrs Archer setzte sich eilig, und ihre silbernen Ohrringe schlenkerten heftig.

Der Mann zündete sich eine Zigarre an, ohne seine Augen auch nur für eine Sekunde von ihr abzuwenden. Dann sagte er mit einer tiefen, gepflegten Stimme: »Wie es scheint, ist jemand hinter unserem Brad her... irgendwelche Leute aus Houghton.«

Mrs Archer atmete auf. Damit wurde sie fertig. »Das ist geklärt. Ich hab dafür gesorgt, dass das aufhört.«

Sein Gesichtsausdruck sagte ihr, dass er noch nicht zufrieden war.

»Wie es scheint, handelt es sich bloß um ein junges Mädchen«, sagte Mrs Archer. »Sie war sogar bei seiner Großmutter. Und beim Windhundrennen hat auch jemand nach ihm gefragt.

Vielleicht nur eine ehemalige Flamme, aber wir werden der Sache nachgehen. Wenn sie heute wieder auftaucht, wird sie in die Zange genommen.«

Der Mann sog an seiner Zigarre, ohne etwas zu sagen.

»Dieses junge Mädchen war ganz schön neugierig. Wir mussten sie ziemlich einschüchtern, aber jetzt sind wir sie los. Sie war wohl deshalb so zäh, weil ihre Schwester bei unserem aktuellen Transport dabei ist. Claire heißt die Kleine. Claire Lumsdon.«

»Was? Wie war der Name?« Der gepflegte Tonfall war plötzlich verschwunden, und eine wütende Schärfe lag in der Stimme des Mannes. Mrs Archer wusste nicht wie ihr geschah, und das Herz rutschte ihr bis in die halterlosen Strümpfe. Sie musste mit akuter Übelkeit kämpfen, als sie sagte: »Claire Lumsdon. Und die Schwester heißt, glaube ich, Kerry. Kerry Lumsdon.«

Der Mann starrte sie einen Augenblick schweigend an, dann senkte er den Blick auf die Zigarre in seiner Hand. Sekunden vergingen, und Mrs Archer bewegte sich unbehaglich hin und her. Schließlich hob *Der Mann* die Augen und sein Blick spießte sie geradezu an den Stuhl. »Ich möchte, dass Sie dieses Mädchen finden. Sie soll Tag und Nacht beobachtet, aber von niemandem angerührt werden. Ist das klar?«

»Aber ich habe Ihnen doch schon gesagt, sie ist ruhiggestellt –«

Der Blick des *Mannes* ließ sie verstummen. Sie wusste, dass es genug Verrückte da draußen gab, die nur darauf warteten, ihre Position einzunehmen. Auch wenn sie natürlich längst nicht so zuverlässig wie sie wären. Die jungen Leute heutzutage hatten ja keine Arbeitsmoral.

Sie leckte sich die trockenen Lippen. »Was genau wollen Sie denn erreichen?«

»Gar nichts.«

»Gar nichts?«

»Ich hoffe, du wirst jetzt nicht auch noch taub, alte Hexe! Es genügt, dass du hässlich bist.«

Sie spürte, wie sie rot wurde. Sie hatte seit ihrem ersten Schultag gewusst, dass sie hässlich war. Die anderen Kinder hatten es ihr schnell genug beigebracht, und sie hatte es jedem einzelnen heimgezahlt.

Der einzige, vor dem sie Angst hatte, war dieser Mann da. Sie wagte allenfalls heimlich, Pläne gegen ihn zu schmieden. Diese Pläne allerdings waren gefährlich.

Endlich lächelte er, aber es war ein dünnes, grausames Lächeln. »Ich möchte, dass diese Kerry beobachtet, aber von niemandem angerührt wird. Ich will jeden Tag einen schriftlichen Bericht, in dem jeder ihrer Schritte aufgezählt wird. Verstanden?«

Mrs Archer nickte, sie roch schon die süße Luft draußen.

»Gut, dann können Sie gehen.«

Sie stand auf und streckte die Hand aus, was *Der Mann* ignorierte. Mit zusammengepressten Lippen ging sie zur Tür. Sie legte die Hand auf die Klinke und musste ihre ganze Kraft aufwenden, um nicht zu rennen. Da stoppte sie seine Stimme erneut.

»Denk dran, du alte Hexe! Lass deine schmutzigen Pfoten von ihr.«

Mit gesenktem Kopf stürmte sie aus dem Raum, damit er die Wut in ihren Augen nicht sah.

Dieser Dreckskerl! Wie kann er es wagen? Wenn er nicht das perverseste Schwein ist, das man sich vorstellen kann! Es wird höchste Zeit, dass ich aussteige aus diesem ganzen Geschäft. Ist sowieso viel zu gefährlich.

Sie folgte Jake zum Wagen und stellte mit Befriedigung fest, dass er ihr den Schlag hielt. Auf dem Rückweg zum *Blue Lion* sprachen sie beide kein Wort.

Als Lorraine die Tür zur Leichenhalle aufstieß, verspeiste Scottie gerade ein Schinken-mit-Erbsenpüree-Sandwich. Sein Gesicht strahlte, als er sie sah. »Alles okay, Schätzchen?«

Lorraine warf einen Blick auf den Seziertisch, der mit einem weißen Tuch abgedeckt war, und schüttelte den Kopf. »Ist das …?«

»Ja. Das arme Mädchen.«

»Welche ist es?« Lorraine fürchtete die Antwort; auch wenn sie sie nicht gut kannte, waren ihr Kerry und die Familie Lumsdon ans Herz gewachsen. Sie mochte sich gar nicht vorstellen, wie schrecklich es wäre, wenn sie Kerry sagen müsste, dass es keine Hoffnung für ihre kleine Schwester mehr gab.

»Das ist das Merkwürdige. Das hier ist keine von den vier Vermissten.«

»*Was?*«

»Das ist eine Gesichtslose.« *Gesichtslos* war Scotties Spezialbegriff für Leichen, die niemand vermisste. Solche Leichen gab es in allen Altersstufen. Manche waren sechs Stunden alt, manche sechzig Jahre und älter.

»Sie ist zwischen dreizehn und sechzehn, aber wie sie ausgesehen hat, ist schwer zu sagen. Sie hat mindestens vier Tage im Wasser gelegen, und die Fische haben sie angefressen. Alles, was ich sagen kann, ist, dass sie keiner der vorliegenden Beschreibungen von Vermissten entspricht. Vor allem ist sie zu klein.« Er warf die Überreste seiner Mahlzeit in den Mülleimer und ging zum Seziertisch.

»Die inneren Verletzungen sind genauso schlimm wie die äußeren, und die stammen nicht von den Fischen. Sie ist mehrfach vergewaltigt und geschlagen worden. Gefunden worden ist sie am Ryhope Beach, und die Küstenwache geht davon aus, dass sie in der Nähe von Hartlepool ins Wasser geworfen wurde.« Behutsam zog er das Tuch von dem zierlichen Körper des jungen Mädchens.

Lorraine sah hin, wandte dann hastig den Blick ab und setzte sich auf den Stuhl, auf dem Scottie sein Essen verzehrt hatte.

Eine Gesichtslose konnte überall herkommen, aber sie konnte auch mit den anderen Fällen zu tun haben. Womit hatte sie es hier bloß zu tun? War das da draußen ein einzelner Irrer, der sich an den Mädchen befriedigte und sie dann umbrachte?

Oder war es eine organisierte Bande von Mädchenhändlern, denen es auf ein Menschenleben nicht ankam? Stand den vier vermissten Mädchen dasselbe Schicksal bevor wie dieser armen kleinen Leiche da auf dem Tisch? Oder, schlimmer noch, war es vielleicht schon geschehen?

Lorraine konnte einen Schauder nicht unterdrücken, als sie wieder aufstand. Sie warf Scottie einen Blick zu und sagte: »Viele Spuren, die uns etwas über ihre Herkunft sagen, sind da nicht mehr zu finden, scheint mir.«

Scottie schüttelte den Kopf. »Sie war von Anfang an völlig nackt. Nackt wie am Tage ihrer Geburt. Kein Schmuck, keine Muttermale, keine Tätowierungen. Wir haben ihre Fingerabdrücke genommen, aber keine Entsprechung gefunden. Und so, wie ihr Mund zugerichtet ist, werden wir auch ihre Kieferabdrücke nicht nehmen können. Wir werden sie natürlich so lange gekühlt halten, wie es der Vorschrift entspricht, aber dann werden wir sie nur noch beerdigen können. Sonst bleibt uns nichts anderes übrig.«

Lorraine verabschiedete sich mit einem Kopfnicken. Auf dem Weg zum Wagen zog sie sich das kleine Pflaster ab, das die Krankenschwester ihr gestern abend auf die Stelle geklebt hatte, wo sie die Blutprobe abgezapft hatte. Das arme Mädchen! Bei der Beerdigung würden genau zwei Leute anwesend sein: der Pfarrer und Scottie, der all seine Gesichtslosen auf den Friedhof begleitete und manchmal auch weinte.

Als Kerry und Robbie zurück in die Sparrow Lane kamen, standen zwei Streifenwagen und ein halbes Dutzend Nachbarn vor ihrem Haus. Mickey und Cal saßen auf der Gartenmauer, und daneben standen Tante Sandra und Dolly Smith, das schlimmste Klatschmaul in Houghton-le-Spring und Umgebung.

»Was ist denn hier los?« fragte Kerry.

»Hallo«, sagten Mickey und Cal.

»Es geht um eure Nachbarin!« sagte Sandra. »Die Polizei ist schon über eine Stunde da drin.«

»Anderthalb Stunden«, sagte Dolly Smith eifrig und nickte ihnen bedeutsam zu. »Ich wette, es hat was mit Drogen zu tun. Dieses Weib ist ein ganz übles Früchtchen, das kann ich euch sagen! Ich hab sie von Anfang nicht leiden können. Fragt Mr Skillings. Der kann es bezeugen.«

»Na ja«, sagte Sandra. »Aber wisst ihr was? Der junge Mann, der mit ihr zusammengelebt hat, soll tot sein!«

»Nein!« sagte Kerry.

»Aber so schlimm sah es doch gar nicht aus«, sagte Robbie. »Ich dachte wirklich, es wären bloß ein paar Rippen gebrochen.«

»Ja, davon hat uns Darren erzählt«, sagte Sandra. »Aber der Sturz hat ihn wohl gar nicht getötet. Es besteht der Verdacht, dass ihn seine Freundin im Krankenhaus umgebracht hat.«

»Jesses!« riefen Kerry und Robbie gleichzeitig.

»Sie soll ihn erstickt haben«, erklärte Dolly befriedigt.

»Du meine Güte!« rief Kerry. »Ich hab ja immer schon gedacht, dass sie verrückt ist, aber das ist echt krass.«

In diesem Augenblick ging die Tür des Nachbarhauses auf und zwei uniformierte Polizistinnen kamen heraus. Beide trugen schwarze Plastiksäcke, die sie, verfolgt von den Blicken der Menge, im Kofferraum des vorderen Streifenwagens verstauten.

Dann ging die Tür des Hauses erneut auf, und zwei stämmige Polizisten zerrten die blonde Riesin heraus. Sie spuckte, schrie und trat um sich, aber es gelang den beiden Männern letztlich doch, die Oberhand zu behalten. Sie schoben die Frau auf den Rücksitz. Mit wutverzerrtem Gesicht starrte sie aus dem Fenster, und als sie Kerry sah, fing sie erneut an zu schreien.

»Sieht so aus, als würdest du dieses Jahr keine Weihnachtskarte von ihr kriegen, Kerry. Hast du irgendwie Ärger mit ihr gehabt?« fragte Cal.

Kerry verzog das Gesicht, und Robbie sagte: »Könnte sein, Cal.«

»So«, sagte Mickey, als die Streifenwagen davonfuhren. »Der Spaß ist vorbei. Kriegen wir jetzt einen Tee?«

»Du trinkst mehr Tee als jeder andere, den ich kenne«, sagte Cal und sprang von der Gartenmauer herunter.

»Kann schon sein«, sagte Mickey. »Dafür klaust du mehr Autos als jeder meiner anderen Bekannten.« Robbie lachte und ging mit seinen beiden Freunden ins Haus.

Langsam leerte sich die Straße. Dolly Smith wanderte in Richtung ihres Hauses, blieb aber jeden Augenblick stehen, um die Ereignisse mit allen zu erörtern, die ihr über den Weg liefen.

»Wie ging's denn heute deiner Mutter?« fragte Sandra.

Kerry zuckte die Achseln. »Besser, glaube ich. Sie sagt, sie würde jetzt bei den Anonymen Alkoholikern mitmachen.«

»Das finde ich großartig.«

»Ja, das findet Robbie auch. Er hat bloß nicht mitgekriegt, dass sie immer noch mit Medikamenten vollgepumpt ist. Jetzt ist sie zu allem bereit, aber wenn sie wieder hier in die beschissene Siedlung zurückkommt, gehen die guten Vorsätze schnell flöten.«

»Um Himmels willen, Kerry! Sei nicht so pessimistisch. Man muss doch Hoffnung haben, sonst kann man gleich aufgeben, oder?«

»Hoffnung?« Kerry breitete die Arme aus. »Hier? Du machst wohl Witze!«

»So schlimm ist es nun auch wieder nicht«, sagte Sandra.

»Hey, soll ich dir mal was sagen? *Es ist sogar noch viel schlimmer!*«

»Nein, Kerry. Das hier ist unser Zuhause. Mein Zuhause und deins. Hier gehören wir hin.« Jetzt ahmte sie Kerry nach und breitete ihrerseits die Arme aus. »Wo sonst kriegst du immer eine Tasse Tee, wenn's dir schlecht geht? Wo sonst findest du immer ein offenes Ohr? Die Leute hier lassen dich nicht in der Gosse liegen, wenn du gefallen bist, die helfen dir wieder auf.«

»Und wenn sie können, räumen sie dir die Taschen dabei aus oder gehen dir an die Wäsche.«

»Das stimmt nicht. In den Seahills gibt's keine Raubüberfälle und Einbrüche.«

»Weißt du nicht, woran das liegt, Sandra?« Kerry verschränkte die Arme. »Das liegt daran, dass die verdammten Verbrecher hier *wohnen*. Die Straßenräuber, die Autodiebe, die Dealer und Einbrecher. Einer von ihnen sitzt gerade bei mir in der Küche!«

»Cal? Das ist doch ein netter Junge.«

»Erzähl das mal den Leuten, denen er mal das Auto geklaut hat. Außerdem haben sich die Dinge geändert. Hier wohnen nicht mehr dieselben Leute wie vor zehn Jahren. Hier laufen lauter Scheiß-Typen rum, die dir für ein paar Pfund die Kehle durchschneiden.«

»Du kannst sagen, was du willst, aber ich weiß, dass es hier ein paar sehr anständige Leute gibt«, sagte Sandra. »Mitfühlende Leute, denen nicht alles egal ist. Die zum Beispiel sehr hoffen, dass du nächste Woche die Meisterschaften gewinnst, und gar kein Verständnis dafür haben, dass du so auf sie herabschaust. Und noch etwas: Hör mit der Scheiß-Flucherei auf, sonst wasch ich dir höchstpersönlich mit Wasser und Seife das Maul aus.« Sie drehte sich um und ging mit steifem Rücken davon.

Kerry sah ihr verblüfft hinterher. Sandra war doch sonst nicht so empfindlich. *Muss wohl irgendwas Falsches gesagt haben.* Kerry zuckte die Achseln. Sie würde später darüber nachdenken. Jetzt brauchte sie erst mal etwas zu essen.

Mickey goss gerade Tee ein, als Kerry hereinkam. »Auch eine Tasse?«

»Warum nicht?« Kerry zog ihren Anorak aus und hängte ihn an den Haken. »War Sandra heute irgendwie schlechter Laune?« fragte sie.

Mickey kratzte sich am Kopf und tat so, als würde er nachdenken. »Nö, eigentlich nicht. Warum fragst du?«

»Ach, nichts. Muss wohl an mir gelegen haben. Sie war gerade so wütend.«

Mickey wandte sich ab und grinste. Wenn sich Sandra und Kerry gestritten hatten, dann konnte man *wetten*, dass Kerry dran schuld war. Er nahm das grüne Tablett, das Cal aus dem Altersheim mitgebracht hatte, und trug die Teetassen ins Wohnzimmer.

Kerry folgte ihm, trank schnell eine Tasse und nahm sich von den Schokoplätzchen, die Mickey bei Tesco geklaut hatte. Dann rannte sie nach oben, um ihren Trainingsanzug und die Laufschuhe anzuziehen.

Sie musste unbedingt laufen. Das Laufen machte den Kopf frei. Da hatte sie ihre besten Ideen. Als sie die Schnürsenkel band, fiel ihr Blick auf ein Familienfoto, das auf dem Boden lag. Wahrscheinlich hatten Suzy und Emma wieder mal Bilder angeschaut, und es war aus dem Album gefallen. Sie betrachtete Claires kleines Gesichtchen und seufzte. *Wenn Mama, Robbie oder diese blöde Sandra denken, dass ich meine Nachforschungen einstelle, dann haben sie sich geschnitten. Ich werde schon rauskriegen, wer Der Mann ist, der für all das verantwortlich ist.* Sie legte das Foto auf ihren Nachttisch wie eine Reliquie.

Endlich schrillte die Schulglocke, und Darren seufzte erleichtert. Die letzten zehn Minuten waren ihm vorgekommen wie Stunden. Er war der erste, der aufstand und durch die Tür flitzte. Den Blick von Miss Ratchet vermied er sorgfältig, denn er wusste, dass sie wie eine Rakete mit Infrarotsensor arbeitete: Wenn ihre Augen sich trafen, war er verloren.

Dummerweise musste er dringend auf die Toilette, und als er wieder zurückkam, war Kenny schon weg. Nachdenklich zog er die blaue Nike-Jacke an, die ihm Sandra geschenkt hatte. Warum konnte sein Freund eigentlich nie auf ihn warten?

Es regnete mal wieder in Strömen, und Darren lief hastig über den Schulhof. Als er durchs Tor kam, erschrak er fast zu Tode. Direkt vor ihm stand Kenny und verhandelte mit Stevie, dem Scheißkerl.

Zwei Mädchen und ein Junge schoben sich gerade etwas in die Rucksäcke und gingen eilig die Straße hinunter. Darren kannte nur eins der Mädchen. Sie hieß Jilly Belmont und wohnte gleich um die Ecke von ihm. Sie konnte besser Schneebälle schmeißen als sämtliche Jungen und war eine scharfe Rodlerin, wenn es mal schneite. Darren fand ihre roten Haare ganz toll.

Aber jetzt hatte er andere Probleme. Er versteckte sich hinter dem Schultor und beobachtete, wie sein Freund Stevie Geld gab. Er wusste sofort, was in dem Päckchen sein musste, das Stevie aus der Tasche zog.

»Halt!« schrie er, ohne nachzudenken, sprang hinter der Säule hervor und schlug Stevie das Paket aus der Hand. »Kenny will das gar nicht haben!«

»Doch!« schrie Kenny und bückte sich in den Rinnstein, wo das kleine Päckchen gerade im Regenwasser davonschwamm.

»Du kleines Arschloch!« rief Stevie und schlug so heftig mit der Faust zu, dass Darren rücklings auf den Bürgersteig fiel.

Darren sprang rasch wieder auf. »Du dreckiger Drogendealer!«

Stevies Gesicht war knallrot. Er sah sich hastig um, und als er sah, dass keine Zeugen in der Nähe waren, ging er grinsend auf Darren zu. »Jetzt mach ich dich fertig!«

Kenny hüpfte mit seinem kostbaren Päckchen nervös auf und ab, wagte aber nicht einzugreifen, als Stevie seinen Freund vor die Brust stieß. »Was glaubst du eigentlich, wer du bist und mit wem du dich einlässt, du schwarzes Stück Scheiße?«

Darren schlug Stevies Hand weg, als der ihn erneut stoßen wollte. »Du bist das Stück Scheiße«, sagte er. »Der stinkende Stevie Shite!«

Stevie quollen die Augen fast aus dem Kopf, als er sich auf den Elfjährigen stürzte. Aber Darren wich geschickt aus, schnappte sich das Päckchen, das Kenny immer noch in der Hand hielt, und warf es in den rauschenden Gully.

»Oh, Mann!« jammerte Kenny. »Das Zeug hat mich drei Pfund gekostet.« Mit offenem Mund starrte er dem Ecstasy hinterher, das in den rauschenden Wassermassen verschwand. »Ich wollte es doch bloß mal versuchen.«

»Ich hab dir doch gesagt, was passiert«, sagte Darren, während er vor Stevie zurückwich, der Miene machte, ihn zu erwürgen.

In diesem Augenblick ertönte lautes Hupen, und ein Wagen hielt neben ihnen. Zu Darrens Erleichterung sah Stevie sich um und sprach mit dem Fahrer. Es war Jason Smith.

Stevie hob noch einmal drohend die Faust und knurrte: »Das nächste Mal mach ich dich platt!« Dann stieg er ein.

Darren hatte schon eine freche Antwort parat, verzichtete dann aber doch lieber. Er wollte sein Glück nicht strapazieren.

Der Wagen fuhr los, und Darren sagte: »Ich dachte, du wolltest das Zeug nicht probieren.« Seine Stimme war voller Empörung.

Kenny zuckte die Achseln. »Na, das kann ich ja jetzt sowieso nicht mehr. Also, was soll's?«

Sie starrten sich einen Augenblick sprachlos an, dann wandte sich Darren ab und ging nach Hause.

»Na, Kumpel, wie geht's immer so?« fragte Cal, als Darren hereinkam. Darren gab keine Antwort.

»Ich schmeiß 'ne Runde Fritten«, sagte Cal großzügig und schob ihm fünf Pfund in die Hand. »Bist du ein Schatz und holst sie uns, Darren? Wir sind alle kurz vorm Verhungern.«

Darren schüttelte den Kopf, warf den Geldschein auf den Tisch und verschwand im oberen Stockwerk.

»Was ist denn mit dem los?« fragte Cal verblüfft. Normalerweise war Darren sehr freundlich.

»Nimm's ihm nicht übel. Seit unsere Claire verschwunden ist, ist er sehr merkwürdig.«

Mickey stand auf, reckte seine dünnen Gliedmaßen und sagte: »Kann man verstehen. Er ist ja noch ziemlich klein, nicht? Gib das Geld her, ich hol' die Fritten. Wollt ihr Ketchup oder Mayo?«

»Bring am besten beides mit«, sagte Robbie.

»Wisst ihr was?« sagte Mickey. »Wir hätten Kerry das Geld geben sollen. Dann hätte sie auf dem Rückweg von ihrer Rennerei gleich die Fritten mitbringen können.«

»Ich glaub, du träumst!« lachte Cal und wandte sich an Suzy und Emma, die hinter Darren hereingekommen waren. »Ihr zwei mögt doch sicher auch Fritten, oder?«

Suzy lächelte schüchtern, Emma schniefte und streckte die Zunge raus.

»Sehr nett«, sagte Cal.

»Ignorier sie einfach.« Robbie warf Emma einen ärgerlichen Blick zu. »Geht nach oben und zieht euch um. Hängt eure Schulsachen ordentlich auf. Die Waschmaschine ist mal wieder im Arsch.«

Emma stieß ihre Schwester beiseite und ging zur Tür. Suzy lächelte alle an und folgte ihr die Treppe hinauf.

»Soll ich mir die Waschmaschine mal ansehen?« fragte Cal.

»Danke, lieber nicht. So eine Waschmaschine ist doch kein Sportwagen. Außerdem wollte Trevor sich die Maschine mal vornehmen, der hat sie das letzte Mal auch wieder zum Laufen gebracht.«

Cal zuckte die Achseln. »Wie du meinst. Was hört man denn so über Claire? Wisst ihr jetzt, was mit ihr ist?«

Robbies Gesicht zuckte schmerzlich. »Nein, gar nichts. Wir wissen noch nicht mal, ob sie weggelaufen oder entführt worden ist. Sie ist seit Montag weg, und seither – gar nichts.«

»Du meine Güte, das ist ja brutal.« Er schüttelte den Kopf. »Komisch: Mich finden sie immer.«

Robbie lächelte, er war dankbar, dass Cal versuchte, die Stimmung nicht allzu düster werden zu lassen. »Das liegt daran, dass du eine Spur wie ein Elefant hinterlässt.«

Cal lachte. »Ich bin wahrscheinlich keine große Begabung. Wenn ich hinter dem Steuer eines heißen Ofens sitze, denke ich bloß an die Straße, die vor mir liegt.« Er zuckte die Achseln. »Aber jetzt ist Schluss damit. Mein Alter hat mir gesagt, wenn es noch mal Ärger gibt, schmeißt er mich raus. Und meine Mutter weint immer so, das macht mich ganz fertig.« Er beugte sich in seinem Sessel vor. »Diesmal mache ich ernst, Robbie. Der Richter hat mir eine Chance gegeben, und die werde ich nutzen.«

Robbie sah seinen Freund verblüfft an, kam dann aber zu dem Schluss, dass er es ernst meinte. »Das ist *cool,* Cal. Das würd ich auch machen.«

Cal nickte. Dann hellten sich seine hübschen Gesichtszüge auf. »Hör mal, Robbie, ich könnte den Hausmeister oben im Altersheim fragen, ob er nicht Hilfe braucht für den Garten. Wär das nicht etwas für dich?«

Robbie zuckte die Achseln. »Das hat doch keinen Sinn. Jedesmal, wenn ich denke, ich hätte mal eine Chance, geben sie den Job einem anderen.«

»Fragen kostet ja nichts.«

Robbie dachte einen Augenblick nach. »Ich, äh ... ich bräuchte doch keinen von diesen alten Geiern zu füttern, oder?«

»Nein, nichts davon. Das ist mein Job.«

»Ich könnte das gar nicht.« Robbie verzog das Gesicht.

»Ach, Quatsch! Die alten Leute sind großartig. Meistens sind sie echt komisch. Heute Morgen zum Beispiel gab es eine Prügelei zwischen zwei Frauen, beide weit über achtzig.«

»Das gibt's doch gar nicht!«

»Doch, doch!« Cal musste laut lachen. »Betty hat behauptet, Flo hätte ihr das Gebiss vom Nachttisch geklaut. Und Flo hat ihr daraufhin eine geschallert, dabei ist sie so winzig, dass man sie beinah nicht sieht.«

»Du willst mich verarschen!«

»Nein, nein, du kannst dir nicht vorstellen, was da so abgeht. Manchmal schleichen sie nachts in der Gegend rum und legen sich mit voller Absicht ins falsche Bett. Manche von diesen alten Herrschaften haben mehr Energie als du oder ich.«

Robbie lachte.

Plötzlich klopfte es an die Tür. Robbie ging ans Fenster, schob die Gardine beiseite und sagte: »Es ist der schwarze Polizist.«

»Aber ehrlich«, jammerte Cal. »Ich hab doch seit Wochen kein Auto mehr angefasst.«

»Reg dich ab, vielleicht ist er ja wegen Claire da.« Robbie ging an die Tür, aber Emma war schneller gewesen.

Luke lächelte zu ihr herunter, und sie grinste zurück, ehe sie wieder verschwand.

»Grüß dich, Robbie«, sagte Luke. »Die Kleine ist ja ein richtiger Sonnenschein.«

»Na, das liegt wohl an Ihnen. Normalerweise streckt sie allen Leuten die Zunge heraus oder spuckt.«

Luke folgte Robbie ins Wohnzimmer. »Grüß dich, Cal«, sagte er. »Heute gar nicht motorisiert?«

Cal breitete die Arme aus. »Erwarten Sie, dass ich mit dem Auto bei den Leuten ins Wohnzimmer fahre?«

»Zutrauen würd ich's dir schon«, grinste Luke. Er konnte sich vorstellen, dass ihn Cal nicht besonders mochte. Schließlich hatte er den jungen Mann schon dreimal verhaftet. »Eigentlich bin ich wegen Claire gekommen«, sagte er. »Ich wollte, dass ihr Bescheid wisst. Wir haben die Leiche eines jungen Mädchens gefunden, aber es ist nicht Claire. Wir wissen nicht mal, ob es überhaupt einen Zusammenhang gibt.«

Robbie war blass geworden. Seine Finger zitterten leicht. »Waren Sie bei der Großmutter von diesem Brad?« fragte er.

»Ja, natürlich. In einem solchen Fall verfolgen wir alle Spuren. Leider war sie nicht zu Hause. Wir lassen das Haus beobachten, und sobald sie zurückkommt, wird sie verhört. Die Nachbarin hat gesagt, am Morgen wären ein paar junge Leute da gewesen und anschließend sei sie verschwunden.«

»Ja ... und?«

»Wenn sie bis acht Uhr nicht zurück ist, wird nach ihr gefahndet. Du kannst mir glauben, spätestens heute abend erfahren wir, was sie weiß.«

»Aber heute Abend kann es zu spät sein!« rief Robbie.

»Beruhige dich«, sagte Luke. »Wir tun unser bestes. Es gibt auch noch andere Spuren.« Er legte Robbie die Hand auf die Schulter, aber der schüttelte sie unwillig ab.

In diesem Augenblick wurden sie von einer schrillen Stimme am Rand der Tränen unterbrochen. »Gebt doch zu, dass ihr meine Schwester gefunden habt! Gebt doch zu, dass sie tot ist!«

Sie drehten sich erschrocken um. Darren stand in der Tür. Wie lange er schon zugehört hatte, wussten sie nicht.

»Und Kenny wird jetzt auch sterben!« schrie Darren. Er drehte sich um und lief davon. An der Haustür stieß er mit Mickey zusammen, der gerade mit den Fritten zur Tür hereinkam.

»Mann, was soll das?« schimpfte Mickey und bückte sich nach den am Boden liegenden Tüten.

Robbie wollte hinter seinem Bruder herlaufen, aber Luke hielt ihn zurück. »Lass ihn. Es ist wohl alles ein bisschen zu viel für ihn. Wahrscheinlich muss er mal eine Weile allein sein. Wer ist denn dieser Kenny, den er gerade erwähnt hat?«

»Sein bester Freund«, sagte Robbie und beobachtete, wie Mickey die Pommes frites wieder einzusammeln versuchte. »Ich hab allerdings keine Ahnung, was er damit gemeint hat, er müsste sterben. Als ich ihn zuletzt gesehen habe, war Kenny putzmunter.«

Mickey war inzwischen auf dem Weg in die Küche. Er hatte die meisten Frittentüten zu retten vermocht, und als er wieder zurückkam, trug er ein Tablett mit Pommes frites und Butterbroten.

Luke verabschiedete sich, und Robbie brachte ihn an die Tür. Als er zurück ins Wohnzimmer kam, hatten Mickey und Cal schon zu essen begonnen.

»Mann, bin ich froh, dass ich nur eine Schwester habe«, sagte Cal. »Und dass sie längst aus dem Haus und verheiratet ist.«

»Ich frage mich, was plötzlich mit Kenny los sein soll«, sagte Robbie.

Mickey zuckte die Achseln. »Keine Ahnung. Kennys Schwester allerdings, die ist nicht zu verachten.« Er formte seine Hände zu zwei üppigen Hügeln vor seiner Brust. »Die würde ich gerne mal f–«

»Nicht!« sagte Robbie und zeigte zur Tür, wo Emma stand und ihr übliches böses Gesicht machte.

Es war Kerry, die Darren fand. Sie war nach Houghton hinuntergelaufen, dann wieder zurück an der aufgelassenen Kohlengrube vorbei bis nach Newbottle. Jetzt brauchte sie nur noch Russell Woods zu durchqueren, um wieder zur Siedlung zu kommen. Das kleine Wäldchen war gerade erst vor sechs Jahren angepflanzt worden, aber die Schösslinge waren schon über mannshoch und zeigten kräftige Knospen.

Es war still im Wald, denn in den jungen Bäumchen gab es noch keine Nester, aber plötzlich glaubte Kerry, das Schluchzen eines Kindes zu hören, und wurde langsamer. Sie verließ den Weg und gelangte zu einem Gedenkstein in Form zweier betender Hände. Merkwürdig, den hatte sie bisher noch nie bemerkt. Das Schluchzen war lauter geworden.

Vorsichtig spähte sie über den Stein. Zu ihrer größten Überraschung entdeckte sie Darren, der auf dem Boden lag, den Kopf in den Händen, und weinte. Kerry seufzte. Was war denn jetzt wieder los?

Kerry ging um den Stein herum und legte ihrem Bruder die Hand auf die Schulter. Darren erschrak und sprang auf. Sein Gesicht war mit Schmutz und Tränen bedeckt. Als er sah, dass es Kerry war, entspannte er sich.

»Was ist denn los, Darren?« fragte sie leise.

Er schüttelte den Kopf und fing erneut an zu schluchzen. Kerry konnte sich nicht erinnern, ihn jemals so außer Fassung gesehen zu haben. Normalerweise gehörte er doch zu den Ruhigsten in der Familie, schien unbeirrt durchs Leben zu trotten. Wenn er jetzt plötzlich durchdrehte, musste es ziemlich ernst sein. Kerry spürte, wie sich ihr Puls beschleunigte und neue Angst sie erfasste. Bitte nicht noch eine Krise! »Komm, Darren! Sag schon, was los ist! Ich kann dir nicht helfen, wenn ich nicht weiß, worum's geht.«

»Kann ... nicht!« sagte er.

»Hör mal, mir kannst du alles erzählen. Das weißt du.«

»Nein«, sagte er. »Darf nicht petzen.«

Kerry setzte sich neben ihn und lehnte sich an das Denkmal.

»Das kommt drauf an. Manchmal muss man einfach reden, ehe man platzt.«

»Nein«, sagte Darren. »Ich kann's nicht erzählen. Nicht einmal dir.«

Kerry spürte, wie ihr ohnehin schon strapazierter Geduldsfaden endgültig riss. *Wenn das kleine Arschloch jetzt nicht die Klappe aufmacht, hau ich ihm eine rein!*

»Darren!« Ihre Stimme klang so bedrohlich, dass Darren erstarrte. Er sah sie flehentlich an. Sie fasste ihn an der Schulter und sagte so sanft wie möglich: »Wenn es dich so quält, Darren, musst du's mir sagen, sonst kann ich dir nicht helfen.« Damit war ihre Geduld endgültig am Ende. »Verdammt nochmal, spuck's endlich aus!«

Darren fing erneut an zu schluchzen, aber eine Sekunde, ehe seine Schwester endgültig explodierte, stotterte er: »Es ist wegen Stevie.« Und dann kam die ganze Geschichte heraus, einschließlich seiner Sorgen um Jilly und seiner Angst, dass Kenny bald einer von den lebenden Toten sein könnte. »Ich will, dass Mam zurückkommt«, jammerte er. »Und unsere Claire. Ihr erzählt mir ja nie was, du und Robbie. Ich darf immer bloß Tee kochen oder Pommes frites holen. Ihr denkt doch, ich wär noch ein kleines Kind.«

Kerry musste erst einmal nachdenken. Sie schlang ihre Arme um ihren Bruder. »Tut mir leid, Darren. Aber schau, Mam kommt morgen nach Hause, und die Polizei tut alles, um Claire zu finden.« Sie biss sich auf die Lippen. »Und was den kleinen Stevie angeht, den werd ich mir mal vornehmen. Der wird dich nicht mehr behelligen.«

Kerry stand auf und zog ihren Bruder mit hoch. »Komm, Darren, jetzt gehen wir nach Hause.«

18

Claire öffnete die Augen und starrte ins Nichts. Eine tiefe Dunkelheit, anders als alles, was sie bisher erlebt hatte. Selbst wenn sie in den dunkelsten Winternächten im Bett lag, gab es noch Licht und Schatten – aber hier …

Ihr erster Instinkt war zu schreien. Sie machte den Mund auf, aber kein Ton kam heraus. Ihre Kehle war trocken, und ihre Zunge war wie ein Klumpen Watte.

Sie überprüfte ihren Körper.

Die Arme waren eng an die Hüften gepresst.

Ihr nackter Rücken lag auf irgendeiner Art glattem Stoff.

Auf allen Seiten schien sie dieser kalte, glatte Stoff zu umgeben.

Und dann fiel es ihr wieder ein. Sie musste in einem Sarg liegen.

Claires Brust war wie eingeschnürt. Sie hatte das Gefühl zu ersticken.

Sie schluchzte und keuchte. Sie begann voller Panik zu husten.

Ihr Körper brannte. Sie würgte. Wenn sie sich jetzt erbrach, würde sie daran ersticken. Ihr Herz raste.

Der Schweiß auf ihrem Gesicht mischte sich mit den Tränen und brannte auf ihrem Hals.

Lag sie irgendwo unter der Erde?

Warum nur? Warum?

Warum sollten sie sich so viel Mühe mit ihr geben und sie dann einfach eingraben?

Lebend eingraben?

Ein Schrei nackter Angst brach aus ihrer Brust.

Warum gerade ich?

Wo waren die anderen?

Mam! Bitte, Mam! Hilf mir doch, Mam!

Ein Sarg. Sie lag in einem Sarg. Die Panik fegte jede Kontrolle beiseite. Ihre Fersen trommelten auf den Boden, und ihr Kopf schlug von einer Seite zur anderen.

Aber ihre Energien erschöpften sich rasch. Bald konnte sie nur noch wimmern. Es war nicht lauter als das Jammern eines Kätzchens, das in einen Sack gesteckt worden war und ersäuft werden sollte.

Jade hörte Claires Wimmern, konnte ihr aber nicht helfen. Sie hockte gefesselt und geknebelt im Souterrain des Beerdigungsinstituts und starrte verzweifelt auf die mit rotem Samt verkleideten Wände.

Die Särge, in denen die Mädchen transportiert worden waren, standen auf der anderen Seite der Halle. Drei davon waren geöffnet, nur der vierte war noch geschlossen. Die betäubten Mädchen hatten die ganze Nacht in den Särgen verbracht, und Jade konnte sich sehr gut vorstellen, was Claire da drin durchmachte. Ob die Särge wohl vom Schweiß und Urin der Mädchen gesäubert wurden, ehe sie für echte Beerdigungen benutzt wurden?

Neben Jade lagen Donna und Tracy. Donna hatte sich zusammengekrümmt und schlief. Tracys Kopf schlug hin und her wie ein Pendel, immer wieder begann ihr ganzer Körper zu zucken. Kein einziges Mal hatte sie den Kopf gehoben, seit Laughing Man sie auf dem kalten Boden abgesetzt hatte – nicht ohne ihre nackten Brüste ordentlich zu begrapschen.

Jade zerrte an ihren Handschellen, obwohl ihr linkes Handgelenk immer mehr anschwoll. Es musste bei dem Gerangel an Bord des Kutters verstaucht worden sein. Oder war es gebrochen? Es tat jedenfalls höllisch weh. Tief in ihrem Inneren wusste sie, dass sie keine Chance hatte. Die Männer hatten sie längst da, wo sie sie hinhaben wollten.

Sollte sie einfach aufgeben? Nein, auch wenn das Handgelenk gebrochen war, sie würde sich weiter wehren. Auch wenn das hieß, dass die Männer sie umbringen mussten. Vier Tage waren es jetzt schon, oder fünf? Es musste doch jemand kommen! Ihr Vater würde nicht aufgeben. Und die Polizei suchte sicher auch nach ihnen. Jade biss sich auf die Lippen und presste die Augen zusammen. Sie blinzelte, als sie Blut schmeckte, aber zumindest kamen keine weiteren Tränen.

Ihre Peiniger saßen am Tisch und spielten Karten. Sie mussten Claires Wimmern doch hören! Wie verdammt grausam waren die Kerle? Das Mädchen musste ja wahnsinnig werden.

Jade knurrte, so laut sie konnte, um die Aufmerksamkeit der Männer zu wecken. Und das gelang.

Laughing Man, der eine Menge Geld beim Spiel verloren hatte, sprang wütend auf und schlug Jade ins Gesicht. Ihr Kopf flog zur Seite und schlug an die Wand.

»Halt das Maul, du blöde Torte. Wie oft soll ich dir das noch sagen? Wir können dich genauso leicht beseitigen wie die erste.« Er lachte. »Und das war auch nicht die erste.«

Er hob die Hand, um sie noch einmal zu schlagen. Jade zuckte unwillkürlich zurück, senkte aber den Blick nicht.

»Lass sie.« Der andere Mann war aufgestanden und hielt Laughing Mans Arm fest. »Keine Spuren, hast du das vergessen?«

Laughing Man riss sich los. »Ich weiß gar nicht, was du hast. Die ist doch so schwarz, da sieht man sowieso nichts.«

»Lass sie in Ruhe, verstanden? Morgen sind wir sie alle los. Dann haben wir unser Geld und können hier weg. Komm, lass uns die letzte rausholen.«

Laughing Man knurrte, folgte seinem Komplizen aber zu dem Sarg, in dem Claire lag. »Ich weiß nicht, warum die das System geändert haben«, sagte er, während sie den Deckel aufschraubten. »Dass wir die kleinen Fotzen so lange bewachen müssen, ist scheißgefährlich. Vor allem wenn sie so rumzicken.«

Er legte die Messingschrauben sorgfältig beiseite. »Na, die hier ist inzwischen sicher schön ruhig geworden.« Er grinste zufrieden. »Trotzdem ist es scheiße organisiert, wenn du mich fragst.«

»Dich fragt aber keiner«, schnappte der andere Mann. »Wir machen das jetzt schon so lange, da brauchst du dich nicht jedesmal neu aufzuregen. Und wenn du nicht durchgedreht hättest, dann hätten wir jetzt nicht bloß vier, sondern fünf.«

»Du weißt doch, sie wollen bloß Jungfrauen.«

»Quatsch, ein bisschen was hätten sie immer bezahlt.«

Sie hoben den Sargdeckel, und Claire schoss heraus wie ein Springteufel. Ihre Augen quollen hervor, ihr Gesicht war hochrot, und sie brüllte wie am Spieß.

»Verdammte Scheiße!« schrie Laughing Man. »Halt sie fest! Die schreit ja die ganze Stadt zusammen. Komm her, du Miststück!«

Lauf, Claire, lauf, dachte Jade. *Bitte, Claire, lauf.*

Aber Claire war noch halb betäubt von den Dogen, die man ihr injiziert hatte. Sie machte nur drei Schritte, dann brach sie zusammen.

Die Männer packten sie an den Armen und schleiften sie über den Boden zu den anderen Mädchen. Laughing Man klatschte ihr einen Klebstreifen über den Mund, und der andere legte ihr Handschellen an.

Laughing Man hob den Fuß, um ihr einen Tritt zu versetzen, aber sein Komplize stoppte ihn mit einem warnenden Blick und Laughing Man trat gegen die Wand. »Hör auf zu blöken, du dummes Schaf. Ich hätte Lust, dir die Zähne einzuschlagen«, knurrte er durch seine nikotinverfärbten Zähne. »Na ja, bald bist du sowieso tot. Den Spaß haben die Kerle, die für dich zahlen. Ich weiß genau, was sie mit dir machen.« Er fing an zu kichern. »Aber das darfst du selber herausfinden.« Er wandte sich ab und setzte sich zu dem anderen Mann an den Tisch.

»Ich sag dir, diesmal hab ich kein gutes Gefühl«, sagte er und hob seine Karten auf. »Am liebsten würde ich abhauen und die Gören da verrotten lassen.«

»Kann ich mir vorstellen. Bloß würdest du mit dem Weglaufen nie aufhören können. Er würde dich überall finden. Erinnerst du dich noch an Jack Holland? Und das war einer seiner besten Freunde. Ich möchte jedenfalls meinen Kopf noch dranhaben, wenn ich mal beerdigt werde.«

Laughing Man spuckte auf den Boden. »Na schön. Trotzdem verstehe ich nicht, warum sie alles geändert haben. Früher haben sie die Weiber mittags am dritten Tag abgeholt, und jetzt müssen wir noch einen ganzen Tag länger mit ihnen verbringen. Und diese Bude hier ist verdammt unheimlich. Wie viele Leichen hier wohl schon drin waren?«

Der andere Mann zuckte die Achseln, nahm eine Karte und spielte aus.

Claire warf Jade einen Blick zu und las in ihren Augen, dass sie beide wohl dasselbe dachten. Warum waren sie hier? Was wurde von ihnen erwartet? Um Lösegeld konnte es ja wohl nicht gehen. Wer würde schon ein Mädchen aus den Seahills entführen?

Wenn sie daran dachte, was die Männer gesagt hatten ... Wahrscheinlich war das alles hier bloß der Anfang. Man würde sie weiterverkaufen. Weiß der Himmel an wen. Weiß der Himmel wohin. Womöglich kam sie nie wieder nach Hause zu ihrer Mutter und ihren Geschwistern.

Und ihr schöner, lieber Brad war nur das erste Glied in der Kette gewesen. Wohin führte das alles? Handschellen und Knebel. Es konnte nur eine Form der Sklaverei sein.

Sie spürte ein Joch auf den Schultern, das schon Millionen vor ihr gespürt hatten.

Sklaverei. Ein abscheuliches Wort. Gefangenschaft und Demütigung.

Sie konnte sich schon denken, was man von ihr wollte. Warum sonst hatten die Männer so viel davon geredet, dass sie noch jungfräulich sein müssten? Sie schauderte. War sie noch Jungfrau? Brad war ihr erster richtiger Freund gewesen, und sie hatten sich bloß geküsst und Händchen gehalten. Sie hatte sich sehr erwachsen gefühlt. Aber war das schon Sex? Sie wusste eigentlich gar nichts darüber, und sie wollte auch gar nichts wissen. Alles, was sie wollte, war, wieder zu Haus sein.

Was würden die mit ihr machen? Sie weigerte sich, daran zu denken. Denn tief im Innersten ahnte sie schon, was es war.

Warum hatte sie sich bloß so reinlegen lassen? Er war so nett gewesen. Und so *cool*.

Sie betrachtete die anderen Mädchen und dachte: *Ich wette, er war zu allen so nett.*

19

Emma und Suzy saßen am Küchentisch und aßen ihre Pommes frites. Suzy machte ab und zu eine Pause und seufzte, aber Emma futterte ununterbrochen.

Robbie und seine Freunde saßen im Wohnzimmer und diskutierten die Ereignisse im Nachbarhaus.

»Die kriegt bestimmt lebenslänglich«, sagte Cal hoffnungsfroh.

»Das glaube ich auch«, sagte Mickey. »Schließlich gab es gar keinen Grund, den armen Kerl umzubringen, nicht wahr?«

Als Kerry mit Darren im Schlepptau zur Tür hereinkam, wusste Robbie sofort, dass es Krach geben würde. Und Kerry kam auch augenblicklich zur Sache.

»Dieses Schwein Stevie hat unserem Darren Drogen verkaufen wollen«, sagte sie voller Empörung. »Und als er sich gewehrt hat, hat der Scheißkerl ihn geschlagen.«

»Ist das wahr?« fragte Robbie. Er sprang vom Sofa auf und fasste seinen Bruder am Kinn.

Darren schluckte, dann nickte er langsam.

»Erzähl ihnen alles«, verlangte Kerry.

Darren zögerte, aber als er einmal angefangen hatte, kam die ganze Geschichte heraus.

Robbies übliche Gelassenheit war verflogen. »Der Bursche bedroht dich also? Und er versucht, seine eigene Sucht damit zu finanzieren, dass er euch drogenabhängig macht? Ich glaube, da müssen wir was unternehmen.«

Es entstand eine Pause. Dann sagte Mickey: »Er hängt jetzt immer im *Blue Lion* herum. Ich hab ihn da öfter mal reingehen sehen. Ich glaube, er arbeitet da oder so.«

»Kann man in dem Loch überhaupt arbeiten? Ich hab den Kerl noch nie leiden können. Der war schon als Kind ein richtiges Arschloch.«

»War Fartin' Martin bei ihm?« fragte Mickey.

»Das erste Mal ja, aber seither hab ich ihn nicht mehr gesehen.«

»Okay, das reicht«, sagte Robbie und griff nach seiner Jeansjacke. »Ich stoß dem Kerl jetzt auf der Stelle Bescheid.«

»Was willst du denn machen?« fragte Kerry nervös.

»Bleib du hier bei den Kindern. Dem zeig ich's.« Und damit war er auch schon aus der Tür.

»Du meine Güte«, sagte Mickey. »Der wird ja schon genauso schlimm wie du, Kerry!« Er sprang auf und folgte seinem Freund die Straße hinunter.

Kerry war sprachlos. Waren jetzt alle verrückt?

»Schätze, ich geh lieber mit«, sagte Cal und machte sich ebenfalls auf den Weg.

Kerry stand in der Tür und starrte die Straße hinauf. »Jetzt reicht's aber!« Dann brüllte sie: »Sandra!« Sie hatte nicht die Absicht, das Kindermädchen zu spielen, wenn die anderen für Ordnung in Houghton-le-Spring sorgten.

Clayton sah von dem Fahrrad auf, das er reparierte. »Ich glaube, sie ist ins Krankenhaus zu deiner Mutter gefahren, Kerry.«

Kerry fluchte. Dann kam ihr eine Idee. Sie richtete ihre Blicke auf den Nachbarssohn und sagte mit süßer Stimme: »Ach, Clay?«

Clayton hob misstrauisch den Kopf. »Was ist?«

»Kannst du mir 'nen Gefallen tun?«

Der Junge stand auf. Die Luftpumpe hielt er noch in der Hand. »Was für einen Gefallen?«

»Könntest du auf die Kinder aufpassen? Ich muss schnell mal weg.«

Clayton, der schon seit langem ein bisschen in Kerry verknallt war, wollte sich diese Gelegenheit nicht entgehen lassen. »Klar, kein Problem. Ich komme sofort.«

Kerry sagte Emma und Suzy, sie sollten sich ja benehmen, und trabte im 800-Meter-Tempo die Straße hinunter.

Cal und Mickey überholte sie oben in Burnside. Die beiden

hatten anhalten müssen, um wieder zu Atem zu kommen, und Mickey stand vor lauter Seitenstechen ganz krumm.

»Hey«, sagte er, »schau dir das an! Wie kann man bloß so schnell rennen? Das ist doch ungesund, sag ich dir!«

»Kann schon sein«, sagte Cal. »Aber Robbie ist auch ganz schön schnell. Der hat uns total abgehängt. Los, weiter, sonst verpassen wir alles.« Damit rannten sie keuchend weiter.

Kerry bog im selben Augenblick in die Newbottle Street ein, als Robbie die Tür des *Blue Lion* erreichte.

Er zog daran, aber es war noch geschlossen. Er hielt einen Moment inne, um wieder zu Atem zu kommen, dann schlug er mit der Faust an die blaugestrichene Türfüllung.

»Wir haben geschlossen«, kam Jasons Stimme von drinnen. »Könnt ihr's nicht abwarten? Ihr kriegt euer Bier schon noch rechtzeitig!«

»Mach die Tür auf, du fetter Sack, ehe ich sie aus den Angeln reiße!« Robbie verpasste dem Holz einen Tritt.

Das war Jason denn doch zu viel. »Verdammt nochmal!« sagte er und machte die Tür einen Spalt breit auf, um nachzusehen, wer draußen war.

Das genügte Robbie vollkommen. Sofort warf er sich gegen die Tür, um sie noch weiter zu öffnen.

»Jetzt hör mal zu, Junge! Was soll das denn? Ich hab dir doch schon gesagt, wir haben noch nicht geöffnet. Und jetzt verpiss dich, Lumsdon, aber dalli!«

Robbie ließ sich nicht abschrecken. Er behielt die Hand auf der Klinke und sagte: »Wo ist Stevie?«

»Ich weiß wirklich nicht, was du willst. Von wem redest du überhaupt? Verpiss dich, wie oft soll ich's dir noch sagen? Bist du blöd, Lumsdon?«

In diesem Augenblick traf Kerry ein. Sie wusste, wer die Pächterin des *Blue Lion* war, und sie wusste auch, dass man sich besser nicht mit ihr anlegte. Aber jetzt gab's kein Zurück mehr.

»Lüg nicht, du Arschloch!« sagte sie und trat hinter Robbie hervor.

»Ach, schau an, die scheiß Lumsdons haben heute wohl Familientreffen bei uns, was?«

»Wo ist Stevie?« fragte Robbie erneut.

»Ich hab's dir doch schon gesagt: Ich kenn keinen Stevie. Hau endlich ab, eh ich dich platt mache.«

Plötzlich mischte sich eine weitere scharfe Stimme in den Disput. »Was ist hier eigentlich los?«

Kerry und Robbie fuhren herum, und Jason zuckte zusammen, während Mrs Archer sie alle drei wütend anstarrte.

»Ich suche Stevie Masterton«, sagte Robbie, »und ich weiß, dass der Scheißkerl da drin ist. Also rückt ihn endlich raus!«

Mrs Archer musterte Robbie von oben bis unten und wandte ihre Aufmerksamkeit dann seiner Schwester zu. »Mr Smith hat es Ihnen bereits gesagt: Es gibt hier niemand mit diesem Namen.«

Kerry zuckte die Achseln. »Als ob ich diesem Arsch glauben würde.«

»Und wer bist du, mein Kind?« sagte Mrs Archer ironisch.

»Erstens bin ich kein Kind. Mein Name ist Kerry Lumsdon, und das ist mein Bruder Robbie. Und zweitens wissen wir genau, dass Stevie bei Ihnen verkehrt. Und wir wissen auch, dass er versucht hat, meinen kleinen Bruder und andere Kinder drogensüchtig zu machen.«

Mrs Archer erschrak, als das junge Mädchen seinen Namen nannte, ließ sich aber nichts anmerken. »Ich fürchte, ihr steht vor dem falschen Lokal. Ich kann ja mal die Rausschmeißer beim Sex-Club da drüben fragen, ob sie ihn kennen.« Sie lächelte krampfhaft. »Falls er bei uns auftaucht, sag ich euch natürlich Bescheid. So, und jetzt entschuldigt mich bitte. Machen Sie die Tür wieder zu, Mr Smith.«

Robbie stellte wieder den Fuß in die Tür. »Sagen Sie dem Scheißkerl, wenn er meinem Bruder noch mal zu nahe kommt, mach ich ihn fertig, okay?«

Mrs Archer trat noch einmal auf die Straße und baute sich in voller Größe vor Kerry auf. »Ich schätze es nicht, wenn man mir zu drohen versucht.«

Kerry wusste, dass sie vorsichtig sein sollte, aber dazu war sie zu wütend. »Wir auch nicht. Sie können mich mal …«

Die Wirtin trat ins Haus zurück, fletschte die Zähne und sagte: »Machen Sie die Tür zu, Mr Smith.«

Robbie konnte gerade noch den Fuß wegziehen, ehe ihn Jason zerquetschte. In diesem Augenblick kamen Cal und Mickey die Straße herunter. »Na, habt ihr ihn gefunden?«

»Sie behauptet, sie kennt ihn nicht«, sagte Robbie.

»Sie lügt wie gedruckt«, sagte Mickey, während er heftig nach Luft schnappte.

»Moment mal!« schrie Kerry plötzlich und hämmerte erneut an die Tür.

»Was ist denn jetzt schon wieder?« schrie Mrs Archer zurück.

Kerry hockte sich vor den Briefschlitz und hob die Klappe. »Kennen Sie vielleicht so ein Arschloch mit Namen Brad?«

Nach einer winzigen Pause rief Mrs Archer: »Wenn du jetzt nicht abhaust, du kleine Ratte, dann ruf ich die Polizei.« Ein Barhocker krachte gegen die Tür.

»Schon gut, du hässliche, alte Hexe!« Kerry stand frustriert auf und wanderte langsam die Straße wieder hinauf. Sie ahnte nicht, was sie sich gerade für eine Feindin gemacht hatte.

Die anderen folgten ihr langsam.

»Wieso denkst du, dass sie diesen Brad kennt?« fragte Robbie.

»Ach, das war nur so eine Ahnung.«

Im Inneren des Lokals hatte Jason Smith, der im Gegensatz zu Kerry sehr genau wusste, was für eine gnadenlose Gegnerin Mrs Archer sein konnte, alle Mühe, seinen Körper unter Kontrolle zu halten und nicht zu zittern. Mrs Archer tobte vor Wut.

Dabei wusste sie nicht einmal, was ihr mehr Sorgen machte: Brad oder Stevie? Dass diese Leute nach Stevie gefragt hatten, war schlimm, aber wenn sie von ihrer Verbindung zu Brad erfuhren, wurde es wirklich gefährlich. Und die unverschämte junge Dame, die diese Fragen gestellt hatte, war ausgerechnet dieser Fratz Kerry Lumsdon.

»Hol diesen Stevie aus dem verdammten Ausnüchterungszimmer!« brüllte sie Jason an. »Ist mir völlig egal, in welchem Zustand er ist. Von mir aus kann er die Wände hochkriechen, aber sieh zu, dass er herkommt.«

Smith beeilte sich, ihrem Wunsch nachzukommen, überlegte aber gleichzeitig, ob er nicht lieber ganz abhauen sollte. Sie war so verdammt nervös in letzter Zeit. Es wurde allmählich gefährlich.

Mrs Archer sah ihm nach und warf einen Blick auf die Uhr. Verdammt. Nur noch zehn Minuten bis zum Beginn der Öffnungszeit. Jeden Augenblick konnten die Säufer vor der Tür stehen und ihren Stoff haben wollen. Nervös hantierte sie mit Gläsern und Aschenbechern herum.

Jason schloss das Hinterzimmer auf und holte Stevie heraus. Der picklige junge Mann zitterte heftig, war aber ansonsten noch halbwegs normal.

Jason packte ihn am Arm und führte ihn in den Schankraum zu Mrs Archer.

»Was ist?« knurrte Stevie mit glasigen, rotunterlaufenen Augen.

Sie holte aus und schlug ihm aufs linke Ohr. »Was zum Teufel hast du mit den Lumsdons zu schaffen?«

»Gar nichts.«

»Lüg nicht! Du kennst sie genau. Und du hast einem von ihnen Pillen verkauft.«

»Ja ... nein.« Der Groschen fiel. Der Hosenscheißer war also tatsächlich der kleine Bruder von dieser Kerry gewesen, auch wenn sein Vater ein Bimbo gewesen war.

»Was nun? Ja oder nein?«

»Äh, ja. Ich wusste doch nicht, wer das war. Er hatte kein Schild um den Hals: *Hände weg, ich bin ein Lumsdon.* Was ist denn so Besonderes an denen?«

»Das wirst du schon noch erfahren, wenn dich sein Bruder erwischt.«

»Robbie? Das ist doch ein Waschlappen.« Stevie war völlig verwirrt.

»Auf mich hat er durchaus energisch gewirkt, und stille Wasser sind tief. Aber das ist jetzt alles egal. Du verschwindest. Hau ab.«

»Was soll das heißen?«

»Du hast schon verstanden.«

»Aber ... ich ... ich hab doch ...«

Mrs Archer tippte mit den Fingern auf die Theke. »Wie oft soll ich's denn noch sagen, bist du schwer von Begriff?«

Stevie starrte sie an, als wäre *sie* die Verrückte. »Sie müssen mir noch eine Chance geben, Chefin.« Seine Stimme nahm einen panischen Ton an. »Ich glaube, meine Mutter lässt mich nicht wieder ins Haus.«

»Und? Ist das vielleicht mein Problem? Muss ich mich mit den Sorgen eines unnützen Junkies befassen? Du hast deine Chance gehabt, und du hast sie versaut.«

Stevies Zittern war jetzt nur noch teilweise auf den Entzug der Drogen zurückzuführen, und auch die Frage, ob seine Mutter ihn wieder ins Haus lassen würde, schien kaum noch wichtig. Er hatte das Gefühl, er würde womöglich gar nicht mehr so weit kommen. Wahrscheinlich würde ihn das Knochengesicht gleich hier auf der Stelle umbringen.

»Geben Sie mir doch noch eine Chance«, bettelte er. »Ich verspreche, ich mach keine Fehler mehr. Und ich werde auch *clean*. Sehen Sie ...« Er streckte die Hände aus, die immer mehr zitterten. »Sehen Sie, ich hab heute überhaupt nichts genommen, genau wie Sie gesagt haben.«

Sie lächelte ihn an, und ihr Gesicht schien sich wie in Zeitlupe zu einer wahren Teufelsfratze zu verziehen. Schließlich sagte sie aus großer, großer Entfernung: »Okay, Stevie. Du kriegst noch mal eine Chance. Aber das ist die allerletzte.« Sie wandte sich an Jason. »He, Smith, ruf Ally an. Er soll sofort herkommen.« Jason rannte fast ans Telefon.

»Und du«, sagte sie zu Stevie, stieß ihm einen Finger in die Wange und drehte ihn schmerzhaft herum. »Du wirst alles tun, was Ally dir sagt. Das Lumsdon-Mädchen muss beobachtet werden. Ich muss über alles Bescheid wissen, was sie tut, sagt oder denkt. Ist das klar?«

»Ja, ja ... Ja, natürlich. Ganz wie Sie sagen. Wer ist Ally?«

»Ein Freund sozusagen. Du hättest ihn ohnehin bald kennen gelernt. Er ist einer von unseren Kassierern.«

Stevie schaute verwirrt, dann begriff er. Nach allem, was er jetzt wusste, erschien es nicht weiter erstaunlich, dass sie auch Schutzgelderpressung betrieben. Mein Gott, sie hatten Houghton wirklich im Griff. Sein Kopf schmerzte, und er musste sich an der Theke festhalten. Aber in Wirklichkeit wollte er sich bloß irgendwo hinlegen und nie wieder aufstehen.

»Wo bleiben bloß diese verdammten Barmädchen«, schimpfte Mrs Archer. »Die blöden Schnallen kommen mal wieder zu spät.«

»Reden Sie über uns, Mrs Archer?« fragte Julie, die gerade zur Tür hereinkam, dicht gefolgt von Sharon May. Sie hätten Zwillinge sein können, obwohl die eine natürliches rotes Haar hatte und die andere unnatürlich kohlrabenschwarzes. Beide trugen kurze schwarze Röcke und tiefausgeschnittene weiße Tops, die reichlich runde Busen zeigten. Jeweils die rechte Brust war mit einer kleinen tätowierten Rose geschmückt. Es wurde vermutet, dass sie ihre Trinkgelder gelegentlich im Hinterzimmer von Mrs Archer erheblich aufbesserten.

»Über wen denn sonst?« fauchte die Wirtin. »Könnt ihr nicht mit dem früheren Bus kommen? Ich habe es satt, immer bis zur letzten Minute auf euch zu warten!«

Julie zuckte die Achseln, und Sharon starrte über Mrs Archers Kopf hinweg an die Wand. Als sie ihren Kaugummi platzen ließ, knallte es wie ein Schuss.

Stevie zuckte zusammen und zog sich ins Hinterzimmer zurück.

»Hört mal zu, ihr blöden Weiber«, fauchte Mrs Archer.

»Wenn ihr weiter so unverschämt seid, gibt es Ärger. Nimm den Kaugummi aus dem Maul, Sharon. Sollen die Gäste denken, du bist eine Kuh? Und wenn ich noch mal euren rosa Lippenstift auf den Gläsern finde, schmeiß ich euch raus!« Damit zog sie sich nach oben zurück, ohne die Wirkung ihrer Worte zu kontrollieren.

Sie schloss ihre Tür ab, streifte die Schuhe ab und setzte sich einen Augenblick auf die schwarze Ledercouch. Wenn man den Raum zum ersten Mal sah, konnte man glauben, sich im Haus eines reichen Kaufmanns aus dem 18. Jahrhundert zu befinden. Erst auf den zweiten Blick zeigte sich, dass abgesehen von dem spektakulären asiatischen Dolch über dem Kamin alles nur Imitation war.

Nicht, dass sie sich keine echten Stücke hätte leisten können. Ihr Bankkonto war bestens gefüllt, aber in dieser Umgebung war es nicht klug, wenn man zeigte, wie viel man wirklich zusammengerafft hatte. Es genügte, dass sie das Geld zur Verfügung hatte, wenn sie endgültig aus Houghton verschwand und sich von diesem begnadeten Schweizer Schönheits-Chirurgen ein neues Gesicht schenken ließ.

Eigentlich sollte sie jetzt schon abhauen. Ihr Instinkt sagte ihr, dass die Organisation in Gefahr war. Aber andererseits hatte sie keine Lust, auf ihren Anteil an der letzten Lieferung zu verzichten. Vier hübsche junge Mädchen. Das brachte schon etwas ein. *Der Mann* brauchte nicht alles zu kriegen. Schließlich saß er die meiste Zeit auf seinem Hintern und überließ ihr die Arbeit.

Sie ging zu ihrem Schreibtisch, schloss ihn auf und nahm einen großen braunen Umschlag heraus, der Hunderte von bunten Klebebildchen enthielt: Bart Simpson, Tweety Pie und vor allem Smileys. Die Kinder liebten diese Bildchen, und diese hier konnte man sich auf die Haut kleben. Sie sahen wie echte Tätowierungen aus, und wenn man sie ein paar Stunden lang trug, konnte das LSD aus dem Kleber direkt in den Blutkreislauf eindringen. Und das beste: *Der Mann* wusste davon überhaupt nichts. Das war ganz allein ihr Geschäft. Wenn sie vorzeitig abhauen musste, würde sie den Umschlag auf jeden Fall mitnehmen.

Sie stellte sich vor den großen Spiegel, reckte die Arme über den Kopf und bewegte sich hin und her. »Gar nicht so übel«, sagte sie zu ihrem Spiegelbild. Sie war gesund, und ihr Fleisch war immer noch fest. Sie brauchte den Vergleich mit keiner Frau ihres Alters zu scheuen. Und sie würde bald ein neues Gesicht haben. Sie ging in die Küche und setzte Teewasser auf. Dann goss sie die Pflanzen, die auf dem Fensterbrett standen.

Was um Himmels willen war nur so Besonderes an Kerry Lumsdon und ihrer verdammten Familie? Auf jeden Fall war die Göre ein richtiges Ekel.

Ein plötzliches Klopfen an der Tür überraschte Mrs Archer dergestalt, dass sie Wasser aufs Fensterbrett schüttete. Verdammt! Sie griff nach einem Handtuch und wischte auf. Das musste Ally sein. Vielleicht wusste der etwas über die kleine Hexe.

Sie machte die Tür auf. Ally war schlank und großgewachsen und trug wie immer einen makellosen grauen Anzug mit weißem Hemd und einer etwas ungewöhnlichen bunten Krawatte. Mrs Archer grinste innerlich, als sie die kleinen gelben Vögelchen sah. Tweety Pie war offenbar nicht nur bei Kindern beliebt. »Komm rein.«

Er setzte sich auf die Couch, und Mrs Archer kam gleich zur Sache. »Aus irgendwelchen Gründen will *Der Mann*, dass wir dieses verdammte Schulmädchen beobachten. Ihr Name ist Kerry Lumsdon. Hast du schon mal von ihr gehört?«

Allys Großvater war Anfang der fünfziger Jahre aus Pakistan gekommen, und das sah man Ally auch deutlich an. Aber sein Akzent war reinstes Newcastle-Englisch. »Hat sie nicht einen Bruder, der Robbie heißt?«

»Ja, genau.«

»Den hab ich schon seit Jahren im Auge. Erinnern Sie sich daran, wie Reagans Obstgeschäft ausgebrannt ist?«

Sie nickte.

»Der Grund dafür war, dass er diesen Jungen unbedingt für sich arbeiten lassen wollte. Er wurde mehrfach gewarnt, aber er wollte einfach nicht hören. Er war immer ein bisschen bockig, er dachte, er braucht keinen Schutz. Aber dann hat sich gezeigt, dass er ihn doch braucht.« Ally grinste nicht einmal, sondern blieb vollkommen sachlich.

»Ist das auch der Grund, warum er sich das Bein gebrochen hat und all das?«

Ally nickte.

»Hm, weißt du denn, was *Der Mann* gegen die Lumsdons hat?«

Ally zuckte die Achseln. »Keine Ahnung. Und ich will's auch nicht wissen. Das ist seine Sache, und er zahlt mein Gehalt.«

Mrs Archer begriff, dass es besser war, Ally nicht weiter zu drängen. »Du hast recht. Zuviel Neugier kann gefährlich sein in dieser Scheißstadt. Also, wenn du den Bruder ohnehin schon beobachtet hast, dann weißt du bestimmt auch einiges über die Schwester.«

Ally zuckte die Achseln. »Abgesehen davon, dass sie ein bisschen mager ist, weiß ich eigentlich nur, dass sie eine große Sportlerin ist. Nimmt auch an Wettkämpfen teil.«

Diese Informationen waren ein bisschen dürftig und führten nur dazu, dass Mrs Archer noch neugieriger wurde. Schon um ihrer eigenen Sicherheit willen musste sie mehr über dieses Mädchen herausfinden – *Der Mann* interessierte sich für sie, und soweit sie wusste, war er kein Pädophiler. Es musste einen anderen Grund geben. Und Wissen war Sicherheit in ihrem Gewerbe.

Mrs Archer beschloss, *Den Mann* anzurufen. Das durfte sie eigentlich nicht. Wenn überhaupt, dann rief er sie an – und auch das nur sehr selten. Aber am Ende würde er ihr dafür dankbar sein, wenn sie ihm mitteilte, dass die Lumsdons ihr Lokal belagert und nach Brad gefragt hatten. Das würde den Druck ein bisschen verringern und *Dem Mann* zeigen, dass nicht sie, sondern dieser niedliche blonde Arsch das Problem war.

20

Lorraine schloss die Tür ab und stöckelte auf das zivile Dienstfahrzeug zu. Luke hatte frei, und deshalb saß Carter am Steuer. Als er merkte, dass der blonde Feger, den er so interessiert gemustert hatte, seine Chefin war, wurde er rot.

Man hatte ihm gesagt, er solle sich lässig anziehen. Lorraine musterte seine schwarzen Hosen und das gelbe Sweatshirt, nickte und sagte: »Das geht schon.« Sie befestigte ihren Gurt und fügte hinzu: »Denken Sie dran: Wir sind nicht zusammen da. Sie sollen mir nur den Rücken freihalten.« Er nickte.

»Und noch etwas, Carter.«

»Ja, Chefin?«

»Sie können den Mund jetzt wieder zumachen.«

Carter errötete erneut. »Aber Chefin, Sie haben ja sogar die Farbe Ihrer Augen verändert.«

»Fahren Sie einfach los, Carter.«

Sie waren schon auf der A9, auf dem Weg zum Hunderennen, als Lorraine sagte: »Irgendwo hier ist doch diese neue Schwulenkneipe, das *Lotus Lips* oder so?«

»Direkt am Kreisverkehr, hinter dem Kino und dem McDonald's.«

»Okay, fahren Sie da mal vorbei.«

Ein paar Minuten später hielten sie vor einem großen rosa Gebäude, dessen Mauern in unregelmäßigen Abständen mit mannshohen roten Lippen bemalt waren. Sie saßen eine Weile im Wagen und sahen zu, wie etliche als Elvis verkleidete Männer dem Eingang zustrebten.

»Ist wohl Elvis-Nacht im Club, was?« sagte Carter. Der Blick, mit dem Lorraine ihn bestrafte, ließ ihn allerdings wünschen, er hätte sich auf die Zunge gebissen.

»Ein guter Polizist«, sagte sie höhnisch, »hätte wohl schon zuvor die Plakate bemerkt, die das ankündigen. Vielleicht«, fügte sie noch hinzu, »hätte er auch in der Zeitung darüber gelesen.«

Carter sank tief in den Sitz. Sein Gesicht war blutrot. Wenn seine Chefin wollte, konnte sie sehr bösartig sein. Warum war sie in letzter Zeit nur so übellaunig?

»Okay, Sie warten hier auf mich.« Lorraine stieg aus und ging zum Eingang der *Lotus Lips*.

Sie war schon fast drinnen, als ihr der Weg plötzlich von einem kräftigen, goldbraunen Arm versperrt wurde, dessen Besitzer offenbar täglich im Fitness-Studio trainierte. »Tut mir leid, Schätzchen, aber ich glaube, das ist nicht die richtige Kneipe für dich.«

Sie verfolgte den Arm mit den Augen, bis ihr Blick auf ein Paar goldbraune Augen stieß. Mit schneidender Stimme sagte sie: »Gehen Sie aus dem Weg, ehe ich Ihnen den Arm breche.«

Überrascht machte der Rausschmeißer einen Schritt rückwärts und musterte sie. Als er ihre entschlossene Haltung sah, nickte er mit einem belustigten Lächeln. »Ich glaube fast, du meinst das ernst.«

»Da tun Sie auch gut dran.«

»Okay, okay.« Er zuckte die Achseln. »Wenn du unbedingt willst, Schätzchen. Kein Grund, sich zu streiten, nicht wahr?«

»Wenn Sie es sagen.« Sie ging an ihm vorbei und betrat die halbdunkle Bar.

Es war in der Tat Elvis-Nacht. Neunzig Prozent der Männer waren im Kostüm gekommen, und einige sahen so echt aus, dass man glauben konnte, der King sei noch immer lebendig. Der Rest waren Frauen – oder zumindest sehr gute Kopien.

Es gab eine riesige Tanzfläche, und den Hintergrund der Bühne bildete ein künstlicher Wasserfall. Die Bar hatte ein künstliches Strohdach aus Plastik, und in den Drinks steckten zierliche kleine Papierschirmchen. An die hundert Paare tanzten zu den Klängen von *Wooden Heart*.

Lorraine sah sich um, und ihren scharfen Augen entging nichts. Jeder einzelne Elvis wurde gemustert und analysiert. Auch die Briefchen mit Ecstasy und Kokain, die unter den Tischen herumgereicht wurden, registrierte sie sehr genau. Da war wohl mal eine Razzia fällig. Sie machte gerade die zweite Runde, als ihr Blick an einem Paar an der Bar hängenblieb.

Es war nicht der Elvis, der ihre Aufmerksamkeit weckte, sondern seine Begleitung. Sie erschien ihr nur allzu vertraut. Die schwarze Ponyfrisur war eindeutig eine Perücke. Aber es war nicht nur das; mehr als die Hälfte aller Anwesenden – sie selbst eingeschlossen – trugen Perücken. Es war mehr die Körpersprache, besonders die Art, wie die Dame ihr Glas hielt.

Lorraine umrundete langsam die Tanzfläche, ohne das Paar aus den Augen zu lassen. Je näher sie kam, desto sicherer war sie sich.

Dann stand sie direkt hinter den beiden, drehte ihnen den Rücken zu und wartete ab.

Schließlich stand der als Elvis kostümierte Mann auf, um Zigaretten zu holen. Blitzschnell drehte sich Lorraine um, fasste den Bubikopf im Petticoat an der Schulter – und sah ihrem Ehemann ins Gesicht.

»John?« fragte sie heiser. »Warum?«

Er war viel zu schockiert, um etwas zu sagen. Er sprang auf die Füße und suchte nach einem Fluchtweg, aber Lorraine war schneller. Der Haken, den sie ihm verpasste, war energisch genug, um ihn rückwärts taumeln zu lassen. Er riss seinen Barhocker um und segelte über den Fußboden.

Lorraine stellte sich über ihn und starrte, die Arme in die Hüften gestemmt, auf ihn herunter. Die Perücke war über sein linkes Auge gerutscht und gab ihm ein ziemlich komisches Aussehen, aber Lorraine lachte nicht. Sie hatte sich tausend Dinge ausgedacht, die sie ihm sagen wollte. Aber als sie ihn jetzt da liegen sah, schüttelte sie bloß traurig den Kopf. Sie musterte ihn noch eine Sekunde, dann wandte sie sich ab und ging hocherhobenen Hauptes zum Ausgang.

Der sonnengebräunte Rausschmeißer hatte alles beobachtet. Lorraine warf ihm einen Blick zu, aber er war klug genug, nichts zu sagen.

Sie warf sich neben Carter ins Auto. »Los, fahren Sie! Ich fühle mich, als wär ich in der *Twilight Zone* gewesen.«

Entschlossen, keinen weiteren Fehler mehr zu machen, hielt Carter den Mund, auch als er im Rückspiegel einige aufgeregte Elvisse sah, die mit den Armen fuchtelten und auf Lorraine zeigten. Er ließ den Motor an, legte den Gang ein und machte sich auf den Weg zurück zur A9.

Fünf Minuten später ließ er Lorraine vor dem *Regal Sunderland Stadium* aussteigen und fuhr dann weiter zum Parkplatz. Vor dem Eingang hatte sich eine Schlange gebildet, und Lorraine wippte nervös auf den Fußballen, als sie sich anstellte. Sie musterte sorgfältig ihre Umgebung und hörte auch auf die Gesprächsfetzen, die sie nebenbei aufschnappte. Im Vordergrund stand die Erhöhung der Eintrittspreise. Hunderennen waren immer ein billiges Vergnügen gewesen, da reagierten die Leute empfindlich auf jeden Aufschlag. Als sie weit genug vorgerückt war, drehte sich Lorraine um und überprüfte die hinter ihr Stehenden.

Nichts. Die Menge kam in Bewegung, und zwei Minuten später war Lorraine in der Halle. Sie suchte sich aufs Geratewohl einen Platz und setzte sich mit dem Rücken zur Wand. Sie studierte ihren Wettschein, aber sie war viel zu aufgewühlt, um sich auf das bevorstehende Rennen zu konzentrieren. Die Buchstaben verschwammen ihr vor den Augen, die Auseinandersetzung mit ihrem Mann ging ihr nicht aus dem Kopf. Mal bedauerte sie die Attacke, mal wünschte sie sich, sie hätte ihm noch viel mehr getan. Ihm das Bein gebrochen, oder den Hals. Er hatte alles verdient, was er gekriegt hatte. *Und wenn ich mich bei ihm angesteckt habe, dann bring ich ihn um.*

Wenn sie jemand gefragt hätte, wie sie sich fühlte, hätte sie keine Antwort gewusst. *Merkwürdig* war das einzige Wort, das ihr einfiel. Mit einem Fuß war sie im Hier und Jetzt, aber der andere hinkte eine Woche hinter der Zeit her. Wenn jemand gefragt hätte, hätte sie sicher gesagt: *Danke, gut.* Wie oft am Tag sagt man das? Und wie oft ist es eine fette Lüge?

Sie zwang sich zur Konzentration. Sie musste diesen verdammten Brad finden. Vier junge Menschenleben hingen davon ab, dass sie ihre Aufgabe erfolgreich erfüllte. Da durften ihr die privaten Probleme nicht in den Weg kommen. Sie nahm ihren Wettschein und kreuzte blindlings Hund Nr. 3 an.

Im Wettbüro bemerkte sie Carter an einem der anderen Schalter, ließ sich aber nichts anmerken. Vorsichtig sah sie sich um. Der geheimnisvolle Brad war noch immer nirgends zu sehen. *Wo zum Teufel ist dieser Mistkerl?*

Lorraine verließ sich darauf, dass ein regelmäßiger Spieler wie Brad von seiner Leidenschaft nicht lassen konnte. Spieler waren genauso süchtig wie Junkies – früher oder später brauchten sie einen Schuss.

Er *musste* einfach heute Nacht auftauchen. Die Zeit für Claire und die anderen wurde knapp.

Lorraine überprüfte ihr Handy, aber es gab keine Nachrichten. *Verdammt nochmal!* Die Kollegen mussten die Großmutter doch endlich gefunden haben! Wie schwer konnte es denn sein, so eine alte Frau aufzuspüren?

Als sie das Handy wieder in ihre Handtasche fallen ließ, bemerkte sie einen kräftigen Mann, der sie aufmerksam ansah, ließ sich aber nichts anmerken. Ohnehin hatte sie mittlerweile das Schalterfenster erreicht und gab der gelangweilten Frau dahinter den Wettschein. »Zehn Pfund auf Sieg. Nummer drei. Der Hund ist super in Form heute Abend.«

Eine Viertelstunde später war das Rennen gelaufen, und Lorraine sah Carter zum Schalter zurückkehren, um seinen Gewinn zu kassieren. Wieso hatte der auf den Sieger gesetzt und sie nicht? Nummer sechs und nicht Nummer drei.

So ein verdammter Glückspilz!

Mark sprang in Newbottle aus dem Bus. Er kam sich ein bisschen komisch vor, weil er's so eilig hatte, aber aus Gründen, die er selbst nicht verstand, musste er Kerry unbedingt wiedersehen. Er schien sie einfach nicht aus seinen Gedanken verdrängen zu können. Auf den Wagen hatte er verzichtet, sein Vater war in letzter Zeit so beschäftigt, dass es wohl keine gute Idee gewesen wäre, ihn wegen so etwas zu fragen.

Mark überquerte die Straße und ging, Robbies Beschreibungen folgend, an der Schule, den Hecken und Wiesen vorbei zu den Seahills hinunter. Kerrys Haus war nicht schwer zu finden. Die Straßenschilder waren in gutem Zustand, und der Stadtrat sorgte auch dafür, dass die Häuser alle ordentlich nummeriert waren. Mark durchquerte den Vorgarten und klopfte. Ein kleiner Junge mit dunkler Hautfarbe machte die Tür auf.

»Was wollen Sie?« fragte er, nachdem er Mark gründlich angestarrt hatte.

»Ist, äh, Kerry zu Hause?«

»Nein.« Die Tür begann sich vor seiner Nase zu schließen, aber in diesem Augenblick wurde sein Name gerufen. Er drehte sich hastig um und sah Kerry, Robbie und einen weiteren Jungen die Straße heraufkommen.

»Entschuldige, Mark«, sie warf Darren einen vernichtenden Blick zu. »Normalerweise ist er nicht so unfreundlich.«

Darren zuckte die Achseln und verschwand ins Haus. Die Tür ließ er offen.

»Grüß dich, Mark«, sagte Robbie, »komm rein.«

Mark nickte, wartete aber, bis die anderen an ihm vorbeigegangen waren, ehe er ihnen folgte. Er sah, wie sich Kerry bemühte, etwas Ordnung zu schaffen, indem sie schnell irgendwelche Kleider unter dem Sofa versteckte. Zwei kleine Mädchen und ein junger Mann sahen fern.

»Danke, Clay«, sagte Kerry zu dem jungen Mann. »Das war sehr nett.«

»Kein Problem, Kerry.« Der junge Mann stand auf und ging zur Tür. »Bis später.«

Als er gegangen war, richteten sich alle Blicke auf Mark, der etwas verlegen hinter dem Sofa stand, denn alle Sitzplätze waren inzwischen besetzt. Es entstand eine Pause, dann hörte man Emma die Nase hochziehen.

»Ich dachte, ich schau mal vorbei«, sagte Mark. »Ich wollte nur sehen, ob eure Schwester schon wieder da ist.«

»Nein, ist sie nicht«, schnappte Darren.

Robbie gab Darren einen Klaps. »Komm, mach mal Platz für Mark. Der möchte sich auch setzen.«

»Sag Mickey doch, er soll aufstehen«, knurrte Darren. »*Ich* wohn schließlich hier und nicht er.«

»Jetzt mach mal 'nen Punkt, Darren. Mickey ist unser Gast. Wir haben uns gerade um deine Probleme gekümmert, und Mickey hat uns geholfen. Also beweg deinen Arsch, ja?«

Knurrend setzte Darren sich auf den Fußboden. Im Fernsehen liefen die *Simpsons*, und Suzy kicherte lebhaft. Die *Simpsons* waren ein gutes Mittel, um die Kinder ruhig zu stellen, und Robbie hatte sich oft gewünscht, dass sie einen Videorecorder hätten.

Mit finsterer Miene verfolgte Darren den Film. »Und was ist jetzt mit Kenny?«

»Das ist geklärt«, sagte Robbie. »Nach unserem Besuch im *Blue Lion* waren wir bei seiner Schwester, und ich halte es nicht für ausgeschlossen, dass er morgen mit einem blauen Auge in die Schule kommt.«

»Toll! Und was glaubt ihr, wem er die Schuld daran gibt?«

»Seine Schwester wird ihm nicht verraten, wer's ihr gesagt hat.«

»Denkt ihr vielleicht, Kenny ist blöd, oder was?«

»Darren, ich hab dir gesagt, wir haben die Sache geklärt, ja? Es ist alles klar. Du brauchst den Typen nur aus dem Wege zu gehen.«

Darren seufzte, als trüge er das ganze Gewicht der Welt auf den Schultern.

Emma wandte ihre Aufmerksamkeit für eine Sekunde vom Fernseher ab und musterte Mark von oben bis unten. Dann schnüffelte sie, wischte sich mit dem Ärmel über die Nase und fragte mit schriller Stimme: »Bist du jetzt Kerrys Typ, oder was?«

»Emma!« schrie Kerry mit hochroten Wangen und warf mit einem Sofakissen nach ihr, das Emma sofort zurückwarf. Es landete aber auf Darren, der aufsprang und es seiner Schwester an den Kopf schleuderte. Mark schaute verblüfft zu. Er war nicht gewöhnt an die Streitereien in großen Familien und versuchte seine Verlegenheit so gut es ging zu verbergen, aber sein Gesicht war genauso hochrot wie Kerrys.

Robbie versuchte die Situation zu retten. »Ruhe jetzt. Habt ihr vielleicht Lust auf Pizza?«

Sofort begannen alle darüber zu streiten, was sie für Zutaten wollten.

Mark zog sein Handy heraus. »Lasst mich das machen. Wie heißt die Nummer?«

Die Lumsdons sahen ihn verblüfft an, und Mark fragte sich, was er jetzt wieder falsch gemacht hatte.

»Die Nummer weiß ich nich'«, sagte Robbie nach einigem Zögern. »Wir holen sie uns immer selber.«

»Oh!« Mark steckte sein Handy zurück in die Tasche.

»Ich weiß die Nummer«, sagte Mickey und zog sein Notizbuch heraus. Am Ende musste Mark gleich drei verschiedene Pizzen bestellen, weil sich Emma, Darren und Suzy nicht einigen konnten.

»Und?« fragte Mark zwei Stunden später, als er mit Kerry am oberen Ende von Coaly Lane stand. »Kommst du morgen zu mir? Du kannst deinen Badeanzug mitbringen, wir haben einen Swimmingpool im Haus.«

Verfluchte Scheiße, was haben die bloß für ein Haus? dachte Kerry. *Ein Schloss, oder was?*

Sie seufzte innerlich, ehe sie sagte: »Ich weiß nicht, Mark. Es ist irgendwie komisch.«

»Wieso?«

»Na ja, du kommst von da oben, und ich von da unten.« Sie zeigte zu den Seahills hinunter und zuckte die Achseln.

Mark war verwirrt. »Ja, und?«

»Und? Merkst du denn nicht, was das für ein Unterschied ist? Wenn du das nicht siehst, bist du blind, Mark. Du musst dir doch vorgekommen sein wie der kleine Lord bei den Slumkindern.«

»Quatsch! Wie kommst du denn darauf?« Er drehte sich zu ihr um.

»Verdammt nochmal! Du hast doch sogar noch richtige Pizza bestellt! Hast du das nicht kapiert? Ohne dich hätte es überhaupt keine Pizza gegeben. Das war doch ein Witz! Das macht Robbie immer, wenn er sie ablenken will. Er macht trockenen Toast, und wir tun alle so, als wäre es Pizza mit Oliven und Schinken und sonst was. Oder wir setzen uns in das Unkraut im Garten und tun so, als wär es die Costa del Großkotz. Bei solchen Spielen sind wir ganz großartig. Das macht die jahrelange Übung.« Ihre Stimme war immer schriller geworden, und am Ende hatte sie beinahe geschrien.

»Oh.« Mark war schockiert. Ihm fehlten die Worte. Verzweifelt suchte er nach einer Möglichkeit, jetzt nicht zur Bushaltestelle gehen zu müssen. Schließlich sagte er leise: »Hör mal, es macht doch nichts, dass meine Familie Geld hat und deine nicht. Wir sind immer reich gewesen, aber Geld ist nicht alles.«

»Ach, Scheiße! *Geld ist nicht alles.* Wie kommt es dann, dass es immer die reichen Leute sind, die so was sagen? Leute, die nichts haben, sagen das nicht, das kann ich dir versichern.«

Marks Schultern sanken herab. Als Kerry sein bedrücktes Gesicht sah, schmolz ihre Wut wie Schnee an der Sonne. »Okay«, sagte sie leise. »Ich komme. Aber ich kann nur bis zwei. Meine Mutter kommt morgen aus dem Krankenhaus. Da muss ich zu Haus sein.«

Marks Gesicht strahlte. »Klasse! Ich hol dich um zehn Uhr am Bus ab, okay? Sag mir, was du gern zum Lunch hättest, dann sag ich der Köchin Bescheid.«

Ich werd verrückt! Lunch! Worauf hab ich mich da eingelassen? Und dann auch noch eine Köchin!

»Völlig egal. Ich esse alles. Solange es englisch ist. Das ausländische Zeug mag ich nicht so.« *Als ob ich es jemals probiert hätte!* Sie wollte noch etwas in diesem Sinne hinzufügen, aber in diesem Augenblick kam der Bus.

»Gut!« sagte er lächelnd. Dann machte er einen Schritt vorwärts, und ehe sie wusste, wie ihr geschah, gab er ihr einen Kuss auf die Wange.

Kerry war sprachlos. Sie konnte nicht einmal *Tschüs* sagen und stand – die Finger auf die Wange gepresst – immer noch wie angewurzelt vor dem Wartehäuschen, als der Bus längst über alle Berge war. Schließlich ließ sie ihre Hand ungläubig sinken und ging mit strahlenden Augen nach Hause.

Außer seiner Sprache, dachte sie, *mag ich eigentlich alles an ihm.* Der Oberklassenakzent schien seit ihrer ersten Begegnung stärker geworden zu sein, und Kerry vermutete zu recht, dass Mark sich in seiner Sprache anpasste, wenn er mit seinen Kumpels herumzog.

Lorraine hatte es satt. Sie war müde und hatte fast fünfzig Pfund verloren, während Carter einen Gewinn nach dem anderen am Wettschalter abholte.

Sie warf ihm einen Blick zu und gab ihm das Zeichen zur Abfahrt. Aber im selben Augenblick musste sie ihre ganze Selbstbeherrschung aufbieten, um nicht zusammenzuzucken und aus der Rolle zu fallen: Direkt hinter Carter stand *Brad* in der Schlange.

Der blonde Jüngling, den sie seit vier Tagen suchten!

Carter hatte das nicht gemerkt und war deshalb ziemlich verblüfft, als er sah, dass seine Chefin plötzlich den Kopf schüttelte. Zum Glück war er klug genug, sich nicht abrupt umzudrehen.

Plötzlich kam Lorraine auf ihn zu und lächelte, als wäre er ein seit langem vermisster Liebhaber. Während er noch überlegte, was das nun wieder zu bedeuten hätte, drehte sich Lorraine blitzschnell um und packte den blonden Jüngling am Ellbogen. Ihre Finger krallten sich so fest in sein Fleisch, dass Brads Unterarm praktisch gelähmt war.

»Was soll das?« fragte er und versuchte sie mit seinem freien Arm wegzustoßen. Aber jetzt hatte Carter begriffen. Er packte Brads Handgelenk und drehte ihm den Arm auf den Rücken.

Doch Brad war nicht allein auf dem Rennplatz. Zwei stämmige Männer, einer vollkommen kahl, der andere mit kurzgeschnittenen braunen Haaren, tauchten neben ihm auf und machten Miene, ihn zu befreien.

»Verschwindet«, fauchte Lorraine. »Der gehört mir!«

Der Kahlköpfige musterte die attraktive Blondine mit einem belustigten Lächeln. »Na, so verzweifelt kannst du doch gar nicht sein, Schätzchen, dass du sie schon von der Straße wegfangen musst?!«

»Schafft mir das Miststück vom Hals!« zischte Brad, dessen Arm höllisch schmerzte. Lorraine wusste genau, wo sie anpacken musste.

Der Kahle hob die Hand, aber der andere hielt ihn zurück. »Lass sein«, sagte er, während sich seine Augen verengten. »Das gibt bloß Ärger.«

»Was?«

Der Kurzhaarige warf Brad einen Blick zu. »Ich hab dir doch gesagt, du sollst dich mal eine Weile bedeckt halten, Junge.« Er wandte sich ab und verschwand in der Menge.

Dem Kahlkopf blieb nichts anderes übrig, als ihm zu folgen. »Was weißt du, was ich nicht weiß?« fragte er, als er ihn eingeholt hatte.

»Die Frau ist bei der Kripo«, sagte der Kurzhaarige. »Mit der leg ich mich nicht an. Die frisst deine Eier zum Frühstück, wenn du nicht aufpasst. Wegen der hat mein Bruder sechs Jahre gekriegt.«

»Und wieso hab ich sie noch nie gesehen? So eine Schnalle vergisst man doch nicht.«

Der andere zuckte die Achseln. »Was weiß ich. Aber eins kann ich dir sagen: *Der Mann* wird das gar nicht mögen.«

Als Lorraine zum Haus ihrer Mutter kam, war es schon fast zwei Uhr morgens. Sie hatte beschlossen, in ihrem alten Kinder-, dem jetzigen Gästezimmer des Hauses zu schlafen, weil ihr der Gedanke an ihre leere Ehe-Wohnung ganz unerträglich war. Mavis lag zusammengerollt auf der Couch.

»Mama, ich bin's«, sagte Lorraine und berührte sie an der Schulter.

Mavis öffnete zögernd ein Auge. »Ich hab nicht geschlafen«, sagte sie. »Wie geht's, Schatz?«

»Es geht so.«

»Ich setz mal Wasser auf«, sagte Mavis, schwang sich vom Sofa, knotete ihren gelben Bademantel zusammen und ging in die Küche.

Ein paar Minuten später wärmten sie sich die Hände an ihren Teetassen. Lorraine erzählte ihrer Mutter, was der Abend gebracht hatte.

Als Lorraine zu den Ereignissen im *Lotus Lips* kam, konnte sich ihre Mutter kaum noch zurückhalten. »Ich glaub's nicht«, prustete sie und musste sich den Tee vom Kinn wischen. »Im Petticoat! Das ist ja das letzte!«

Sie beugte sich vor und tätschelte ihrer Tochter das Knie. »Du hast das Richtige getan, Liebling. Mach dir deshalb keine Sorgen. Ein paar hinter die Ohren war genau das richtige für den Arsch.« Sie fing an zu lachen. »Entschuldige, Liebling! Ich kann's mir so richtig vorstellen.«

Lorraine versuchte, ernst zu bleiben, aber das Lachen ihrer Mutter war ansteckend. Sie grinste und sagte: »Tja, ich glaube, ich fühl mich schon besser.«

»Lass es einfach hinter dir, Liebling, okay?«

»Vielleicht wenn das Ergebnis des Aids-Tests okay ist ... bis dahin werd ich wohl ziemlich nervös bleiben.«

Mavis nickte. »Das kann ich verstehen.« Sie zitterte selbst um ihr einziges Kind und hoffte innig, dass der Test negativ sein würde. Aber sie wusste auch, dass es im Moment am besten war, nicht daran zu denken. Man machte sich ja sonst nur verrückt.

Sie beschloss, das Thema zu wechseln. »Wie geht's denn mit diesem Brad weiter?«

»Vorläufig gar nicht. Wir haben ihn verhaftet und fünf Stunden verhört, aber er sagt nichts. Jetzt sitzt er in seiner Zelle, damit er nachdenken kann. Er hat verlangt, seinen Anwalt zu sprechen, aber der ist nicht da.«

»Gut so, lasst den Kerl schmoren. Aber wie geht es weiter?«

»Wir machen morgen früh weiter. So oder so. Ich werde schon rausfinden, was er mit den Mädchen gemacht hat. Und seine Großmutter haben wir auch gefunden. Sie war in Jarrow bei ihren drei Töchtern. Eine davon ist Brads Mutter, aber keine von ihnen scheint sich besonders zu interessieren für ihn.«

»Klingt, als wären sie allesamt Monster.«

Lorraine gähnte. »Ja, finde ich auch.« Sie stand auf und gab ihrer Mutter einen Kuss auf die Wange. »Ich geh jetzt erst mal ins Bett, Mama. Schlaf gut!«

Mavis streichelte ihre Schulter und sah ihr nach, als ihre Tochter das Zimmer verließ. Dann seufzte sie einmal tief, nahm die Tassen und räumte sie in die Küche.

Drogenentzug ist ein sehr geräuschvoller Vorgang. Vor dreißig Jahren hätte ein Streifenbeamter, wenn er zu Fuß durch die Stadt ging, die lauten Schreie, die aus dem *Blue Lion* kamen, gehört, und seine Nachforschungen hätten viele interessante Dinge zutage gefördert. Aber alles, was die beiden Polizeibeamten hörten, die in dieser Nacht am *Blue Lion* vorbeikamen, war das Prasseln des Regens auf dem Dach ihres Vauxhall.

Mrs Archer hatte sich das Gebrüll nun schon seit Stunden angehört und wusste, dass es die ganze Nacht so weitergehen konnte. Ihr Schlafzimmer lag genau über dem Hinterzimmer, in dem Stevie seine private Hölle durchlebte. Sie saß auf der Kante ihres satinbezogenen Bettes und betrachtete den falschen Luxus der Einrichtung.

»Soll das dumme Arschloch sich doch den Schädel einschlagen«, murmelte sie. *Der Mann* war wütend geworden, als sie ihm von Kerrys Besuch im *Blue Lion* erzählt hatte. Der Hinweis auf Brad hatte seine Wut zwar in eine andere Richtung gelenkt, aber das reichte nicht. Er hatte sie auf ganz unverzeihliche Weise beschimpft, und sie wusste, es würde nicht dabei bleiben.

Der Mistkerl schien zu vergessen, was er ihr alles verdankte. Wenn sie ihm nicht einige Probleme vom Hals geschafft hätte, würde er heute wohl nicht in seinem vornehmen Haus auf dem Hügel sitzen und seine Millionen zählen. Aber daran dachte er natürlich nicht mehr. Nein, wie es schien, gab er ihr die Schuld daran, dass sein Kartenhaus einzustürzen begann. *Und wenn Der Mann anfängt, dir die Schuld für etwas zu geben, dann hat es keinen Sinn, mit ihm zu diskutieren. Was ist es bloß, was ihn an dieser Kerry so aufregt?*

Mrs Archer spürte, dass ihr der Wind ins Gesicht blies, und sie wusste, es gab nur eine Lösung: Aussteigen und abhauen, solange sie das noch konnte. *Der Mann* war wütend, und ihr nächster Fehler war mit Sicherheit ihr letzter. Falls er nicht jetzt schon beschlossen hatte, sie auszuschalten. Mrs Archer fasste einen Entschluss, und ihre Hand zitterte, als sie zum Telefon griff.

Samstag

21

Dreimal stand Kerry auf der langen Fahrt nach South Shields von ihrem Platz auf, um auszusteigen, und dreimal setzte sie sich wieder hin. Aber jetzt war sie da, und Mark stand an der Bushaltestelle. Er wartete auf sie, und es gab kein Zurück mehr. Sie sprang aus dem Bus, und Mark strahlte. »Ich wusste, du würdest kommen!« Er fasste sie an der Hand und zog sie zu dem Wagen, der auf der anderen Straßenseite parkte. Er hatte Jake dazu gebracht, mit ihm zur Bushaltestelle zu kommen, denn Jake tat ihm gern mal einen Gefallen und würde ihn auch nicht bei seinem Vater verpetzen.

Ach, herrje! dachte Kerry. *Ist das wirklich ein Scheiß-Rolls-Royce, oder was?* Jake hielt ihr die Tür auf, und sie setzte sich in den Fond, ohne Marks Hand auch nur eine Sekunde lang loszulassen. Vorsichtig sog sie den Duft des edlen Leders ein.

So was von unglaublich. Das gibt's überhaupt nicht.

Mark redete während der gesamten Fahrt wie ein Wasserfall. Kerry hatte kaum eine Chance, etwas zu sagen, worüber sie allerdings gar nicht unglücklich war. Als sie schließlich ankamen und Mark allmählich verstummte, war sie von dem Anblick, der sich ihr bot, wie gelähmt.

Der Rolls hielt vor einem schwarzen schmiedeeisernen Tor mit vergoldeten Spitzen. Links und rechts standen zwei große steinerne Einhörner Wache. Der Fahrer sagte etwas in ein Telefon, und die beiden Torflügel öffneten sich. Sie fuhren hinein, und die Torflügel schlossen sich hinter ihnen. Irgendwie war Kerry das unheimlich.

Die Auffahrt zum Haus war von ausgedehnten Rasenflächen umgeben, und das Haus selbst war riesig. Kerry konnte sich gerade noch zurückhalten, »Ach, du Scheiße!« zu sagen. *Das ist ja kein Haus,* dachte sie, *das ist ein Schloss!*

Der Fahrer hielt ihr die Tür auf und lächelte zu ihr herunter, aber sein Anblick gefiel ihr nicht im Geringsten. Sein Lächeln erinnerte sie an eine Giftschlange, die sie mal im Fernsehen gesehen hatte.

»Komm!« sagte Mark. Er war so glücklich, sie dazuhaben, dass er sie fast mit Gewalt aus dem Wagen und die breite Treppe hinaufgezerrt hätte.

Es brauchte schon einiges, um Kerry aus der Fassung zu bringen, aber die respektgebietende Größe des Eingangs schüchterte sie doch ein, und plötzlich wünschte sie sich nur noch, wieder zu Hause zu sein. Sie hatte das Gefühl, wenn sie über diese Schwelle gegangen war, würde dieses Haus sie womöglich für immer verschlingen.

Zum ersten Mal seit der Bushaltestelle ließ sie Marks Hand los und blieb am Fuß der sechs Stufen stehen. Er wandte sich verwirrt zu ihr um. »Was ist denn?«

Kerry presste die Lippen zusammen.

»Bitte, Kerry! Es gibt keinen Grund, sich zu fürchten. Komm rein.«

Kerry war hin und her gerissen zwischen ihrem Instinkt zu flüchten und dem Wissen, dass ihre Gefühle vollkommen irrational waren. Sie verspürte eine eigenartige Sehnsucht nach den Seahills, aber Mark bat sie so dringend zu bleiben. Wenn sie sich weigerte, ins Haus zu gehen, würde Mark denken, dass sie ein richtiges Dummerchen war, und das war das letzte, was sie wollte. Denn sie wollte unbedingt, dass er sie mochte. Sie mochte ihn mehr als jeden anderen, den sie je kennen gelernt hatte. Und eigentlich war *mögen* gar nicht das richtige Wort.

Mark schien sie auch zu mögen – und wenn sie jetzt weglief, würde sie ihn vielleicht nie wiedersehen.

Er sah sie bittend an und streckte die Hand erneut aus.

Na schön. Wenn ich schon reingehe, dann lieber gleich. Es ist schließlich auch nur ein Haus. Seit wann hab ich denn Angst vor Häusern?

Sie holte tief Luft und setzte ein Lächeln auf, dann stieg sie die drei Stufen hinauf und ging Hand in Hand mit Mark durch den Eingang.

Es war zehn Uhr, und Brad schäumte fast vor Empörung. Seit sieben Uhr saß er jetzt auf dem harten Stuhl im Verhörraum.

Drei verdammte Stunden, und man hatte ihm keinen Schluck zu trinken und keinen Bissen zu essen gegeben. Nicht mal eine Zigarette hatten die Schweine ihn rauchen lassen. Abwechselnd vier Polizisten hatten ihm gegenübergesessen. Jede halbe Stunde ein anderer. Dann gingen sie raus, und wenn sie wieder zurückkamen, rochen sie nach Kaffee und Zigaretten.

Er hätte schwören können, dass der Rothaarige mit den zahllosen Sommersprossen, der ihn die halbe Nacht lang gegrillt hatte, gerade draußen gesessen und Spiegeleier mit Schinken verputzt hatte. Brad hatte es durch die Tür riechen können. Verdammt nochmal, er war *hungrig!*

Er konnte es gar nicht erwarten, seinem Rechtsanwalt davon zu erzählen. *Wo bleibt der faule Sack bloß!*

Er fragte sich kurz, ob *Der Mann* ihm vielleicht eine Lektion erteilen wollte, aber mit der Arroganz der Jungen und Dummen verdrängte er den Gedanken gleich wieder.

Wo die blonde Bullenschlampe wohl war, die ihn geschnappt hatte? Komisch, dass so eine sexy Puppe als Polizistin herumlief. Und was für eine!

Aber wart's nur ab, du blöde Schnalle, wenn mein Anwalt die Blutergüsse an meinem Bein sieht! Dann kommst du in eine Anstalt, und da gehörst du auch hin.

Und der Ellenbogen tat auch immer noch weh. Brad rieb sich den Arm. Scheiße, der fühlte sich gar nicht gut an. Diese Bullen waren nichts als brutale Schläger. *Schmerzensgeld werd ich ver-*

langen, dann kriegt die Schnalle schon, was sie verdient. Was bildet dieses blonde Miststück sich eigentlich ein?

Der muss man mal zeigen, wo's langgeht. Wenn ich die mal nachts allein erwische, dann helfe ihr Gott!

Seine Kiefer mahlten. Er ballte die Hände zu Fäusten.

Der rothaarige Polizist mit den Sommersprossen grinste.

Du kriegst auch noch dein Fett, du Scheißkerl. Wart's nur ab! Brad verzog das Gesicht. *Glaub mir, Pumuckl, du und die Schläger-Schnalle, ihr werdet es noch bedauern, dass ihr euch mit mir angelegt habt.*

Wütend umklammerte er die Unterkante des Stuhls mit den Fäusten. Wo die blöde Tussi wohl sein mochte?

Die für Brads wachsendes Unbehagen verantwortliche Beamtin war in der Einsatzzentrale und erörterte die kopflosen Leichen mit ihrem Team.

Lorraine trug ein graues Kostüm mit weißer Bluse. Die Haare hatte sie zu einem strengen Knoten geschlungen. Sie drehte eine braune Hornbrille in ihrer Hand. Ihr Gesicht war blass, denn sie hatte nur wenig geschlafen. Sie war meilenweit entfernt von dem Sexpüppchen, das Brad arretiert hatte.

»Wir haben bisher also kaum Fortschritte gemacht, oder?« sagte sie gerade und klappte den schmalen Schnellhefter zu, der vor ihr auf dem Tisch lag.

Die versammelten Beamten wussten, dass es eine Feststellung war und keine Frage. Sie wussten auch, dass die Chefin in den letzten Tagen praktisch für niemand zu sprechen gewesen war, und das war sehr ungewöhnlich für ihre Verhältnisse. Über die Ursachen wurde viel spekuliert, aber kaum jemand hielt es für möglich, dass ausgerechnet Lorraine irgendwelche persönlichen Gründe für ihr Verhalten gehabt haben könnte.

Sie warteten ab, worauf die Chefin hinauswollte, und sie erfuhren es nur allzu bald.

»Luke, was hat dir Mrs Holland über ihren verschollenen

Sohn erzählt? Gab es da irgendwelche Hinweise auf ein Verbrechen?«

Luke zuckte die Achseln. »Eigentlich nicht. Sie fing an zu weinen, als ich ihr sagte, was wir vermuten, aber fünf Minuten später redete sie schon wieder über die leckeren Fish 'n' Chips, die ich mitgebracht hatte. Das einzige Auffällige war, dass sie mich fragte, wo eigentlich Dean Nesbitt sei.«

Lorraine runzelte die Stirn.

»Ich habe schon seit Jahren nicht mehr an ihn gedacht«, sagte Luke. »Er war etwas älter als ich. Er war viel mit Jack Holland zusammen, aber nachdem Jack verschwunden war, hatte er nicht mehr viele Freunde. Es hieß, er wäre nach London gegangen, um Arbeit zu suchen, aber ich frage mich, ob er nicht eine von den anderen Leichen ist. Schließlich waren die beiden befreundet und sind auch etwa um dieselbe Zeit verschwunden.«

Lorraine nickte. »Einfach dürfte das nicht werden. Die Spur ist sehr alt. Aber geh der Sache ruhig mal nach. Vielleicht hat dieser Nesbitt tatsächlich etwas damit zu tun.« Nachdenklich knabberte sie an ihrem Bleistift.

Jetzt meldete sich Sara Jacobs. »Scottie sagt, der jüngste Tote sei ungefähr sechzehn gewesen. Er sei kurz nach diesem Jack Holland umgebracht worden.«

Lorraine legte den Bleistift beiseite. »Wenn es dieser Nesbitt wäre, hätten wir zumindest zwei von ihnen identifiziert.« Luke nickte.

Die Beamten glaubten, die Lagebesprechung sei damit beendet, und wollten schon gehen, aber Lorraine erhob noch einmal die Stimme.

»Übrigens, wenn ihr denkt, ich hätte vergessen, dass wir hier eine undichte Stelle haben, dann irrt ihr euch gewaltig. Die Presse belagert uns nach wie vor, und einer von euch ist daran schuld! Ist der oder die Betreffende vielleicht inzwischen bereit, sich zu melden? Glaubt bloß nicht, ich lasse das auf sich beruhen!«

Einige Mitglieder des Teams schüttelten die Köpfe, andere

zuckten die Achseln. Als sich zeigte, dass ihr niemand direkt ins Gesicht sehen mochte, ging Lorraine aus dem Raum, verzichtete aber darauf, die Tür zuzuknallen. Die Chancen, das Leck tatsächlich zu finden, waren denkbar gering, aber es konnte nicht schaden, die Truppe an die nötige Disziplin zu erinnern.

Sie betrat den kahlen, graugestrichenen Verhörraum, und als sie Brads blonden Hinterkopf sah, verzog sie das Gesicht. Sie setzte sich neben Carter und warf dem Gefangenen einen kalten Blick zu.

Brad nickte zufrieden. »Das wurde aber auch höchste Zeit«, fauchte er. »Ich würde gern einige Beschwerden über diesen Laden hier loswerden! Als erstes haben Sie da draußen so eine verrückte Blonde, die willkürlich Leute verhaftet. Ich weiß wirklich nicht, was die von mir will. In eine Irrenanstalt gehört die, wenn Sie mich fragen –«

»Wie geht's Ihrem Arm?« fragte Lorraine.

»Was?« Brad warf ihr einen unsicheren Blick zu.

»Der Arm? Tut er noch weh? Sie hätten lieber keinen Widerstand leisten sollen, als wir Sie verhaftet haben.«

Jetzt fiel der Groschen. »Ich glaub's nicht!« schrie Brad, sprang auf und riss den Stuhl dabei um. Aber Carter war genauso schnell. Mit der einen Hand hielt er den Stuhl fest, mit der anderen drückte er Brad wieder fest auf den Sitz.

»Jetzt verlieren Sie doch nicht gleich die Nerven!« sagte Lorraine höhnisch.

»Dich mach ich fertig, du blonde Hexe«, schrie Brad mit rotem Gesicht. »Und der da wird auch bald keine Sommersprossen mehr haben, der blöde Bulle! Wenn ich mit dem fertig bin, ist sein Gesicht bloß noch rohes Fleisch!«

Lorraine gähnte und warf Carter einen gelangweilten Blick zu. »Liegt es an mir oder ist es dieses gemütliche Zimmerchen hier? Die Leute überschlagen sich ja förmlich mit Drohungen, wenn sie hier drin sind. Oder ist es vielleicht unser Job?«

»Das wäre denkbar, Boss«, sagte Carter mit einem schüchternen Lächeln.

»Ach, ihr seid wohl Dick und Doof, ja?« knurrte Brad.

»Jetzt reicht's«, sagte Lorraine und schlug mit der Faust auf den Tisch. »Schluss mit dem netten Geplauder. Jetzt wirst du uns ein paar Auskünfte geben, Brad – oder wie immer du heute heißt. Und als erstes möchte ich wissen, ob du jemals mit Drogen gedealt hast.«

»Ach, daher pfeift der Wind?« Brad entspannte sich sichtlich. »Nein, mit Drogen hatte ich nie was zu tun.«

Lorraine war die Erleichterung Brads nicht entgangen. »Du handelst lieber mit lebendem Fleisch, was?«

»Was?« Brad starrte sie an, als wäre sie eine Kobra. Jetzt wusste er, dass es ernst wurde. Er fing an zu schreien: »Wo ist mein Rechtsanwalt? Ich will meinen Anwalt!«

Lorraine war zufrieden. Jetzt hatte sie ihn. Sie sprang auf, schlug mit der Faust auf den Tisch und brüllte ihm direkt ins Gesicht: »Wo sind die Mädchen, du Scheißkerl?«

Kerry und Mark saßen am Swimmingpool. Sie waren fast eine Stunde geschwommen, und Kerrys Unbehagen war für den Augenblick verschwunden. Der Swimmingpool war einfach herrlich. Das Becken war riesig, und ringsum standen richtige Palmen in großen Kübeln. Im Sommer konnte man sogar das Dach öffnen. In ihrem ganzen Leben hatte sie noch nie etwas so Luxuriöses gesehen. Die Vorstellung, in einem Haus zu leben, wo man jeden Tag schwimmen konnte, war einfach herrlich.

»Und?« Mark stellte seine Diät-Cola auf dem Korbtischchen ab. »Hast du Hunger?«

Gott sei Dank, dachte Kerry. Schon seit einer halben Stunde hoffte sie inständig, das Thema Essen würde endlich erwähnt werden. Ihr Magen knurrte, und es wäre ihr schrecklich peinlich gewesen, wenn Mark das gehört hätte.

»Ach, ja. Jetzt, wo du es erwähnst ...«

»Gut. Wollen wir hier essen? Oder lieber im Esszimmer?«

»Das ist mir egal. Ich bin da ganz locker.« *Bloß halb verhungert. Bitte, beeilt euch, sonst fress ich das Tischbein!*

Lächelnd drückte Mark auf den Knopf einer Wechselsprechanlage. »Hamburger, Fritten und Salat? Ist das okay?«

»Ja, cool!«

Und wenn's nicht bald kommt, fress ich dein Bein noch dazu.

Ein paar Minuten später kam Jake mit einem überquellenden Tischlein-deck-dich. Schon der Duft der selbstgemachten Hamburger ließ Kerry das Wasser im Munde zusammenlaufen. Eine ganze Minute lang konnte sie nichts mehr sagen – vor lauter Angst, es könnte ihr aus dem Mund tropfen.

Als sie schließlich satt war und das Gefühl hatte, sich kaum noch bewegen zu können, wischte sie sich mit einer Serviette den Mund ab, ehe sie Mark anlächelte. »Ich hab in meinem ganzen Leben noch keine so leckeren Burger gegessen.« Trotz der ungewohnten Umgebung war sie jetzt beinahe entspannt, aber dann fiel ihr Blick auf die Uhr an der Wand.

Du meine Güte, wo ist die Zeit bloß geblieben?

»Tut mir leid, Mark, ich glaube, ich muss jetzt gehen. Sonst ist meine Mutter noch vor mir zu Hause.«

»Das ist in Ordnung. Wir können ja den Wagen nehmen, dann sind wir im Nu bei dir.«

»In dem Ding fahr ich nicht nach Hause! Die Leute würden sich noch tagelang das Maul zerreißen. Nein, wochenlang.«

Mark lachte. »Das ist doch albern. Was sollen die Leute schon sagen?«

»Du würdest dich wundern.« Sie dachte einen Augenblick nach und lächelte dann. »Du könntest mich vielleicht oben in Newbottle absetzen, und ich renne dann schnell den Abhang hinunter.«

»Sag mal, Kerry, kannst du eigentlich auch einfach *gehen*?«

»Nicht, wenn sich's vermeiden lässt.« Sie war so vergnügt wie schon seit Tagen nicht mehr. Ein paar Stunden lang waren die Sorgen um ihre Mutter und Claire vergessen gewesen, und dafür war sie Mark dankbar.

»Ich ziehe mich an«, sagte sie und griff nach dem Handtuch.

»Okay. Wir treffen uns dann in der Lounge. Du weißt ja: erst rechts, dann die zweite links im Flur, wenn du reingehst.«

Kerry verschwand in der Garderobe und beeilte sich mit dem Umziehen, aber als sie in die Schwimmhalle zurückkam, war Mark schon verschwunden.

Scheiße. Ging es jetzt rechts oder links raus?

Kerry stand unter der Uhr und sah sich um. Zu ihrem Entsetzen gab es sowohl links als auch rechts eine Tür.

Typisch.

Sie wählte die Tür auf der Linken. Sie führte in einen langen, mit dunklem Holz getäfelten Gang. Als sie um die Ecke ging und zu einer in die Wand eingelassenen Tür kam, wusste sie endgültig, dass sie auf dem falschen Weg war. An eine solche Geheimtür konnte sie sich bestimmt nicht erinnern.

Andererseits: Irgendwohin musste die Tür schließlich führen. Sie griff nach der Klinke, und wollte sie schon herunterdrücken, als sie die tiefe Stimme eines Mannes durch die getäfelte Tür hörte. Sie konnte zwar nichts verstehen, aber die Stimme war hart und sarkastisch. Kerry ließ die Klinke erschrocken los und lief hastig wieder zurück in die Schwimmhalle.

Diesmal versuchte sie die andere Tür, und nach einigem Hin und Her fand sie auch glücklich die Lounge.

Sie stieß einen Seufzer der Erleichterung aus. Dieses Haus war wirklich unheimlich.

Mark spielte ein Computerspiel auf dem Bildschirm. Er sah sie an und lächelte, konnte sich aber nicht gleich von den Monstern losreißen, die er mit seiner Laserpistole aufs Korn nahm.

Kerry sah sich in der Lounge um. Der Raum war fantastisch, es gab gar kein anderes Wort, obwohl ihr die Mischung von Grau und Rosa ein bisschen zu zart war. Sie mochte lieber kräftige Farben. Aber dass hier viel Geld investiert worden war, ließ sich nicht übersehen.

Sie entdeckte ein paar Fotos auf einem kleinen Onyx-Tischchen. Sie ließ ihre Finger über das fünfsitzige rosa Sofa gleiten und hob eins der Bilder hoch.

Ein etwa dreijähriger Junge mit dunklen Haaren lächelte sie an. Kerry lächelte zurück. Mark, in den sie allmählich richtig verknallt war, hatte sich nicht sehr verändert. Sie stellte das Foto behutsam zurück und nahm sich das nächste.

Das war ein Familienfoto: ein Mann, eine Frau und Mark, noch ein Jahr jünger als auf dem ersten Bild. Der Mann, offensichtlich Marks Vater, kam ihr vage bekannt vor. Kerry konnte ihn nicht recht einordnen, aber es würde ihr schon noch einfallen.

Komisch, Mark hat mir gar nicht erzählt, was sein Vater von Beruf ist, dachte sie, ehe sie einen genaueren Blick auf die Frau warf.

»Oh Gott!« Erschrocken ließ Kerry das Bild auf den Tisch krachen. Das Glas zerbrach und Splitter flogen in alle Richtungen.

Mark ließ seine Spielkonsole fallen und kam Kerry zu Hilfe. Die Monster auf dem Bildschirm konnten jetzt ungehindert alles fressen, was ihnen über den Weg lief.

»Hast du dir wehgetan?« fragte er ängstlich und griff nach Kerrys Hand. Beruhigt stellte er fest, dass sie nicht blutete, und fing an, die Scherben aufzusammeln. Erst als er wieder hochkam, bemerkte er Kerrys schockiertes Gesicht.

Sie war käseweiß geworden und sah selbst aus wie ein altes Foto.

»Kerry.« Behutsam griff er nach ihrem Arm. »Ist alles in Ordnung?«

Sie brauchte einen Moment, bis sie ihn überhaupt wahrnahm. Dann stieß sie ihn mit beiden Händen gewaltsam weg.

Wie immer gab es keine Kompromisse für sie. »Wie zum Teufel«, schrie sie, »kommt meine Mutter auf ein Foto mit deinem Vater und dir?«

22

Claire streckte sich, so gut sie konnte. Ihr ganzer Körper schmerzte. Und der Schorf auf ihren Knien war auch wieder aufgebrochen.

Der stillere der beiden Männer hatte ihnen die Handschellen abgenommen und das Klebeband vom Mund gerissen. Wenn sie auch nur einen Ton von sich gäben, hatte er ihnen gesagt, würden sie nichts mehr zu essen erhalten.

O je, dachte Claire. *Keine Cornflakes mehr. Das wäre ja schrecklich.* Eigentlich hatte sie ständig nur schrecklichen Durst.

Trotzdem hatten sie sich nicht gemuckst, sondern hatten sich in einer Ecke zusammengedrängt wie Schafe im Sturm. Als ihre Bewacher zu schlafen schienen, hatten Claire und Jade leise miteinander geflüstert, und Claire hatte sich immer wieder gefragt, was wohl Kerry an ihrer Stelle tun würde. Jedesmal war die Antwort dieselbe: *Kerry wäre gar nicht erst so blöd gewesen.*

Einmal war sie von betrunkenen Nachtschwärmern, die draußen auf der Straße vorbeizogen, aus ihren unruhigen Träumen geweckt worden. Es war sehr dunkel in dem Beerdigungsinstitut, aber der Strahl einer Straßenlaterne hatte den Weg durch die Vorhänge in die Aufbahrungshalle gefunden. Sie hatte schon den Mund geöffnet, um zu schreien und Hilfe herbeizurufen, als Jade ihr einen Tritt gab und auf die beiden Männer zeigte, die ebenfalls aufgewacht waren und ihnen drohende Blicke zuwarfen. »Sei still«, hatte Jade ihr ins Ohr geflüstert. »Ehe die Kerle da draußen begreifen, was hier drin los ist, sind wir längst tot.«

Aber die lange Nacht war jetzt endlich vorbei, und Claire sah, wie Laughing Man hinausging und fünf Minuten später mit einem Tablett zurückkehrte.

»Nicht schon wieder«, stöhnte sie leise.

Sie bemerkte, wie Tracys Bein zuckte. Das Mädchen war gestern gewaltsam gefüttert worden, und seither war sie so apathisch, dass sie auf gar nichts mehr reagierte. Gesprochen hatte sie schon seit Tagen nicht mehr. Donna war in ähnlich schlechter Verfassung.

Claire und Jade hatten sich viel Mühe gegeben, um Tracy aus ihrem Zustand herauszureißen. Am Anfang hatten sie es mit gutem Zureden versucht, dann mit Streicheln und schließlich mit Schubsen und sachten Tritten. Aber Tracy war wie eine kaputte Puppe und dämmerte bewegungslos vor sich hin. Am Ende hatte Jade sogar versucht, sie auf telepathischem Weg zu erreichen, und sie stundenlang angestarrt, aber auch das schien nichts zu bewirken. Tracy war in einer anderen Welt, zu der nur sie Zutritt hatte.

Erst als ihr Laughing Man plötzlich einen Löffel mit Cornflakes in den Mund zu schieben versuchte, wurde Claire bewusst, das sie selbst nicht mehr bei Bewusstsein gewesen war. Sie bemühte sich, den angebotenen Löffel mit Cornflakes zu schlucken, aber die Milch war lauwarm und nicht mehr ganz frisch. Warme Milch hatte sie immer gehasst, sie würgte ganz unfreiwillig und dann kotzte sie Laughing Man ohne jede Vorwarnung in den Schoß.

»Du blöde Kuh!« brüllte er, sprang auf und riss dabei sämtliche anderen Schüsselchen mit um. Milch tränkte seine Hosenbeine, und Cornflakes klebten an seinen Schuhen. Auch auf dem Boden schwamm eine Milchpfütze. Um seine Wut irgendwie abzureagieren, schlug Laughing Man auf die Särge ein, die an der Wand standen. »Du blöde Sau!« schrie er. »Ich bring dich um, ich stech dich ab!«

Benommen stolperte Claire auf die Füße und tat das einzige, was sie tun konnte. Sie tat, was Kerry getan hätte: Sie rannte aus der Tür und die Treppe zur Straße hinauf, ehe Laughing Man in seiner Wut überhaupt merkte, dass sie sich bewegt hatte. Erst die Tür, die hinter ihr zuschlug, verriet ihre Flucht.

Ally war am Morgen hinter Kerrys Bus hergefahren und ziemlich überrascht gewesen, als er den Rolls-Royce sah, der sie in South Shields abholte. Er war an dem schwarzen Tor mit den goldenen Spitzen vorbeigefahren, hinter dem Mark und Kerry verschwunden waren, und war nach hundert Metern ans Ende der stillen Straße gekommen. Er hatte gewendet und schließlich ein Stück weiter unten in der Nähe einer ähnlich prunkvollen Einfahrt geparkt. *Eine richtige Bonzengegend,* dachte er, als er sich umsah. *Hier könnt's mir auch gefallen.*

Dann ging er die gewundene, baumbestandene Straße wieder hinauf, bis er zu einem kleinen Park kam, wo er sich auf eine Bank setzte. Das Tor mit den goldenen Spitzen konnte er von hier aus ohne große Mühe im Auge behalten.

Der leichte Regen, der zwei Stunden später einsetzte, machte seinen Aufenthalt allerdings ziemlich unangenehm, und Ally kam zu dem Schluss, dass es besser wäre, im Wagen zu warten. Er kam gerade rechtzeitig, um zu sehen, wie sein geliebter Rover abgeschleppt wurde.

»He!« schrie er, rannte und fuchtelte mit den Armen, aber der Abschleppwagen ließ sich nicht aufhalten.

»Verdammt!« Atemlos blieb er mitten auf der Straße stehen und sah sich um. Er entdeckte einen alten Mann, der eine Hecke stutzte, und ging auf ihn zu.

»Wer hat denn den Scheiß-Abschleppwagen gerufen?« fragte er und zeigte in die Richtung, in der sein Auto verschwunden war.

Der alte Knabe zuckte die Achseln und schnippelte weiter an seiner Hecke herum.

»Hören Sie mal, Sie alter Kacker«, schrie Ally. »Ich stell eine höfliche Frage, und Sie antworten nicht. Sind Sie taub oder was?«

Der alte Mann richtete sich auf und warf Ally einen verächtlichen Blick zu. »Mit dieser Art vulgärer Ausdrucksweise kommen Sie hier nicht weiter, junger Mann.«

»Ach, fick dich doch, alter Sack!« Ally marschierte die Straße wieder hinauf. Als er seinen Beobachtungsposten wieder erreicht hatte, rief er einen seiner Brüder an, damit der ihn abholte.

Gerade als er das Handy wieder einstecken wollte, stürmte plötzlich Kerry aus dem schwarzen Tor mit den goldenen Spitzen. Sie fegte an den beiden steinernen Einhörnern vorbei und raste die Straße herunter.

Mit offenem Mund starrte Ally ihr nach. Ehe er blinzeln konnte, war sie verschwunden.

»Herrje!« sagte er kopfschüttelnd. »Wie soll man denn so jemand einholen? Möchte wissen, was sie so erschreckt hat.«

Kerry rannte wie von Furien gehetzt. Wenn ihr jemand in die Quere kam, musste er froh sein, wenn sie ihn nicht einfach umstieß. Das Pflaster schien ihr unter den Füßen zu schmelzen. Sie hatte nur ein Ziel: nach Hause.

Zum Glück stand ein Bus an der Endhaltestelle bereit, aber gerade als sie ihn erreichte, setzte er sich in Bewegung. Kerry lief nebenher und schlug mit der Faust an die Tür.

Der Bus stoppte, die Türen öffneten sich, und der Fahrer starrte wütend auf sie herunter. »Hast du eigentlich eine Ahnung, wie gefährlich das ist, was du da gerade gemacht hast?«

Kerry ignorierte das einfach, sprang auf die Plattform und legte dem Fahrer das Geld hin. »Nach Newbottle, bitte.«

Er gab ihr das Wechselgeld und den Fahrschein und knurrte: »Euch jungen Leuten ist das wohl alles egal, was? Kein *bitte*, kein *danke*. Einfach drauflos.«

»Könnten Sie vielleicht einfach losfahren? Ich brauch keinen Vortrag. Und wenn Sie mir zugehört hätten, wüssten Sie, dass ich *bitte* gesagt habe.«

»Jetzt reicht's! Das muss ich mir nicht gefallen lassen. Los, aussteigen!«

»Was?«

»Du hast gehört, was ich gesagt habe! Los, aussteigen!«

Kerry sah, wie wütend der Mann war, und die Aussicht auf einen endlosen Weg nach Hause ernüchterte sie. Hatte sie's womöglich wieder mal übertrieben? »Hören Sie, es tut mir leid«, sagte sie. »Ich will bloß nach Hause. Bitte, ich muss dringend heim.«

Der Busfahrer hatte selbst Töchter und wusste, dass Mädchen in diesem Alter sehr launisch sein konnten, aber gegen unverschämte Fahrgäste war er allergisch. Dann sah er, dass Kerry kurz davor war zu heulen, und so gab er nach. »Setz dich, und halt die Klappe«, sagte er knurrend.

»Danke«, sagte Kerry und seufzte. Sie steckte ihr Wechselgeld ein und stieg die Treppe hinauf zum Oberdeck, das nahezu vollkommen leer war. *Die Welt ist voller Arschlöcher, und ich muss jedem einzelnen über den Weg laufen.*

Aber dann hatte sie doch ein schlechtes Gewissen. Sie war wirklich patzig gewesen, und wenn das ihre Mutter gehört hätte, hätte sie mächtig Ärger gekriegt. Sie setzte sich ganz nach vorn, wo wieder ein feiner Nieselregen die Scheiben hinablief.

Hoffentlich ist Mam schon zu Hause. Jetzt will ich die ganze Wahrheit von ihr wissen. Diesmal kommt sie mir nicht mehr aus.

Die Frau auf dem Foto war ihre Mutter gewesen, da war sie sich ganz sicher. Was hatte das zu bedeuten?

Jason wusste wirklich nicht mehr, was er tun sollte. Auf der einen Seite hatte er Stevie am Hals, der im Hinterzimmer eingesperrt war und um Stoff bettelte. Auf der anderen Seite war Mrs Archer verschwunden.

Gähnend schaute er auf die Tür, hinter der Stevie festsaß. Wenigstens war das kleine Arschloch jetzt ruhig. Wahrscheinlich schlief er. Jason rückte den Ohrensessel, in dem er letzte Nacht geschlafen hatte, wieder an den Tisch in der sogenannten »Salon Bar«. Irgendwann letzte Nacht musste sich Mrs Archer davongemacht haben, dabei hätte er schwören können, dass er kein Auge zugetan hatte.

Wo war sie bloß?

Jason verstand überhaupt nichts mehr.

Er hatte Lily hereingelassen, und schon brüllte sie, er solle ein neues Fass anstechen. Wie es schien, brüllte ihn derzeit jeder an, dabei war er der einzige, der überhaupt noch was tat.

Er ging in den Keller und schloss das neue Fass an die Leitungen an. Die Pumpen hätten dringend geputzt werden müssen, aber das konnte warten, bis die Chefin wieder im Haus war. *Nach ein paar Halben merken diese Wichser doch sowieso nichts mehr.* Er seufzte schwer und schleppte sein Gewicht die Kellertreppe wieder hinauf.

»Was hat die dürre Hexe vor?« murmelte er, als er zurück in die Bar kam.

»Was?« fragte Dave Wilson, dessen sechs Kinder die ganze Seahills-Siedlung terrorisierten. Er streckte sein Kinn vor.

»Ach, nichts«, sagte Jason. Genau wie alle anderen Leute hütete er sich vor Wilson. Der Mann war ein wandelnder Berg und stark wie ein Ochse. Seine Söhne waren zwischen drei und acht Jahren alt und trieben sich alle sechs auf den Straßen herum.

»Bist du sicher? Ich helfe dir gern. Du musst es nur sagen.«

»Nein, vielen Dank, Davie.« Jason flüchtete in den Hof hinaus, wo Tess die ersten richtigen Sonnenstrahlen seit Wochen genoss.

»Davie Wilsons Hilfe! Das wäre das letzte, was ich jetzt brauche.« Tess schlug mit dem Schwanz auf den Zementboden und leckte Jason die Hand, als er ihr eine Büchse Hundefutter in ihren Napf kippte. Er tätschelte der Hündin den Kopf. Irgendwie fühlte er sich immer gleich besser, wenn er sich mit ihr unterhielt.

Drinnen stellte Lily ihrem Stammgast gerade ein frisches Bier hin. »Kümmer dich gar nicht um ihn, Davie, er ist ein undankbarer Bursche«, sagte sie.

Davie nickte. Er nahm einen kräftigen Schluck und fragte: »Wo sind denn die beiden Mädchen aus Hetton? Ich dachte, sie arbeiten samstags?«

»Ich glaube, der Großvater von der einen ist gestorben«, sagte Lily. »Ich kann sie sowieso nicht auseinanderhalten.«

Jason kraulte der Hündin die Ohren und flüsterte: »Ich

wette, der große Davie ist mächtig enttäuscht, dass heute Lily bedient. Wir wissen ja alle, dass er nicht wegen dem Bier kommt.« Er kicherte und ging zum Hinterausgang des Hofes, in der vagen Hoffnung, dass Mrs Archer dort irgendwo auftauchen würde. Aber auch die Gasse, die hinter den Häusern entlanglief, war leer. Er wollte das Tor schon wieder schließen, als ihn eine braune Hand stoppte.

»Wo ist sie?« fragte Ally. »Ich versuche jetzt schon seit über einer Stunde anzurufen, aber sie meldet sich einfach nicht.«

»Keine Ahnung. Ich hab die ganze Nacht den Babysitter für diesen blöden Stevie gespielt, und ich hab sie nicht rausgehen hören. Der Kerl hat allerdings so viel Krach gemacht, da hätte die halbe Armee sich hinausschleichen können. Heute Morgen ist sie nicht runtergekommen. Ich musste alles allein machen.«

»Hast du schon oben geklopft?«

»Na sicher, Mann. Denkst du vielleicht, ich bin blöd? Als sie beim ersten Mal nicht gekommen ist, bin ich später noch zwei-, dreimal oben gewesen, für den Fall, dass sie vielleicht krank ist.«

»Vielleicht hatte sie einen Herzanfall? Du hättest die Tür aufbrechen sollen.«

Jason warf ihm einen spöttischen Blick zu. »Hättest du das getan?«

Ally zögerte. »Nein, sie ist eigentlich gesund wie ein Pferd.«

Jason konnte nicht widerstehen und sagte: »Aussehen tut sie jedenfalls so.« Sie lachten.

»Was willst du denn überhaupt von ihr?« fragte Jason.

»Ach, es geht um die kleine Lumsdon. Ich bin ihr zu diesem Haus in South Shields gefolgt. Das heißt, eigentlich war es mehr wie ein Schloss.«

»Klar, ich hab auch gehört, dass Prince Charles da jetzt wohnt.«

»Ach, hör auf, mich zu verarschen. Jedenfalls kam sie ein paar Stunden später da rausgerannt wie vom wilden Affen gebissen.«

»Und? Hast du sie eingefangen?« Jason warf ihm einen weiteren spöttischen Blick zu.

»Seh ich eigentlich blöd aus, oder was?«

Jason zuckte höflich die Schultern. »Also, was soll ich ihr sagen, wenn sie kommt?«

»Ach, nichts. Sie soll mich bloß auf dem Handy anrufen.« Ally verschwand genauso rasch, wie er gekommen war.

»Jason!« schrie Lily aus dem Inneren der Kneipe. »Deine Mutter ist am Telefon.«

»Ich komm ja schon«, grunzte Jason. Heute war wirklich die Hölle los. Andererseits wusste Jason, dass seine Mutter nur anrief, wenn sie saftige Neuigkeiten hatte.

Unter den aufmerksamen Blicken von Davie und Lily griff er nach dem Hörer.

»Das gibt's ja gar nicht!« sagte er, nachdem er die ersten paar Sätze seiner Mutter gehört hatte, und seine Zuhörer spitzten die Ohren. »Das gibt's ja gar nicht!« wiederholte er kurz darauf. Lily fing an, die Theke mit einem Geschirrtuch zu wischen, und pirschte sich näher heran. Jason sah sie kommen und drehte sich um. Lily verzog enttäuscht das Gesicht, und Dave grinste mitfühlend.

Einen Augenblick später legte Jason den Hörer zurück auf die Gabel, ging ins Hinterzimmer und schloss die Tür hinter sich. Stevie hockte in einer Ecke und starrte ausdruckslos vor sich hin.

Jason sah ihn wütend an. Dieses Stück Scheiße da hatte etwas getan, was er, Jason, stets abgelehnt hatte. Er hatte Drogen an Kinder verkauft. Und wenn Jasons Mutter recht hatte, dann ging es einem dieser Kinder sehr schlecht.

Schon aus einiger Entfernung konnte Jason den Schweiß riechen, der Stevie aus allen Poren herausquoll. Er stellte sich vor ihn hin und trat ihm ans Schienbein.

Stevie stöhnte. »Was ist los? Warum hast du das jetzt gemacht, du Spinner?« Er rieb sich das Bein, das ohnehin höllisch schmerzte. Seit er keine Drogen mehr kriegte, war sein ganzer

Körper ein einziges Schmerzknäuel. Das Schienbein brannte, als wäre es mit Benzin übergossen.

»Ich werd dir sagen, was los ist, du Scheißkerl. Eins der Mädchen, die du beliefert hast, liegt im Krankenhaus auf der Intensivstation. Es heißt, dass sie wahrscheinlich nicht überlebt.«

»Das ist doch nicht meine Schuld. Das dumme Ding hätt's ja nicht nehmen müssen.«

»Du herzloses Arschloch«, sagte Jason und gab Stevie noch einen Tritt. »Soll ich dir mal was sagen? Ich hasse dich, du dreckiges Schwein.«

»Aber wieso denn?« fragte Stevie und umklammerte sein schmerzendes Bein. Er wusste wirklich nicht, was er Jason getan haben könnte.

»Ach, das kapierst du doch sowieso nicht.« Jason ging zurück zur Tür. »Wasch dich mal, Dreckschwein. Du stinkst.«

»Hau ab! Du bist hier nicht der Boss. Ich hab's satt, dass du mich rumkommandierst.«

»Wart's nur ab, wenn dich eins von den Kindern verpfeift. Dann wird dir deine Großmäuligkeit schnell vergehen.«

Stevies graues Gesicht wurde noch grauer. »Verdammte Scheiße.« Er versuchte aufzustehen, sackte aber gleich wieder in sich zusammen. »Was soll ich denn machen, wenn eine von den Gören zu singen anfängt?«

»Da brauchst du dir keine Sorgen zu machen. Du gehst in den Knast, am besten gleich für fünf Jahre. Allerdings nur, wenn du es überlebst. Das Mädchen hat drei große Brüder, und wenn die mit dir fertig sind, kannst du vielleicht gleich auf den Friedhof. Der eine ist auch ohne Drogen ein Irrer.«

»Verflucht. Ich kann doch nicht ins Gefängnis. Bring mich hier weg. Wo ist Mrs Archer? Sie muss mir helfen. Wo ist sie?«

»Das weiß der Himmel.«

Die nackte Willenskraft und das rasende Adrenalin trieben Claire wie im Flug die acht Stufen hinauf. Sie riss die erste Tür auf, die sie fand. Der Raum war dunkel, denn das Fenster war mit Brettern vernagelt. Schwaches Licht drang durch die Ritzen, und sie machte einen Schritt vorwärts.

Sie war in einer Art Lagerraum, und als sich ihre Augen an das schwache Licht angepasst hatten, sah sie, dass es das Sarglager war.

Was soll ich bloß machen? Gott, was soll ich bloß machen?

Sie zitterte am ganzen Körper. Wo sollte sie hinlaufen?

Hilfe, bitte helft mir doch! Bitte! Die Gedanken rasten ihr so schnell durch den Kopf, dass sie gar nicht auf die Idee kam, wirklich um Hilfe zu rufen.

In ihrer Angst entdeckte sie schließlich eine Lücke zwischen den Särgen.

Reinquetschen! Da muss ich mich reinquetschen! Da findet mich keiner.

Sie wollte einen weiteren Schritt vorwärts machen, aber es ging nicht. Ihre Haare hingen irgendwo fest. Sie schüttelte den Kopf und versuchte, sich loszureißen, aber es ging nicht. Sie griff nach hinten – und stieß einen schrecklichen Schrei aus, als ihre Hand die fremden Finger in ihren Haaren berührte, die sie eisern festhielten.

Dann wurde ihr Kopf gewaltsam zurückgerissen, und Laughing Man blies ihr schweratmend ins Ohr.

»Na, schrei schon!« zischte er. »Schrei, kleine Kröte! Dann kann ich dich wenigstens kaltmachen. Ist mir doch wurscht, wieviel du wert bist. Los, schrei schon!«

Claire erstarrte.

Er drehte ihren Kopf um und grinste sie irre an. Dann packte er sie am Oberarm. In Sekunden hatte er sie wieder im Souterrain. Er schleifte sie über den Boden und warf sie zwischen die anderen Mädchen. Einen Augenblick lang stand er bloß da und starrte lachend auf sie hinunter.

Dann hörte er plötzlich auf, und das Schweigen war erschreckender als der Lärm, den er gemacht hatte. Claire kriegte Gänsehaut am ganzen Körper und zitterte unkontrollierbar. Sie war so gut wie tot.

Lässig öffnete er seinen Gürtel. Claire spürte, wie Jades Herz raste und ihr eigenes noch schneller schlug. Langsam und genüsslich zog Laughing Man seinen Gürtel aus den Schlaufen der Jeans, legte ihn auf die Hälfte zusammen und ließ ihn in seine Hand klatschen. Claire und Jade, die einzigen, die überhaupt noch mitkriegten, was da geschah, begannen zu wimmern.

Laughing Man lachte und machte einen Schritt auf sie zu.

Darren saß mit dem Kopf in den Händen auf der Treppe und weigerte sich, seiner Schwester Suzy zum x-ten Mal zu bestätigen, dass ihre neuen roten Turnschuhe »echt klasse« waren.

Suzy seufzte, betrachtete liebevoll ihre Schuhe und hüpfte hinauf in ihr Schlafzimmer.

Erst als Emma erschien, die ihren rechten Fuß nachzog und wie ein Weltmeister schniefte, sprang Darren auf. »Du brauchst gar kein Theater zu machen«, schrie er. »Jetzt bin ich dran, und ehe ich nicht mein Fußballbuch hab, kriegst du gar nichts.« Türenschlagend rannte er auf die Straße.

Ohne Publikum sah Emma keinen Sinn mehr in ihrer Vorstellung und ging ohne weitere Leidenszeichen die Treppe hinauf.

Darren beschloß, Kenny einen Besuch abzustatten, und stapfte den Abhang hinauf Richtung Newbottle. Er war erst halb oben, da kam ihm Kenny entgegengerannt.

Darren blieb stehen, und als Kenny näher kam, sah er, dass der Fleck in seinem Gesicht keineswegs Schmutz, sondern ein blauschwarzer Bluterguss war. »Das tut mir leid, Ken«, sagte er, als sein Freund ihn erreichte.

Aber Kenny zuckte bloß die Achseln; er hatte Interessanteres zu erzählen. »Hast du schon von Jilly Belmont gehört?« fragte er.

»Was ist denn mit ihr?«

»Sie ist vielleicht tot.«

»Nein! Nein, das gibt's doch nicht! Hat sie einen Unfall gehabt?«

Kenny schüttelte den Kopf, und Darren begriff. »Es war eine von diesen Ecstasy-Pillen von Stevie!«

»Genau. Das haben die auch gesagt. Und wenn Robbie meiner Schwester nicht alles erzählt hätte, dann hätte ich das Zeug vielleicht auch geschluckt. Als meine Schwester von Jilly gehört hat, hat sie mir gleich noch eine reingehauen.«

»Ist Jill wirklich tot?« Darren dachte wieder an die Schneeballschlacht letzten Winter, als sie auf seiner Seite gekämpft hatte. Sie hatte so eine dicke gelbe Daunenjacke getragen, und ihre Schneebälle hatten genau dahin getroffen, wohin sie gezielt hatte.

Kenny zuckte die Achseln. »Weiß nicht, kann schon sein. Ich hoffe, dass sie's übersteht. Sie ist eigentlich gar nicht übel – für ein Mädchen. Es heißt, sie ist im Krankenhaus. Sie haben sie an eine Maschine angeschlossen, heißt es.«

»Kenny, wir müssen was unternehmen. Ich sag's ihren Brüdern, wo sie das Zeug hergehabt hat. Kommst du mit?«

»Bist du verrückt? Stevie verpetzen? Dann sind wir so gut wie tot. Außerdem sagt meine Schwester, ich soll die Klappe halten und niemand was sagen.«

Darren kriegte plötzlich wieder Angst. Er war doch nur ein kleiner Junge. Wie sollte er die Drogenbarone bekämpfen, oder Fürsten, oder was immer sie waren. Womöglich gehörte Stevies Vater zur Mafia.

Ob Kerry vor der Mafia Angst haben würde?

Oder vor Außerirdischen?

Scheiße, das hatte doch nichts miteinander zu tun.

Er musste es Jillys Brüdern erzählen. Sie war seine Freundin. Und er würde es auch dem schwarzen Polizisten erzählen, der würde wissen, was man tun musste.

Nachdem er sich einmal entschlossen hatte, gab es kein Halten mehr. Darren drehte um und rannte zurück in die Seahills.

Kenny sah ihm nach und zögerte. Er knabberte an seinem Daumennagel, dann – wie von einem unsichtbaren Gummiband gezogen – begann er Darren zu folgen. Er wollte wissen, was sein Freund vorhatte.

Darren rannte immer schneller, und als er bei Jillys Haus ankam, war er ganz außer Puste. Er stützte sich einen Augenblick auf die Gartenpforte, um wieder zu Atem zu kommen.

Er war aber schon gesehen worden, und die Tür öffnete sich, noch ehe er klopfte. Carl, der jüngste von Jillys drei Brüdern, stand vor ihm. Carl war über einsneunzig, und einen Augenblick lang hatte Darren fast Angst.

»Wenn du dich nach Jilly erkundigen willst ... sie ist noch am Leben. Aber vielen Dank für die Teilnahme. Ich werd's ihr sagen, wenn sie wieder aufwacht.«

»Ich ... ich ... ich weiß, wer ihr die Drogen gegeben hat«, platzte Darren mit seinem Geständnis heraus. Er sprach so schnell, dass alles wie ein Wort klang.

»Was sagst du da?« fragte Carl misstrauisch.

»Er weiß, wer Jilly die Drogen gegeben hat«, quiekte Kenny von hinten. »Und ich weiß es auch.«

Darren fuhr herum und strahlte. Die Erleichterung, dass er nicht allein dastand, überschwemmte ihn wie eine Flutwelle.

»Na, dann kommt mal rein, ihr zwei«, sagte Carl. »Das wird unser Beefy auch hören wollen.«

23

Mavis stellte ihrer Tochter einen Teller heiße Tomatensuppe hin. »Iss das erst mal, mein Schatz. Ich glaube, wenn ich dir nichts kochen würde, würdest du glatt verhungern. Auch wenn du die Chefin bist, musst du dir mal Zeit zum Essen nehmen.«

Lorraine lächelte, als sie den Löffel in die Suppe tauchte. »Das kannst du Superintendent Clark sagen.«

»Das werd ich auch, wenn ich ihn das nächste Mal sehe.«

»Wehe!« sagte Lorraine und drohte ihr mit dem Löffel.

Mavis zuckte die Achseln. »Vielleicht auch nicht.«

Lorraine war eigentlich gar nicht zum Spaßen zumute. Sie hatten Brad zwar gestern Abend geschnappt, aber der Mistkerl weigerte sich immer noch zu reden. Im Augenblick musste Carter sich mit ihm und dem Rechtsanwalt rumschlagen, der schließlich doch noch gekommen war.

Lorraine war überzeugt, dass Brad der junge Mann war, mit dem die Mädchen zuletzt gesehen worden waren, und sie war fest entschlossen, das zu beweisen. Eigentlich war sie nur bei ihrer Mutter vorbeigefahren, weil sie sich umziehen wollte, ehe sie zu den Lumsdons fuhr. Aber sie hätte sich denken können, dass ihre Mutter sie nicht aus dem Haus lassen würde, ohne ihr etwas zu essen aufgenötigt zu haben.

»Und?« fragte Mavis, während Lorraine brav ihre Suppe löffelte. »Was liegt denn so an?«

»Ach, es geht nicht recht weiter. Ich habe den Eindruck, dass Scottie mit all den kopflosen Leichen und diesem toten Mädchen aus dem Fluss allmählich verrückt wird.«

Mavis wedelte mit der Hand. »Scottie ist schon seit Jahren verrückt, Schatz. Aber es muss doch jemand dieses arme Mädchen vermissen?«

»Mam, es verschwinden Hunderte jedes Jahr. Weltweit sind es Tausende. Und es gibt zahllose Gründe, warum ihr Verschwinden nicht angezeigt wird.«

»Und die werden alle ermordet? Da kann man ja gar nicht mehr ruhig schlafen.«

»Nein, sie werden nicht alle ermordet. Das habe ich nicht gesagt. Aber du würdest dich wundern, wie viele Leute gar nicht wollen, dass man sie findet. Und dann gibt es noch die armen Kinder, die von ihren Eltern weggegeben oder verkauft werden. Solche Eltern werden sich hüten, die Sache zu melden. Sie kämen ja sonst in den Knast.«

Mavis schüttelte traurig den Kopf. Sie hatten das Thema schon öfter erörtert, aber sie fand es immer wieder deprimierend. »Ich kann mir einfach nicht vorstellen, dass eine Mutter ihre eigenen Kinder verkauft.«

»Wenn eine Frau süchtig ist, tut sie alles. Außerdem ist das alles nichts Neues. Seit Tausenden von Jahren sind Kinder verkauft worden.«

»Glaubst du im Ernst, dass dieses arme tote Mädchen von seiner Mutter verkauft worden ist?«

»Zum jetzigen Zeitpunkt kann man noch gar nichts über den Hintergrund sagen. Aber ich habe leider tatsächlich das Gefühl, dass sie irgendwie mit dem Verschwinden der anderen Mädchen zu tun hat.«

»Ich hoffe, du irrst dich.« Aber Mavis konnte nicht leugnen, dass ihre Tochter oft instinktiv recht gehabt hatte mit ihren Vermutungen. Bloß bei ihrem Ehemann hatten ihre Instinkte ganz kläglich versagt.

Während Lorraine mit ihrer Mutter sprach, stieg Vanessa Lumsdon aus Trevors Auto. Ihre Freundin Sandra versuchte ihm ein paar Pfund zuzustecken, aber der hilfsbereite Trevor ließ es nicht zu.

Seit seine Mutter gestorben war, lebte Trevor allein in dem Haus, in dem er aufgewachsen war. Er war jetzt zweiundvierzig und hatte in seinem ganzen Leben noch nie eine Verabredung mit einem Mädchen gehabt. Er war blond und mittelgroß und hätte wohl als gutaussehend gegolten, wäre nicht dieses große brandrote Muttermal auf der linken Gesichtshälfte gewesen. Er war schrecklich schüchtern, und niemand ahnte, dass er Vanessa heimlich verehrte.

Jetzt trug er ihr das Köfferchen hinterher, das sie mit im Krankenhaus gehabt hatte.

»Magst du eine Tasse Tee mit uns trinken?« fragte Sandra.

»Nein – nein, danke.« Trevor stellte den Koffer vor der Tür ab und machte einen Schritt rückwärts. »Ich geh mal lieber nach Hause.«

Die beiden Frauen beobachteten seinen hastigen Rückzug

und warfen sich einen vielsagenden Blick zu. Vanessa zuckte die Achseln, und Sandra griff nach dem Türknauf. Aber da flog die Tür auch schon auf, und Robbie strahlte sie an.

»Das Teewasser kocht schon.«

Sandra hob den Koffer auf und gab ihn Robbie. »Komm, Vanessa. Ich werd mal den Tee machen. Die Mückenpisse, die dein Sohn als Tee bezeichnet, mag ich nicht trinken.«

Robbie lachte, führte seine Mutter ins Wohnzimmer und sorgte dafür, dass sie sich gemütlich auf das Sofa vor dem Kamin setzte. »Na, geht's dir auch wirklich wieder gut, Mam?«

»Sicher, mein Junge. Ich bin froh, wieder zu Hause zu sein.« Vanessa zündete sich eine Zigarette an und lehnte sich bequem zurück. Sie hatte das Gefühl, als wäre sie jahrelang weg gewesen, und einen Augenblick lang bildete sie sich ein, es wäre alles wieder normal – die Vergangenheit begraben und Claire wieder sicher zu Hause.

»Wo sind denn Kerry und die Kinder?«

»Kerry besucht einen Freund, sie müsste eigentlich gleich zurück sein. Darren ist bloß ein paar Minuten weg, und Emma und Suzy sind mit Cal im Park.«

»Guten Abend, Mrs Lumsdon«, sagte Mickey, den Vanessa noch gar nicht bemerkt hatte.

»Ich hatte mich schon gefragt, ob du da bist«, lächelte sie. Er war so oft im Haus, dass sie ihn fast als eins ihrer eigenen Kinder betrachtete.

Sie seufzte, und Robbie fragte sofort, ob es ihr auch wirklich gut ginge. »Ja, mein Schatz. Ich bin froh, dass ich wieder zu Haus bin. Jetzt wird bestimmt bald alles gut.«

In diesem Augenblick kam Sandra mit dem Tee herein.

»He«, sagte Mickey beleidigt, als er nur drei Tassen sah. »Hast du mich vergessen?«

»Wusste doch nicht, dass du schon wieder hier rumhängst, du fauler Sack«, sagte Sandra vergnügt. »Hiev deinen Arsch hoch, und mach dir selbst deinen Tee!«

»Mach ich doch glatt!« grinste Mickey.

Sandra wollte ihm gerade noch etwas mitgeben, als es an die Tür klopfte. Robbie öffnete und fand Dolly Smith auf der Schwelle, die nicht nur ein fröhliches Lächeln, sondern auch ein halbes Dutzend selbstgebackene Pasteten dabeihatte.

»Ich wollte nur mal sehen, ob's deiner Mutter auch wieder gut geht«, sagte sie.

Was Robbie sich so übersetzte: *Ich muss unbedingt als erste erfahren, was los war.*

»Ach ja«, fügte Dolly hinzu, als wären ihr die Pasteten gerade erst wieder eingefallen. »Die hab ich für euch gebacken.«

»Kommen Sie doch rein«, sagte Robbie und trat zurück. Dollys Corned-beef-und-Kartoffel-Pasteten waren Legende, und wenn es nach Robbie ging, konnte sie den ganzen Tag quasseln, wenn er dafür ein Stück von ihrer Pastete bekam.

Eine Minute später saß Dolly im Wohnzimmer auf dem Stuhl, den Robbie gerade geräumt hatte. Sie hatte eine Tasse Tee in der einen und einen Teller mit ihrer eigenen Pastete in der anderen Hand und holte zum großen Schlag aus: »Habt ihr schon von diesen kopflosen Leichen gehört, die überall auftauchen? Ist das nicht grässlich?«

Wie gewöhnlich wartete sie nicht, bis jemand geantwortet hatte, sondern plapperte einfach weiter. »Ich wette, die Polizisten haben nicht die geringste Ahnung. Wie immer. Dabei weiß doch jeder, dass der Sohn von Mrs Holland sechs Zehen gehabt hat. Die alten Leute haben damals gesagt, es wäre ein Zeichen des Teufels. Aber Jack war kein schlechter Kerl, nur ein bisschen wild.«

Vanessa war bei der Erwähnung von Jack Holland totenbleich geworden, aber Dolly futterte ihre Pastete und merkte gar nichts davon. Auch Sandras gerunzelte Stirn übersah sie und redete immer weiter über die Tugenden und Mängel der englischen Polizei. Alle dachten schon, sie würde nie wieder aufhören, als sie plötzlich das Thema wechselte und von Jilly Belmont und ihrer Drogenvergiftung anfing.

»Und was ist jetzt mit dem Kind?« fragte Vanessa. »Geht es ihr wieder gut?«

»Tja, soviel ich von Mr Skillings gehört habe, haben sie das Mädchen vor einer Stunde von der Maschine genommen.«

»Ja, und?« fragte Sandra.

Dolly zuckte die Achseln. »Also, Mr Skillings war gerade bei Jillys Großmutter, als Mrs Belmont aus dem Krankenhaus anrief, und der hat gesagt –«

»Was, Dolly? Was hat er gesagt?« Sandra konnte sich nur mit Mühe zurückhalten. Am liebsten hätte sie Dolly geschüttelt.

»Ja, ja. Sie wird's überleben. Es geht ihr bald wieder gut.«

Weder Vanessa noch Sandra bemerkten die Erleichterung auf Robbies Gesicht, und Dolly plapperte ungebremst weiter. Sie ließ sich eine weitere Tasse Tee geben und nahm sich Siân Wilkes allzu kurze Röcke vor. Sie war gerade dabei, Sandra ihre Dienste bei der Gründung einer Nachbarschaftshilfe anzubieten, als Kerry mit der Urgewalt eines Tornados ins Haus stürmte.

Carter saß Brad gegenüber und fragte sich, was er noch tun könnte. Statt auf seine Fragen zu antworten, hatte Brad immer nur über seine blauen Flecken an Armen und Beinen gejammert, und darüber, dass sein Anwalt nicht da war. Dass der höchst aufgebrachte Rechtsanwalt bereits seit zwei Stunden im Erdgeschoss saß und verlangte, mit seinem Mandanten zu sprechen, konnte er ja nicht wissen.

Die Zeit wurde knapp, und Carter wusste, dass sie Brad jetzt bald knacken mussten, wenn das alles noch einen Sinn haben sollte.

»Hungrig?« fragte er scheinheilig.

»Du weißt ganz genau, dass ich hungrig bin, du rothaariges Scheusal! Und wenn mein Rechtsanwalt da ist, werd ich dich verklagen. Dann wirst du dein letztes Hemd los.«

»Ach, es tut mir wirklich leid, dass unser Kocher kaputt ist, aber eine Klage kann ich mir deshalb nicht vorstellen.«

»Verdammter Lügner. Ihr könnt doch was holen lassen.«

»Oh, dafür können wir leider niemanden abstellen. Weißt du, wir müssen diese Mädchen finden, das hat absolute Priorität. Sie sind womöglich in Lebensgefahr. Es gibt ein paar sehr üble Menschen da draußen.«

»Du willst mich wohl verarschen, du blöder Bulle? Das gehört zu meinen Grundrechten, dass ich was zu essen kriege.«

»Ach, halt doch die Klappe! Du hast doch gehört, was die Chefin gesagt hat: Solange du uns nicht sagst, wo die Mädchen sind, hast du überhaupt keine Rechte. Sie ist bald wieder da. Sergeant Daniels bereitet gerade die Gegenüberstellung vor, an der nimmt sie bestimmt teil.«

»Was bereitet ihr vor?« Brad war blass geworden.

»Du hast ganz richtig gehört, du Drecksack. Es gibt mindestens drei Zeugen, die dich mit den Mädchen gesehen haben. Und die werden dich jetzt identifizieren. Dann bist du dran.«

Brad ließ den Kopf auf die Hände sinken. Was zum Teufel sollte er machen? Sollte er bluffen und darauf hoffen, dass die Zeugen ihn nicht erkannten? Oder sollte er versuchen, einen Deal mit den Bullen zu machen, und behaupten, er sei gezwungen worden, bei den Entführungen mitzumachen?

Bei der Polizei drohte ihm das Gefängnis, und wenn *Der Mann* mit ihm abrechnete, wurde es lebenslänglich. *Scheiße, Scheiße, Scheiße.*

Carters Chefin fuhr gerade bei den Lumsdons vor. Wäre sie fünf Minuten früher gekommen, hätte sie noch zusehen können, wie Dolly Smith auf die allerliebenswürdigste Weise von Sandra vor die Tür gesetzt worden war.

Als sie durch den Vorgarten ging, hörte sie lautes Geschrei und kam zu dem Ergebnis, dass es wohl keinen Sinn hatte, zu klopfen. Es hätte sowieso niemand gehört. Sie trat ein und folgte dem Getöse ins Wohnzimmer.

Als erstes sah sie Sandra Gilbride, die Nachbarin. Sie stand neben einem altersschwachen Gummibaum und hielt sich die

Ohren zu. Robbie, der älteste Sohn, stand am Fenster. Ein weiterer junger Mann, vermutlich ein Freund der Familie, stand mit weit aufgerissenen Augen in der anderen Ecke. Vanessa Lumsdon, die Mutter, saß schluchzend auf der Couch, und Kerry Lumsdon, die Marathonläuferin, stand, die Hände in die Hüften gestemmt, in der Mitte des Zimmers und schrie.

»Sag's mir!« kreischte sie wütend, während die Tränen ihr übers Gesicht liefen. »Du musst mir sagen, wer der Kerl ist und was er mit uns zu tun hat! Wer ist das?«

»Ich kann's dir nicht sagen«, schluchzte Vanessa. »Der bringt uns alle um.«

Lorraine spürte einen heftigen Adrenalinstoß in der Magengrube, und ihr Gehirn raste. Ohne nachzudenken trat sie einen weiteren Schritt in den Raum. »Guten Tag«, sagte sie.

»Ach, ist das nicht *Missus Robo Cop?*« fauchte Kerry. »Wer hat denn Sie reingelassen? Ist das hier 'n Rummelplatz, oder was?«

Lorraine ignorierte das wütende Mädchen.

Erst einmal musste sie Robbie und Vanessa beruhigen, die fast zugleich die Hände hoben in panischer Angst. »Ist was passiert?« fragte Robbie.

»Nein, nein«, sagte Lorraine rasch. »Die Ermittlungen laufen noch. Ich wollte eigentlich bloß mal vorbeischauen und sehen, wie es Ihnen geht.«

»Danke, mir geht's gut«, sagte Vanessa und wischte sich die Tränen aus dem Gesicht.

»Quatsch«, sagte Kerry. »Das ist doch alles gelogen. Dir geht's schon seit Jahren nicht gut, Mama. Gib's doch wenigstens zu.« Ohne auf die Reaktion ihrer Mutter zu warten, wandte sich Kerry an die Polizistin. »Oder können Sie mir vielleicht erklären, was das Bild meiner Mutter im Haus eines fremden Mannes zu tun hat?«

»Kerry!« sagte Robbie. »Jetzt reicht's! Lass Mam in Ruhe! Sie ist gerade erst aus dem Krankenhaus zurück. Und hör auf, hier öffentlich unsere schmutzige Wäsche zu waschen. Es braucht nicht ganz Houghton zu wissen, was du dir Verrücktes einbildest.«

»Lass nur, Robbie«, sagte Vanessa. »Ich kann das verkraften. Wie oft soll ich dir das noch sagen, Kerry? Ich bin das nicht auf dem Foto. Muss ich dir den Schädel einschlagen, damit du mir glaubst?«

»Mama!« rief Kerry, kniete sich vor die Couch und starrte ihrer Mutter tränenüberströmt ins Gesicht. »Da stimmt doch was nicht! Sandra weiß es, du weißt es, und womöglich noch alle möglichen anderen Leute. Wahrscheinlich bin ich die einzige, die es nicht weiß! Aber ich bin kein kleines Mädchen mehr, und ihr sagt mir jetzt, verdammt nochmal, was es ist!« Ihre Stimme hatte wieder zu kreischen begonnen. »Um Himmels willen, Mama, hast du noch einen weiteren Sohn und einen Ehemann, von dem wir alle nichts wissen? Ich hab nämlich keine Lust, mich in einen Jungen zu verlieben, der womöglich mein Halbbruder ist!« Sie fasste ihre Mutter an den Schultern und sagte: »Warum hat dieser Kerl ein Bild von dir, wo ihr Händchen haltet? Kannst du mir das erklären?«

Vanessa schüttelte ihre Hände ab und seufzte. »Wie oft soll ich dir noch sagen, dass *ich – das – nicht – bin*?«

»Ach, Scheiße!«

»Jetzt reicht's, Mädchen«, sagte Sandra und kam aus ihrer Ecke, um der Sache ein Ende zu machen. »Was fällt dir eigentlich ein? Du kannst doch deine Mutter nicht anschreien! Und ich hab dir schon tausendmal gesagt, du sollst nicht ständig fluchen. Noch dazu, wo die Polizei da ist.«

Vanessa seufzte erneut und fragte: »Wo hast du Mark eigentlich kennen gelernt?«

Kerry war einen Augenblick lang verblüfft, aber nicht lange. »Du kennst ihn also!«

Sie ließ sich zurückfallen und warf Robbie einen triumphierenden Blick zu. *Ich hab's dir doch gesagt.*

Robbie starrte seine Mutter ungläubig an.

Vanessa wusste, dass sie jetzt nicht länger schweigen konnte, auch und gerade, weil eine Polizistin im Raum war, die aufmerksam zuhörte. »Die Frau auf dem Foto ist meine Cousine Suzanne. Wir haben uns so ähnlich gesehen wie Zwillinge. Aber sie ist gestorben. An Krebs. Okay? Bist du jetzt endlich zufrieden?« Sie streckte die Finger aus, fasste nach Kerrys Händen, sah ihr fest in die Augen und zog sie zu sich heran, um ihr klar zu machen, dass alles weitere eine reine Familienangelegenheit war.

Und Kerry begriff auch, worum es jetzt ging. »Ist das die Suzanne, nach der unsere Suzy genannt worden ist?«

»Ja«, sagte Vanessa erleichtert. »Genau die Suzanne.«

»Ach so«, sagte Kerry. Sie war noch keineswegs zufrieden, aber sie wusste, dass es besser war, keine weiteren Fragen zu stellen, solange die Familie nicht unter sich war. »Mögen Sie eine Tasse Tee, *Robo Cop*?«

Trotz ihrer offensichtlichen Verstörtheit lächelte Kerry, und Lorraine spürte, dass der Spott nicht böse gemeint war, sondern eher als Kompliment. Sie kannte die starken Bindungen zwischen Müttern und Töchtern aus eigener Erfahrung und wusste, dass sie gerade ein Beispiel dafür erlebt hatte. Es hätte sie zwar sehr interessiert, worum der Streit eigentlich ging – besonders der Hinweis, dass irgendjemand *umgebracht* werden könnte, hatte sie sehr alarmiert. Aber sie wusste, dass in ihrer Gegenwart nichts mehr weiter gesagt werden würde. Kerrys Vertrauen zu gewinnen war sicher nicht einfach, aber Lorraine war überzeugt, dass sie es im Lauf der Zeit schaffen würde, wenn sie das Mädchen ernst nahm.

»Tut mir leid«, sagte sie. »Ich kann leider nicht länger bleiben. Ich wollte nur schnell sehen, wie es euch geht.«

Vanessa lächelte, die Polizistin gefiel ihr – fast wider Willen. Aber die Wahrheit konnte sie ihr nicht anvertrauen. Das ging nicht. »Danke«, sagte sie. »Tut mir leid, dass es so hektisch bei uns war …«

»Ach, was. Ich bitte Sie. Sie sollten mal meine Mutter und mich sehen, wenn wir uns unterhalten. Ich komm später mal wieder, wenn es ruhiger ist, okay?« Lorraine ging zur Tür und hörte förmlich das Schweigen, das sie zurückließ.

Als die Haustür ins Schloss gefallen war, konnte Kerry sich keine fünf Sekunden länger beherrschen. Sie rannte zurück ins Wohnzimmer, setzte sich neben ihre Mutter aufs Sofa und verlangte – wenn auch in etwas sanfterem Tonfall – die Wahrheit zu wissen.

Vanessa zögerte zunächst. Sie hatte alles so lange verborgen gehalten und gehofft, dass dieser Tag niemals kommen würde.

Aber jetzt war es soweit. Das Schicksal hatte Regie geführt, und sie konnte der Situation nicht mehr ausweichen.

Wie um Himmels willen hatten sich die beiden bloß kennen gelernt? Hatten sie miteinander geschlafen? Was für ein Chaos!

Sie spürte, dass Kerry die Geduld verlor, und seufzte. Es blieb ihr wohl nichts anderes übrig, als sich in das Unvermeidliche zu fügen und ihren Kindern die Wahrheit zu sagen.

»Also: Meine Cousine Suzanne war mit Marks Vater verheiratet ...«

»Also das heißt, Mark ist nur ein Vetter zweiten Grades?« unterbrach Kerry. »Dann ist doch alles in Ordnung, nicht wahr?« Sie klatschte in die Hände, und alle spürten, wie glücklich sie plötzlich war.

Aber Vanessa schüttelte traurig den Kopf. »Warte, Kerry, die Geschichte ist noch lange nicht zu Ende.«

Sie holte tief Luft und erzählte, was sie jahrzehntelang verschwiegen hatte.

»Suzanne war immer ein zartes Mädchen.« Ihre Stimme war fest, nur gelegentlich etwas heiser. »Und als sie Krebs kriegte, konnte all sein Geld ihr nicht helfen.«

»Richard Kingston war ein Einzelkind. Seine Eltern waren sehr reich. Sie hatten mehr Geld, als wir uns überhaupt vorstellen können. Seine Mutter starb, als er neun oder zehn Jahre alt war. Aber deshalb braucht ihr kein Mitleid mit ihm zu haben. Der Kerl braucht kein Mitleid. Er will's nicht, und er verdient es schon gar nicht. Seinen Vater hab ich einmal getroffen, und ich war heilfroh, dass ich ihn nie wieder gesehen habe, das könnt ihr mir glauben. Suzanne hat ihn auch nicht gemocht, das weiß ich. Aber auch wenn der Vater gemein war, entschuldigt das gar nichts. Damals wusste ich noch gar nicht, was für Geschäfte er machte, und Suzanne hat es auch nicht gewusst, sonst hätte sie seinen Sohn nie geheiratet. Die Familie war schon immer in kriminelle Machenschaften verwickelt, und wenn du wüsstest, welche Beamten und Politiker sie in der Tasche haben, du würdest es einfach nicht glauben!« Sie machte eine Pause, um die Erinnerung wachzurufen.

»Na ja, der alte Mann starb, und bald darauf auch unsere Suzanne. Und Richard dachte . . .«

Vanessa zögerte und wurde blutrot. »Also . . . Suzanne starb, und er dachte, er könnte mich dafür als Ersatz haben.«

Lähmendes Schweigen erfüllte den Raum, und dann sagte Robbie: »Das ist ja unglaublich! Was für ein Monster!«

Vanessa lächelte ihren Ältesten traurig an. Was jetzt kam, war das Schlimmste, und sie schämte sich furchtbar.

»Also, ich weiß, das klingt kitschig, aber ich war damals schon seit zwei Jahren verheiratet, und der Große Robbie und ich liebten uns wirklich –«

»Ja, Mama, stimmt«, sagte Kerry, »das klingt kitschig.«

»Ich wollte ja auch nur sagen, dass der Große Robbie und ich sehr glücklich waren, aber das ist ja jetzt auch egal . . . Ein oder zwei Mal nach Suzannes Tod war ich in der Villa in South Shields, um zu sehen, ob alles okay war. Mark und Robbie haben als Krabbelkinder zusammen gespielt, und der arme Junge tat mir leid, weil er keine Mutter mehr hatte. Damals dachte ich noch, Richard Kingston sei ein anständiger Bursche. Einmal hat er Robbie einen tollen Job angeboten, und ich fand das sehr großzügig. Aber Robbie hat abgelehnt. Er wollte mir nie sagen warum, und ich wusste gar nicht, was los war. Aber heute ist mir natürlich klar, was Richard von ihm verlangt hat. Es wurde ohnehin bald deutlich, worauf das alles hinauslaufen sollte, und da bin ich natürlich nicht mehr nach South Shields gefahren.

Danach wurde es richtig schlimm. Richard hat mir jede Menge teure Geschenke geschickt. Sachen, die sich Robbie nie hätte leisten können.« An dieser Stelle wollte ihr Sohn etwas fragen, aber Vanessa ließ sich nicht unterbrechen.

»Ich hab sie zurückgeschickt, alle. Aber der Mann ließ nicht locker. Er hat sogar einen Urlaub in Amerika für uns gebucht – das müsst ihr euch mal vorstellen! Für ihn und mich und die beiden Jungs. Natürlich habe ich es abgelehnt, mitzufliegen, und da wurde er richtig böse. Er war es gewohnt, seinen Willen zu kriegen. Ungefähr um diese Zeit hab ich gemerkt, wie viele Leute Angst vor ihm hatten. Auf jeden Fall wurde der Große Robbie dann arbeitslos, und wir fingen an, Schulden zu machen.« Vanessa holte tief Luft. »Einige der Schuldscheine hat Richard Kingston heimlich aufgekauft, ohne dass wir es wussten. Er hat uns immer wieder angeboten, alle unsere Schulden zu bezahlen, er hat nur verlangt, dass ich dafür als Bezahlung zu ihm komme.«

»Jetzt reicht's aber!« rief Robbie. »Ich bring das Schwein um! Kerry, zieh deine Jacke an. Wir fahren nach South Shields! Sag mir, wo der Kerl wohnt!«

Vanessa griff nach seinem Arm und hielt ihn fest. »Setz dich, Robbie. Es hat keinen Sinn. Du bist diesem Kerl nicht gewachsen. Keiner von uns ist ihm gewachsen und den Leuten, mit denen er arbeitet. Versprich mir, dass du keinen Unsinn machst, sonst erzähle ich nicht zu Ende.«

»Wie soll ich dir das versprechen, Mam? Nach allem, was der Saukerl gemacht hat!«

Robbie war den Tränen nahe, aber Vanessas Augen liefen zuerst über. Sie schluchzte ein paarmal, dann hatte sie sich wieder unter Kontrolle. »Du musst es mir einfach versprechen, Robbie. Er würde uns alle umbringen, wenn du ihm zu nahe kommst.«

»Was bildet der Kerl sich eigentlich ein?« platzte Kerry dazwischen. »Denkt er vielleicht, er wäre die Mafia?«

»Die Mafia kümmert diesen Mann überhaupt nicht. Die hat

er längst hinter sich. Der lässt uns einfach eiskalt in unseren Betten ermorden.«

»Das ist doch alles Wahnsinn. Warum hat sich deine Cousine denn mit diesen Mistkerlen eingelassen? Sie muss eine blöde Kuh gewesen sein, wenn du mich fragst. Sie ist an allem schuld. Ohne sie säßen wir nicht so in der Scheiße.«

»Suzanne hat von alledem nichts gewusst. Man hat sie von den schmutzigen Geschäften genauso fern gehalten wie mich. Aber ich bin noch lange nicht fertig mit meiner Geschichte.«

»Verdammte Scheiße. Was kommt denn noch alles?«

»Du wirst gar nichts mehr hören, wenn du dir nicht abgewöhnst, so zu fluchen!« Vanessa warf ihrer Tochter einen zornigen Blick zu und fuhr sich mit der Zunge über die trockenen Lippen.

»Entschuldige, Mam.«

Vanessa sah ihre Tochter und ihren Sohn prüfend an. Konnten sie die Wahrheit vertragen? Ach, es war ja längst alles egal. Wenn sie es ihnen nicht erzählte, würden sie so lange graben, bis sie es selbst herausfanden. Zumindest Kerry. *Die gibt sich nicht mit der halben Wahrheit zufrieden.*

»Was ich euch jetzt sage, darf diese vier Wände niemals verlassen«, sagte sie und warf erst Sandra und dann Mickey einen warnenden Blick zu.

Sandra nickte, und Vanessa dachte wieder einmal, wie froh sie doch sein konnte, Sandra zu haben. Wenn es einen Gott gab, dann hatte er ihr diese Freundin geschickt.

Mickey machte einen Schritt zur Tür. »Wenn ich lieber gehen soll, Mrs Lumsdon, das ist völlig in Ordnung. Ich verspreche, ich werde niemandem etwas von dem erzählen, was ich bisher gehört habe.«

»Das weiß ich doch, Mickey. Deshalb bist du ja hier. Jetzt setz dich irgendwo hin und zapple nicht weiter herum, ja?«

Mickey setzte sich, und Vanessa seufzte erneut. Immer noch überlegte sie, wie viel sie sagen durfte und vor allem: in welchen Worten? Gab es Worte, die nicht wehtun würden? Nein, die

Wahrheit war einfach grausam. Sie musste heraus. Später war immer noch Zeit, die Scherben zusammenzukehren.

»Robbie«, sagte sie langsam. »Als wir unsere Schulden nicht zahlen konnten und ich mich trotzdem geweigert habe, Richard Kingstons Geliebte zu werden, da hat er deinen Vater ermorden lassen. Es tut mir leid, aber das ist die Wahrheit.«

Robbie stand auf, sein Gesicht war aschfahl. Er trat ans Fenster und starrte hinaus. Seine Schultern zuckten, er ballte die Fäuste.

Die Schleusen waren geöffnet, und Vanessa fuhr fort: »Ich bin ziemlich sicher, dass eine der kopflosen Leichen dein Vater ist, Robbie. Und eine der anderen ist Jack Holland, weil er sich geweigert hat, dich zu töten.«

Robbie fand seine Stimme wieder. »Wie?« sagte er voller Erstaunen. »Jack Holland sollte *mich* töten? Einen Zweijährigen? Marks Vater wollte *mich* umbringen lassen? Der ist doch so eine Art Onkel von mir, oder nicht?«

»Jetzt weißt du, was für ein Mensch das ist, und warum man sich nicht mit ihm anlegen darf.«

Kerry starrte ihre Mutter entsetzt an. Dass Marks Vater ein Mörder oder der Auftraggeber von Mördern sein könnte, nahm ihr für eine Sekunde den Atem. »Willst du damit sagen, dass ich mich in jemand verliebt habe, dessen Vater meinen Daddy umgebracht hat?« Sie zuckte hilflos mit den Schultern und schien einen Augenblick lang in Tränen ausbrechen zu wollen.

Vanessa schüttelte den Kopf. »Nein, es ist anders, Kerry. Ich weiß, dass du immer geglaubt hast, Robbies Vater wäre auch dein Vater. Aber so ist es nicht, leider.«

»Ja, wer zum Teufel ist dann mein Vater?«

Vanessa schwieg fast eine Minute lang. Wenn sie je einen Drink gebraucht hatte, dann jetzt. Und wenn sie die nächste halbe Stunde ohne einen Drink überstand, würde sie den Rest ihres Lebens keinen mehr brauchen.

»Also, was ist?« fragte Kerry ungeduldig. »Wer ist mein Vater? Sagst du's mir jetzt oder nicht?«

»Richard Kingston.«

»Was?« kreischte Kerry. »Dieser Verbrecher?«

Vanessa brach in Tränen aus und bedeckte ihr Gesicht mit den Händen. »Bitte, Kerry, sei mir nicht böse. In der Nacht, als er den Großen Robbie hat umbringen lassen, hat er mich vergewaltigt. Ich konnte nichts dagegen tun. Ich hab mich gewehrt, solange ich konnte, aber er hätte deinen Bruder mit seinen eigenen Händen erwürgt, wenn ich's ihn nicht hätte tun lassen.«

Für einen Augenblick senkte sich Schweigen über das Zimmer. Dann fing Kerry an, mit einer Stimme zu schreien, die nichts Menschliches mehr an sich hatte. »Nein!« schrie sie. »Neiiiin!«

Sie lief in die Küche, packte Pfannen, Teller, Töpfe und Tassen und schleuderte alles blindlings gegen die Wand. Ein roter Nebel aus Wut und Verzweiflung umgab sie, und als sie alles Erreichbare kurz und klein geschlagen hatte, tat sie das einzige, was sie noch tun konnte. Sie stürzte zur Tür und rannte davon.

In dem schockierten Schweigen, das sie zurückließ, hörte man plötzlich ein Schluchzen. Vanessa hob die Augen und sah Sandra weinen. Aber das Schluchzen war von Mickey gekommen. Der Junge hatte den Kopf in den Händen, und seine Schultern zuckten unkontrollierbar.

»Warum bist du nicht zur Polizei gegangen?« fragte Robbie mit flehender Stimme. »Warum hast du's denen nicht einfach erzählt?«

Vanessa seufzte. »Weil du und ich das nicht überlebt hätten. Ich musste bei deinem Leben schwören, dass ich den Kerl nicht verrate. Er hat immer noch gewollt, dass ich bei ihm bleibe. Als ich nein gesagt habe, hat er gedroht, mir das Leben zur Hölle zu machen. Und daran hat er sich auch gehalten, der Mistkerl. Aber das ist jetzt alles schon so lange her. Seitdem ist viel Wasser den Wear hinuntergeflossen. Es hat keinen Sinn, in den alten Geschichten zu wühlen. Da kommt nichts Gutes bei raus. Ich wünschte bei Gott, keiner von euch hätte das alles jemals herausfinden müssen.«

Sie stand auf und ergriff die Hand ihres Sohnes. »Ich musste doch an dich denken, Robbie. Du warst noch so klein. Du solltest doch eine Chance haben. Das war alles, woran ich gedacht habe.«

Darren und Kenny waren von den Belmont-Brüdern aus direkt zur Polizei nach Houghton gegangen. Sie hatten die Wachstube betreten und etwas verlegen nach »dem schwarzen Polizisten« gefragt. Wie sich zeigte, gab es mindestens ein halbes Dutzend schwarze Polizisten in Houghton, aber in einem langwierigen Ausschlussverfahren war es ihnen gelungen, den richtigen zu identifizieren.

Der wachhabende Sergeant hatte immer wieder versucht, sie einzuschüchtern, damit sie ihm sagten, was sie eigentlich wollten, aber sie hatten sich strikt geweigert.

Luke war unterwegs, um Katy und die anderen Zeugen abzuholen, die sie für die Gegenüberstellung mit Brad brauchten, und es dauerte eine Weile, bis er zurückkam.

Als er die beiden kleinen Jungen in der Eingangshalle sah, dachte er zunächst, es ginge vielleicht um Streitigkeiten auf dem Spielplatz oder einen gestohlenen Fußball. Aber als er hörte, dass sie einen Dealer anzeigen wollten, war er ganz Ohr.

»Das habt ihr gut gemacht«, sagte er. Und als zehn Minuten später auch Lorraine ins Präsidium zurückkam, hatte er bereits einen Haftbefehl für Stevie beantragt. Als erstes würden sie im *Blue Lion* nachsehen, wo Stevie neuerdings verkehrte.

Als die Polizisten vor dem *Blue Lion* vorfuhren, ahnten sie nicht, dass sie von einer verzweifelten Kerry beobachtet wurden, die trübsinnig auf dem Table Rock saß und auf die Szene zu ihren Füßen hinabschaute. Sie war bis zur völligen Erschöpfung gerannt und saß jetzt mit zitternden Flanken auf dem Stein, unfähig, Atem zu holen, weil sie immer noch schluchzte.

Als sie sah, wie Stevie und Jason in Handschellen aus dem Lokal geführt, in die Streifenwagen verfrachtet und weggebracht wurden, lenkte sie das einen Augenblick ab. Sie nickte und sagte: »Na endlich!« Aber kurz darauf kamen wieder die Tränen, und der Kopf sank ihr auf die Knie.

Sie wusste nicht, was sie denken und tun sollte. Die Gedanken explodierten wie ein wahnsinniges Feuerwerk in ihrem Kopf. *Mein Vater ist ein Mörder. Meine Mutter hat mich nie gewollt. Kein Wunder, dass sie mich hasst. Ich erinnere sie bestimmt jeden Tag daran, was dieser Mistkerl mit ihr gemacht hat.* Es war alles ein schrecklicher Alptraum.

Und was sollte mit Mark werden, dem ersten Jungen, den sie je gemocht hatte? Sie seufzte leise und schrie dann plötzlich: »Er ist mein Bruder! Verdammte Scheiße! Und wir haben denselben mörderischen Mistkerl zum Vater.« Sie schlug mit den Fäusten auf die nassen Grasbüschel ein, wärend ihr heiße Wuttränen übers Gesicht liefen.

Natürlich wusste sie im Innersten, dass ihre Mutter sie liebte. Aber ihr Weltbild war in die Brüche gegangen, und ihre Gedanken rasten weiter auf der Suche nach Sinn.

Kein Wunder, dass unser Robbie nie einen Job gekriegt hat. Ich könnte wetten, dieser Mistkerl hat unser ganzes Leben beherrscht, und wir wussten es nicht mal.

Hemmungslos verfluchte sie den Mann, der das Leben ihrer Mutter ruiniert hatte und den sie sich beim besten Willen nicht als ihren Vater vorstellen konnte. Ihre Gedanken kehrten zu dem Foto zurück, das sie in der Villa gesehen hatte. Da war noch etwas anderes als Suzannes Ähnlichkeit mit ihrer Mutter. Sie grübelte verzweifelt, was es sein könnte. Immer wieder stellte sie sich das Bild vor. Richard Kingston, der seine Frau und sein Söhnchen im Arm hielt. Und dann fiel es ihr plötzlich ein. Sie hatte Richard Kingston schon einmal gesehen.

Das war der Mistkerl, der mich beim Laufen beobachtet hat!

Kerry atmete dreimal tief durch, um sich zur Ruhe zu bringen. Dann stand sie auf und starrte nach Seahills hinüber. *Familiengeheimnisse,* dachte sie, und *das hier ist bestimmt das größte Geheimnis dieses Jahrhunderts.*

Langsam machte sie sich auf den Heimweg. Obwohl ihr Herz ruhiger war, begannen sich Schuldgefühle zu regen.

Ich hab wieder mal alles versaut.

Ich hab die ganze Küche zertrümmert.

Es ist doch nicht die Schuld von Mam.

Dieser Irre ist an allem schuld.

Und unsere Claire ist immer noch nicht wieder da. Wer weiß, was mit ihr passiert ist.

Wieder begannen die Tränen zu fließen, und Kerry konnte es nicht verhindern. Beim besten Willen konnte sie sich nicht vorstellen, wie alles noch gut werden sollte.

24

Claire und Jade machten sich große Sorgen um Tracy. Ihr Atem klang gepresst, und die Wunde über ihrem Auge blutete immer noch. Donna wimmerte leise und schien kaum zu bemerken, was vorging.

Als Laughing Man durchdrehte, war Claire zur einen und Jade zur anderen Seite ausgewichen, und Donna hatte zufällig auch Glück gehabt. Aber Tracy, die sich ganz in ihre eigene Traumwelt geflüchtet hatte, in der nichts von dem allem geschah, war der Wut des brutalen Schlägers ohne jeden Schutz ausgeliefert gewesen.

Immer wieder hatte er auf sie eingeschlagen, und jedesmal wenn der schwere schwarze Gürtel auf ihrer nackten Haut gelandet war, zuckte ihr Körper wie eine Marionette in den Händen eines irren Puppenspielers.

Der letzte Schlag war so unkontrolliert und heftig gewesen, dass dem Mann die Gürtelschnalle aus den Fingern glitt und Tracys Gesicht traf.

Wenn in diesem Augenblick nicht der andere Mann zurückgekommen wäre, hätte Laughing Man weitergeprügelt, bis

Tracy tot war, davon war Claire überzeugt. Und anschließend hätte er sich auf sie und die beiden anderen Mädchen gestürzt. In ihrem ganzen Leben hatte sie noch keine so brutale Wut gesehen. Als sie sah, was er mit Tracy machte, wäre sie vor Angst fast gestorben.

Und jetzt kamen noch schreckliche Schuldgefühle dazu. Wenn sie nicht wegzulaufen versucht hätte, wäre Tracy jetzt nicht in diesem schrecklichen Zustand. Nur gut, dass der andere Mann den Wahnsinnigen hatte beruhigen können. Zumindest war sie jetzt noch am Leben.

Sie sah zu, wie der stillere Mann einen Joint anzündete, daran zog und dann weitergab. Laughing Man, der immer noch voll unterdrückter Wut vor sich hin brabbelte, nahm den Joint und verzog sich damit in die Ecke. Aber sein Körper drückte immer noch Wut aus. Seine Gewalttätigkeit konnte jederzeit wieder ausbrechen.

Claire duckte sich und machte sich so klein wie möglich, um nicht erneut zum Opfer seiner Aggressivität zu werden. Der andere Mann legte warnend einen Finger auf den Mund. Er betrachtete Tracy und schien zu überlegen, ob sie wohl noch ihren Preis wert war. Er zuckte die Achseln, stand auf und deckte ihren reglosen Körper mit seinem Mantel zu.

Als er sich abwandte und zu seinem Komplizen zurückkehrte, riskierte Claire einen Blick zu Donna hinüber, die inzwischen schon denselben leeren, hoffnungslosen Blick hatte wie Tracy.

War denn wirklich alle Aussicht auf Rettung vergebens? Claire fürchtete, dass es so war. Um Mitternacht würden sie weiterverkauft werden. So viel wusste sie aus den Unterhaltungen der beiden Männer.

Wohin sie dann gebracht werden würden, blieb ihrer Fantasie überlassen. Beim Gedanken an die Unausweichlichkeit ihres Schicksals überlief sie ein kalter Schauder. Mitternacht. Ob sie dann überhaupt noch bei Verstand war?

Wie viele andere waren vor ihr schon diesen Weg gegangen? Hatten sie ähnliche Schrecken erlebt? Was war aus ihnen geworden? Waren sie gequält und erniedrigt und am Ende doch erwürgt und abgeschlachtet worden? Waren sie irgendwo in einem Keller verhungert oder verdurstet? Claire begann am ganzen Leib zu zittern.

Sie würde ihre Familie nie wieder sehen.

Sie würde nie wieder morgens als erste aufstehen müssen, um das Badezimmer benutzen zu können, ehe es von den anderen besetzt wurde. Sie würde nie mehr mit den anderen im Dunkeln sitzen, weil die Stromrechnung nicht bezahlt worden war. Sie würde nie mehr Kartoffelchips essen und den langweiligen Geschichten der anderen zuhören müssen. Darrens blutdürstige Aliens, Suzys wirre Märchengestalten und Emmas Drei Kleine Schweinchen würden sie nie wieder heimsuchen.

Wenn sie selbst mit Erzählen dran war, hatte Kerry immer so getan, als müsste sie gähnen. Aber wenn sie wieder bei ihr sein dürfte, würde sie nie wieder mit ihrer Schwester streiten.

Und in diesem Augenblick fing sie an zu weinen. Stille, sinnlose Tränen, als ihr klar wurde, dass es viele *Nie wieder* und keine *Vielleichts* mehr für sie gab.

Sie sank in sich zusammen wie eine kaputte Puppe und zog die Knie unters Kinn. Tief im Innersten wusste sie, dass sie bereits auf demselben Weg war wie Tracy und Donna. In den letzten fünf Tagen hatte sie praktisch alle Gefühle durchlebt, die ein Mensch haben kann.

Und jetzt gab es keinerlei Hoffnung mehr.

Es war alles vorbei.

Lorraine hatte keine fünf Minuten gebraucht, um Stevie zum Reden zu bringen. Ein winziges Tütchen Crack hatte genügt. Bei seinem bloßen Anblick hatte Stevie eifrig zu plappern begonnen wie ein Fünfjähriger, der seiner Mama vom ersten Schultag erzählt.

Als Lorraine das Crack fallen ließ, hatte er vor Entsetzen gekreischt. Und als sie das Tütchen mit dem Absatz zerquetscht und den Inhalt in den Teppich gerieben hatte, war er aufgesprungen, hatte sich ihr zu Füßen geworfen und versucht, das Pulver unter ihrem Schuh aufzulecken.

Luke hatte ihn angewidert an den Schultern gepackt und wieder auf seinen Stuhl gesetzt.

»Du verkaufst also Schulkindern Drogen?« sagte Lorraine.

»Nein, das heißt, Mrs Archer hat mich dazu gezwungen. Sie hat gedroht, mich umzubringen, wenn ich's nicht tue. Die müsst ihr festnehmen. Die und Brad. Und Jason Smith plündert heimlich die Spielautomaten.«

Das alles sagte er nur, um von sich abzulenken. Aber er hätte sich gar nicht so viel Mühe zu geben brauchen, denn sobald er Brad erwähnt hatte, warfen sich Luke und Lorraine einen Blick zu. Wenn dieser kleine Scheißkerl den blonden Brad kannte, dann waren sie auf der richtigen Spur.

»Wer ist dieser Brad?« fragte Lorraine. »Und woher kennst du ihn?«

Stevies Gesicht verzog sich zu einem tückischen Grinsen. »Was krieg ich dafür?«

Lorraine stand auf, packte ihn an der Gurgel und schüttelte ihn. »Was du dafür kriegst? Das Leben von vier jungen Mädchen hängt davon ab, und wenn du denkst, du kannst hier Spielchen spielen, dann hast du dich geirrt, Bursche!«

Stevie zitterte am ganzen Leib. Er war Lorraine nicht gewachsen, und fünf Minuten später war alles vorbei. In einem Versuch, seine eigene Haut zu retten, hatte er alles erzählt, was er über den Drogenhandel und das Geschäft mit den Mädchen mitgekriegt hatte. Heute um Mitternacht, sagte er, solle eine ganze Ladung verkauft werden. Mrs Archer hätte gesagt, dass sie nach Sunderland müsse. Genaueres wisse er allerdings auch nicht. Lorraine und Luke machten sich ihre Notizen, dann wurde er zurück in seine Zelle gebracht.

Während sie noch überlegten, wo die Mädchen wohl sein mochten, kam Carter in den Raum. Er strahlte über das ganze Gesicht. »Boss«, sagte er, noch ehe sie ihn fragen konnte, »Katy Jacks hat Brad mit absoluter Sicherheit identifiziert.«

Lorraine wurde blass. Kalte Wut trat in ihr Gesicht. »Jetzt haben wir den Kerl«, sagte sie. »Jetzt mach ich ihn fertig. Der weiß bestimmt mehr als dieser Stevie.«

Als Darren nach Hause kam, fand er Kerry in der Küche auf allen vieren. Sie war damit beschäftigt, Scherben und Besteck aufzusammeln.

»Ist hier ein Raumschiff gelandet?« fragte er.

»Ich geb dir gleich *Raumschiff*«, fauchte Kerry. »Verpiss dich!«

Darren verzog sich ins Wohnzimmer, wo er Emma und Suzy in den Armen ihrer Mutter entdeckte. »He, Mam«, rief er und stürzte sich auf Vanessa.

»Grüß dich, mein Sohn!« Sie hoben die Hände und klatschten ab wie zwei Fußballer.

Im selben Augenblick kam Sandra herein. »Hier, Robbie«, sagte sie und drückte ihm eine große Plastiktüte in den Arm. »Hier sind ein paar alte Tassen und Teller aus meiner Küche, die ich wegschmeißen wollte. Sie haben vielleicht ein paar Katschen, aber sie genügen vielleicht, bis ihr neue habt.« Wann das sein könnte, wusste sie allerdings genauso wenig wie Vanessa.

»Aber Sandra«, sagte Vanessa mit einem dankbaren Lächeln. »Du wirfst doch nie etwas weg.« Sie sah weitaus jünger und glücklicher aus, seit sie ihr Geheimnis erzählt hatte.

»Kinder, wollt ihr vielleicht ein bisschen Pastete?« fragte Robbie. »Jetzt haben wir ja wieder Teller.«

»Was für eine Pastete?« fragte Emma misstrauisch.

»Von Dolly Smith«, sagte Robbie.

»Jaaaaaa!« schrien daraufhin alle drei.

»Ist deine Älteste wieder da?« flüsterte Sandra. Vanessa nickte und zeigte zur Küche.

Als Robbie mit den Pasteten zurückkam, benutzte sie die Gelegenheit, um sich von ihren Jüngsten zu befreien und in die Küche zu gehen.

Als sie durch die Tür trat, ließ ihre Tochter die Tüte mit den

Scherben fallen und warf sich in ihre Arme. »Es tut mir leid, Mam«, schluchzte sie. »Aber es war einfach zuviel. Was dieser Kerl getan hat, ist schrecklich. Ich kapier das nicht. Wieso kommt er mit so was durch?«

»Ich weiß, mein Schatz. Aber glaub mir, so was kommt vor. Manche Leute dürfen ungestraft morden, und wir können gar nichts dagegen tun. Gegen seinesgleichen haben wir keine Chance.«

»Ich versteh's trotzdem nicht.«

»Angst, mein Schatz. Angst und Geld. Das sind die Fundamente der Macht. Wer traut sich schon, so jemanden wie den anzuzeigen, wenn er überall hinreicht und seine Helfershelfer überall sitzen? Es ist nicht so wie bei Sandra und mir, wenn wir mal einen Streit haben und uns dann wieder vertragen. Bei ihm ist das anders. Dieser Kerl vergisst nichts.« Sie schüttelte traurig den Kopf.

»Als sie anfing, ihn näher kennen zu lernen, hat Suzanne mir mal erzählt, dass er eine schwarze Liste angelegt hatte: ein kleines Notizbuch mit Namen von Leuten, die ihn geärgert hatten. Es waren sogar die Namen von Lehrern dabei, die ihm irgendwann mal schlechte Noten gegeben haben.«

»Das ist doch krank!«

»Allerdings. Aber am Anfang war er Suzanne und mir gegenüber immer so nett und charmant. Das einzige, worüber sie sich mal gestritten haben, waren seine Safaris. Unsere Suzanne hat Tiere geliebt und fand es unerträglich, dass er sie abknallte und dann noch ausgestopft in seinem Haus an die Wand hängte.«

»Das wär mir genauso gegangen. Der Kerl ist geisteskrank, Mam, absolut geisteskrank.«

Vanessa nickte. »Aber du darfst nicht vergessen, dass es solche Leute immer schaffen, außerhalb der Gesetze zu leben. Sie lassen andere die Drecksarbeit machen und leben in einer völlig abgehobenen Welt, von der unsereins nur träumen kann. Leute wie er nehmen sich einfach, was sie wollen, und niemand kann sie daran hindern.«

»Aber dich hat er nicht gekriegt, Mam. Du hast dich verweigert.«

»Ja, und ich habe teuer dafür bezahlt. Am Ende hat er doch gewonnen.«

»Nein, hat er nicht, Mam. Du hast ihm gar nichts gegeben. Er hat es erpresst und gestohlen.«

Vanessa warf Kerry einen eigenartigen Blick zu, während sie darüber nachdachte, was ihre Tochter gerade gesagt hatte. Dann schüttelte sie den Kopf und lächelte. »*Kindermund* ...«, sagte sie.

»Was?«

»Ach, nichts. Nur eine alte Redensart. Komm her.« Sie hielt ihre Arme auf, und Kerry schmiegte sich an sie.

»Sag mal, Mam, glaubst du, *Der Mann* könnte auch mit dem Verschwinden von Claire zu tun haben?«

»Nein, Schatz. Das gehört alles der Vergangenheit an. Du musst es einfach vergessen.«

»Aber ich wette, Robo Cop hätte keine Angst vor diesem Wahnsinnigen. Die würd es ihm zeigen.«

»Kerry!« Vanessa geriet in Panik bei diesem Gedankengang ihrer Tochter. Das Bedürfnis, etwas zu trinken, wurde schier übermächtig, und sie musste sich sehr beherrschen, um nicht die Küche nach Schnaps abzusuchen. »Kerry! So etwas darfst du nicht einmal denken! Versprich mir, dass du keinem Menschen was sagst. Dieser Polizistin nicht und auch sonst keinem Menschen. Es ist nicht gut, in der Vergangenheit rumzuwühlen!«

»Nein, nein. Ich sag nichts.«

Kerrys Zustimmung war ein bisschen zu rasch gekommen. Aber Vanessa wollte das neu gewonnene Vertrauensverhältnis zu ihrer Tochter nicht gleich wieder gefährden und behielt ihre Zweifel für sich.

Als Lorraine und Luke vor *Robinson's Funeral Parlour* eintrafen, war das über Funk angeforderte Einsatzkommando schon da. Luke zählte die Kriminalbeamten in den Zivilfahrzeugen und sagte: »Das wird genügen.«

Brad saß in Handschellen neben einem stämmigen Beamten hinten im Wagen. Als er von Katy identifiziert worden war und Lorraine ihm klar gemacht hatte, dass er lebenslänglich kriegen könnte, wenn einem der Mädchen etwas passierte, war er zusammengebrochen. Bereitwillig hatte er sie hinunter zum Hafen geführt und ihnen den rostigen alten Kutter gezeigt. Das Schiff war leer, aber die Spuren der Anwesenheit der Mädchen waren nicht zu übersehen gewesen. Wo sie jetzt sein könnten, wusste Brad allerdings auch nicht. »Ich hab sie bloß abgegeben«, jammerte er immer wieder. »Ich hab ihnen doch gar nichts getan.«

Was sie letztlich auf die Spur des Beerdigungsunternehmens gebracht hatte, war ein Anruf bei der Wasserschutzpolizei. Laut Schiffsregister gehörte die *Mona* einem gewissen Nicolas Robinson in der Wear Street. Und genau da standen sie jetzt.

»Jetzt schau dir das an!« sagte Lorraine. »Ein verdammter Leichenbestatter. Die armen Mädchen! Der Himmel weiß, in welchem Zustand sie sein mögen.« Sie drehte sich zu Brad um: »Du kannst beten, dass sie noch leben! Luke, bring den Scheißkerl zurück in die Zelle!«

Lorraine stieg aus. »Zugriff!« sagte sie und gab den Beamten das Zeichen, *Robinson's Funeral Parlour* zu stürmen.

Claire hatte von zu Hause geträumt – von eiskalten Nächten, vom Kampf um die Bettdecke und wie man am Ende doch aufgeben und sich bei den Schwestern anschmiegen musste. Sie hatte vom Streit um die letzte Scheibe Toast geträumt; kaum hatte Darren nachgegeben, riss Emma sie ihr aus der Hand. Der Ausflug nach Seaburn Beach einmal im Jahr vermischte sich mit der Blaubeersuche im Wald, und wie Suzys ganzes Gesicht rotverschmiert gewesen war, weil sie alle Beeren gleich in den Mund gesteckt hatte. Und sie hatte von Kerry geträumt, die im Kreis auf der Aschenbahn lief. *Peng, peng, peng.* Kerrys Füße trommelten auf den Boden, und Claire wimmerte leise im Schlaf.

Sie schlug die Augen auf. Es war dunkel, sehr dunkel, aber Kerrys Füße trommelten immer weiter. Der Lärm war ganz ohrenbetäubend. Kraftlos richtete Claire sich zum Sitzen auf. Sie war zu schwach, um noch Schmerzen zu spüren. Schon vor Tagen hatte sie gedacht, sie sei vollkommen am Boden zerstört, aber jetzt wusste sie: Es ging immer noch tiefer.

Sie rieb sich die Augen, aber selbst dazu war sie zu schwach. Ihre Arme sanken wieder herunter. Sie wusste, das war das Ende. Sie konnte einfach nicht mehr kämpfen.

Jetzt kamen sie, um sie zu holen.

Claire schluchzte hilflos vor sich hin. Es war nicht fair, es war einfach nicht fair. Sie hatte das nicht verdient.

»Bitte, bitte, ich will nach Hause«, wimmerte sie.

Wieder hörte man lautes Krachen, und eine Sekunde lang ging das Licht an. Ein halbes Dutzend Männer stürzten herein, Laughing Man wurde vor ihren Augen zu Boden gezerrt und Handschellen klickten. Es konnte ganz einfach nicht wahr sein.

Claire schüttelte traurig den Kopf. Sie rollte sich auf dem Boden zusammen und versuchte ganz ruhig zu liegen. Wahrscheinlich war sie schon tot. Eine andere Erklärung konnte es gar nicht geben. Jemand berührte sie an der Schulter. Sie schlug die Augen auf und sah einen Engel. Ein wunderschöner blonder Engel beugte sie zu ihr herunter und lächelte strahlend.

Claire sah das Mitleid in den Augen des Engels und streckte die Hand aus, um das wunderschöne Gesicht zu berühren. »Danke«, sagte sie, ehe ihre Augen sich wieder schlossen.

25

»Mam?«

»Ja, was ist, Darren?« Vanessa schaute von der Zeitung auf, mit der sie sich abzulenken versucht hatte. Das Bedürfnis nach einem kleinen Schnaps begleitete sie wie eine lästige Fliege.

»Die beiden Polizisten sind gerade gekommen.«

Vanessa runzelte die Stirn. »So spät abends noch? Lass sie rein, Darren, sei so lieb.« Sie kreuzte die Finger und flüsterte: »Bitte, bitte, lieber Gott. Lass es meinem Kind gut gehen. Bitte, lass sie nicht tot sein.«

Wie Tausende Mütter vor ihr betete sie, dass ihr Kind heil zurückkommen möge. Sie konnte einfach kein weiteres Unglück ertragen.

Einen Augenblick später standen Luke und Lorraine in der Tür, und ihre strahlenden Gesichter sagten mehr als tausend Worte. Vanessas Herz schlug wie eine Glocke. Langsam, ganz langsam erhob sie sich aus ihrem Sessel und machte einen Schritt auf Lorraine zu.

Lorraines Lächeln wurde noch heller. Dann nickte sie und sagte: »Es geht ihr bald wieder gut!«

»Oh!« Überwältigt von ihren Gefühlen, schlug Vanessa die Hand vor den Mund. Ihre Knie gaben nach, und sie drohte zu Boden zu gehen. Luke konnte sie gerade noch auffangen und vorsichtig zu ihrem Sessel zurückbringen.

»Sie ist jetzt im Krankenhaus«, sagte Lorraine. »Wollen wir zusammen hinfahren?«

»Ja, und wir auch!« schrien die versammelten Lumsdons, die bislang atemlos zugehört hatten. Ein unglaubliches Getöse brach los. Alle sprangen auf und fingen gleichzeitig an zu reden. Suzy stürzte sich auf Lorraine und schlang ihre Ärmchen um die Polizistin. Sogar Mickey versuchte sie zu umarmen und abzuküssen, wich aber gleich errötend zurück, als sie ihm lächelnd mit dem Finger drohte.

Luke blieb zurück, um auf Kerry zu warten, die noch beim Training war.

Er freute sich darauf, Kerry die guten Nachrichten bringen zu können. So etwas kam in seinem Beruf nicht allzu oft vor. Während er sich auf die Gartenmauer setzte, beobachtete er das Leben in der Siedlung. Die beiden Streifenwagen mit Lorraine und den Lumsdons waren kaum abgefahren, da kam Josh Anderly die Straße heruntergetorkelt. In seinem Zustand benutzte er die Gartenzäune wie Leitplanken, die ihn auf dem Bürgersteig hielten.

Anderly hatte fünf Söhne im Alter zwischen siebzehn und sechs, und obwohl er praktisch jeden Tag einen Rausch aus der Kneipe nach Haus brachte, tat er Luke irgendwie leid. Josh war nicht immer so gewesen. Vor vier Jahren war seine Frau angefahren worden und an ihren schweren Verletzungen gestorben. Den Todesfahrer hatte man nie gefunden. Seither schien Anderly die Welt nur noch ertragen zu können, wenn er durch den Boden eines Bierglases schaute.

Nur die Sonntage waren anders. Da ging die ganze Familie Anderly auf den Friedhof und besuchte das Grab der Mutter. Und irgendwann am Nachmittag riefen sie auf der Polizeiwache an und fragten, ob die verdammten Bullen denn endlich den Todesfahrer gefasst hätten.

Jetzt kam Dolly Smith aus dem Haus und ging mit gesenktem Kopf nach Houghton hinauf. Wahrscheinlich war sie auf dem Weg, um ihren Sohn von der Polizeistation abzuholen.

Aber sie brauchte sich keine großen Sorgen zu machen. Wahrscheinlich würde sie nicht mal Kaution zahlen müssen, denn Jason war ziemlich vorsichtig gewesen, und man konnte ihm keine gravierenden Straftaten nachweisen. Dass er in illegale Hundekämpfe verwickelt gewesen sei, hatte er lebhaft bestritten. Wenn nicht Mrs Archer bei der Polizei auftauchte und ihn dafür anzeigte, dass er die Spielautomaten plünderte, würden sie ihn wieder laufen lassen müssen. Und dass Mrs Archer die Polizei in Anspruch nahm, um ihre Forderungen durchzusetzen, konnten Luke und Lorraine sich beim besten Willen nicht vorstellen.

Stevie hingegen hatte trotz seines jugendlichen Alters mit einer Gefängnisstrafe zu rechnen. Laughing Man und sein Komplize, aber auch Brad als Helfershelfer und Mitwisser hatten lebenslänglich verdient, ganz unabhängig davon, ob der

Mord an dem unbekannten Mädchen auf ihr Konto ging. Aber was hieß heutzutage schon »lebenslänglich«? Ein junger Bursche wie Brad konnte mit fünfunddreißig schon wieder auf der Straße sein, während seine Opfer womöglich einen Schaden fürs ganze Leben davontrugen.

Wenn sie nur an den Kopf der Bande herankommen könnten! Aber bislang waren sie nicht einmal sicher, ob es ihn überhaupt gab. Niemand schien seinen Namen zu kennen. Alle behaupteten, nur mit Mrs Archer zu tun gehabt zu haben. Und die war auf mysteriöse Weise verschwunden.

Es war ein Haftbefehl ausgestellt worden. Airports und Häfen wurden überwacht, aber Luke glaubte nicht, dass sie ihnen ins Netz gehen würde. Dazu hatte sie zuviel Vorsprung. Lorraine war fest überzeugt, dass Mrs Archer nicht der eigentliche Boss der Bande gewesen war, und sie hatte geschworen, den Namen des Mannes aus ihr herauszuschütteln, wenn sie die Frau erst geschnappt hatten.

Ach, Lorraine! Luke seufzte, als er an seine Chefin dachte. Er hatte sie vom ersten Tag an geliebt. *Aber sie schaut mich ja nicht einmal an. Warum sollte sie auch? Sie hat ja diesen gutaussehenden Scheißkerl von Ehemann für ihre Gefühle.*

Andererseits wusste Luke, dass Lorraine irgendwelche Probleme hatte, und es kränkte ihn, dass sie ihn nicht ins Vertrauen zog. Sie hatten im Lauf der Jahre schon so viel zusammen erlebt, und er konnte sich nicht vorstellen, dass sie nicht wusste, dass er in jeder Beziehung loyal war. Trotzdem schien sie ihm diesmal nicht recht zu trauen, und das machte ihn schrecklich unglücklich.

Seufzend schaute er von dem Unkraut hoch, das er angestarrt hatte, und summte einen alten Song vor sich hin. Es war *Hotel California* von den Eagles, aber das merkte er gar nicht. Zehn Minuten später kam Kerry die Straße herunter, und ausnahmsweise rannte sie einmal nicht, sondern schien tief in Gedanken versunken.

Kerry hatte ihren Trainer gnadenlos bedrängt, aber er hatte beharrlich bestritten, den Mann mit dem teuren Wagen zu kennen, der neulich nach ihr gefragt hatte.

Nein, der sei noch nie zuvor da gewesen.

Nein, er habe sonst nichts weiter gesagt.

»Von wegen«, murmelte Kerry, als sie in die Sparrow Lane einbog. Der Mann auf dem Sportplatz war derselbe wie auf dem Foto mit Mark und Suzanne, da war sie ganz sicher, auch wenn Stan noch so heftig bestritt, ihn zu kennen. Sie würde schon noch dahinterkommen.

»Hallo, Kerry.«

Kerry zuckte zusammen. Sie hatte nicht erwartet, dass die Polizei vor ihrem Haus auf sie wartete. »Verdammt, haben Sie mich erschreckt!« schimpfte sie.

Dann sah sie das Lächeln auf Lukes Gesicht. Ihr Herz beschleunigte sich, und sie hielt eine Sekunde die Luft an, ehe sie ihren Siegesschrei ausstieß: *»Ihr habt sie gefunden!«*

Luke nickte. »Ja, genau. Sie ist in Sicherheit. Und ich hab stundenlang auf dich gewartet, um dir das zu sagen.«

»Wo ist sie denn?« Kerry hüpfte aufgeregt von einem Fuß auf den anderen. Alle Gedanken an *Den Mann* waren erst mal vergessen.

»Sie ist im Krankenhaus«, sagte Luke und hob hastig die Hand, als er Kerrys bestürztes Gesicht sah. »Aber nur für ein oder zwei Tage. Es geht ihr gut.«

Kerry hatte die größte Mühe, diesem wunderbaren Mann nicht um den Hals zu fallen und ihn zu Tode zu drücken. »Sind die anderen schon dort?«

»Die sind vor einer halben Stunde gefahren.«

»Na, dann los!« schrie sie. »Was trödeln wir hier noch rum!«

Luke folgte ihr lächelnd zu seinem Wagen.

Schließlich schaffte es Darren doch noch, alle anderen beiseite zu schieben und sich Claires Hand zu grapschen. Er wusste, dass er ein blödes Grinsen auf dem Gesicht hatte, aber das ließ sich nicht ändern. Er war einfach scheißfroh, seine Schwester wiederzuhaben.

»Hallo, Darren«, sagte Claire und lächelte schwach. Sie war genauso froh, ihn zu sehen, wie umgekehrt. In der letzten Stunde war ihr Herz aus dem tiefsten Keller ins höchste Penthouse geflattert.

»Selber hallo, Schwesterchen«, war alles, was Darren einfiel. Er quetschte ihre Hand so fest, dass man um ihren Blutkreislauf fürchten musste.

»Wie geht's denn den anderen Mädchen?« fragte Vanessa und streichelte Claire übers Haar. Sie konnte noch gar nicht glauben, dass ihre Tochter ihr wiedergeschenkt worden war.

»Die Schwester sagt, Jade ist in Ordnung, genau wie ich. Donna braucht noch etwas mehr Zeit. Aber über Tracy wollen sie mir gar nichts sagen.« Claire griff nach der Hand ihrer Mutter. »Ich mach mir schreckliche Sorgen um sie. Kannst du nicht etwas herausfinden?«

Gerade in diesem Augenblick kam Lorraine durch die Tür. Sie hatte die Frage gehört und sagte leise: »Es geht ihr sehr schlecht. Die Kerle haben sie furchtbar verprügelt. Und sie hat sich so weit von der Welt abgesperrt, dass sie vermutlich noch gar nicht weiß, dass sie jetzt in Sicherheit ist. Die Ärzte wollen Jade heute Nacht hier bei dir im Zimmer schlafen lassen. Später sollt ihr dann mit Tracy reden. Die Ärzte glauben, das hilft vielleicht, um Tracy wieder zurückzuholen.«

Claire sagte nichts. Ihr Kopf sank zurück in die Kissen, und ihre Augen füllten sich mit Tränen. Trotz ihrer Freude über die glückliche Rettung und das Wiedersehen mit ihrer Familie war sie noch sehr schwach. Und obwohl die Ärzte gesagt hatten, ihre körperliche Verfassung sei gut, hatten sie doch nicht versäumt zu erwähnen, dass die seelischen Narben sehr lange Zeit bleiben könnten.

»Ist schon gut, Liebling.« Vanessa nahm ihr Kind in den Arm. »Du bist jetzt ganz sicher.«

»Ich weiß, Mam, es ist nur ... ich hab euch alle so lieb. Und ich dachte, sie würden mich wegbringen, und ich würde euch nie wieder sehen.« Große, quälende Schluchzer rumorten in ihrer Brust, während sie sich an Vanessas Hals klammerte.

Emma schniefte. Sie hatte interessiert zugehört. »Glaubst du, dass du mich genügend lieb hast, um mir dein Weihnachtstaschengeld zu geben?«

»Oder mir!« krähte Suzy.

Darüber mussten sie denn doch lachen. Es hallte laut über den Flur, wo Luke und Kerry gerade dem Aufzug entstiegen. Kerry strahlte: »Das hört sich gut an!«

Luke nickte. Er warf Lorraine einen sehnsüchtigen Blick zu, aber sie war schon im Aufbruch begriffen und verließ den Raum, ohne seinen Blick zu erwidern.

Kerry blieb stehen und musterte ihre scheinbar unbeschädigte kleine Schwester für einen Moment. Sie schüttelte den Kopf und sagte: »Mein Gott, und ich dachte schon, ich sehe deine dumme Schnute nie wieder!«

»Genau«, grinste Claire, und plötzlich gähnte sie schrecklich. »Diese Suppe war köstlich, aber jetzt bin ich echt fertig.«

»Na ja, nach all den Cornflakes hätte dir bestimmt alles geschmeckt!« sagte Vanessa und tätschelte ihrer Tochter die Hand.

»Cornflakes?« sagte Kerry.

»Ja, genau«, sagte Claire, und ihre Augenlider begannen sich sachte zu senken. Eine Minute später war sie fest eingeschlafen.

Mark packte seinen Koffer, seine Stimmung schwankte zwischen Trauer und Wut. Er hatte die ganze Nacht nicht geschlafen, und seine Augen fühlten sich an, als wären sie voller Sand.

Warum war Kerry so fortgerannt? Wieso hatte sie behauptet, die Frau auf dem Foto mit seinem Vater sei ihre Mutter? Er hatte sich diese Fragen immer und immer wieder gestellt.

Sein Vater war schrecklich wütend geworden, als er den kaputten Bilderrahmen entdeckt hatte. Und als er ihm erzählte, was Kerry gesagt hatte, reagierte sein Vater sehr merkwürdig. Er wollte plötzlich wissen, wie Kerry mit Nachnamen hieß. Und dann hatte er ihn fast eine Stunde lang mit Fragen und Vorwürfen bombardiert: Wo er Kerry kennen gelernt habe, warum er sie nach Hause eingeladen habe und so weiter und so fort. Mark hatte dagegen nicht die geringste Antwort auf seine Fragen gekriegt. Es war etwas höchst Eigenartiges im Gange, aber sein Vater zog ihn wieder einmal nicht ins Vertrauen. Mark fühlte sich regelrecht ausgeschlossen.

Frustriert wandte Mark sich wieder seinem Koffer zu. Genug für einen Monat solle er packen, hatte sein Vater gesagt. Die Skiferien in der Schweiz seien eine seit langem geplante Überraschung für seine guten Schulnoten. Aber Mark glaubte ihm nicht. Die Sache mit dem Urlaub war viel zu schnell nach dem Streit über das Bild gekommen. Er hatte das Gefühl, dass es ein Trick war. Sein Vater wollte ihn einfach von Kerry wegbringen.

Aber warum? Was hatte Kerry seinem Vater getan? Und warum war Kerry so ausgerastet? Warum hatte sie behauptet, seine Mutter sei ihre?

Mark biss sich auf die Lippe und kniete sich auf den Koffer, um ihn zu schließen. Dann setzte er sich auf seinen Sessel und starrte den Koffer an, als könne der ihm sagen, was vorging.

Als der Gong zum Abendessen ertönte, stand er auf, gab seinem Bett einen Tritt und ging missmutig nach unten. Diesmal würde er sich nicht mehr einschüchtern lassen, und er würde auch nicht abreisen, ohne zuvor noch einmal mit Kerry gesprochen zu haben.

Mark schluckte seinen Rosenkohl hinunter, sah seinen Vater entschlossen an, holte tief Luft und sagte dann hastig: »Papa, ich muss noch mal weg. Ich treffe mich mit ein paar Freunden. Die wundern sich sonst, wenn ich einfach verschwinde.«

»Nein.«

»Aber, Papa –«

»Ich habe *nein* gesagt.«

Mark hörte, wie das Messer seines Vaters auf den Teller fiel. Ihre Augen trafen sich über dem Tisch.

Sein Vater wischte sich den Mund mit der Damastserviette ab

und sah Mark mit kalter Wut an. »Geh in dein Zimmer. Ich dulde nicht, dass mein eigener Sohn meine Befehle in Frage stellt.«

Befehle? dachte Mark, sagte aber nur: »Nein.«

»Wage nicht, mir zu widersprechen, Junge. Ich bin dein Vater, und du wirst mir den Respekt erweisen, den du mir schuldest.«

Jetzt ging's also los. Eine Predigt. Im großen und ganzen durfte Mark tun, was er wollte, so lange er seinem Vater nicht in die Quere kam und keine Probleme machte. Aber ab und zu gerieten die beiden doch aneinander, und es sah ganz so aus, als würde dies ein typischer Krach werden. Bei solchen Gelegenheiten sehnte sich Mark nach der Mutter, die er nie kennen gelernt hatte. Vielleicht wäre sie ihm zu Hilfe gekommen und hätte seinen Vater beruhigt. *Nun ja, sie ist tot, Kumpel. Du musst dir allein helfen.* Und diesmal hatte Mark keine Lust auf die Predigt.

»Papa«, sagt Mark fest, obwohl er vor Anspannung zitterte, »es ist mir egal, was du sagst. Ich werde weggehen. Und noch etwas: Ich werde nicht in die Skiferien fahren. Ich denke nicht dran.«

»Was glaubst du eigentlich, mit wem du redest, Junge?« Richard Kingston hob die Stimme und schlug mit der Faust auf den Tisch. »Du wirst tun, was ich sage.« Ein Teil der Bratensoße ergoss sich über die cremefarbene Tischdecke.

Mark war eingeschüchtert, schüttelte aber trotzdem den Kopf. »Nein.«

Kingston sprang auf und gab seinem Sohn links und rechts eine Ohrfeige. Sein schwerer Siegelring traf Mark auf den Mund. Seine Lippen begannen zu bluten.

Der Anblick des Blutes schien eine wahre Raserei auszulösen. Marks Vater ließ seiner Wut freien Lauf. Er riss seinen Sohn vom Stuhl hoch, der krachend zu Boden fiel.

»Aber Papa!« rief Mark voller Entsetzen. »Was tust du?«

»Du wirst mir jetzt gehorchen!« schrie Kingston und zog seinen Sohn bis auf wenige Zentimeter an sich heran. »Verstehst du?«

Jede Faser in Marks Körper kreischte, er solle nachgeben,

und fast hätte er das auch getan. Aber dann weigerte sich etwas in seinem Inneren. »Nein«, schrie er. »Du irrst dich. Ich bin kein kleines Kind mehr. Du kannst mich nicht so herumkommandieren! Ich gehöre dir nicht. Ich bin auch kein Angestellter, den du einfach wegschicken kannst.« Gleichzeitig begann er um sich zu schlagen und versuchte sich loszureißen. Vergeblich. Sein Vater war nicht nur älter und stärker, sondern auch entschlossener als Mark. Zu seinem eigenen Entsetzen spürte Mark, wie er nachgab.

»Du irrst dich«, sagte Kingston in die plötzliche Stille. »Du gehörst mir durchaus.« Er schleifte Mark ins Arbeitszimmer, packte ihn am Hals, drückte ihn auf den Tisch und legte einen Wandschalter um. Voller Entsetzen sah Mark, wie ein Teil des Bücherregals zur Seite glitt und eine ins Souterrain führende Treppe dahinter erschien.

»Papa, nicht! Tu das nicht!« schrie Mark, als ihn sein Vater durch die Öffnung schob und die Treppe hinunterstieß. Aber Kingston hörte schon gar nicht mehr zu. Er war wie besessen.

Mark fiel schwer auf die Schulter und spürte einen stechenden Schmerz in der Brust. Einen Augenblick blieb er betäubt liegen, dann sah er, wie das Bücherregal wieder zurückrollte. Er lag in einem dunklen Raum, von dem er gar nicht gewusst hatte, dass er überhaupt existierte.

Seine Kinderangst vor der Dunkelheit hatte ihn nie verlassen, und so geriet er augenblicklich in Panik. Mit schmerzenden Rippen schleppte er sich die Treppe hinauf und klopfte so kontrolliert wie möglich an die holzverkleidete Tür.

»Papa, bitte! Es tut mir leid. Bitte lass mich raus, Papa!«

Es kam keine Antwort.

Mark schlug heftiger gegen die Tür, und seine Stimme wurde lauter, aber sein Jammern war zwecklos. Sein Vater war längst ins obere Stockwerk gegangen und überlegte, wie er mit der Beziehung zwischen Kerry und Mark ein für alle Mal Schluss machen könnte. »Meinen Sohn kriegt sie nicht!« murmelte er, während er in den leeren Park hinausstarrte.

Eine Woche später

26

Endlich war der Tag der Bezirksmeisterschaften gekommen, und der Nordosten Englands erlebte ein Wetter, wie man es eher in Florida erwartet hätte. Manche Läufer bevorzugten die Kälte oder vielleicht sogar etwas Regen, aber Kerry war das egal. Sie lief sowohl in einer Hitzewelle als auch im Schneesturm, wenn es sein musste. Die Hände in die Hüften gestemmt, stand sie oben am Table Rock und holte tief Luft. Der kleine Morgenlauf diente bloß zum Aufwärmen und sollte ihre Beine in Gang bringen.

Claire war jetzt seit vier Tagen wieder zu Hause, und alles war fast wieder normal. So normal, dass Kerry heute Morgen wegen irgendeiner Kleinigkeit bereits wieder einen Mordskrach mit ihrer Schwester gehabt hatte. Andererseits gab es Zeiten, in denen Claire völlig weggetreten und unerreichbar zu sein schien. Die Ärztin hatte ihnen schon gesagt, dass sie mit so etwas rechnen müssten. Diese Zustände würden allerdings im Lauf der Zeit weniger werden.

Geistesabwesend sah Kerry den ersten Bewohnern von Houghton zu, die zum Einkaufen gingen. Während sie lief, waren ihre Gedanken ständig um Claire, Mark und *Den Mann* gekreist. Wenn sie ehrlich war, musste sie zugeben, dass sie die ganze Woche hindurch an kaum etwas anderes gedacht hatte. Ihre Entschlossenheit, die Geschichte bis ins Kleinste aufzuklären und *Den Mann* einer gerechten Strafe zuzuführen, hatte sich nicht verringert. Andererseits wusste sie nicht, wie sie mit der Tatsache umgehen sollte, dass Mark ihr Halbbruder war und Richard Kingston ihr Vater. Sie wusste nur eins: Für heute musste sie das alles vergessen und laufen. Sie musste sich konzentrieren. Aber das zu wissen war eines, es wirklich zu tun fiel ihr schwer.

»Reiß dich zusammen, Mädchen!« sagte sie laut und trabte seufzend nach Hause.

Als sie in die Sparrow Lane kam, wurde sie langsamer, und als sie Sandra mit Darren, Emma und ihren eigenen Kindern sah, die mit nassem Sand nach einem Lieferwagen warfen, blieb sie ganz stehen.

»Ha!« sagte Sandra zufrieden und zeigte dem Fahrer des Lieferwagens den Finger. »Der wird bestimmt nicht mehr so rasen, wenn er das nächste Mal hier vorbeikommt!«

»Genau! Dem haben Sie's aber gegeben, Mrs Gilbride!« sagte Mr Skillings, der gerade vom Bäcker zurückkam. Dann entdeckte er Kerry. »Viel Glück heute! Viel Glück, junge Dame! Ich hoffe, du wirst allen heimleuchten!«

»Danke, Mr Skillings, ich werd es versuchen!«

»Fast alle Leute, die ich heute getroffen habe, haben mir Glück gewünscht«, sagte Kerry zu Sandra. »Auch viele, die ich gar nicht kenne. Von der anderen Seite von Houghton.«

Sandra zuckte die Achseln. »Wieso überrascht dich das so? Die meisten kennen dich noch von der Zeit, als du ein kleines Kind warst. Natürlich unterstützen sie dich.« Im nächsten Augenblick zuckte sie heftig zusammen, als ein wohlgezielter Schlammkloß ihren Po traf. »Ihr kleinen Mistkerle!« Sie rannte hinter den Kindern her, die sich lachend zerstreuten.

Grinsend ging Kerry ins Haus. Hoffentlich war genug heißes Wasser da! Sie wollte jetzt endlich mal ausgiebig duschen.

Mavis geisterte durch die Küche, ohne sich auf irgendwas konzentrieren zu können. Zerstreut nahm sie mal dies und mal das in die Hand, aber es wollte ihr nicht gelingen, den Frühstückstisch richtig zu decken. Alle ihre Gedanken kreisten um das Telefon. Um zehn Uhr würde es klingeln, und dann würde Lorraine das Ergebnis von ihrem Aids-Test erfahren.

Mavis verzichtete schließlich ganz darauf, ein richtiges Frühstück zu machen. Sie würden ja doch keinen Appetit haben. Sie beschloss, ihrer Tochter stattdessen ein Glas Orangensaft zu bringen. Das war wenigstens etwas.

Die Zubereitung dauerte allerdings nur eine Minute. Sie klopfte behutsam an die Tür des Gästezimmers, aber Lorraine war längst wach und rief sie herein.

Warum sollte sie auch ausgerechnet heute gut schlafen?

Mavis trat mit einem breiten Lächeln herein. »Hier, Lorry, ich hab dir frischen Orangensaft ausgepresst. Vitamine sind gut für dich.« Sie zog die Jalousie hoch und ließ die Sonne herein. »Schau, Schatz, es ist ein herrlicher Tag.«

»Ach, wirklich?« knurrte eine Stimme irgendwo unter der Bettdecke.

Mavis wusste, wann ihre Tochter unglücklich war. Sie setzte sich aufs Bett und streichelte Lorraines Arm. »Es ist bestimmt nichts, mein Schatz. Ich hab ein Gespür für diese Dinge, das weißt du. War es nicht toll, dass Jenny dem Labor Beine gemacht hat? Sonst müsstest du womöglich noch ewig auf die Ergebnisse warten. Wie ich immer sage: Es kommt nicht darauf an, dass man alles weiß, sondern dass man die richtigen Leute kennt.«

Seufzend kam Lorraine aus den Kissen hervor. »Ach, Mama, ich wünschte, ich hätte deinen Optimismus geerbt.«

Mavis legte ihrer Tochter den Arm um die Schultern. »Los, raus aus den Federn, wir müssen Unkraut jäten im Garten.« Hochzufrieden, dass sie etwas gefunden hatte, mit dem sie sich beschäftigen konnten, ging sie zur Tür.

Lorraine sah ihr nachdenklich hinterher. »Ach, Mama«, murmelte sie. »Der Garten muss gejätet werden! An meinem ersten freien Tag seit Monaten ist das wirklich eine großartige Perspektive.« Sie schüttelte den Kopf, stieß die Bettdecke weg und trank den Orangensaft aus. Dann duschte sie, zog ein Paar Jeans und ein weißes T-Shirt an und ging in die Küche. Mavis kam aus dem Geräteschuppen im Garten zurück. Sie trug einen dunkelblauen Overall und derbe Handschuhe.

Lorraine seufzte. »Weißt du, Mama, dass das alles nichts nützt? Wir können umgraben, Unkraut jäten und Blumenzwiebeln setzen, solange wir wollen – davon geht dieser Telefonanruf auch nicht weg.«

»Darum geht es auch gar nicht, mein Schatz. Ich will nur dafür sorgen, dass er *schneller* kommt. Und jetzt los!«

Lorraine konnte es selbst nicht fassen, aber da sie keinen Grund fand, sich zu weigern, folgte sie ihrer Mutter hinaus in die Sonne.

Bald fand sie das Unkraut ähnlich unüberwindlich wie die Mauer des Schweigens, die *Den Mann* umgab. Sie hatten bisher nur einen einzigen möglichen Hinweis gefunden. Ein Einbrecher, den sie vor kurzem geschnappt hatten, hatte erwähnt, dass er mal als Chauffeur für einen gewissen Richard Kingston gearbeitet hätte. Und dieser Richard Kingston hätte seine Finger in jedem schmutzigen Geschäft zwischen Houghton und Newcastle.

Es war ganz offensichtlich, dass der Ganove bloß die Aufmerksamkeit von seinen Einbrüchen ablenken wollte, deshalb war Lorraine eher skeptisch gewesen. Andererseits war dieser Kingston vielleicht ein weiteres Glied in der Kette. Weder Brad noch die beiden anderen Kerle hatten bisher gesagt, wer an der Spitze des Ganzen stand. Sie wussten es wahrscheinlich gar nicht. Vielleicht konnte man diesen Kingston zum Reden bringen. Es war keine besonders vielversprechende Spur, aber es gab keinen Grund, sie nicht zu verfolgen, und so war Luke seit gestern unterwegs, um diesen Richard Kingston zu finden.

Mit Schrecken dachte Lorraine an die armen Mädchen. Sie hatte sie so behutsam wie möglich verhört, aber sie hatten nur sehr wenig gewusst.

Mrs Archer allerdings konnte sich auf etwas gefasst machen, wenn Lorraine sie erwischte. Sie hatten eine gründliche Haussuchung im *Blue Lion* veranstaltet und dabei eine interessante Entdeckung gemacht: Der auffällige chinesische Dolch mit der gewellten Klinge, der in Mrs Archers Privatwohnung hing, war die Waffe, mit der die Köpfe von Jack Holland und den anderen Leichen abgetrennt worden waren. Der Nachweis, dass Mrs Archer das persönlich getan hatte, würde zwar schwer zu erbringen sein, aber eins war jetzt klar: Die Entführung der Mädchen und die vergrabenen Leichen standen in Zusammenhang – und die Spuren wiesen alle in eine Richtung.

Der Kerl ist der Drahtzieher hinter all diesen Verbrechen. Ihn müssen wir finden. Wenn wir bloß diese Mrs Archer schon hätten!

Lorraine biss die Zähne zusammen und zerrte mit aller Kraft an einer besonders dicken Löwenzahnwurzel. Sie hatte sie fast schon draußen, als ihr Telefon klingelte. Sie streifte eilig den Handschuh ab und zog ihr Handy heraus. Alle Gedanken an Gangsterbosse waren verflogen. Ihr war ganz schlecht vor innerer Anspannung, und ihr Herz schlug wie ein Dampfhammer, als sie das Handy ans Ohr presste.

Mavis vergaß zu atmen, während sie ihre Tochter beobachtete. Sie betete lautlos. Aber Lorraines Gesicht verriet nichts. Sie hörte nur angestrengt der Stimme aus dem Krankenhaus zu. Mavis war schon drauf und dran, ihre Tochter zu schütteln, um herauszufinden, was los war, aber da lächelte Lorraine plötzlich, und das genügte. Sie ließ die Heckenschere fallen, packte Lorraine um die Hüften und versuchte mit ihr durch den Garten zu tanzen. »Danke, lieber Gott«, sang sie. »Danke, lieber Gott! Vielen Dank!«

Als Luke zwei Minuten später aus dem Wagen stieg, sah er Mutter und Tochter atemlos auf dem Rasen herumhüpfen. »Eine alte Familienzeremonie?« fragte er lächelnd.

»Ach, das geht dich nichts an«, grinste Mavis. »Nur eine Nachricht, auf die wir dringend gewartet haben.«

Kurz darauf kam auch Harry, und als er die vergnügten Gesichter sah, wusste er gleich Bescheid. »Die Sache ist nochmal gut ausgegangen, nicht wahr?« Und als Mavis strahlend nickte, fügte er hinzu: »Dann kannst du ja die Flasche Sekt springen lassen, die du noch im Kühlschrank versteckt hast.«

Nach einem leichten Mittagessen ging Kerry nach oben, um ihre Sachen zu holen. Zu ihrer Überraschung lagen ein brandneuer marineblauer Nike-Trainingsanzug, neue rote Laufschuhe und Socken, dunkelblaue Laufhosen und ein weißes Trikot auf ihrem Bett.

Sie glaubte ihren Augen nicht trauen zu können und griff nur ganz vorsichtig nach den Sachen. Erst als sie auch dann nicht verschwanden, presste sie die Schuhe heftig an ihre Brust. Sie hätte nie geglaubt, dass sie einmal so schöne Sachen zum Laufen anziehen könnte.

Ich muss die falsche Treppe hochgegangen sein und bin jetzt in einer von Darrens Parallelwelten gelandet, dachte sie, und heiße Tränen brannten ihr in den Augen. *Eigentlich war doch Darren dran. Er wünscht sich die Fußballstiefel so dringend.*

»Alle Leute sind so nett, und ich bin so ein Scheusal«, murmelte sie und vergrub ihr Gesicht in der Trainingsjacke. Der Geruch der sauberen neuen Baumwolle löste eine weitere Gefühlsaufwallung aus, und sie schwor sich, dass sie ab sofort ein besserer Mensch werden würde. *Verdammt nochmal, ganz Houghton hat mir Glück gewünscht. Jetzt bleibt mir ja gar nichts anderes mehr übrig, als zu gewinnen.* Sie wischte sich mit dem Handrücken die Tränen aus dem Gesicht.

Sekunden später war sie nicht mehr allein. Die ganze Familie erfüllte den kleinen Raum. Darren drängte sich ganz nach vorn durch und hielt triumphierend ein Paar Fußballschuhe aus zweiter Hand hoch. »Die sind vom Flohmarkt«, sagte er. »Aber die genügen mir völlig, Schwesterherz, solange du nur dein Rennen gewinnst.«

Vanessa konnte sich nicht erinnern, ihre Familie jemals so glücklich gesehen zu haben. Sie fragte sich, wie viele solche Augenblicke sie wegen ihrer Alkoholsucht in den vergangenen Jahren versäumt haben mochte. Aber das war jetzt endlich vorbei, in Zukunft würde es keinen Schnaps mehr in diesem Haus geben. Vanessa war plötzlich so stolz, dass ihr das Herz wehtat.

»Kerry wird für uns alle gewinnen. Sie wird der ganzen Welt zeigen, dass wir Lumsdons doch etwas wert sind. Stimmt's, Kerry?«

»Da kannst du drauf wetten, Mam«, grinste Kerry und klatschte mit Robbie ab.

Mark lag im Dunkeln und versuchte vergeblich zu begreifen, was eigentlich vorging. Er hatte längst jedes Zeitgefühl verloren und wusste nicht, ob er nun schon tage- oder gar wochenlang in diesem Loch saß.

Als er gemerkt hatte, dass sein Vater nicht zurückkommen würde, hatte er zunächst gedacht, er müsste bloß ein paar Stunden in der Dunkelheit aushalten – zur Strafe gewissermaßen. Er hatte sich gesagt, dass er schon zu alt sei, um sich vor der Dunkelheit zu fürchten. Nach einigem Suchen hatte er einen alten Sessel ertastet, in dem er sogar ein paar Stunden geschlafen hatte. Beim Aufwachen hatte er ein paar Sekunden gehofft, er hätte alles vielleicht nur geträumt, aber dann musste er feststellen, dass er tatsächlich in einem stockdunklen Raum eingesperrt war.

Irgendwann war dann die Tür aufgegangen, und Mark war vor Erleichterung ganz schwindlig gewesen. Aber es war bloß Jake gewesen und nicht sein Vater, und trotz aller flehentlichen Bitten hatte er Mark nicht herausgelassen, sondern nur schnell eine Flasche Wasser, etwas zu essen und einen Eimer hereingeschoben.

Seither war er noch ein paarmal wiedergekommen, aber obwohl Mark gebettelt und gebeten hatte, ließ er ihn nicht heraus. Es war, als ob er plötzlich blind, taub und stumm wäre.

Was habe ich bloß so Schreckliches getan? dachte Mark. Je länger er nachdachte, umso klarer wurde ihm, dass er eigentlich schon immer vor seinem Vater Angst gehabt hatte. Es war nicht das erste Mal, dass er überlegte, ob sein Vater vielleicht verrückt sein könnte. Er hatte manchmal Dinge gehört, die nicht für seine Ohren bestimmt waren. Er hatte beobachtet, wie sein Vater mit Leuten redete, als wären sie Dreck. Er hatte gehört, wie er Leute bedrohte, die spät nachts ins Haus kamen.

Ach, Mama, ich wünschte, du würdest noch leben. Du hättest so etwas nie zugelassen.

Die Gedanken an seine Mutter führten zu Gedanken an Kerry, von der Mark dringend hoffte, dass sie ihn vermisste.

Andererseits – die Art und Weise, wie sie davongelaufen war, ließ Mark daran zweifeln, dass Kerry ihn je wiedersehen wollte. Er seufzte. Wahrscheinlich hatte sie ihn schon vergessen. Wahrscheinlich hatten ihn alle vergessen.

Ich werde hier nie wieder rauskommen.

Er fragte sich, vielleicht schon zum hundertsten Mal, was das eigentlich für ein Raum war, in dem er gefangen war. Am Anfang hatte er noch herumgetastet, in der Hoffnung, vielleicht doch einen Ausweg zu finden. Aber alles, was er gefunden hatte, waren ein paar leere Kisten, hohe Regale und eine muffige alte Decke, mit der er sich zudeckte, um nicht zu frieren.

Er wickelte sich erneut darin ein, drehte sich auf die andere Seite und versuchte, seine immer noch schmerzenden Rippen zu ignorieren.

Das ist doch nicht fair. Was hab ich denn bloß getan?

»Bitte komm zurück, Papa, es tut mir leid. Ich werde alles tun, was du sagst«, murmelte er in die Dunkelheit, bevor er wieder in einen unruhigen Schlaf sank.

27

Cal war der erste, der im Stadion eintraf. Wegen der starken Regenfälle der letzten Zeit und des Hochwassers in Durham waren die Bezirksmeisterschaften ins *Gateshead International Stadium* verlegt worden, was eine längere Reise im Minibus notwendig machte.

Cal hatte drei von den alten Damen aus dem Altersheim bei

sich. Betty trug trotz ihres Übergewichts von mindestens dreißig Kilo einen hautengen Freizeitanzug im Stil der siebziger Jahre und sah aus wie ein rosa Pudding. Die magere Flo in schwarzen Leggings und schwarzem Rollkragenpullover dagegen war mit so viel Modeschmuck behängt, wie sie Falten in ihrem Gesicht hatte, und konnte als später Beatnik durchgehen. Nur Jane, die einen eleganten Strohhut und ein seidenes Kleid trug, wirkte wie immer sehr damenhaft.

Betty und Flo hatten sich auf dem ganzen Weg nach Gateshead gestritten, und Jane, die wegen ihrer reservierten Art und der Behauptung, von königlichem Geblüt abzustammen, hinter ihrem Rücken nur »Lady Jane« genannt wurde, hatte die beiden höchst angewidert beobachtet.

»Na, Mädels, möchtet ihr vielleicht ein paar Hot dogs?« fragte Cal, nachdem er sie zu ihren Plätzen geführt und sich bei dem Mann entschuldigt hatte, dem Betty versehentlich den Hut vom Kopf geschubst hatte.

»Au ja«, riefen Betty und Flo.

»Aber bitte nicht mit Zwiebeln, davon kriegt man Blähungen«, sagte Jane und sah ihren Betreuer vorwurfsvoll an. Cal unterdrückte ein Grinsen und trabte davon.

Betty und Flo sahen ihm liebevoll nach wie zwei Gluckhennen. Sobald er außer Sicht war, drehten sie sich mit einem präzisen militärischen Manöver zu Jane um.

Flo stieß ihr den Ellenbogen in die Rippen und sagte: »Du sollst nicht immerzu auf ihm rumhacken! Er kann schließlich nichts dafür, dass du furzen musst, wenn du Zwiebeln isst!«

»Aber ich habe doch bloß gesagt –«

»Der Ton macht die Musik«, sagte Betty. »Das solltest du wissen, du aufgeblasene Pute, okay?«

»Genau«, sagte Flo. »Und wenn du nicht aufhörst, auf dem armen Jungen rumzuhacken, dann brech ich dir das Genick.« Es war das erste Mal seit vier Jahren, dass Betty und Flo sich vollkommen einig waren. »Immerhin macht der nette Junge ab und zu mal einen Ausflug mit uns. Deine königlichen Verwandten haben das bisher nicht getan!«

Jane rückte vorsichtig beiseite, falls ein weiterer Rippenstoß kommen sollte, und suchte nach den Veilchenpastillen in ihrer Handtasche.

Ein paar Minuten später kam Cal mit den Hot dogs. Dicht hinter ihm folgten Lorraine, Luke und Mavis. Die alten Damen nahmen ihre Würstchen entgegen, und Jane lächelte so freundlich wie lange nicht mehr.

Mavis begrüßte besonders Betty und Flo, die sie aus dem Töpferkurs kannte, den sie alle vierzehn Tage im Altersheim hielt. Erstaunlicherweise war Betty mit ihren dicken Fingern eine der besten Schülerinnen, während Flo ein eher hoffnungsloser Fall war. Jane besuchte den Töpferkurs nie. Ihre Finger in nassen Lehm zu stecken, war weit unter ihrer Würde.

Kaum hatten sie alle Platz genommen, als die Lumsdons und ihre Freunde eintrafen. Ringsum wurden Begrüßungen ausgetauscht, und Cal fragte Robbie nach Kerry.

»Die ist schon unten in den Umkleidekabinen«, sagte Robbie.

»Hast du gedacht, sie startet von der Tribüne?« fragte Mickey.

Cal tat so, als wollte er Mickey einen Kinnhaken geben. »So gut wie sie ist, hab ich gedacht, dass sie in Sunderland startet.«

Sie lachten und setzten sich, während unten auf der Bahn das Rahmenprogramm begann. Als erstes gab es ein Maskottchenrennen, bei dem verkleidete Kinder auftraten. Besonders die alten Damen und die jüngeren Lumsdons kreischten vor Vergnügen, als die Elster aus Newcastle nach drei Schritten stolperte und auf den Schnabel fiel, während die Schwarze Katze aus Sunderland als erste über die Ziellinie lief.

Kerry zog sich gelassen um, schnürte ihre Laufschuhe sorgfältig und trat aus der Umkleidekabine. Stan saß auf der Trainerbank und knabberte nervös an seinen Fingernägeln herum.

»Seien Sie doch nicht so aufgeregt«, sagte Kerry. »Ich werd schon gewinnen.« Sie setzte sich neben ihn.

»Ich weiß«, sagte er. »Trotzdem werd ich immer nervös. Hübsche Klamotten hast du heut an.«

»Super, nicht wahr?« Sie warf ihm einen Blick zu. »Ich verstehe immer noch nicht, warum Sie mich nicht an den anderen Läufen haben teilnehmen lassen. Da hatte ich doch auch gute Chancen.«

Er grinste. »Das stimmt. Aber ich möchte den Schock auf den Gesichtern der Leute sehen, wenn eine völlig Unbekannte die 800 Meter gewinnt.«

Kerry lachte. »Sie sind ja ein ganz Hinterlistiger!«

Es dauerte nicht mehr lange, dann war es Zeit für das Rennen und Kerry musste sich aufstellen. Sie war auf Bahn drei, aber das war ihr egal. Sie schaffte immer gleich gute Zeiten, ganz egal ob sie auf der Innen- oder auf der Außenbahn startete.

Sie sah zur Tribüne hinauf, wo ihre Familie saß. Dieses Rennen lief sie für die Lumsdons. Die ganze verdammte Welt sollte sehen, dass sie keine Scheiße mehr fressen würden. Auf die Ehrentribüne sah Kerry nicht. Und so wusste sie auch nicht, dass nicht nur ihre Mutter, sondern auch ihr Vater dem Rennen zusehen würde.

Die Startpistole krachte, und Kerry lief los. Sie übernahm von Anfang an die Führung, und erlaubte sich sogar ein Lächeln, als sie auf die Innenbahn einschwenkte. Sie hatte jetzt einen Vorsprung von etwa acht Metern.

Am Ende der ersten Runde hatte sie schon fast eine halbe Bahn Vorsprung und musste nicht einmal heftiger atmen. Sie wusste, dass nur eine einzige von den anderen Läuferinnen überhaupt eine Chance hatte, mit ihr Schritt zu halten, ein Mädchen aus Silksworth. Sie behielt ihre Geschwindigkeit und ihren Vorsprung bei, und alles, was sie jetzt hörte, waren ihre Schritte auf dem Boden. Fast im Rhythmus ihres Herzens hämmerten die Füße, die Meter um Meter wegfraßen.

Als die letzte Runde angezeigt wurde, versuchte das Mädchen aus Silksworth tatsächlich einen Zwischenspurt. Sie löste sich vom Feld und verringerte den Abstand um ein paar Schritte. Aber Kerry ließ sich nicht einholen. *Kommt nicht in Frage. Das ist mein Rennen.* Kerry wandte sich wieder nach vorn, wo die Ziellinie auftauchte, und verlängerte ihre Schritte.

Das war alles, wofür sie lebte, die Erfüllung eines Traums, und nichts würde sie aufhalten. Ihr Herzschlag beschleunigte sich voller Vorfreude. Sie – Kerry Lumsdon – würde die Ziellinie mit einem Riesenvorsprung überschreiten und endlich das sein, was sie schon immer sein wollte: die Beste.

Als sie noch zehn Schritte vor sich hatte, wäre sie am liebsten stehen geblieben, um ein paar Freudensprünge zu machen, aber stattdessen schoss sie nur noch schneller vorwärts. Ihr Herz jubilierte. Das wurde sicher eine Rekordzeit.

Das ganze Stadion hatte sich erhoben, als Kerry auf die Zielgerade einbog, und Vanessa schluchzte sich das Herz aus dem Leib. Sandra hatte einen Arm um ihre Freundin geschlungen und wischte sich mit der anderen Hand die Tränen aus dem Gesicht. Die Kinder rasten und schrien vor Aufregung. Darren hatte das Gefühl, dass sein Gehirn im Kreis herumwirbelte. »Ja, ja, ja«, schrie er immer nur. »Ja, ja, ja!«

Betty stieß dem Mann, der vor ihr stand, erneut den Hut vom Kopf, weil sie so heftig mit den Armen ruderte, aber der hatte sich längst von der allgemeinen Begeisterung mitreißen lassen und schien es gar nicht zu merken. Flo war auf den Sitz geklettert, um besser sehen zu können, und sprang aufgeregt auf und nieder. Es sah aus wie eine private Version von *La Ola.*

Und dann rannte Kerry mit einem breiten Grinsen über die Ziellinie.

Das erste Zeichen, dass etwas nicht stimmte, kam zwei Schritte später. Kerry stolperte und sank in sich zusammen wie eine Marionette, der man die Fäden durchtrennt hat. Stan, der dem Geschehen am nächsten war, erbleichte, als er die rote Blutpfütze sah, die sich unter ihr ausbreitete.

Als sie merkten, dass dem hellen neuen Stern, der da vor ihnen aufgegangen war, ein Unglück widerfahren war, verstummten die Zuschauer. Entsetzen erfasste die Menge. Eben hatte Kerry noch alle Rekorde gebrochen, und jetzt lag sie da, als wäre sie tot. Vanessa, Luke, Sandra und Lorraine bahnten sich einen Weg von der Tribüne hinunter und hinaus auf den Rasen. Vanessa erreichte ihre Tochter im selben Augenblick wie die Sanitäter, und die Männer konnten sie nur mit Mühe davon abhalten, ihre Tochter auf den Schoß zu nehmen und sie zu umarmen. Sie kämpfte noch mit den Sanitätern, als die anderen sie einholten.

Nachdem er seine drei alten Damen im Altersheim abgesetzt hatte, fuhr Cal gleich ins Krankenhaus weiter. Das Wartezimmer war überfüllt. Luke hatte Suzy auf dem einen und Emma auf dem anderen Knie. Darren marschierte seit einer Stunde in dem kleinen Raum hin und her wie ein Wachsoldat. Sandra hatte den Arm um Robbie gelegt, und Mickey versuchte Claire zu trösten, die wie gelähmt dasaß und wieder in einen Schockzustand zurückzufallen drohte.

Auf den Korridoren standen überall Polizisten, die leise in ihre Funkgeräte sprachen und das Krankenhaus streng bewachten. Die Schüsse auf die junge Läuferin hatten den höchsten Alarmzustand ausgelöst.

Vanessa und Lorraine waren nirgends zu sehen, und Cal vermutete zu recht, dass sie in Kerrys Nähe sein müssten. Vanessa war sich nicht sicher gewesen, ob sie Lorraine bei sich haben wollte, aber Lorraine war fest entschlossen, sobald wie möglich mit Kerry zu reden, um etwas über den Hintergrund des Attentats in Erfahrung zu bringen. Carter und einige weitere Mitglieder ihres Teams verhörten bereits die Zuschauer, die in der Nähe der Stelle gesessen hatten, wo der Schütze gewesen sein musste.

Eine Stunde später hatte sich noch immer nicht viel verändert. Lediglich Vanessa und Lorraine waren jetzt auch ins Wartezimmer gekommen, denn Kerry war in den OP gebracht worden. Die Kugel, die sie getroffen hatte, musste aus der Schulter geholt werden. Es war kein allzu komplizierter chirurgischer Eingriff, aber die Ärzte gingen sehr sorgfältig vor, und den Angehörigen erschien die Zeit endlos.

Es war still geworden im Wartezimmer. Es gab nicht mehr viel zu sagen. Alles war immer wieder gesagt worden, und die Worte enthielten jetzt nur noch Schmerz und Verzweiflung.

Als schließlich der Arzt mit grimmiger Miene hereinkam, hoben alle erschrocken die Köpfe. Noch ehe er etwas sagen konnte, fing Darren hemmungslos an zu schreien und lief aus dem Raum. Seine Panik war ansteckend, und auch Vanessa fing an zu schluchzen. Claire bewegte sich ebenfalls in die Nähe des Ausgangs.

Der Arzt hielt hastig die Hand hoch. »Bitte bewahren Sie Ruhe! Es ist alles in Ordnung.«

»Ist sie wieder gesund?« fragte Vanessa .

»Ja, das heißt, sie wird bald wieder gesund, Mrs Lumsdon. Es war etwas komplizierter, als wir gedacht haben, aber Ihre Tochter hat die Operation überstanden und ist jetzt auf der Intensivstation. Wir haben die Kugel erfolgreich entfernt, aber der Blutverlust war sehr groß. Sie hat das Bewusstsein noch nicht wiedererlangt –«

»Was?« Vanessa sprang auf.

Der Arzt hob erneut die Hand. »Das ist aber nicht weiter beunruhigend. Puls, Atmung und Herzfrequenz sind gut, aber wie ich schon sagte, sie hat sehr viel Blut verloren, und ihr Körper wird etwas Zeit brauchen, um sich zu erholen.« Er machte eine Pause und sah sich um. »Wenn sie allerdings in den nächsten Stunden nicht aufwachen sollte, dann würde uns das schon etwas beunruhigen –«

»Sie kommt durch«, sagte Vanessa. »Sie kennen unsere Kerry nicht.«

Alle Anwesenden nickten zustimmend.

»Sie ist wohl sehr zäh, was?«

»Allerdings. Sie will ja für England laufen«, sagte Sandra.

Der Arzt sah sich noch einmal um, und diesmal lächelte er. »Na, das wird sich sicher positiv auf ihre Genesung auswirken.«

»Wird sie ...?« Vanessa zögerte und sah sich hilflos um. »Wird sie denn weiter laufen können, Herr Doktor? Wird sie an Wettbewerben teilnehmen können? Wenn sie das nicht könnte, würde sie einfach kaputtgehen ...«

Der Arzt schüttelte den Kopf. »Es ist noch zu früh, um das zu sagen. Die Wunde hinterlässt wahrscheinlich nur eine kleine Narbe, aber wir wissen noch nicht genau, ob nicht womöglich Nerven in Mitleidenschaft gezogen worden sind.« Als er die entsetzten Gesichter sah, fügte er noch ein paar tröstliche Worte hinzu. »Sie ist ja sehr jung und gesund, und bei entsprechender Physiotherapie dürfte ihr Arm bewegungsfähig bleiben, ganz ohne Einschränkung.«

Er lächelte Vanessa freundlich an. »Was sie vor allem braucht, ist die Liebe und Unterstützung ihrer Familie, und wie es aussieht, wird sie davon reichlich erhalten.«

Während der Doktor sprach, hatte Lorraine erst Angst, dann Erleichterung und schließlich Resignation in den Zügen Vanessas beobachtet. Sie stand auf, ging zum Fenster und sah auf die Straße hinunter.

Warum war Kerrys Mutter so wenig empört? Erst war die eine Tochter von Mädchenhändlern entführt worden, dann wurde die andere mitten im Stadion angeschossen. Wäre sie an der Stelle der Mutter, würde sie toben und schreien und von der Polizei verlangen, den Schuldigen zu bestrafen.

Was konnte bloß hinter dieser Wahnsinnstat stecken? Wer schoss denn auf eine Sechzehnjährige, die gerade ein Rennen gewonnen hat?

War es die Konkurrenz?

Als ob ein Leichtathletiktrainer auf Sportler schießen würde, die besser laufen als die eigenen Schützlinge! Lorraine schüttelte über ihre eigenen dummen Gedanken den Kopf. Nein, da musste etwas anderes dahinterstecken. Diese Sache ging tiefer.

Hatte sie nicht vor einer Woche einen merkwürdigen Streit im Haus der Lumsdons erlebt? Was hatte Vanessa doch damals gesagt? *Der bringt uns alle um.* Schreckliche Worte! So etwas sagte man doch nur in äußerster Not und Verzweiflung zu einem Kind. Irgendwas stimmte nicht mit dieser Familie. Vanessa fühlte sich von irgendjemand bedroht.

Und ich werde jetzt schleunigst herausfinden, um wen es sich dabei handelt.

Lorraine verließ das Wartezimmer und ging den Korridor hinunter zur Intensivstation. Leise öffnete sie die Tür und stand neben Kerrys Bett.

Das arme Mädchen. Ihr Gesicht sah bleicher aus, als ein Gesicht je aussehen sollte.

»Ich werd den Scheißkerl schnappen, der dafür verantwortlich ist, das verspreche ich dir, Kerry«, flüsterte sie so leise, dass ihre Stimme vom Summen der Maschinen in dem abgedunkelten Zimmer übertönt wurde. »Es ist mir ganz egal, wie mächtig er ist.«

Sonntag

28

Mrs Archer saß im Haus ihrer Cousine Jill in New Silksworth und konnte ihre Wut kaum kontrollieren. Sie hatte die Beziehungen zu ihrer Familie schon seit langem abgebrochen, und ihre Cousine hasste sie ganz besonders. Denn Jill war immer hübsch gewesen. So hübsch wie eine Schachtel Pralinen zum Valentinstag. Sie hatte lockiges blondes Haar und große, babyblaue Augen. Es konnte einem schlecht werden, wenn man sie ansah. Außerdem war die blöde Tussi auch noch seit zehn Jahren mit demselben Mann verheiratet und ein halbes Dutzend Bälger hatte sie obendrein.

Seit einer vollen Woche musste Mrs Archer sich jetzt schon hier verstecken. Es war die Hölle für sie. Schon als sie angerufen hatte, war ihr bewusst, dass es grässlich sein würde, aber sie hatte nicht geahnt, wie grässlich. Kreischende Kinder und nasse Windeln.

Und obendrein noch zweihundert Pfund, die sie ihrer Cousine gezahlt hatte.

Dieses elende, gierige Miststück.

Da sieht man, was die verdammte Familie wert ist.

Sie wusste schon, warum sie der Scheißbande immer aus dem Weg gegangen war.

Verstohlen sah sie sich um. Die Kinder aßen ihre Cornflakes, als ob es morgen keine mehr gäbe, und die Milch spritzte nur so über den Tisch.

Scheißbälger.

Jill stand an der Spüle, und ihr fetter Ehemann hielt sie von hinten umfasst. *Die dumme Kuh wird gleich wieder schwanger werden, wenn sie nicht aufpasst.*

Dass sich Jill und Ollie noch immer herzlich liebten und ihre große Familie durchaus kein Zufall war, kam Mrs Archer nicht in den Sinn. Die herzliche Zuneigung zwischen ihrer Cousine, ihrem Mann und den Kindern ging völlig an ihr vorbei. Es war ein Gefühl, von dem sie nichts wusste.

Schau dir den geilen Bock an. Sind doch alle gleich. Bei der erstbesten Gelegenheit geht er fremd.

Sie war heilfroh, dass sie in einer halben Stunde hier abhauen konnte. *Und wenn alles gut geht, brauch ich sie nie wieder zu sehen.*

Mrs Archer knabberte an ihrem trockenen Toast, wehrte einen heftig fuchtelnden Esslöffel ab und warf dem fünfjährigen Ollie einen giftigen Blick zu. Der Junge war genauso hässlich wie sein fetter Vater, dachte sie und verpasste ihm einen unauffälligen Tritt mit dem Absatz. Der Junge zuckte ängstlich zusammen.

»Ich hol dann mal meine Sachen«, sagte Mrs Archer. »Ich werde bald abgeholt.«

Zwanzig Minuten später stieg sie zu Ally ins Auto. »Fahr los!« sagte sie. »Sonst denken die womöglich, ich hätte ihnen noch nicht genug Geld bezahlt.«

Jill und ihre ganze Familie standen in der Tür und winkten, als der Wagen sich in Bewegung setzte. Mrs Archer winkte zurück. Man wusste ja nie, wann man die Verwandtschaft noch brauchte.

Blöde Bande.

»Ich hoffe, du hast mein Geld?« sagte sie, als Ally auf die Hauptstraße einbog.

Er zeigte mit dem Daumen auf den Rücksitz, und als sie sich umdrehte, sah sie eine dunkelgrüne Reisetasche. »Gut«, lächelte sie.

Die Straßen waren leer am Sonntagmorgen. Sie würde pünktlich zum Zug nach London am Bahnhof sein. Mrs Archer lehnte sich im Sitz zurück. Wenn sie sich doch bloß schon früher von Kingston getrennt hätte! Sie hätte sich in aller Ruhe absetzen können, statt hastig flüchten und sich eine Woche lang bei diesen lächelnden Idioten verstecken zu müssen. Und sie hätte auch Ally nicht ein Vermögen zahlen müssen, damit er ihr half, einen ordentlichen Batzen von Kingstons Geld an sich zu bringen. Aber wenn sie erst einmal in London war, hatte sie das Schlimmste hinter sich. Dann konnte sie endlich weg aus diesem Scheißland. *Dann kann er mich nicht mehr erwischen. Dann bin ich ihn endlich los.*

Sie hatte zu ihrer Zeit vielleicht ein paar heiße Sachen gemacht. Sachen, die irgendwelche Tugendbolde vielleicht *böse* genannt hätten, aber zumindest hatte sie einen Grund dafür und es hatte sich auch gelohnt. Aber Kingston war anders. Der tötete aus reiner Mordlust. Und jetzt war er hinter ihr her.

Sie erreichten den Industriepark von Doxford, und ihre Gedanken wandten sich der Zukunft zu. Wenn sie nur schon in London wäre. Sie hatte einen Platz in einem kleinen privaten Flugzeug gebucht, wo niemand nach ihrem Pass fragen würde. Und falls es doch jemand tat, hatte sie ja ihre falschen Papiere.

Aber aus irgendeinem Grund blieb Ally nicht auf der A 690 nach Durham, sondern bog auf die Straße nach Newbottle ab. Sie würde ihren Zug noch verpassen!

»He, wo fährst du hin?«

Ally ignorierte sie einfach, und plötzlich bohrte sich ein Verdacht wie die scharfe Spitze eines vergifteten Speers in ihr Herz.

»Wo, zum Teufel, fährst du hin?«

Ally fuhr unbeirrt weiter. Sie schlug ihm mit der Faust auf den Arm. »Wo bringst du mich hin, du verdammter Verräter?«

Ally schwieg weiter.

Jetzt erfasste sie wirkliche Panik. Sie rüttelte an der Tür, aber die war verriegelt. »Halt sofort an!«

»Geht nicht«, sagte Ally.

Irgendwo im Hintergrund ihres angstbesessenen Hirns wurde

ihr plötzlich bewusst, dass dies die ersten Worte waren, die Ally heute überhaupt zu ihr gesagt hatte.

»Was bezahlt er dir?« Sie würde die Summe verdoppeln, auch wenn sie dann womöglich kein Geld mehr für die Schönheitsoperation hatte und ihr verdammtes Gesicht für den Rest ihres Lebens behalten musste. »Wie viel?« wiederholte sie noch einmal.

»Überhaupt nichts.«

»Nichts?« Mrs Archer war wütend. »Ich habe dir gesagt, du kriegst fünftausend, und du verrätst mich für – nichts?«

»Es geht um mein Leben«, sagte er, »wenn Sie es wissen müssen. Und jetzt halten Sie gefälligst die Klappe. Wenn Sie Schwierigkeiten machen, soll ich Ihnen die Zähne einschlagen, hat er gesagt. »

»Das kannst du ja mal versuchen, du Dreckskerl!«

Ally lachte. Aber es war ein sehr nervöses Lachen. Er hatte immer noch Angst vor Mrs Archer, denn er wusste, wie sie früher ihr Geld verdient hatte – und warum sie *Die Kopfjägerin* hieß.

Mrs Archers Gehirn raste. Sie hatte keine Ahnung, was Ally vorhatte, aber eines schien sicher: Sie durfte auf keinen Fall da hin, wo er sie hinbringen sollte. Sie stürzte sich auf den Pakistani und krallte sich in seinem Haar und seinem Gesicht fest. Sie wünschte bei Gott, sie hätte ihren Dolch dabei und wäre nicht auf die Fingernägel angewiesen, die freilich scharf genug waren.

Ally schrie laut vor Schmerz und hätte fast die Kontrolle über das Fahrzeug verloren. Nur mit Mühe schlidderte er an zwei Motorradfahrern vorbei. Mit einer Hand am Lenkrad wehrte er mit der anderen die rasende Frau ab, die entschlossen schien, ihm jedes einzelne Haar auszureißen. Dann hielt sie plötzlich inne und stürzte sich wieder auf sein Gesicht. Diesmal bohrte ihr Finger sich direkt in sein Auge.

Laut schreiend vor Schmerz und halb geblendet, ging Ally vom Gas, ließ das Lenkrad los und schlug nach Mrs Archer. Der Wagen schleuderte über die Straße und durchschlug einen Zaun.

Ally, der sich wie immer nicht angeschnallt hatte, flog durch die Windschutzscheibe. Mrs Archer wurde zur Seite geschleudert und schlug mit dem Kopf an die Tür. Der Wagen rumpelte zwanzig Meter weit über den Acker und kam schließlich zum Stehen.

Minutenlang herrschte völlige Stille, dann stöhnte Mrs Archer und ihre Augen öffneten sich. Als sie das riesige Loch in der Windschutzscheibe sah, erriet sie sofort, was mit Ally passiert war. Ihre linke Schulter schmerzte und ihr Kopf dröhnte wie eine Glocke. Mühsam richtete sie sich auf und spähte hinaus. Vor ihr war nur der leere Acker. Sie ließ ihren Gurt aufschnappen, drehte sich um und griff nach der Reisetasche.

In diesem Augenblick sah sie Ally. Er lag mit dem Gesicht nach unten in einer Furche. Ob er lebendig oder tot war, konnte sie nicht erkennen, und es war ihr auch herzlich egal. Sie versuchte noch einmal, die Tür zu öffnen, und hatte Glück. Der Unfall hatte die Sperre entriegelt. Sie holte die Reisetasche nach vorn, umklammerte sie wie einen Säugling und kroch aus dem Wagen.

Sie setzte sich auf den Acker, holte tief Luft und sah sich um. Aber sie war alles andere als gerettet. Der vergiftete Speer in ihrem Herzen drehte sich zum zweitenmal um, als sie Richard Kingstons Rolls-Royce auf der High Lane heranrollen sah.

»Oh, Scheiße!« murmelte sie, sprang auf und lief in Richtung des Waldes.

Sie war schon ungefähr zweihundert Meter gerannt, als sie die Verfolger hinter sich hörte. Sie versuchte schneller zu laufen, aber der Acker war feucht und schwer von den kürzlichen Regenfällen und schien sie bei jedem Schritt festzuhalten. Das Gewicht der Reisetasche bremste sie ebenfalls, aber sie war auf keinen Fall bereit, ihren Schatz loszulassen.

Dann erreichte sie endlich den Waldrand, wo die Vögel gerade wieder zu zwitschern begannen. Wenn es ihr gelang, sich dort im Unterholz zu verstecken, hatte sie vielleicht noch eine Chance. Aber es sollte nicht sein. Der erste Baum war kaum noch einen Meter entfernt, als ihre Verfolger sie einholten. Zwei große, stämmige Männer, die sie noch nie gesehen hatte. Der eine versperrte ihr den Weg, der andere umschlang sie von hinten. Sie wehrte sich, so gut sie konnte, aber ohne ihren Dolch hatte sie keine Chance.

Die beiden Männer packten sie links und rechts an den Armen und schleiften sie zurück über den Acker zur Straße, wo Richard Kingston an seinem Rolls-Royce lehnte und höhnisch grinste.

Sie warf den Kopf von links nach rechts und versuchte die Gorillas abzuschütteln, aber erst als Kingston nickte, ließen die Männer sie los wie gut trainierte Soldaten.

Immer noch umklammerte sie ihre Tasche und sah ihn trotzig an, was ihr einen Faustschlag ins Gesicht eintrug. Sie keuchte vor Schreck und Schmerz, spuckte Blut und einen abgebrochenen Zahn aus, schrie aber nicht.

»Na, gnädige Frau, haben Sie mir etwas zu sagen?«

Ihr Mund blutete und tat höllisch weh, aber sie hob den Kopf und starrte ihn weiter an. Sie wollte nicht sterben, aber wenn er dachte, sie würde betteln, dann hatte er sich geirrt.

»Hatten Sie eine schöne Woche bei Ihrer Cousine in Silksworth?«

Das schockierte sie, und als er ihren verblüfften Gesichtsausdruck sah, lachte er.

»Du dummes, albernes, hässliches Weib! Hast du wirklich geglaubt, du könntest mir weglaufen? Mir läuft keiner weg. Das solltest du wissen.« Er trat einen Schritt auf sie zu und riss ihr die Tasche mit dem Geld aus der Hand.

»Nein ...« kreischte sie mit geschwollenen Lippen und versuchte sie wieder an sich zu bringen.

Kingston gab ihr einen Stoß und sie fiel rücklings zu Boden. Trotzdem starrte sie ihn immer noch trotzig an. Er lachte erneut.

»Eins muss ich dir lassen, du Hexe! Ich habe größere Männer gesehen, die weniger Mut hatten.«

Sie drehte den Kopf zur Seite und spuckte ihm Blut und Rotz vor die Füße.

Er nickte widerwillig. »Ich sollte dich wirklich kaltmachen. Aber wozu? Ich habe beschlossen, mal nett zu sein.«

Ein kalter Schauder lief ihr über den Rücken. Richard Kingston war sein ganzes Leben noch nicht nett gewesen, und wenn er jetzt damit anfing, dann konnte das nichts Gutes bedeuten.

Und am allerwenigsten für mich, wo ich hier zu seinen Füßen auf meinem Arsch liege.

Kingston machte eine Kopfbewegung, und die beiden Männer stiegen in den Rolls-Royce. Als sie außer Sicht waren, warf er ihr die Tasche zu. Voller Überraschung hob sie die Arme und spürte nicht einmal den Schmerz, als der Griff ihren Mund traf.

»Das war dämlich, dass du gedacht hast, du könntest mich reinlegen, du dumme Ziege. Aber du bist mir sehr nützlich gewesen. Ich hoffe, du beherzigst deine Lektion. Wenn du auch nur ein Wort verrätst, brennt deiner Cousine und ihrer Familie das Haus überm Kopf ab.« Er starrte auf sie hinunter, dann wandte er sich abrupt ab, stieg in den Wagen und fuhr davon.

Voller Bewunderung sah Mrs Archer hinter ihm her. In diesem Augenblick war sie ihm unendlich dankbar und hätte alles für ihn getan. Natürlich würde sie schweigen. Aber bei Gott nicht wegen dem fetten Ollie und ihrer blöden Cousine. Nein, aus schierer Dankbarkeit für ihr Leben.

In ihrer Erleichterung hatte sie das dringende Bedürfnis, ihr Geld zu betrachten und zu berühren. Unfähig, ihre Erregung unter Kontrolle zu bringen, zog sie lachend den Reißverschluss auf. Für einen Augenblick waren alle Schmerzen vergessen.

Eine Sekunde später schrie sie vor rasender Wut und Entsetzen. Statt mit knisternden Zwanzig-Pfund-Noten war die Reisetasche mit säuberlich geschnittenen Bündeln von Zeitungspapier gefüllt, und mittendrin starrten die toten Augen von Jack Hollands mumifiziertem Schädel sie an.

Sie saß immer noch schreiend vor der geöffneten Tasche, als

wenige Minuten später der zu dem Unfall gerufene Wagen der Verkehrspolizei hielt und zwei uniformierte Polizisten über das Feld kamen.

Vanessa stand vor dem Eckladen, wo sie gerade Zigaretten gekauft hatte. Beim Bezahlen hatte sie so sehnsüchtig auf die Whisky-, Wodka- und sonstigen Schnapsflaschen hinter der Theke gestarrt, dass der Kassierer schon mehrmals gehustet hatte, um sie endlich zum Weitergehen zu bewegen. Mein Gott, sie brauchte so dringend etwas zu trinken! Sie konnte den Geschmack förmlich spüren.

Sie drehte sich zu Sandra um, die über Nacht bei ihr im Krankenhaus geblieben war, lächelte müde und riss die Zigarettenpackung auf. Als sie beide den ersten Zug gemacht hatten und bedächtig den Rauch ausstießen, sagte Sandra: »Das ist wieder ein Schritt, Vanny.«

Vanessa nickte, sie wusste, dass ihre Freundin den Schnaps meinte. »Komm, wir gehen lieber wieder ins Krankenhaus«, sagte Sandra, als sie zu Ende geraucht hatten. »Wie ich unsere Kerry kenne, ist sie wahrscheinlich schon wach und schreit nach dem Frühstück.«

Am Vorabend hatte Kerry zwar kurz das Bewusstsein erlangt, schien aber niemanden zu erkennen und war bald wieder in Ohnmacht gefallen. Aber ihr Atem war sehr regelmäßig, ihre Gesichtsfarbe kräftig, und die Ärzte schienen vorsichtig optimistisch. Die Polizei war sehr begierig darauf, mit ihr zu sprechen, aber obwohl die Genesung voranschritt, würde es noch eine Weile dauern, ehe sie irgendjemandem etwas erzählen konnte.

»Ja, unsere Kerry lässt sich nicht unterkriegen«, sagte Vanessa. Aber Sandra sah deutlich, dass sie noch immer den Kopf hängen ließ, als sie die Straße überquerten und das Krankenhaus wieder betraten.

Auf dem Weg zur Intensivstation kamen sie an der Neugeborenen-Abteilung vorbei, wo sie einen aufgeregten jungen Mann trafen, der unbedingt die Geburt seiner kleinen Tochter mit ihnen feiern wollte. Vanessa musste sofort daran denken, wie allein sie gewesen war, als Kerry auf die Welt kam. Sechzehn Stunden hatten die Wehen gedauert, sie hatte schreckliche Schmerzen gelitten, ohne dass ihr jemand die Hand hielt, und am Ende hatte sie ein brüllendes, rotgesichtiges Baby entgegengenommen, das vom ersten Augenblick an wütend zu sein schien.

Dann war Sandra gekommen – Gott segne sie. Mit einem Strauß Blumen und dem kleinen Robbie, der sich an ihren Rock klammerte.

Fast während der ganzen Schwangerschaft hatte Vanessa daran gedacht, sich das Kind wegmachen zu lassen. Sie wollte schließlich nicht für den Rest ihrer Tage in ein Gesicht sehen müssen, das sie an den Mörder ihres Mannes erinnerte. Und an ihre eigene Vergewaltigung. Neun Monate lang hatte sie das Kind in ihrem Leib totgewünscht. Damals hatte sie auch zu trinken begonnen, aber wunderbarerweise hatte ihre Tochter offenbar keinen Schaden genommen.

Später, als sie mit dem Baby wieder allein war, hatte sich wenig geändert. Sie hatte das kleine Würmchen gehasst, das herzförmige Gesicht und den schwarzen Haarbusch darüber. Sie hatte daran gedacht, das Baby zur Adoption freizugeben, aber Robbie war ganz vernarrt in seine kleine Schwester, und am Ende war es einfacher gewesen, sie mit nach Hause zu nehmen. Viel einfacher, so zu tun, als wäre das Baby ein Wunschkind gewesen, als sich mit dem ganzen Getuschel auseinanderzusetzen. Und natürlich war es auch das einfachste, so zu tun, als wäre sie Robbies richtige Schwester. Später, als die anderen kamen, war es ihr dann allerdings längst egal, was die Leute sagten. Jedes neue Baby hatte die anderen eine Zeitlang ernährt. Und so lange die Beziehung dauerte, hatte sie sich ein bisschen ausruhen können.

Aber schon als sie noch mit Robbie und Kerry allein war, hatte die Kleine sich langsam – sehr langsam – in ihr Herz geschlichen. Trotz der Sauferei und trotz ihres Unglücks spürte

Vanessa, dass sie ihr eigen Fleisch und Blut nicht verkommen lassen konnte. Und bei Gott, ihren großen Bruder liebte das Mädchen innig. Ein Herz und eine Seele waren die beiden. Schon als Zweijährige hatte sie Robbie getröstet, wenn er seine Alpträume hatte und seine Mutter mit irgendeinem Tom, Dick oder Harry im Bett lag, solange der nur die Rechnungen zahlte.

Und jetzt war dieses zornige, stolze Baby schon fast eine Frau. *Und ich liebe sie, dass es mir das Herz zerreißt.*

In ihrem tiefsten Inneren wusste Vanessa, dass Kingston hinter dem Attentat steckte. Er war der Grund, warum Kerry im Krankenhaus lag. Und sie wusste auch, dass Sandra dasselbe dachte.

Aber es zu wissen, war eines, etwas dagegen zu tun, war etwas ganz anderes. Und was hätte sie auch tun können?

Sandra hätte gesagt, dass es höchste Zeit sei, alles der Polizei zu erzählen. Aber war das eine Garantie dafür, dass sie in Zukunft in Sicherheit leben konnten?

Am Ende geht es uns dreckig, ganz egal, was ich tue.

Vanessa seufzte, als sie die Tür zur Intensivstation aufstieß, und spürte den besorgten Blick nicht, den Sandra ihr zuwarf.

Alle lächelten, als sie in die Station kamen, und Vanessas Herz machte einen Sprung. *Bitte, lieber Gott,* dachte sie. *Hoffentlich lächeln sie alle für mich und mein Kind.*

»Ist sie … ist sie aufgewacht?« fragte sie ängstlich.

»Und ob! Seit fünf Minuten sitzt sie im Bett und fragt, wann sie aufstehen kann – und wo zum Teufel der Pokal ist, den sie gewonnen hat.«

»Ja, so kenne ich meine Kerry!« rief Vanessa und rannte mit Sandra zum Bett ihrer Tochter.

Robbie hatte die Kinder abgefüttert und dann mit Darren auf den Spielplatz geschickt. Cal und Mickey waren über Nacht geblieben, aber viel geschlafen hatten sie alle nicht; alle warteten sie darauf, dass Cals Handy klingelte.

»Solange ihr nichts hört, sind es wenigstens keine schlechten

Nachrichten«, hatte ihnen ausgerechnet Dolly Smith gesagt, als sie auf dem Weg zum Supermarkt vorbeigekommen war.

Mickey brutzelte Speck in der Küche, während Claire, die sich geweigert hatte, die Kleineren zu begleiten, im Wohnzimmer saß und Löcher in die Luft starrte. Der Geruch des Specks drang bis ins Wohnzimmer, wo Robbie und Cal vor dem Fernseher saßen. Kurz darauf kam Mickey mit einem Teller, auf dem sich Brot und Speckscheiben türmten. »Sind bisschen knusprig geworden.«

»*Knusprig* nennst du das?« sagte Cal und brach ein Stück schwarzverkohlte Schwarte von seinem Speck ab.

Mickey zuckte die Achseln. »Ich finde, so schmeckt er am besten. Claire, magst du auch was?«

Er musste ihr den Teller praktisch unter die Nase halten und hin und her bewegen, ehe sie von daher, wo sie gewesen war, ins Hier und Jetzt zurückkehrte und sich eins der Speckbrote nahm.

Als Cals Handy dann tatsächlich klingelte, schraken alle zusammen, und Mickey ließ beinahe den Teller fallen.

»Tut mir leid, ich versteh Sie so schlecht. Können Sie bitte lauter sprechen?«

Die anderen drei starrten ihn an, als ob sie ihn durch schiere Willenskraft dazu zwingen könnten, das zu sagen, was sie hören wollten. Dann ließ Cal einen Freudenschrei los. »Sie ist aufgewacht! Sie redet und sie will dringend nach Hause.«

Robbie fing an zu weinen. »Ich kann's gar nicht glauben«, sagte er mit einem Kloß im Hals. »Endlich geht mal was gut.« Er lächelte Claire an, die einen Seufzer der Erleichterung von sich gab und dann wieder zum Fenster hinausstarrte.

Mickey stürzte sich auf die Speckbrote. »Das ist echt klasse!« sagte er, und die Krümel flogen nur so durch die Gegend. »Aber ich hab's gleich gewusst. Unsere Kerry lässt sich nicht unterkriegen. Sie ist ein Gewinner!«

Die Jungs lachten und alberten immer noch herum, als Claires leise Stimme sie plötzlich stoppte. »Und was ist, wenn er's wieder tut?«

»Was?« Robbie starrte sie an.

»Was ist, wenn er's wieder tut? Der Mann, der auf Kerry geschossen hat. Was ist, wenn er's wieder tut? Wenn er merkt, dass sie gar nicht tot ist, dann tut er's noch einmal.«

»Aber das kann er nicht«, sagte Robbie und zuckte hilflos die Achseln. »Das geht nicht.«

»Ach, und was macht dich so sicher?«

»Die ... die Polizei wird ihn daran hindern.«

»Ach ja. Und wie sollen sie das machen, wenn sie nicht wissen, wer der Kerl ist?«

Robbie starrte sie fassungslos an. Dann stand er auf wie von einem Magneten gezogen und ging in den Flur. Eine Minute später war er wieder zurück und zog seine Jacke an. »Claire hat recht«, sagte er. »Wir haben uns alle was vorgemacht. Ich gehe zu Kerrys *Robo Cop*. Scheiß drauf, was Mam sagt.«

»Recht hast du, Mann«, sagte Mickey. »Soll ich mitkommen?«

»Nein, Kumpel. Bleib bitte hier bei Claire und pass mit ihr auf die Kleinen auf.«

Cal und Mickey sahen vom Fenster aus zu, wie Robbie die Straße hinaufging. »Was will er der Polizei denn so Wichtiges erzählen?« fragte Cal, aber Mickey gab keine Antwort. Von ihm würde niemand etwas erfahren.

»Komm«, sagte er, »wir müssen uns um Claire kümmern. Sie ist schon wieder ganz weggetreten.«

»Ja, stimmt. Was sie eben gesagt hat, waren die ersten vernünftigen Worte, seit Kerry angeschossen worden ist.«

»Ist ja auch kein Wunder, nach allem, was sie durchgemacht hat«, sagte Mickey. »Aber sie wird schon durchkommen. Die Lumsdons kriegt keiner klein.«

Lorraine legte ihr Kinn auf die Hände und starrte Mrs Archer an, die trotzig zurückstarrte. Seit zwei Stunden waren sie jetzt im Verhörraum, aber die schreckliche Frau hatte kein Wort gesagt. Nicht einmal ihren Namen wollte sie angeben. Und einen Rechtsanwalt hatte sie auch nicht verlangt.

Das einzig Gute war, dass sie auf keinen Fall wieder rauskommen würde. Sie hatten die Aussagen über den Drogenhandel, sie hatten den chinesischen Dolch aus dem *Blue Lion* und sie hatten den abgeschnittenen Kopf.

Lorraine warf Luke einen Blick zu. »Wie viel kriegt man für den Besitz von Leichenteilen?« fragte sie.

»Fünfzehn Jahre, Boss«, sagte Luke sehr überzeugend.

»Haben Sie das gehört? Fünfzehn Jahre, Mrs Archer, und das ist nur für den Besitz! Wenn wir erst bewiesen haben, dass Sie es waren, die dem armen Kerl den Kopf abgeschnitten hat, dann kommen Sie überhaupt nicht mehr raus.«

Keine Reaktion. Bringt diese verdammte Hexe denn überhaupt nichts aus der Ruhe?

Lorraine beschloss, einen Trumpf auszuspielen. »Also, Mrs Archer, jetzt sagen Sie uns, warum Sie Jack Hollands Kopf in Ihrer Reisetasche mit sich herumschleppen!«

Na also! Diesmal hat sie wenigstens geblinzelt.

»Ja, Mrs. Archer. Wir wissen, um wen es sich handelt. Wir haben ihn sofort identifiziert. Wo haben Sie ihn denn so lange aufbewahrt?«

Mrs Archer gewann ihre Selbstkontrolle zurück und starrte Lorraine nur noch an.

Die Kommissarin schüttelte den Kopf und stand auf. »Und ich kann Ihnen noch etwas sagen, Mrs Archer: Sie werden verdammt allein sein im Gefängnis. So hässlich, wie Sie aussehen, will bestimmt keiner mit Ihnen reden.«

Man hörte ein Knurren, und dann sagte Mrs Archer zwei Worte: »Verpiss dich!«

»Oh, Donnerwetter! Die Hexe hat eine Stimme. Bring sie weg, Luke. Ich kann dieses Gesicht nicht mehr sehen. Da kriegt man ja chronischen Durchfall.«

Mrs Archer stand auf und ging mit Luke aus der Tür.

Als sie weg waren, zerbrach Lorraine vor Wut gleich zwei Bleistifte, dann beschloss sie, sich einen Kaffee zu holen.

Als sie gehört hatten, dass ein Streifenwagen der Verkehrspolizei die gesuchte Mrs Archer aufgegriffen hatte, waren sie alle begeistert gewesen. Sie dachten, jetzt wäre der ganze komplizierte Fall bald gelöst. Aber in Wirklichkeit waren sie keinen Schritt weitergekommen.

Lorraine gab dem Stuhl, auf dem Mrs Archer gesessen hatte, einen wütenden Tritt. Sie hatten nicht den Drehorgelspieler gefangen, sondern bloß seinen Affen. Und einen schrecklich hässlichen Affen obendrein.

Robbie war am Ende seiner Geduld. Jetzt saß er schon so lange in diesem Wartezimmer, dass er Schwielen am Arsch hatte. Eine kleine schwarzhaarige Polizistin hatte ihn hier reingesetzt und gesagt, Detective Inspector Hunt sei sehr beschäftigt und würde sich später um ihn kümmern.

»Dass es so ewig dauern würde, hat sie nicht gesagt«, knurrte er.

Jetzt reicht's. Wenn sie es nicht hören will, dann zur Hölle mit ihr.

Er machte die Tür zum Flur auf und prallte mit Lorraine zusammen, die aus der gegenüberliegenden Tür kam. Beide waren höchst überrascht.

»Robbie, was machst du denn hier?«

»Ich warte auf Sie.«

Und dann setzten sie sich mit einer Tasse Kaffee zusammen und stückchenweise, immer wieder unterbrochen von Lorraines Fragen, kam die ganze Geschichte heraus. Robbie weinte ein bisschen, als er davon erzählte, wie sein Vater umgebracht worden war, und Lorraine ließ ihm Zeit, sich die Nase zu putzen. Aber als er einmal den Namen Richard Kingston erwähnt hatte, war ihre Geduld jäh verflogen.

»Das kann doch nicht wahr sein, Robbie! Da hat erst deine Schwester angeschossen werden müssen, bis ihr euch mal zur Polizei bequemt? Warum habt ihr mir denn nicht schon früher von diesem Kingston erzählt?«

Robbies Augen füllten sich erneut mit Tränen. »Wir haben

uns nicht getraut. Denn wenn Sie ihn nicht ein für allemal hinter Gitter bringen, sind wir geliefert. Dann bin ich tot. Und meine ganze Familie auch.«

Eine halbe Stunde später standen sie vor der Villa. Lorraine trat etwas zurück, als Luke an die Tür pochte.

Was für ein Schloss! dachte sie. *Das ist ja wie eine Festung gebaut!* Sie nickte Luke zu, damit er noch einmal etwas energischer klopfte. Er hatte schon die Faust gehoben, als sich die Tür von allein öffnete.

»Ja?« sagte Richard Kingston und musterte sie beide von oben bis unten.

»Mr Kingston? Wir müssen mit Ihnen sprechen«, sagte Lorraine.

»Tut mir leid, der Lieferanteneingang ist hinten.« Er wollte die Tür bereits wieder schließen, aber Luke stemmte die Hand dagegen.

Lorraine hielt ihre Dienstmarke hoch. »Wie Sie sehen, Mr Kingston, sind wir keine Lieferanten. Wollen wir uns hier unterhalten? Oder kommen Sie lieber mit ins Präsidium? Wir reden auf alle Fälle mit Ihnen.«

Kingston ließ die Tür los und führte sie einen dunklen Korridor mit herrlichen Holzpaneelen hinunter. Dann traten sie in ein Arbeitszimmer. Kingston setzte sich hinter den Schreibtisch und bedeutete Lorraine, sie solle sich auf den Stuhl davor setzen. Für Luke war keine Sitzgelegenheit vorhanden, aber Kingston tat sowieso so, als wäre er gar nicht vorhanden.

Das erste, was Lorraine auffiel, waren die vielen Trophäen. Wie konnte man sich nur die Köpfe von toten Löwen, Nashörnern, Gazellen und Büffeln an die Wand hängen? Was hatte dieser Mann für ein verkorkstes Ego? Dass die Polizei in seinem Haus auftauchte, schien ihn auch nicht sehr zu beunruhigen.

»Okay, Sir, kommen wir gleich zur Sache. Wir sind wegen Vanessa Lumsdon gekommen.«

Er zuckte die Achseln. »Wer soll das sein?«

»Sie wissen ganz genau, wer das ist. Die Cousine Ihrer toten Frau.«

»Ach«, sagte er nach einem Augenblick. »*Die* meinen Sie. Ich hatte die Frau ganz vergessen. Aber ich denke, das ist kein Verbrechen, meine Liebe, oder?«

»Nein. Das nicht. Aber Mord. Und Entführung. *Mein Lieber.*«

Er lächelte süffisant. »Ach, wirklich? Und Sie beschuldigen mich ... des Mordes? Oder einer Entführung? Ich muss Sie warnen, ich –«

»Sie brauchen mich nicht zu warnen, Mr Kingston. Wir sind Polizisten, mein Freund und ich.«

Sie sah das Flackern in Kingstons Augen. Er warf Luke einen Blick zu, als wäre er ein Schmutzfleck auf seinem Teppich.

Ein Rassist mit einem Ego wie der Mount Everest. Jetzt weiß ich, was für ein Typ du bist.

»Das ist also Ihr *Freund*«, sagte er, und die Zweideutigkeit war nicht zu überhören.

Jetzt reichte es. Lorraine hatte genug. *Dieser schleimige Bastard.* Sie sprang auf und beugte sich über den Tisch.

»Hören Sie mal, Kingston, ich weiß genau, dass Sie Dreck am Stecken haben.« Sie drohte ihm mit dem Finger und streifte dabei fast seinen Schnurrbart. »Kommen Sie sich bloß nicht so verdammt schlau vor! Ich werd Sie kriegen. Sie sind nichts als ein besonders großmäuliger Schläger. Und eins können Sie sich merken: Sie machen mir überhaupt keine Angst.«

Sie sah, wie sich sein Gesicht veränderte. Ob es Furcht war, vermochte sie allerdings nicht zu sagen. Wahrscheinlich hatte dieses Arschloch in seinem ganzen Leben noch keine Angst gehabt. Aber dieses Gespräch ging ihm doch unter die Haut.

Seine Stimme knisterte vor Wut. »Ich weiß nicht, wo Sie aufgewachsen sind, Ms Hunt. Aber zur Lady hat man Sie jedenfalls nicht erzogen.«

»Sie wissen doch gar nicht, was eine Lady ist.«

Jetzt wurde er vor Ärger blutrot. »Bitte entschuldigen Sie

mich. Ich glaube, ich möchte jetzt doch meinen Anwalt anrufen. Ich brauche mir so etwas nicht gefallen zu lassen.«

Er wollte aufstehen, aber Lorraine legte ihm die Hände auf die Schultern und stieß ihn auf seinen Sessel zurück. »Du telefonierst von hier aus, du Arschloch.«

Kingston griff nach dem Hörer, den er so fest gepackt hielt, dass seine Knöchel weiß hervortraten. »Ich warne Sie. Als erstes wird er Superintendent Clark anrufen und eine Dienstaufsichtsbeschwerde einlegen.«

»Ach, das ist wohl ein Bekannter von Ihnen, ja?«

»Ich weigere mich, weiter mit Ihnen zu reden, ehe mein Anwalt hier ist.«

»Na, dann sagen Sie ihm mal, er soll sich beeilen.«

Er wählte die Nummer, und sein Gesicht zeigte deutlich, dass er wünschte, sie würde tot umfallen.

Die nächsten fünfzehn Minuten wurden unter den starren Augen der toten Büffel und Nashörner in völligem Schweigen verbracht. Kingston las in aller Ruhe in einem Buch, das auf seinem Tisch lag.

Eins muss man ihm lassen, dachte Lorraine, während sie ihre Nägel studierte, *der Bursche ist wirklich eiskalt.*

Dann klingelte Lukes Handy und störte den falschen Frieden des holzgetäfelten Raums. Er ging nach draußen, um das Gespräch entgegenzunehmen.

Ein paar Minuten später war er wieder zurück. »Boss …« Er machte eine Kopfbewegung nach draußen.

Lorraine stand auf. »Wir sind gleich wieder da, Arschloch«, sagte sie über die Schulter, als sie Luke auf den Korridor folgte. Sie spürte Kingstons Blicke wie Dolche im Rücken.

»Ich ahne schon, dass du mir etwas zu sagen hast, was ich nicht hören will«, sagte sie, als sie mit Luke allein war.

»Wir kommen nicht an ihn ran, Boss.«

»Scheiße.« Sie schlug mit der flachen Hand an die getäfelte Wand. »Wer ist dieser Kerl? Sag mir bloß nicht, er hat Clark in der Hand?«

»Nicht Clark. Das kommt von ganz oben. Wenn wir keine wasserdichten Beweise haben, sollen wir ihn in Ruhe lassen. Und zwar sofort. Bloßes Hörensagen genügt nicht.«

»Luke, ich kann das nicht laufen lassen. Ich habe Robbie versprochen ... Verdammt, es muss dir doch klar sein, dass die Lumsdons allem ausgesetzt sind, was dieser Irre sich ausdenkt, wenn wir ihn jetzt nicht festnageln.«

Aber schon als sie das sagte, wusste Lorraine, dass sie nichts tun konnte. Wenn sie den Anruf ignorierte und Kingston verhaftete, würde er Minuten später wieder auf freiem Fuß sein.

Ja, und dann krieg ich ein Verfahren oder werde gleich suspendiert, das nützt den Lumsdons dann auch nichts.

Sie ging nicht mal in das Arbeitszimmer zurück, um Kingston Bescheid zu sagen, sondern marschierte direkt zum Ausgang.

Luke trottete hinter ihr her. Seit einer Woche war sie sehr viel entspannter, und er hatte schon überlegt, ob er sie vielleicht abends mal ausführen könnte, aber bisher noch nicht den Mut gefunden, sie zu fragen. Und so wie es aussah, war heute bestimmt nicht der richtige Tag. Lorraine sah aus, als würde sie gleich vor Wut platzen.

Mark war bis zur obersten Stufe geklettert, als er die Stimmen im Arbeitszimmer gehört hatte. Er wollte an die Tür schlagen und um Hilfe rufen, aber als er merkte, dass da zwei Polizisten waren, hatte er gar nichts getan. Er wusste nicht, ob es Feigheit oder Loyalität war, aber er hatte bloß dagesessen und sich in die stinkende Decke gehüllt.

Es war jetzt wirklich kalt. Mark rieb sich die Arme und stellte sich vor, dass er womöglich erfroren war, wenn die Polizisten gegangen waren und sein Vater endlich die Tür aufmachte.

Wieder fröstelte er, aber diesmal nicht wegen der Kälte. Er fragte sich plötzlich, ob sein Vater womöglich die Absicht hatte, ihn sterben zu lassen. Vielleicht würde er ihm überhaupt nie vergeben. »Bitte, Papa. Es tut mir leid, bitte lass mich heraus«, wimmerte er.

Dann fiel ihm sein früherer Vorsatz wieder ein. *Nein, ich werde nicht mehr heulen,* dachte er und biss sich in die Hand. *Auf gar keinen Fall.* Seufzend lehnte er sich mit dem Kopf an die Wand.

Er musste einfach daran glauben, dass sein Vater ihn wieder herauslassen würde. Er konnte ihn doch nicht für immer hier einsperren. Er war doch bestimmt schon seit Tagen hier drin, und selbst wenn sein Vater in der Schule gesagt hatte, er wäre beim Skifahren, würden sie doch irgendwann nach ihm fragen. Und Kerry würde ihn auch nicht ganz vergessen. Sie mochte ihn – er wusste, dass sie ihn mochte – und sie würde kommen, um ihn zu holen.

Bei diesem Gedanken konnte er die Tränen beim besten Willen nicht mehr zurückhalten und kroch schluchzend wieder hinunter zu seinem Sessel. Er hüllte sich in die schmutzige Decke ein, als ob sie ihm Schutz böte, und wimmerte leise.

»Was hab ich bloß falsch gemacht? Was hab ich bloß getan?«

Montag

29

Kerry erwachte, streckte sich und ließ die Arme neben sich sinken, so dass die Decke auf ihrer Brust spannte. Abgesehen von einem Brennen in der Schulter fühlte sie sich viel besser.

Die Decke spannte über der Brust? Ganz langsam hob sie die Hand, so als könnte eine rasche Bewegung die beiden köstlichen kleinen Hügel wieder verscheuchen, die sie plötzlich spürte. Wuchs einem der Busen denn über Nacht? Nein. *Doch, bei Claire war es wirklich so.*

Sie setzte sich auf, biss sich auf die Unterlippe und berührte die beiden Hügel ganz vorsichtig. Sie waren immer noch da!

»Ja!« rief sie jubelnd. »Ja! Ja! Endlich Brüste, Möpse, Titten!«

Sie war so zufrieden mit sich, dass sie den etwa vierzehnjährigen Jungen gar nicht bemerkte, der mit offenem Mund im Türrahmen stand und sie beobachtete.

Er hatte eine Blinddarmoperation hinter sich und war ein bisschen auf dem Gang spazieren gegangen, als er Kerrys Gebrüll hörte. Der Anblick, der sich ihm bot, faszinierte ihn dermaßen, dass er gar nicht bemerkte, wie Cal und Mickey die Treppe heraufkamen.

»Du schmutziger kleiner Wichser!« rief Cal, als er sah, was der junge Mann da beobachtete.

Der Junge errötete heftig. »Ich hab doch gar nichts gemacht. Ich kam bloß gerade vorbei, als sie ...« Er zeigte auf Kerry, die immer noch nicht gemerkt hatte, was da vor ihrer Tür vorging.

»Hau bloß ab, ehe ich dir den Hals umdrehe, du komischer Vogel«, knurrte Mickey und gab ihm einen Schubs. Gemeinsam sahen sie zu, wie der Junge hastig den Gang hinunterlief und in seinem eigenen Zimmer verschwand.

Als Cal und Mickey in ihr Zimmer traten, strahlte Kerry sie an. Sie hatte den kleinen Spanner gar nicht bemerkt, und Cal gab Mickey mit einem leichten Kopfschütteln zu verstehen, er solle auch lieber nichts erwähnen.

Kerry setzte sich auf. »Na, Jungs, seid ihr gekommen, um mich nach Hause zu holen?«

»Noch nicht, *Wondergirl*«, sagte Cal. Er errötete leicht, als er ihr einen Strauß roter und weißer Nelken übereichte.

»Ich hab auch mitgezahlt«, sagte Mickey, während er sich eine Mandarine aus dem Obstkorb schnappte, der auf Kerrys Nachttisch stand.

»Danke«, murmelte Kerry und sah die Blumen an, als könnten sie beißen. Sie war mindestens so verlegen wie Cal. Vor allem jetzt, wo sie sich gewissermaßen vor den Augen der beiden in eine Frau verwandelte.

Verdammt, können sie die etwa sehen?

Hastig zog sie sich die Decke bis zum Hals hoch.

»Ist dir kalt?« fragte Cal.

»Äh, ja. Wo sind denn meine Mutter und Robbie?«

»Deiner Mutter geht's nicht so gut, und du kommst ja morgen wahrscheinlich sowieso raus. Deshalb ist Robbie bei ihr zu Hause geblieben.«

Kerry runzelte die Stirn. »Sie hat doch nicht wieder –«

»Nein, nein. Sie hat nicht wieder getrunken. Es ist wirklich bloß Kopfweh«, versicherte Mickey ihr eilig.

Er zappelte nervös auf seinem Stuhl herum. Robbie hatte seiner Mutter nicht gesagt, dass er zur Polizei gegangen war, und als er gehört hatte, dass Richard Kingston nicht verhaftet worden war, hatte er sich schreckliche Vorwürfe gemacht. Mickey hatte ihn zu beruhigen versucht. Es sei ja nicht seine Schuld, hatte er ihm gesagt. Und die Familie sei ja schon vorher in Gefahr gewesen. Aber das hatte gar nichts genutzt. Robbie fühlte sich schuldig und machte sich furchtbare Sorgen.

Die nächste halbe Stunde gelang es Mickey und Cal ohne weiteres, Kerry bei guter Laune zu halten. Sie lachten und scherzten, und die Zeit verging wie im Flug. Aber als Cal meinte, jetzt müssten sie langsam gehen, und Mickey gerade seine langen Beine aus dem Besuchersessel gehievt hatte, schleuderte Kerry plötzlich die Bettdecke weg.

»Nehmt ihr mich mit?« fragte sie.

»Was?« sagte Cal und warf einen überraschten Blick auf ihren rosa Pyjama. *Sogar mit einem Arm in der Schlinge sieht sie gut aus,* dachte er, während Mickey sich an einem Kern aus seiner dritten Mandarine verschluckte und schrecklich zu husten anfing.

»Habt ihr was an den Ohren? Mir geht's gut, und ich geh jetzt mit euch nach Hause. Ich sterbe ja sonst noch vor Langeweile in diesem Laden.«

»Aber das geht doch nicht«, sagte Mickey mühsam zwischen zwei Hustenanfällen. »Du hast doch noch deinen Verband.«

»Du wirst dich wundern.«

Und dann sahen Mickey und Cal mit offenem Mund, wie Kerry zur Tür ging und lautstark eine Schwester herbeibrüllte.

Robbie stand am Fenster und starrte auf die flackernden Straßenlaternen. Seine Mutter war schon ins Bett gegangen, und Robbie hatte viel Zeit zum Grübeln. Die Ungerechtigkeit von alledem bedrückte ihn immer mehr.

Er konnte es einfach nicht fassen, dass Lorraine ihr Versprechen nicht gehalten hatte und Richard Kingston immer noch frei herumlief. Und als ob das nicht schlimm genug wäre, machte ihm auch Claire große Sorgen. Sie sprach immer noch kaum. Seine Mutter mit ihrem Kopfweh war auch nicht gerade lustig.

Und jetzt auch noch Darren.

Darren war vor über drei Stunden aus der Schule gekommen, hatte sich ein paar heiße Crumpets gemacht und überall geschmolzene Butter hingetropft, ehe er sich die Fußballschuhe über die Schulter geworfen hatte und wieder aus dem Haus gerannt war. Er werde vor Einbruch der Dunkelheit wieder zurück sein, hatte er vage versprochen.

Inzwischen war es draußen längst dunkel. Robbie spähte die Straße hinunter. Kein Zeichen von der kleinen Kröte. Trotz seiner Unruhe war Robbie hungrig. Er ging in die Küche und toastete sich noch ein paar von den Crumpets. Sechs Päckchen hatte er heute gekauft, alle zum halben Preis, weil der Verfallstag bevorstand, aber die leckeren Brötchen waren schon fast wieder alle.

Ein Glück, dass Dolly Smith die Mädchen mitgenommen hatte. Sie hatte auf dem Flohmarkt einen gebrauchten Videorecorder gekauft, und Emma hatte ganz unverfroren gefragt, ob sie sich vielleicht die Zeichentrickfilme ansehen dürften, die mit dabei gewesen waren.

Robbie strich Butter auf seine Crumpets und bezog wieder Posten am Fenster.

Jetzt ist es wirklich stockdunkel, wo der kleine Mistkerl nur bleibt?

Eine Bewegung am Rand seines Gesichtsfelds veranlasste ihn, näher ans Fenster zu treten. Er presste sein Gesicht seitlich ans Fenster und entdeckte Jasons Collie im Vorgarten, der mit dem Schwanz wedelte, weil Claire ihn streichelte.

Claire lächelte, aber das freute ihn nicht etwa, sondern es machte ihn wütend. Warum konnte seine kleine Schwester nicht immer so glücklich sein? Warum hatte man ihr diese schrecklichen Dinge angetan, die sie immer wieder in diese schreckliche Abwesenheit abgleiten ließen? Warum waren die Polizisten solche unfähigen, verlogenen Arschlöcher? Warum lag Kerry im Krankenhaus? Wie hatte es geschehen können, dass ihr Vater seinen umgebracht hatte?

Seine Hand krampfte sich um das heiße Brötchen, und die Butter tropfte durch seine Finger. Er würgte Tränen der Wut und Verzweiflung herunter, und am Ende warf er das Brötchen in den Mülleimer.

Dieser Scheißkerl.

Er war gerade im Bad, um sich die Hände zu waschen, als er die Tür schlagen hörte. »Wurde auch höchste Zeit!« murmelte er in das Handtuch, mit dem er sich das Gesicht abtrocknete.

Er lief die Treppe hinunter, um Darren eine ordentliche Standpauke zu halten, fand stattdessen aber Mickey und Cal vor. »Ach, ihr seid das!« sagte er.

»Tut mir leid, dich zu enttäuschen«, sagte Mickey. »Wen hattest du denn erwartet? Britney Spears?«

»Blödmann!«

Cal lachte und machte sich auf den Weg zur Tür. »Ich muss gleich zur Nachtschicht ins Heim. Ich wollte dir nur sagen: Kerry ist auf dem Kriegspfad.«

»Oh Gott, das fehlt gerade noch.«

»Genau«, sagte Mickey. »Wir hatten die größte Mühe, sie im Krankenhaus zu halten. Ohne Dr. Strahlemann und eine zwei Zentner schwere Krankenschwester hätten wir's nicht geschafft. Aber vielleicht lag's auch daran, dass ihr plötzlich schwindlig wurde. Sonst wäre sie der Ringkämpferin einfach weggerannt.«

»Jedenfalls haben sie gesagt, morgen ab eins könnte sie ganz offiziell nach Hause. Ich hab ihnen gesagt, du würdest sie abholen.«

»Danke. Habt ihr vielleicht Darren auf der Straße gesehen?«

»Nein«, sagte Cal. »Aber wenn ich ihm auf dem Weg begegne, werd ich ihm sagen, er soll seinen Arsch nach Hause bewegen.«

Inzwischen war auch Claire zurück ins Haus gekommen. »Wann kommt unsere Kerry nach Hause?« wollte sie wissen und sah Robbie an.

»Bald, Claire. Im Moment frage ich mich vor allem, wo Darren eigentlich bleibt.«

Mickey, den Claire immer schon fasziniert hatte, winkte ihr zu und errötete leicht, als sie zurücklächelte, ehe sie nach oben verschwand. »Hast du das gesehen, Robbie? Sie hat gelächelt. Ich glaube, sie wird wieder normal.«

»Gut.«

»Gut? Ist das alles, was …?«

»Ach, leck mich doch, Mickey! Ich hab andere Sorgen. Der Arzt hat ja gesagt, es würde ihr bald wieder gut gehen.«

Mickey wusste nicht, wie ihm geschah. »Was ist denn los?«

Robbie seufzte. »Die ganze Familie geht mir auf die Nerven. Und jetzt auch noch Darren. Ich hab dem kleinen Scheißer doch gesagt, er soll pünktlich zu Haus sein.«

Mickey schüttelte den Kopf. »Mach mal halblang. Hack doch nicht so auf Darren herum.«

»Weißt du, was ihm da draußen passieren kann? Stevie war nicht der einzige Dealer. Die lauern doch bloß auf Jungens wie Darren.« Robbie griff nach seiner Jacke.

»Aber hör doch mal. Darren hat doch schon einmal nein gesagt. Warum sollte er jetzt mit so 'nem Scheiß anfangen?«

»Ja, das letzte Mal hat er sich gewehrt. Aber schließlich ist er eben doch nur ein kleiner Junge. Außerdem« – Robbie senkte die Stimme – »läuft dieser verdammte Richard Kingston immer noch frei rum.«

»Ich weiß, ich weiß. Wo willst du denn hin?«

»Ich werde nach dem kleinen Stinker suchen.«

»Warte, ich komme mit.«

Sie waren kaum auf die Hauptstraße eingebogen, als sie Darren entdeckten. Mickey, der eine sehr gute Nachtsicht hatte, sah ihn als erster. Aber es war offensichtlich, dass etwas nicht stimmte.

»Mein Gott!« rief Robbie und fing an zu rennen. Mickey folgte beunruhigt.

»Darren, was ist los?« brüllte Robbie, als er noch zehn Meter entfernt war. »Was ist denn bloß los?«

Darrens Gesicht war ausdruckslos. Er wirkte völlig benommen. Entweder hatte er einen schweren Schock hinter sich oder er war total zugedröhnt.

»Ich bring sie um«, schrie Robbie. »Ich bring die Scheißkerle um.« Er packte seinen Bruder an den Schultern und schüttelte ihn. »Was ist los, Darren?«

Darren grinste ihn an. Sein Gesicht war eine Maske reinster Ekstase.

»Oh, verdammt«, sagte Robbie, »was hast du genommen, Darren? Wer hat's dir gegeben? Sag's mir, Junge, ich bring den Kerl um.« Jedes Wort wurde von einem heftigen Schütteln begleitet, aber das nützte nichts. Das schwachsinnige Lächeln blieb auf Darrens Gesicht.

»Der Mann ...«, lachte er.

»Was?« kreischte Robbie. »Was hat er getan?«

Noch ehe Darren irgendwas antworten konnte, schossen tausend verschiedene Gefühle durch Robbies Herz und Gehirn. Alles, was ihm vor Augen stand, war seine Familie, die aufgereiht dastand, um einer nach dem anderen zu sterben. Sein Blut kochte. Der Wunsch, sie zu beschützen, war übermächtig. Er packte seinen Bruder noch fester.

»Robbie, du tust mir weh!« Darren zappelte aus Leibeskräften, aber Robbie packte ihn nur noch fester.

»Mensch, Robbie, hör doch auf!« rief Mickey und zerrte am Arm seines Freundes. Er spürte Robbies Muskeln unter der Jacke und fragte sich besorgt, was wohl als Nächstes kommen würde.

Darren konnte sich bereits nicht mehr aufrecht halten. Seine Knie gaben nach. Er war käseweiß im Gesicht, und Robbie war nahe daran, ihn zu erwürgen. Mickey blickte erschrocken vom einen zum anderen und entschloss sich zu einer verzweifelten Maßnahme: Er trat einen Schritt zurück und schlug Robbie mit aller Kraft unters Kinn.

Robbies Kopf flog zurück. Er starrte Mickey verblüfft an, blinzelte zweimal und kam dann wieder zu sich. Erschrocken ließ er Darren los.

»Warum hast du das gemacht?« fragte Darren und zog die Nase hoch, um nicht heulen zu müssen. »Am Ende muss ich bei meinem ersten Spiel auf der Bank sitzen.«

»Was für ein erstes Spiel?« fragte Robbie verwirrt.

»Na ja, der Mann ist heute zu mir gekommen. Der Mann von der *Academy.*« Darren rieb seine Schulter. »Ich frage mich allerdings, was er von mir denken soll, wenn er die blauen Flecken sieht.«

»Hey!« sagte Mickey, der etwas schneller kapierte als Robbie. »Du darfst ein Probespiel bei der *Sunderland Academy* machen!« Er klatschte vergnügt in die Hände.

»Genau!« Darrens Grinsen drohte sein Gesicht in zwei Hälften zu spalten. »Ich bin ein Naturtalent, hat er gesagt.«

»Mein Gott! Aber du hast dermaßen weggetreten ausgesehen, dass ich sonst was gedacht habe. Und als du dann auch noch *Der Mann* gesagt hast ...«

»Ich hab geträumt, Robbie. Ich hab daran gedacht, wie ich in Rot und Weiß aussehen würde. Wie ich ganz vorn für Sunderland spiele und Tore gegen die besten Mannschaften schieße.«

Er hüpfte auf und nieder und boxte nach den Sternen. »Ich, Robbie! Dein eigener Bruder! Er hat gesagt, ich wäre der beste, den er seit Jahren gesehen hat. Warum weinst du denn, Robbie?«

Mickey drehte sich hastig um und sah tatsächlich Tränen auf Robbies Gesicht glänzen. Er legte seinem Freund den Arm um die Schultern und spürte das unterdrückte Schluchzen in seiner Brust. »Komm, setz dich mal, Kumpel«, sagte er und führte Robbie zu einer niedrigen Gartenmauer.

Mickey hatte kein Problem damit, dass Robbie vor lauter Erleichterung weinte, aber Darren war ziemlich verunsichert, dass sein großer Bruder sich wie ein Baby aufführte. Er hatte Mühe, die eigenen Tränen zurückzuhalten.

Nach einer Weile beruhigte Robbie sich wieder. Er streckte den Arm aus und zog Darren an seine Brust. »Ich hab schon gedacht, er hätte dich auch noch erwischt, kleine Ratte.«

»Hat er aber nicht«, sagte Mickey. »Und er wird ihn auch nie erwischen. Der Junge hier wird für Sunderland spielen, und scheiß auf *Den Mann.*«

Alle drei grinsten, und Robbie drückte Mickey dankbar den Arm. Voller Stolz machte Mickey gleich weiter: »Weißt du eigentlich, Robbie, was für ein Glückspilz du bist?«

Robbie fragte sich, ob sein Freund jetzt völlig durchgeknallt war. Er fühlte sich alles andere als glücklich. Aber das wollte er jetzt doch hören. »Wie kommst du denn darauf?«

»Also, zuerst ist Claire verschwunden. Aber sie ist wieder da. Dann wurde Kerry angeschossen, aber sie hat's überlebt. Und wenn ich daran denke, wie sie sich mit der dicken Krankenschwester gebalgt hat, dann würde ich sagen, es geht ihr ganz ausgezeichnet. Dann hat deine Mutter mit der Sauferei aufgehört – und das ist doch super, nicht wahr? Und jetzt hast du gerade einen von diesen Nervenzusammenbrüchen gehabt, aber du hast ihn auch überstanden. Das sind doch alles gute Zeichen. Von jetzt an geht alles prima für euch. Oder was sagst du?«

Robbie schüttelte erstaunt den Kopf. *Wo nimmt er das bloß her?* Aber er musste zugeben, dass Mickeys Logik einen gewissen Reiz hatte. Vielleicht ging es ja künftig tatsächlich aufwärts mit den Lumsdons.

Er putzte sich die Nase und lächelte Mickey an. Dann ließen sie sich Wort für Wort erzählen, was der Mann von der Fußballschule tatsächlich gesagt hatte. Seit Wochen hatte Robbie sich nicht mehr so gut gefühlt wie in diesem Moment, als er mit seinem Freund und seinem Bruder nach Haus ging.

Als sie zur Sparrow Lane kamen, waren sie so ins Gespräch vertieft, dass sie den Mann in dem großen schwarzen Wagen am Straßenrand gar nicht bemerkten, der sie beobachtete.

Nur die blonde junge Frau in einem unauffälligen dunklen Vauxhall ein Stück weiter oben ließ den Mann nicht aus den Augen. Und sie schwor sich erneut, dass sie nicht lockerlassen würde, bis sie ihn hatte.

Dienstag

30

Kerry schob das Tablett mit dem Frühstück weg und stand auf. Während sie ihren kalten Toast kaute, hatte sie einen Entschluss gefasst. Sie würde sich selbst entlassen. Und dann würde sie den Mann aufsuchen, der verantwortlich war für das ganze Unglück ihrer Familie. Ihren *Vater* konnte sie ihn beim besten Willen nicht nennen. Sie hasste ihn, und sie wusste auch, dass er daran schuld war, dass sie jetzt im Krankenhaus lag.

Sie hatte genug Zeit gehabt, um darüber nachzudenken, und das Ergebnis war immer dasselbe: *Der Mann* war der einzige, der einen Grund hatte, sie außer Gefecht setzen zu wollen.

Und selbst wenn er's nicht gewesen sein sollte, wird es Zeit, dass er mal ein paar Fragen beantwortet. Das ist er mir schuldig.

Eine kleine rothaarige Krankenschwester kam herein, um ihre Verbände zu wechseln. Kerry ließ es in aller Ruhe geschehen, aber sobald die Schwester wieder gegangen war, zog sie sich an. Mit dem bandagierten Arm war das zwar ziemlich mühsam, aber jedesmal, wenn stechende Schmerzen ihre Schulter durchzuckten, biss sie die Zähne zusammen und machte weiter. Sie war entschlossen, die Sache zu Ende zu bringen.

In ihrer Jacke fand sie genügend Kleingeld für den Bus nach South Shields, nach Hause würde sie zur Not laufen, wenn es nicht anders ging. Die diensthabende Schwester am Ausgang machte noch ein paar Schwierigkeiten, aber Kerry ließ sich jetzt nicht mehr bremsen. Sie unterschrieb ein paar Formulare und dann war der Weg frei.

Eine Stunde später stieg sie in South Shields aus dem Bus. Sie hatte ein paar Schwierigkeiten, den Weg zu finden, den sie vor zehn Tagen in umgekehrter Richtung so eilig gerannt war. Eine gewisse Vorsicht und die Schmerzen in ihrem Arm ließen sie noch langsamer vorankommen, aber schließlich stand sie doch vor dem Tor mit den Einhörnern.

»Ja, sehr eindrucksvoll«, murmelte sie und rüttelte an den Torflügeln. Sie waren verschlossen. Der Park war von einem nicht allzu hohen Staketenzaun umgeben, der für jemanden wie Kerry kein echtes Hindernis darstellte. Selbst mit einem Arm in der Schlinge schaffte sie es innerhalb von zwanzig Sekunden, auf die andere Seite zu kommen.

Obwohl ihr ziemlich schwummerig war, marschierte sie schnurstracks die Auffahrt hinauf. Insgeheim erwartete sie, jeden Augenblick aufgehalten zu werden. Aber sie erreichte den Haupteingang, ohne dass sie irgendjemanden sah. Sie klopfte viermal, wartete eine halbe Minute und klopfte dann wieder. Niemand kam. Sie klopfte erneut.

Schließlich sah sie sich um. Nirgendwo jemand zu sehen. Sie drehte am Türknauf, und siehe da, die Tür ließ sich öffnen. Erschrocken zögerte sie und sah sich erneut um. Immer noch niemand. *Ach, was soll's,* dachte sie, stieß die Tür auf und trat einfach ein. Sie stellte sich in die Eingangshalle und rief laut »Hallo«. Sie glaubte, ein schwaches Echo zu hören und rief noch einmal, aber es kam keine Antwort.

Sie ging den Hauptgang hinunter und kam an drei offenen Türen vorbei. Jedesmal klopfte sie höflich und spähte in das dahinter liegende Zimmer, aber die waren alle leer. Im letzten glaubte sie, Zigarrenrauch wahrzunehmen, war sich aber nicht sicher, ob es nicht einfach das Rauchzimmer war.

Mein Gott, war dieses Haus unheimlich!

Als sie ans Ende des Korridors kam, wandte sie sich nach links. Vielleicht waren ja alle am Swimmingpool? Einen Augenblick dachte sie an Mark, und ihr Herz füllte sich mit Erwartungen, die sie aber alsbald energisch verdrängte.

Kommt nicht in Betracht.

An so etwas durfte sie jetzt nicht denken. Sie war nur aus einem einzigen Grund hier, und dabei ging es nicht um Mark. Sie machte ihm keine Vorwürfe wegen seines Vaters, aber sie hatte immer noch große Probleme, sich vorzustellen, dass der junge Mann, in den sie sich verliebt hatte, ihr Bruder sein sollte.

Als sie in den getäfelten Korridor einbog, hörte sie plötzlich ein schwaches Klopfen. Es schien aus dem Arbeitszimmer zu kommen, in dem sie das letzte Mal die wütende Stimme gehört hatte.

Sie merkte gar nicht, dass sie plötzlich auf Zehenspitzen ging. Sie legte das Ohr an die Tür.

Nichts.

Sie zuckte die Achseln und ging weiter in Richtung des Swimmingpools. Sie war kaum drei Schritte gegangen, als sie das Geräusch wieder hörte. Verdutzt blieb sie stehen, ging zum Arbeitszimmer zurück und klopfte. Keine Antwort.

Vorsichtig schob sie die Tür auf, fuhr aber gleich wieder zurück, als ihr ein großer zähnefletschender Löwenkopf von der Wand ins Gesicht starrte. Dann ließ sie den Blick durch den großen holzgetäfelten Raum wandern und betrachtete ein Tier nach dem anderen.

Angewidert schüttelte sie den Kopf und trat ein. Dann plötzlich wieder das Klopfen. Es war jetzt viel lauter. Es schien von der hinteren Wand her zu kommen. Sie durchquerte den Raum und fühlte sich dabei von den anklagenden Blicken der toten Tiere verfolgt.

Sie klopfte laut an die Wand und wurde mit einer sofortigen Antwort belohnt. Sie legte das Ohr an die Täfelung und wollte gerade erneut klopfen, als sie eine vertraute Stimme hörte, die um Hilfe rief.

»Mark?« rief sie voller Erstaunen.

»Kerry, bist du das? Lass mich hier raus! Schnell, lass mich raus.«

Kerry sah sich an der Wand um. »Hier ist aber keine Tür. Was machst du denn da drin?«

»Bitte, Kerry, du musst mich hier rausholen! Die Tür ist hinter dem Bücherregal. Da muss irgendwo ein versteckter Hebel sein oder so was.«

Kerry verzog das Gesicht. »Ich wusste doch gleich, dass das ein Gespensterschloss ist«, murmelte sie, während sie an der Wand herumtastete. »Wer hat dich denn da eingesperrt?«

Mark gab keine Antwort, aber Kerry wusste bereits Bescheid. Es musste sein Vater gewesen sein. Oder besser: ihr *gemeinsamer* Vater. Beim bloßen Gedanken daran knirschte sie mit den Zähnen.

»Beeil dich doch!« Der Dringlichkeit in Marks Stimme hätte es gar nicht bedurft, aber Kerry fand einfach keinen Ansatzpunkt, um das Bücherregal zu bewegen.

»Bist du sicher, dass der Hebel an der Wand ist?«

Einen Augenblick herrschte Stille, dann meldete Mark sich erneut. Obwohl seine Stimme gedämpft war, ließ sich die Panik nicht überhören. »Versuch's mal am Schreibtisch. Vielleicht gibt es da einen Knopf oder so etwas.«

Kerry suchte die Schreibtischplatte ab, schob Papiere und Akten herum, fand aber nichts. Panik verbreitet sich wie ein Buschfeuer, und während die ersten Dinge zu Boden fielen, schlug ihr das Herz bis zum Hals. Es gab keinen verdammten Scheißknopf! Was sollte sie bloß tun, um Mark da herauszukriegen?

Verzweifelt zog sie die Schubladen auf, und gerade als sie anfangen wollte zu heulen, geschah es: Beim Öffnen der dritten Schublade ertönte ein leises Summen, und der schwere Bücherschrank glitt zur Seite.

Sie sah sofort, dass es stockfinster dahinter war, und nahm die Schreibtischlampe, um hinunter zu leuchten, aber im gleichen Augenblick stieß Mark einen lauten Schrei aus. Sie ging auf die Öffnung zu, aber Mark schrie: »Komm nicht rein, Kerry, bleib draußen!«

Im selben Augenblick kam er auch schon mit ausgestreckten Armen aus der Wand gestolpert, um sie am Näherkommen zu hindern.

»Mark hat recht. Ich glaube auch nicht, dass du da reinmöchtest«, sagte eine tiefe Stimme in Kerrys Rücken, und sie erstarrte.

Ein kalter Schauder lief ihr über den Rücken. Sie drehte sich um, und auch ohne dass sie die Stimme je gehört hatte, wusste sie, wem sie gehörte.

In der Tür des Arbeitszimmers stand Richard Kingston und musterte sie mit einem Lächeln auf seinen dünnen Lippen.

Lorraine saß im Büro und studierte das Verzeichnis der Telefonanrufe, die in den letzten sechs Monaten von Kingstons Apparat aus geführt worden waren. Sie hatte Clark lange bearbeiten müssen, um diese Listen zu kriegen, aber das Ergebnis hatte sie bisher nicht weitergebracht. Lorraine war todmüde. Gestern Abend war sie Kingston stundenlang nachgefahren, aber auch das hatte keine Ergebnisse erbracht. Sie war sich sogar ziemlich sicher, dass er ihre Anwesenheit gespürt hatte, denn von der Sparrow Lane aus war er noch stundenlang in der Gegend herumgefahren, um sie an der Nase herumzuführen.

Auch über Mrs Archer, die sich immer noch weigerte, irgendetwas zu sagen, war Lorraine mehr als sauer. Luke und Carter hatten sie wieder einmal im Verhörraum, aber Lorraine gab ihnen keine große Chancen, etwas von ihr zu erfahren. Mrs Archers Fahrer, der durch die Windschutzscheibe geflogen war, war heute morgen um drei gestorben, so dass alles, was er gewusst haben mochte, endgültig verloren war.

Wenn der doch wenigstens ein bisschen länger gelebt hätte.

Lorraine kaute wieder einmal auf einem Bleistift herum, ihre Gedanken irrten hin und her zwischen Mrs Archer, Kerry Lumsdon und Richard Kingston.

Sie seufzte schwer, ehe sie murmelte: »Der ganze Mist soll verdammt sein.« Sie warf die Liste der Telefongesellschaft, die sie gerade studiert hatte, zurück auf den Tisch und hob die nächste auf. Während sie die Zahlenreihen überflog, stutzte sie. War das nicht eine vertraute Nummer? Sie überprüfte es auf dem Computer. Tatsächlich. Da war ein Anruf aus dem *Blue Lion.* Und der Anrufer hatte fast eine halbe Stunde mit Kingston gesprochen.

»Ja!« sagte Lorraine und machte eine Faust. »Jetzt hab ich dich.« Sie sprang von ihrem Stuhl auf, lief den Korridor hinunter und stürmte in den Verhörraum. »Zieh deine Jacke an, Luke. Wir haben den Scheißkerl.«

Mrs Archers Nüstern blähten sich, als ob sie Richard Kingston von hier aus riechen könnte. Langsam drehte sie sich um und sah Lorraine an. Lorraine begegnete ihrem Blick mit eiserner Härte, und am Schluss war es Mrs Archer, die zuerst wegschaute.

Kerry nahm ihren ganzen Mut zusammen, straffte die Schultern, hob den Kopf und sah ihrem Vater fest ins Gesicht. Schwarze Haare, blaue Augen, graue Schläfen. Eine Ähnlichkeit mit Mark war durchaus zu erkennen, aber sich selbst erkannte sie Gott sei Dank nicht wieder.

Das also ist er.

Sie spürte gar nichts.

Kein plötzlicher Ansturm irgendwelcher Gefühle. Der Vaterplatz in ihrem Leben würde auch weiterhin leer bleiben. Dieser Mann jedenfalls würde ihn nicht einnehmen, auch wenn er ihm vielleicht von Rechts wegen gehörte.

Kingston hingegen schien durchaus etwas zu spüren, denn in seinen Augen zeigte sich eine gewisse Bewunderung.

»Papa!« sagte Mark mit unsicherer Stimme. Das Licht, das er eine Woche lang nicht gesehen hatte, blendete ihn.

Kingstons Augen wanderten zu seinem Sohn.

»Warum hast du ... Warum hast du das gemacht? Wieso hast du mich da eingesperrt?« Widerstreitende Gefühle – Furcht, Wut und Verwirrung – durchzuckten Marks Gesicht, aber Kingston sah ihn bloß mit kalten Augen an.

Kerry, die das schreckliche Verlies hinter dem Bücherregal noch nicht kannte und nicht ahnte, wie gefährlich Kingston wirklich war, sagte wütend: »Weil er verrückt ist, Mark. Er ist ein gefährlicher Irrer. Er hat unser aller Leben zu ruinieren versucht.« Sie drehte sich zu Kingston um. »Sie haben meine Mutter zur Alkoholikerin gemacht, bloß weil sie nichts mit Ihnen zu tun haben wollte, Sie Monster.«

»Nicht, Kerry, nicht –« Mark streckte die Hand aus, um sie am Reden zu hindern. Er wollte auf keinen Fall wieder in dem schwarzen Verlies landen, aber es war schon zu spät.

»Das reicht«, brüllte Kingston. »Du bist vielleicht meine Tochter, aber du hast ein verdammt schmutziges Mundwerk. Du hast keine Ahnung von dem, was gewesen ist – verstehst du? Du hast keine Ahnung.«

Mark machte ein entsetztes Gesicht. »Tochter? Was soll das heißen?«

Kerry wandte sich Mark zu. »Ja«, sagte sie. »Ich bin sein Kind, genauso wie du.«

»Aber das geht doch nicht. Wir können doch nicht Bruder und Schwester sein.«

»Wir sind's aber. Erinnerst du dich noch an die Frau auf dem Foto? Deine Mutter? Sie ist die Cousine von meiner Mutter gewesen. Und als sie gestorben ist, hat dein beschissener Vater meine Mutter vergewaltigt.«

Mark taumelte rückwärts.

»Aber eine Vergewaltigung, Mr Kingston, gibt Ihnen noch längst nicht das Recht, mich Ihre Tochter zu nennen. Wagen Sie es ja nicht noch einmal! Sie haben nie etwas von mir wissen wollen, bis Sie plötzlich auf dem Sportplatz aufgetaucht sind wie ein Spanner. Und ich werde verdammt nochmal reden, wie es mir passt, wenn Sie gestatten. Sie haben mir überhaupt nichts zu sagen!«

Marks Gesicht war so weiß wie die Hand eines Bäckers. »Kerry, sag bitte nichts mehr. Du weißt nicht, wie er ist, er –«

Er stieß einen Schmerzensschrei aus, als sein Vater ihn brutal ins Gesicht schlug. Seine Unterlippe fing an zu bluten. »Halt den Mund, Junge.«

»Sie Scheißkerl! Lassen Sie Mark in Ruhe!« sagte Kerry und wollte Mark trösten.

Aber Kingston stellte sich ihr in den Weg. »Das ist mein Sohn, und er wird tun, was ich sage. Und du, *meine Tochter*, wirst das auch tun.«

»Den Teufel werd ich tun«, knurrte Kerry. »Sie sind ja verrückt. Sie haben auf mich geschossen!«

Plötzlich veränderte sich Kingstons Ton, und er lachte. »Mach dich nicht lächerlich, Kerry. Natürlich hab ich nicht auf dich geschossen.«

»Sie verlogener Scheißkerl. Ich weiß doch genau, dass Sie es waren. Sie –«

»Ich habe nicht auf dich geschossen«, sagte er fest. »Mit so etwas gebe ich mich nicht ab.« Er lächelte. »Dafür hab ich meine Leute. Aber da gewesen bin ich natürlich. Ich wollte dein großes Rennen doch nicht verpassen.«

Kerry starrte ihn mit offenem Mund an. Sie hatte zwar geahnt, dass er hinter dem Attentat steckte, aber sie hätte nie gedacht, dass er es zugeben würde. Aber der Schock hielt nicht lange vor. »Gut«, sagte sie. »Mark und ich gehen jetzt, und wir wollen Sie nie wieder sehen.«

»Oh, nein«, sagte Kingston mit kalter Stimme. »Ihr bleibt schön hier.«

»Sie können mich mal am Arsch lecken«, sagte Kerry, und das genügte, um ihn zur Raserei zu bringen.

»Halt's Maul!« brüllte er, und sein Speichel flog ihr um die Ohren.

»Sie –« Aber weiter kam Kerry nicht mehr. Kingston schlug ihr brutal ins Gesicht, und sie fiel rücklings zu Boden.

Für einen Moment gelähmt, vermochte sie keinen Widerstand zu leisten, als er sie am Hals packte und wieder hochzog. Mit der anderen Hand griff er Mark ins Genick und stieß sie beide in Richtung der offenen Tür zu seinem unterirdischen

Verlies. Kerry wehrte sich, so gut sie konnte, aber der verbundene Arm und die schmerzende Schulter behinderten sie. Ihr wurde die Luft knapp, und es wurde dunkel vor ihren Augen. Sie spürte, dass Kingston den Sieg davontragen würde und dass sie keine Chance hatte.

»Dir werd ich's zeigen, du kleines Miststück!« rief Kingston. »Hast du dir wirklich eingebildet, du könntest es mit mir aufnehmen?«

Und in diesem Augenblick spürte Kerry, dass sie aufgeben wollte. Sie hatte so hart darum gekämpft, dass Claire zurückkam und ihre Familie zusammenblieb, aber sie wusste nicht, ob sie die Kraft hatte, noch weiter zu kämpfen. Sie war so erschöpft. Ihr Körper tat ihr so weh. Kingston war so viel größer und stärker als sie. Vielleicht war es wirklich das Einfachste, aufzugeben und –

»Halt! Keine Bewegung!«

Es war die Stimme, auf die Kerry seit langem gehofft hatte.

»Wurde auch Zeit, Robo Cop!« murmelte sie mit spröden, blutenden Lippen.

»Lassen Sie das Mädchen sofort los!« sagte Lorraine, die sich langsam von hinten näherte, während Luke mit drei schnellen Schritten zur linken Seitenwand ging.

»Es ist mein gutes Recht, meine Kinder zu züchtigen«, sagte Kingston. »Und es geht Sie nicht das Geringste an, wie ich das tue.«

Lorraine wusste, dass der Mann da vor ihr zu allem fähig war. Er würde nicht zögern, sie alle zu töten, wenn er das für möglich und notwendig hielt. Er musste unbedingt kaltgestellt werden, und zwar sofort.

Luke stand jetzt dicht neben Kingston, und als er in den unterirdischen Raum hinuntersah, stieß er einen überraschten Pfiff aus. Er schob sich zwischen die Kellertür und Kingstons Rücken und ging ohne Übergang zum Angriff über. Er stützte die Hände am Türrahmen ab und trat Kingston mit aller Kraft in die Kniekehlen.

Kingston ging in die Knie, umklammerte aber nach wie vor Kerrys Hals und drückte rücksichtslos zu. Luke zog den Fuß zurück, um erneut zuzutreten, und Lorraine benutzte die Gelegenheit, um einen Tritt auf Kingstons Kinn zu landen, als Luke den Rücken Kingstons traf. Mit einem Stöhnen ging *Der Mann* zu Boden und rührte sich nicht mehr.

Mark flüchtete in eine Ecke, wo er abwechselnd kotzte und schluchzte. Kerry rieb sich das Genick und sah zu, wie Luke dem bewusstlosen Kingston Handschellen anlegte. Lorraine wollte den Arm um sie legen, aber stattdessen stand Kerry auf und ging zu Mark.

Als sie sich wieder umdrehte, sah sie Lorraine in den Keller hinabsteigen. Neugierig trat sie näher und spähte hinter der Polizistin her. Der Schrei, den sie ausstieß, als sie die zweite Trophäensammlung ihres Vaters sah, wollte minutenlang nicht mehr aufhören: Auf dem Regal im Keller von Kingstons Villa lagen sechs abgeschnittene menschliche Köpfe und grinsten sie an.

Epilog

Lorraine saß an ihrem Computer und beendete ihren Bericht an Clark. Ehe sie ihn noch einmal durchlas, speicherte sie ihn auf der Festplatte, stand auf und trat ans Fenster.

Das Gericht tagte, und die üblichen Missetäter waren unten versammelt. Lorraine glaubte die Zigaretten der nervösen Angeklagten bis in ihr Büro riechen zu können. Auch Mrs Archer hatte einen Haftprüfungstermin, aber sie hatte keinerlei Chance, bis zur Hauptverhandlung auf Kaution freigelassen zu werden. Die Anklagepunkte wogen zu schwer und die Fluchtgefahr war zu groß. Wer eine Karriere als Auftragskillerin, Schutzgelderpresserin und Drogenhändlerin hinter sich hatte, konnte nicht damit rechnen, bald wieder draußen zu sein.

Was Kingston anging ... sie konnte es immer noch nicht fassen, dass er auf seine eigene Tochter hatte schießen lassen, bloß weil er die Freundschaft zerstören wollte, die zwischen Mark und Kerry aufgeblüht war. Ein psychotischer Irrer. Lorraine spürte jedesmal eine kalte Wut, wenn sie an ihn dachte. Denn er hatte nicht nur Colin Stone und die gesamte Polizei des Nordostens jahrzehntelang an der Nase herumgeführt, sondern er hatte sich einer gerechten Bestrafung auch diesmal wieder entzogen. Seinen Anwälten war es gelungen, ihn für geistesgestört erklären zu lassen. Er sei nicht schuldfähig, hatten sie behauptet. Aber zumindest war der Scheißkerl jetzt eingesperrt und konnte keinen Schaden mehr anrichten. Ein bitteres Lächeln spielte um Lorraines Lippen. Wahrscheinlich hatte Kingston keine Ahnung, wie schrecklich die Anstalt war, in die man ihn einweisen würde. Sie hielt es nicht für ausgeschlossen, dass er bald erneut vor Gericht erscheinen würde, um seine Verlegung in einen schönen altmodischen Knast zu verlangen.

Sie war ziemlich überrascht gewesen, dass auch Kerry und Mark zur Verhandlung erschienen waren. Andererseits waren beide recht zäh, und nach allem, was sie durchgemacht hatten, war es verständlich, dass sie auch beim Ende dabei sein wollten. Aus ihrer Zuneigung, von der Lorraine durch eine zufällige Bemerkung Robbies erfahren hatte, war inzwischen geschwisterliche Kameradschaft geworden. Mark, der von einem Tag zum anderen ganz allein in der Welt dastand und zu einer entfernten Tante nach Edinburgh ziehen sollte, konnte eine Schwester gebrauchen. Und Lorraine hatte das Gefühl, dass auch Kerry nichts dagegen hatte, einen großen Bruder zu haben, der ganz allein ihr gehörte. Als sie nebeneinander standen und zusahen, wie der Vater, der sie hatte umbringen wollen, seine große Show abzog, wirkten sie erstaunlich selbstbewusst und gelassen. Beinahe würdevoll. Wie die Überlebenden eines Schiffbruchs. Die zwei würden klarkommen.

Dem Rest der Lumsdons ging es gut. Vanessa besuchte fleißig die Anonymen-Alkoholiker-Treffen und hielt sich von der Flasche fern. Claire und Kerry waren beide von dem gezeichnet, was sie mitgemacht hatten. Claire wachte offenbar immer noch fast jede Nacht schreiend auf, aber sie lernte damit umzugehen. Und letzte Woche hatte Lorraine in ihren Augen zum ersten Mal wieder das mutwillige junge Mädchen gesehen, das damals die Schule geschwänzt hatte, um sich mit einem neuen Verehrer zu treffen. Sie würde auch klarkommen.

Und die anderen? Jade war bereits völlig wiederhergestellt. Die beiden anderen Mädchen aus Newcastle dagegen würden noch lange in psychotherapeutischer Behandlung sein. Ob sie das Trauma je ganz überwinden würden, war unsicher.

Die abgeschnittenen Köpfe waren bei Scottie in der Pathologie. Für drei von ihnen hatte er schon die passende Leiche gefunden, aber wer die Toten waren, wussten sie immer noch nicht. Sie hofften, dass die Auswertung von Kingstons Akten ihnen die entscheidenden Hinweise geben würde.

Als sie Ada Johnston an ihrem Krückstock ins Gericht humpeln sah, musste Lorraine unwillkürlich lächeln. War die alte Dame schon wieder bei einem Ladendiebstahl erwischt worden?

Lorraines Lächeln verblasste, als sie Lukes Wagen auf den Hof fahren sah. Das war noch ein Stachel im Fleisch. Es fiel ihr immer schwerer, so eng mit ihm zusammenzuarbeiten und ihre Gefühle unter Kontrolle zu halten. War es Liebe?

Lorraine traf eine Entscheidung. Wenn es Liebe war, dann konnte sie ihr gestohlen bleiben. Von der Liebe hatte sie erst mal genug. Vielleicht waren ihre Hormone bloß durcheinander wegen dem ganzen Stress in den vergangenen Wochen. Auf jeden Fall war es verdammt lächerlich, dass sie die ganze Zeit an Luke denken musste.

Sie seufzte und kaute an ihrem Bleistift.

Sie dachte gerade an Mark, als ihr die Lösung einfiel. Ganz einfach. Die Kriminalpolizei Strathclyde suchte einen Beamten aus England. Irgend so ein affiges Austauschprogramm, das sich die Leute in Edinburgh ausgedacht hatten, um den Ideenaustausch zu fördern, die Ermittlungsmethoden zu verbessern und die Aufklärungsquoten zu steigern. Aber auf jeden Fall hatte sie jetzt den richtigen Kandidaten. Sie würde Luke nach Schottland schicken. Wenn er erst mal über die Grenze war, dann hatte sie ihn nicht mehr in den Haaren. Dann konnte sie wieder ungestört arbeiten.

Lorraine nickte zufrieden, und ihr Lächeln kehrte zurück. Der Fall war gelöst.

Ilkka Remes im dtv

»Intelligente Unterhaltung der Extraklasse.«
Jil Malin

Ewige Nacht
Thriller

ISBN 978-3-423-**20939**-7

Die Nachricht von einer noch nie dagewesenen Bedrohung erschüttert Europa. Für den Sicherheitsexperten Timo Nortamo beginnt ein Wettlauf mit der Zeit. – »Ein Spitzenthriller.« (Bild am Sonntag)

Das Hiroshima-Tor
Thriller

ISBN 978-3-423-**24535**-7 und
ISBN 978-3-423-**21044**-7

In einem Labyrinth aus mittelalterlichen Karten, genetischen Codes und Echos des Kalten Krieges ermittelt Timo Nortamo gegen die geheimsten operativen Einheiten der Großmächte, die etwas in ihren Besitz bringen wollen, das es eigentlich gar nicht geben dürfte ...

Höllensturz
Thriller

ISBN 978-3-423-**24572**-2

Drei Frauen werden im äußersten Norden Finnlands ermordet aufgefunden. Sie gehörten der Glaubensgemeinschaft der Laestadianer an. Die Spuren führen in den Nahen Osten ... Johanna Vahtera und Timo Nortamo ermitteln.

Blutglocke
Thriller

ISBN 978-3-423-**24605**-7

Der deutsche Innenminister wird ermordet. In einem Wald findet man seine Leiche, nackt und auffallend weiß ...

Die Geiseln
Thriller

ISBN 978-3-423-**24638**-5

Am finnischen Unabhängigkeitstag versammelt sich die Elite des Landes im Präsidentenpalast. Schwer bewaffnete Männer dringen in das Gebäude ein und bringen die Gäste in ihre Gewalt.

Das Erbe des Bösen
Thriller

ISBN 978-3-423-**24666**-8

An die Nazis hat er seine Seele verkauft. An die NASA sein Wissen. Jetzt holt die Vergangenheit ihn ein ... Als der Physiker Rolf Narva in Berlin spurlos verschwindet, beginnt für seine Familie ein Alptraum. Ilkka Remes' großer Thriller über Atomwaffen- und Menschenversuche der Nazis, deren Folgen bis in die Gegenwart reichen.

Alle Titel übersetzt von Stefan Moster

Bitte besuchen Sie uns im Internet: www.dtv.de

Qiu Xiaolong im dtv

»Ein spannender Einblick in das China an der Schwelle zwischen Kommunismus und Kapitalismus […] Oberinspektor Chen macht ebenso süchtig wie Commissario Brunetti.«
Christian von Zittwitz im ›Focus‹

Tod einer roten Heldin
Kriminalroman
Übers. v. Holger Fliessbach
ISBN 978-3-423-**20740**-9

Shanghai 1990. Aus einem Kanal vor den Toren der Millionenmetropole wird die Leiche einer jungen Frau gefischt. Die Tote war Leiterin einer Kosmetikabteilung und ›Heldin der Arbeit‹. Zur Überraschung aller findet man in ihrem Kleiderschrank Reizwäsche und ein Bündel erotische Fotos … – Oberinspektor Chens erster Fall führt bis in die höchsten politischen Kreise Chinas.

Die Frau mit dem roten Herzen
Kriminalroman
Übers. v. Susanne Hornfeck
ISBN 978-3-423-**20851**-2

17 rituelle Axtwunden: Ist der Tote, den Oberinspektor Chen im Shanghaier Bund-Park gefunden hat, dem Geheimbund der Triaden zum Opfer gefallen? Kaum im Kommissariat, soll sich Chen jedoch auf Geheiß des Parteisekretärs um eine amerikanische Kollegin kümmern. Gemeinsam sollen sie die hochschwangere Wen finden, deren Mann in New York als Kronzeuge gegen einen gefürchteten Triaden-Boss vor Gericht steht und erst aussagen will, wenn seine Frau in die USA ausreisen darf. Doch die Chinesin ist spurlos verschwunden …

Schwarz auf Rot
Kriminalroman
Übers. v. Susanne Hornfeck
ISBN 978-3-423-**20964**-9

In einem traditionellen Shanghaier Mietshaus geschieht ein rätselhafter Mord. Eine Frau ist in ihrer winzigen Kammer mit einem Kissen erstickt worden. Als sich herausstellt, dass die ehemalige Rotgardistin einst die Geliebte eines verfemten Dichters war und nach dessen Tod einen vielbeachteten und rasch verbotenen Roman geschrieben hatte, ahnt Oberinspektor Chen, dass die Schatten der Vergangenheit die Tote eingeholt haben …

T. C. Boyle im dtv

»Aus dem Leben gegriffen und trotzdem unglaublich.«
Barbara Sichtermann

World's End
Roman
Übers. v. Werner Richter
ISBN 978-3-423-**11666**-4 und
ISBN 978-3-423-**21030**-0
In der Nacht seines 22. Geburtstages rast Walter Van Brunt betrunken und bekifft mit seinem Motorrad gegen eine Gedenktafel. Die Vergangenheit holt ihn ein ...

Greasy Lake und andere Geschichten
Übers. v. Giovanni Bandini u. Ditte König
ISBN 978-3-423-**11771**-5
Geschichten voller Action, Witz und Überraschungen.

Grün ist die Hoffnung
Roman
Übers. v. Werner Richter
ISBN 978-3-423-**11826**-2 und
ISBN 978-3-423-**20774**-4
Drei schräge Typen versuchen in den Bergen nördlich von San Francisco Marihuana anzubauen, um endlich ans große Geld zu kommen. Doch das Leben in der Wildnis ist strapaziös ...

Wenn der Fluß voll Whisky wär
Erzählungen
Übers. v. Werner Richter
ISBN 978-3-423-**11903**-0

Willkommen in Wellville
Roman
Übers. v. Anette Grube
ISBN 978-3-423-**11998**-6
Zu Dr. John Harvey Kelloggs Tempel der Gesundheit wallfahrtet die gesundheitsbewußte Oberschicht Amerikas ...

Der Samurai von Savannah
Roman
Übers. v. Werner Richter
ISBN 978-3-423-**12009**-8
Als der japanische Matrose Hiro Tanaka vor der Küste Georgias von Bord eines Frachters springt, ahnt er noch nicht, was ihm in Amerika blüht ... Ein tragikomischer Roman über die dramatische Begegnung zweier Kulturen.

Tod durch Ertrinken
Erzählungen
Übers. v. Anette Grube
ISBN 978-3-423-**12329**-7

América
Roman
Übers. v. Werner Richter
ISBN 978-3-423-**12519**-2 und
ISBN 978-3-423-**20935**-9
»Ein Buch wie ein rasanter Film, in dem Erste und Dritte Welt aufeinander krachen.« (Elke Heidenreich)

T. C. Boyle im dtv

Riven Rock
Roman
Übers. v. Werner Richter
ISBN 978-3-423-12784-4
Der steinreiche Erbe Stanley McCormick leidet unter sexuellen Wahnvorstellungen und kann mit keiner Frau allein gelassen werden – schon gar nicht mit seiner eigenen.

Fleischeslust
Erzählungen
Übers. v. Werner Richter
ISBN 978-3-423-12910-7
Geschichten über Exzesse, Mordlust, Sehnsucht und Gier.

Ein Freund der Erde
Roman
Übers. v. Werner Richter
ISBN 978-3-423-13053-0
Mit Sarkasmus und Witz erzählt Boyle von der Zukunft, die längst begonnen hat.

Schluß mit cool
Erzählungen
Übers. v. Werner Richter
ISBN 978-3-423-13158-2

Drop City
Roman
Übers. v. Werner Richter
ISBN 978-3-423-13364-7
Eine Hippiekommune zieht in den 70er Jahren von Kalifornien nach Alaskas … Sex, Drugs and Rock 'n' Roll – das große Epos der Gegenkultur.

Dr. Sex
Roman
Übers. v. Dirk van Gunsteren
ISBN 978-3-423-20981-6
USA 1939: Alfred Kinsey untersucht das sexuelle Verhalten von Männern und Frauen, und zwar empirisch. John Milk wird in Kinseys innersten Zirkel aufgenommen …

Talk Talk
Roman
Übers. v. Dirk van Gunsteren
ISBN 978-3-423-21060-7
»Identitätsdiebstahl«: diese jüngste Verbrechensvariante treibt allerorten existenzvernichtende Blüten. Die gehörlose Dana Halter wird unversehens Opfer eines solchen Verbrechens und sinnt auf Rache. – »Einen richtigen Thriller hat Boyle da hingelegt, ein rasantes Roadmovie und eine Lovestory.« (Brigitte)

Historische Romane im dtv

Elizabeth Marshall Thomas
Die Frau des Jägers
Roman
Übers. v. Götz Pommer und Elfriede Peschel
ISBN 978-3-423-12004-3
»Ein Roman aus der Steinzeit von seltener Tiefe und Schönheit.« (New York Times Book Review)

Robert von Ranke Graves
Ich, Claudius, Kaiser und Gott
Roman
Übers. v. Hans Rothe
ISBN 978-3-423-01300-0
Augustus, Livia, Caligula, Nero: eine Chronique scandaleuse, in der die ganze dekadente Welt des römischen Imperiums lebendig wird. »Ein zu Recht berühmtes, meisterhaftes Werk.« (Bayernkurier)

Marguerite Yourcenar
Ich zähmte die Wölfin
Die Erinnerungen des Kaisers Hadrian
Übers. v. Fritz Jaffé
ISBN 978-3-423-12476-8
Ein Roman von außergewöhnlicher Feinheit. Yourcenar zeichnet mit Hadrian einen leidenschaftlichen und tatkräftigen Mann.

Frans G. Bengtsson
Die Abenteuer des Röde Orm
Roman
Übers. v. Elsa Carlberg
ISBN 978-3-423-20055-4
Orm, Mutters Jüngster, verzärtelt und hypochondrisch, wird von plündernden Nachbarwikingern verschleppt.

Andrzej Sapkowski
Narrenturm
Roman
Übers. v. Barbara Samborska
ISBN 978-3-423-24489-3

Lux perpetua
Roman
Übers. v. Barbara Samborska
ISBN 978-3-423-24636-1

Gottesstreiter
Roman
Übers. v. Barbara Samborska
ISBN 978-3-423-24571-5
Die Bestseller-Trilogie um den schlesischen Medicus Reinmar von Bielau.

Asta Scheib
Kinder des Ungehorsams
Die Liebesgeschichte des Martin Luther und der Katharina von Bora
ISBN 978-3-423-12231-3
»Die vielleicht skandalöseste Liebesgeschichte Deutschlands.« (Klaus Modick)

Historische Romane im dtv

Dorothy Dunnett
Niccolòs Aufstieg
Roman
Übers. v. Britta Mümmler und Mechtild Sandberg-Ciletti
ISBN 978-3-423-**21037**-9

Im Jahre 1459 beginnt der rasante Aufstieg eines armen Färberlehrlings zum Handelherrn ... Erster Band der großartigen Renaissance-Serie um das Haus Niccolò.

Diana Norman
Die Piratenkönigin
Roman
Übers. v. Hanna Neves
ISBN 978-3-423-**20879**-6

Irland im 16. Jahrhundert. Im Dienst der Königin wird die junge Barbary auf die rebellische Insel geschickt. Inmitten von politischen Intrigen, Freiheitskampf und Krieg erlebt sie die Schönheit und Tragik Irlands – und ihre große Liebe.

Yves Jégo, Denis Lépée
1661
Roman
Übers. v. Gudrun Honke
ISBN 978-3-423-**24631**-6

Paris 1661. Der junge Sekretär von Molières Theatertruppe stößt auf geheimnisvolle verschlüsselte Dokumente und wird in den Kampf um die Nachfolge von Kardinal Mazarin hineingezogen.

Lea Singer
Das nackte Leben
Roman
ISBN 978-3-423-**21022**-5

Wer war Constanze Mozart wirklich? Eine Geschichte von Liebe und Leid an der Seite eines Genies.

Eveline Hasler
Anna Göldin. Letzte Hexe
Roman
ISBN 978-3-423-**10457**-9

1780. Die schöne, eigenwillige Dienstmagd Anna Göldin wird des Kindsmords und der Zauberei angeklagt. Die Geschichte des letzten Hexenprozesses in Europa.

Mirosław Bujko
Der goldene Zug
Roman
Übers. v. Friedrich Griese
ISBN 978-3-423-**24630**-9

Russland 1918. Die Revolution hat gesiegt, die Zarenfamilie wird hingerichtet. Was bleibt, ist ein riesiger Goldschatz ...

Kajsa Ingemarsson im dtv

»Erstklassige Unterhaltung«
Helsingbors Dagblad

Vermisse dich jetzt schon ...
Roman
dtv premium
ISBN 978-3-423-24466-4

Annika, 37-jährige Ehefrau und glückliche Mutter zweier Kinder, verliebt sich wie ein Teenager in ihren neuen Arbeitskollegen. Rickard schafft es, eine Saite in ihr zum Klingen zu bringen, die ihr Mann Tom schon lange nicht mehr angeschlagen hat. – Ein Roman zum Schutz der Liebe. »Das liest sich in einer Nacht.« (Elle)

Eins, zwei, drei – beim vierten bist du frei
Roman
dtv premium
ISBN 978-3-423-24537-1

Paula ist entsetzt. Sie kommt von ihrem x-ten Auslandsaufenthalt nach Hause und muss feststellen, dass plötzlich alle Nägel mit Köpfen machen: Heirat, Kinder, Karriere. Auf einmal sieht Paula ihr lustiges Leben in Frage gestellt. Da erhält sie ein Angebot, dem sie nicht widerstehen kann ... »Ein höchst witziger Roman über die Angst, erwachsen zu werden.« (Uppsala Nya Tidning)

Liebe mit drei Sternen
Roman
ISBN 978-3-423-21091-1

Als Agnes' Chef Gérard versucht, sich im Weinkeller über sie herzumachen, kann sie sich zwar gerade noch retten, verliert aber ihren Job. In derselben Nacht gibt Tobias ihr telefonisch den Laufpass. Doch in jedem Ende steckt auch ein Anfang. Warum nicht das Leben noch mal ganz neu erfinden? – »Ziehen Sie den Stecker aus der Steckdose. Das ist ein Buch, bei dem man nicht gestört werden will.« (Söndagsmorgon, TV 4)

Der russische Freund
Thriller
dtv premium
ISBN 978-3-423-24602-6

Eine junge Ministerin setzt ihre Karriere aufs Spiel, um ein tschetschenisches Kinderheim mit Millionenbeträgen zu unterstützen ... Eine spannende Geschichte von Liebe, Idealen und Loyalität.

Alle Titel übersetzt von Stefanie Werner

Walter Satterthwait im dtv

»Satterthwait kann absolut hervorragend schreiben.«
Claude Chabrol

Miss Lizzie
Roman
Übers. v. U.-M. Mössner
ISBN 978-3-423-**20872**-7

Lizzie Borden soll ihre Eltern bestialisch ermordet haben, doch sie wurde mangels Beweisen freigesprochen. Eines Tages, viele Jahre später, begegnet ihr Amanda, das Nachbarskind. Ihre Freundschaft wird auf eine harte Probe gestellt, als wieder ein Axtmord begangen wird. Ein Krimi mit Witz und Geist.

Miss Lizzie kehrt zurück
Kriminalroman
Übers. v. Ursula-M. Mössner
ISBN 978-3-423-**24514**-2

1924. Es ist drei Jahre her, daß Amanda Burton und Miss Lizzie gemeinsam ein haarsträubendes Abenteuer bestanden haben. Jetzt ist Amanda stolze sechzehn Jahre alt und begeistert von der Aussicht, den Sommer bei ihrem Onkel in New York verbringen zu dürfen. Gemeinsam machen John und Amanda die Stadt unsicher und tauchen abends ein in die glitzernde Halbwelt der Roaring Twenties. Doch das süße Leben findet ein jähes Ende, als Amanda eines Morgens ihren Onkel tot in seiner Bibliothek auffindet – erschlagen mit einem Beil! Amanda selbst wird von der Polizei verdächtigt. Nur ein Wunder kann ihr jetzt noch helfen … oder Miss Lizzie.

Die Fortsetzung des Bestsellers ›Miss Lizzie‹: Ein hinreißender Kriminalroman, der die Roaring Twenties in New York City lebendig werden läßt.

Veit Heinichen im dtv

»Best of Triest!«
FAZ

Gib jedem seinen eigenen Tod
Ein Proteo-Laurenti-Krimi
ISBN 978-3-423-20516-0

Eigentlich hat sich Kommissar Laurenti auf einen ruhigen Triester Sommer eingestellt. Doch nach einem merkwürdigen Yacht-Unfall bekommt er es mit Mord, Geldwäsche und Menschenschmuggel zu tun. »Spannend und lesenswert.« (Kölner Stadt-Anzeiger)

Die Toten vom Karst
Ein Proteo-Laurenti-Krimi
ISBN 978-3-423-20620-4

Ein grausiger Ritualmord auf dem Karst: der zweite Fall für Kommissar Laurenti. »Proteo Laurenti ist ein leidenschaftlicher Ehemann mit Machoallüren, viel Sinn für gutes Essen und ein scharfsinniger Aufklärer im Kampf gegen das Böse. Man möchte noch öfter mit ihm auf Spurensuche gehen!« (Maike Albath in der ›SZ‹)

Tod auf der Warteliste
Ein Proteo-Laurenti-Krimi
ISBN 978-3-423-20756-0

Proteo Laurenti ermittelt in einer Triester Schönheitsklinik. Hier werden nicht nur Gesichter geliftet, sondern auch illegale Operationen vorgenommen – und Schlimmeres … »In höchstem Maße spannend, amüsant und liebenswert.« (Thomas Meyerhöfer im Bayerischen Rundfunk)

Der Tod wirft lange Schatten
Ein Proteo-Laurenti-Krimi
ISBN 978-3-423-20994-6

Auch in Laurentis viertem Fall führen wieder Spuren in die unruhige politische Vergangenheit Triests. Außerdem stören die Hochfinanz des Balkans und der Geheimdienst Laurentis Kreise …

Jasper Fforde im dtv

»Schrill, schräg, abgefahren.«
Fuldaer Zeitung

ISBN 978-3-423-**21014**-0

ISBN 978-3-423-**21015**-7

ISBN 978-3-423-**21049**-2

ISBN 978-3-423-**21050**-8

Bitte besuchen Sie uns im Internet: www.dtv.de